第一二七辑

戏曲研究

编辑　中国艺术研究院戏曲研究所
《戏曲研究》编辑部

文化艺术出版社
Culture and Art Publishing House

中文社会科学引文索引CSSCI(2022-2023)收录集刊
AMI(集刊)核心集刊

戏曲研究

目录

戏曲研究

第一二七辑

CONTENTS

1

Modern and Contemporary Chinese Traditional Drama

Intangible Cultural Heritage Research

Academic Event

3

2022 年度《戏曲研究》优秀学术论文名单

编者按：自 2018 年起，本刊从上一年度发表的论文中推选出 4 篇论文作为年度优秀学术论文。2022 年度，因第 124 辑为王国维戏曲论文奖专辑，不做推选，优秀学术论文为 3 篇。入选的标准为：关注与探求戏曲理论研究与实践创作中的前沿问题和疑难问题，发现与提出戏曲史论研究中的新文献和创见，学术视野开阔，理论观点新颖。希望这一举措，能够吸引更多的优质学术成果汇聚于本刊，大家同道齐心，一起推动戏曲研究稳步前行。

2022 年度优秀学术论文名单为：

第 121 辑

乾隆《翼宿神祠碑记》与戏神信仰的正名　　　　刘　薇

第 122 辑

《寿椿园》戏曲案及其所蕴含的戏曲史价值　　　彭秋溪

第 123 辑

清代悟空戏考述　　　　　　　　　　　　　　张紫阳

从延安文艺的形式探索看"新歌剧"与"民间小戏"的观念交响*

江 棘

近代以来中国文艺界的核心任务，始终围绕着与民族国家建设相匹配的"民族形式"理想展开，具体到戏剧领域，戏曲改良、"新旧剧论争"、"国剧运动"等莫不如是。从总体上说，这些努力都指向创建一种具有现代性和普遍性的新文艺，但其对于"创作论"的偏重又始终与前现代中国的"观众论"接受视野存在抵牾，这一矛盾的发展影响了剧界从创作论到观众论的转变，推动着"为民众"的戏剧运动在 20 世纪 30 年代走向高潮。抗战时期大规模的人员流动、

* 本文为国家社会科学基金艺术学后期资助项目"现代中国民众戏剧理论、话语与实践研究"（项目编号：21FYSB005）、中国人民大学科学研究基金项目"新型社会空间与演剧形态研究"（项目编号：22XNQT36）阶段性成果。

转移，令未脱青涩的新文艺必须直面来自大后方崭新受众和接受环境的刺激和挑战，地方形式、民间资源问题进一步凸显，尤其是在中国共产党力图摆脱共产国际支配、将马克思主义中国化的呼声中，"民族形式"有了"新鲜活泼的、为中国老百姓所喜闻乐见的中国作风和中国气派"① 这一目标表述。

延安时期的"民族形式"讨论热潮，虽是从"地方性"挑战与反对"洋八股"出发，但正如此时张庚名文《话剧民族化与旧剧现代化》标题所示，在近代中国最为核心的主旋律下，其"民族性"最终的落脚点，仍然也必须是对"五四"以来新文艺之现代性、普遍性特征的重申和强化。关于这点学界已有共识。然而在具体的文艺实践中，面对着现实的"地方性"困境，如何将创作论与观众论真正结合，在"为工农兵服务"中实现具有普遍性、现代性的"民族形式"，其操作摸索的过程，有着明晰的理论表述所难以涵括的艰辛曲折。正因此，近年来关于延安文艺的具体形式研究日益受到关注，尤其是针对以《白毛女》为代表的鲁艺"新歌剧"以及《兄妹开荒》等"新秧歌剧"的形式研究，成为热点。毋庸置疑，1942 年 5 月毛泽东同志《在延安文艺座谈会上的讲话》（以下简称《讲话》），是包括新秧歌运动在内的延安文艺整体获得跃升的重要节点。但如果历史地看，《讲话》并不仅仅是一个起点，同时也是阶段性总结。考察延安新文艺成果，不能只从《讲话》开始，之前的实践经验和教训，也是考察《讲话》及其影响的重要部分。尤其值得注意的是，在延安文艺座谈会5月16日召开的第二场集会中，由柯仲平为代表的陕甘宁边区民众剧团即做了经验汇报。民众剧团是民主革命时期在我党领导下的第一个新型的革命戏曲团体，也是最深入、直接利用秦腔、眉户等民间形式的团体。可能正因其工作范畴在"旧"的方面，所

---

① 1938 年 10 月，毛泽东在中共中央六届六中全会上作题为《中国共产党在民族战争中的地位》的报告。

以在延安文艺研究中，民众剧团受到的关注远不及鲁艺等团体，但要追溯延安新文艺问题，不能专就秧歌剧而谈，民众剧团此前的大量"民间""旧戏"实践实为先导。这不仅仅体现在已广为人知的一些史实上，如民众剧团编创的眉户戏《十二把镰刀》、秦腔剧《血泪仇》等，从主题内容上为后来的新秧歌剧《兄妹开荒》、新歌剧《白毛女》等奠定了相当基础；更重要的是，其实践历程所集中鲜明体现出的对于民众、民间文艺的深度磨合、体察和探索，直接作用于延安新文艺观念的发展变化，形塑了延安的新戏剧形态。已有学者富有洞见地提出，延安以新秧歌剧为代表的新文艺创制体现出一种与社会生产、动员机制、战争态势等文化政治总体状况密切相关的"整体艺术"特性，不应孤立视之。然而在具体形式讨论中，这种"整体艺术"的形成过程，又往往被论述为从舞到剧，或歌舞成剧，即由小至大、由分立至综合的过程①，这样一种概括事实上仍然并未更多关注到 1943 年新秧歌剧成为"运动"之前，乃至《讲话》之前的更长的艺术实践脉络。如果将民众剧团这一线索纳入，我们就会看到新秧歌剧创制过程中更为复杂的各种因素的互动，这不是简单在"歌舞"成"剧"的脉络之前再添加一个"（旧）戏"的阶段而已，毋宁说是戏（体制化地方大戏）—曲（"曲子"小戏）—歌（秧歌）—剧（新秧歌剧、新歌剧）的错落交响。在这一实践进程中，"整体艺术"的趋势和方向并非从一开始就是当然和自明的，它的生成还有着其他方面的制约和动力；也正是缘于这一充满艰辛的实践进程，"新歌剧""民间小戏"这两个重要观念才在反复的对照调试下，得以命名和确立，产生了深远的影响。

3

---

① 参见熊庆元的相关论文如《歌舞成剧：延安秧歌剧的形式政治——以〈兄妹开荒〉的艺术革新为例》（《文艺研究》2018 年第 11 期）、《文体革新、文化运动与社会革命——延安新秧歌运动的历史形态及其政治向度》（《中国现代文学研究丛刊》2020 年第 12 期）、《"工农兵文艺"何以可能——〈讲话〉发表后的延安剧论与秧歌实践》（《现代中文学刊》2022 年第 3 期）以及路杨《"表情"以"达意"——论新秧歌运动的形式机制》（《文艺研究》2018 年第 11 期）。

一 "新歌剧"概念溯源与"民众剧团"的"顶层设计"

将"新歌剧"指向以《白毛女》为代表的新文艺创制，在今天似已成为一种常识，但其实"新歌剧"这一舶来名词的出现远早于延安文艺，20世纪20年代，黎锦晖的儿童剧编创已开始早期实践，因此将《白毛女》称为中国新歌剧的"第二起点"更为严谨。关于这一新形式到底应该以什么为资源和基础，是戏曲还是西洋歌剧/曲，抑或是两相调和，始终有着不同的声音。20世纪20年代后期至30年代，伴随着"唤起民众"的时代之声和民众教育、民众戏剧运动的逐渐高涨，新歌剧也出现高潮。田汉与聂耳合作的《扬子江暴风雨》（1934）完全是一个现代音乐的新创制，而更多面向民众的作品，例如欧阳予倩为南京国民剧场所作的《荆轲》（1927），王泊生自山东民众剧场至省立剧院时期创作的《岳飞》《荆轲》等，则或以京、昆大戏为音乐基底，或取其特征元素融入西洋咏叹调等。总而言之，延安文艺之前的中国新歌剧实践已有相当基础，而在普通民众中较有影响的创制路径还是改造传统戏曲大戏。

并非巧合，陕甘宁边区民众剧团正是以民间戏曲路线进行"新歌剧"实验的团体。早在1939年6月民众剧团创立不足一年之时，团长柯仲平在《介绍〈查路条〉并论创造新的民族歌剧》一文中，就明确表明民众剧团的目标——"'老百姓喜闻乐见的'中国气派的大众艺术"，具体来说就是"民族新歌剧"。其理想是在"五四""洋化"新艺术否定传统之上的"否定之否定"①，因此虽是更新的创造，但在今天"创造新的民族形式的最初的一过程"，即是"利用旧形

---

① 柯仲平《介绍〈查路条〉并论创造新的民族歌剧》，《文艺突击》新1卷第2期，1939年6月25日，第55页。

式"①，具体到当下操作层面，就是创制"以民主为基础，而同时是具有旧戏形式的优点，从吸收了旧艺术技巧而发展的秦腔新剧"②。1944 年 11 月《解放日报》刊载《民众剧团成绩卓著》一文，也直接将民众剧团数年来的新编戏曲现代戏直呼为"新歌剧"。③ 1932 年加入民众剧团的年轻后生、日后陕西戏曲研究院院长黄俊耀很明确地指出这一"改革旧戏曲，创造新型现代戏的重大任务"④，是毛主席本人交给柯仲平同志的。在此后各种回忆录中，都少不了介绍民众剧团的缘起：1938 年 4 月，在陕甘宁边区工会为工人代表组织的一个晚会上，演出了秦腔《五典坡》（即《武家坡》）、《升官图》（即《二进宫》）等剧目，受到与会代表和边区群众欢迎，毛泽东同志看到群众对这种旧形式的欢迎，当即指示柯仲平可取其形式，将陈旧的内容改为新的革命的内容。⑤ 1938 年 7 月民众剧团正式成立，与鲁艺成立只隔三个月，这两个几乎同时创建的文艺团体，或许在毛泽东的顶层设计中正分别侧重对应着"创作论"和"观众论"两个方面。他还直接对马健翎提议将其 1938 年年底编写的方言话剧《国魂》改成秦腔，认为这样作用更大。⑥ 无疑，选择旧戏形式的秦腔，正是民众剧团面向观众的体现。

　　诚如毛泽东的指示，民众剧团的主要创作（尤其是早期）集中于新编秦腔现代戏。但是一个更具体的问题是，旧戏形式何其多，为什么要选择秦腔这一地方大剧种来创制新歌剧？其中或许有 20 世纪

5

① 柯仲平《介绍〈查路条〉并论创造新的民族歌剧》，《文艺突击》新 1 卷第 2 期，1939 年 6 月 25 日，第 54 页。
② 柯仲平《介绍〈查路条〉并论创造新的民族歌剧》，《文艺突击》新 1 卷第 2 期，1939 年 6 月 25 日，第 54 页。
③ 《民众剧团成绩卓著》，《解放日报》1944 年 11 月 9 日第 2 版。
④ 黄俊耀《柯仲平与陕甘宁边区民众剧团》，载陕甘宁边区民众剧团艺术纪实编辑委员会编《陕甘宁边区民众剧团艺术纪实》，西北大学出版社 1993 年版，第 413 页。
⑤ 参见任国保《陕甘宁边区民众剧团大事记（1938 年 7 月—1955 年 5 月）》，载陕甘宁边区民众剧团艺术纪实编辑委员会编《陕甘宁边区民众剧团艺术纪实》，第 658 页。
⑥ 参见黄俊耀《马健翎艺术生涯》，《剧本》1983 年第 3 期，第 34 页。

30 年代民众戏剧运动中欧阳予倩、王泊生等新歌剧创制路径惯性延续的原因，事实上，"民众剧团"的命名本身也体现出这样的历史惯性，在 20 世纪 30 年代更具广泛"合法性"的"民众"二字无疑和柯仲平亲自题写的更富阶级性战斗性的"大众艺术野战兵团"团旗字样构成了有意味的对照①，这也说明民众剧团虽然是民主革命时期在我党领导下的一个新型的无产阶级革命戏曲团体，但无论是从人员构成还是话语上，都难以与此前以及当时国统区的戏剧运动遽然割裂开来。当然，无论是毛泽东的顶层设计也好，还是历史惯性的延续也好，选择秦腔大戏，还基于一个似乎不言自明的前提性常识：秦腔既具有陕西地方性，又是流布广泛的大戏、大剧种，相比当地民间小戏，当然更具有普遍性。在"艺术上的地方性，是被提到首要的地位上来"的当下时空，大戏相比民间小戏，似乎更具有"一般地方性也是可以转化为全国性"的可能，"有地方的特点，而同时是已经超出地方戏的境界了"②，质言之，更接近"民族形式"的要求。然而民众剧团的秦腔新编之路，是否果真一帆风顺呢？

---

① 关于"民众"与"大众"二词的关系问题，拙文《作为"问题"的民众戏剧——从 1930 年代的"民众戏剧问题征答"说起》（《文艺理论与批评》2017 年第 1 期）已做过考察。20 世纪 30 年代，在日益严峻激烈的政党政治对抗中，中国共产党已转向使用"大众"，而有意识地逐渐弃用日益被国民政府收编的"民众"，"民众剧团"的定名，既因为边区政党政治环境的相对安全，本身也反映出剧团在以原延安师范师生、延安市民和一些老艺人为基干情形下的"统战"意图。黄俊耀曾在《柯仲平与陕甘宁边区民众剧团》一文中写道，民众剧团里的党组织都是秘密的，党小组会要求每个党员用一礼拜时间在群众中先交一个知心朋友，同时还成立有以青少年为骨干的"共产主义同情小组"，简称"同情组"（任国保《陕甘宁边区民众剧团艺术纪实》，第 397 页），也可为佐证。但这并不意味着剧团弱化了阶级意识和党的领导，除团旗文字选择了"大众"之外，在当时关于民众剧团的各种文字（包括剧团前身"陕甘宁边区民众娱乐改进会"的《宣言》、团歌、柯仲平《谈"中国气派"》等文章）中，"大众""老百姓""群众"的出现频率都是远远高于"民众"一词的。

② 柯仲平《介绍〈查路条〉并论创造新的民族歌剧》，《文艺突击》新 1 卷第 2 期，1939 年 6 月 25 日，第 56 页。

二 "陕北秦腔"：存疑的"新歌剧"资源与地方/民族形式

1937 年 7 月 4 日，民众剧团在火神庙举行成立大会，演出马健翎、张季纯编剧的第一组新秦腔剧目《好男儿》《一条路》《回关东》，接着又连续创作演出了反映边区人民抗日救国的秦腔现代戏《那台刘》（1938）和《查路条》《中国魂》《干到底》（1939）等，仅《查路条》一剧就演出 150 多场，马健翎 1943 年创作的大型秦腔现代剧《血泪仇》更是影响深远。民众剧团走遍了全边区 31 个县中的 23 个县，190 多个市镇乡村，演出了 1475 场戏，平均两天一场，观众达 260 万人，成为边区众多剧团中下乡最多的团体。1939 年后，关中、陇东、三边、绥德、延安、保安司令部、荣誉军人学校、延川等地，均先后成立民众剧团分团或性质相同的剧团，演出民众剧团的剧本。① 七月剧团、陇东剧团、八一剧团、延安平剧研究院、大众文艺研究社等，其产生也与民众剧团的影响有关。

民众剧团的历史功绩毋庸置疑。老百姓对剧团的夸赞尤其集中于既有现实性，又"红火热闹"。例如"而今看大戏班的戏，就看个红火，娱乐娱乐罢了。看你们的戏，教我们娱乐，还教我们知道打日本的事情。看你们的戏不止看红火，还要看个情节"②，"这一下公家把宣传的'窍'得了"③。这里显然有两个参照对象，一是"大戏班的戏"，也就是所谓"旧戏"，民众剧团的新编秦腔与之相比更有现实性，特别是其现实性往往体现为思想意识上紧密结合当前政治工作需要。不仅仅是抗战时期"打日本"，像《血泪仇》《穷人恨》等名剧，

---

① 参见林间《民众剧团下乡八年》，《解放日报》1946 年 9 月 26 日第 4 版。

② 柯仲平《介绍〈查路条〉并论创造新的民族歌剧》，《文艺突击》新 1 卷第 2 期，1939 年 6 月 25 日，第 54 页。

③ 《陕甘宁边区时代的戏曲运动（1938—1948 年）》，原载《陕西省戏曲剧院院史资料汇集》（第一集），陕西省戏曲剧院 1979 年版，转引自陕甘宁边区民众剧团艺术纪实编辑委员会编《陕甘宁边区民众剧团艺术纪实》，第 601 页。

也是配合解放战争时期以"诉苦"和"两忆三查"① 进行新式整军的戏,"对于我军的教育,改造解放兵和提高部队的阶级觉悟,起了一定的启发作用"②,"对俘虏兵激发阶级觉悟的效果,是特别大的"③。二是相比此前生硬的抗日宣传,民众剧团的戏又有旧式场面的红火热闹,贴近人,"得了窍"。这正是柯仲平以民众剧团新编秦腔戏《查路条》为例所倡导的,"能把握住一段抗战的现实,选用了旧剧的技巧,利用旧形式而又不为旧形式所束缚,达到相当谐和的境地"④。柯仲平还很推重京剧《打渔杀家》,因为这戏虽属写意旧戏,但接近现实、很有写实成分,他认为应当从旧戏入手吸收的,就是"最接近现实的那种夸张法"⑤。

此时的柯仲平更多以内容之"现实"和形式之"夸张"来区别新旧,而对于旧形式内部进一步细分的剧种问题,尚无明确意识。但作为民众剧团最主要的创作者,马健翎却感到在调和"现实"与"红火热闹"之间不乏难度,这种难度与具体剧种形式直接相关。他说道"主题的新鲜进步有积极性,很容易想出来,把材料组织结合后,变成故事,也比较容易。最难的是,怎么样用活的人,生动的事件,把那个故事充实起来""运用旧形式,最容易犯镶框子的毛病,把某个旧剧当做模子,硬把新人新事塞进去",要"克服这些困难,就不得不多表现,多采取现实手法了"。⑥ 然而更困难的问题则无法简单靠多用现实手法宽泛地解决:

---

① 所谓"两忆三查",即忆阶级苦、忆民族苦;查立场、查工作、查斗志。
② 《野政关于整顿剧团、宣传队工作的意见》(1948 年 9 月 9 日),《群众文艺》第 4 期,1948 年 11 月 15 日,第 1 页。
③ 《王震将军给马健翎同志的一封信》(1948 年 11 月 13 日),《群众文艺》第 6 期,1949 年 1 月 15 日,第 7 页。
④ 柯仲平《介绍〈查路条〉并论创造新的民族歌剧》,《文艺突击》新 1 卷第 2 期,1939 年 6 月 25 日,第 55 页。
⑤ 柯仲平《介绍〈查路条〉并论创造新的民族歌剧》,《文艺突击》新 1 卷第 2 期,1939 年 6 月 25 日,第 57 页。
⑥ 马健翎《〈血泪仇〉的写作经验》,《解放日报》1944 年 6 月 21 日第 4 版。

《血泪仇》是运用秦腔写的，有说有唱，我对于在什么时候什么情况下该唱的问题，还在摸索中。……写唱辞给我的为难最多，感到秦腔的调子，有点单纯，不够充分的表现复杂的感情，字句的结构，虽然多少有点伸缩性，但是基本上是死板的，再加音韵的限制，写起来是非常费劲的……我们对于旧的音乐歌曲，知道的太少，对于新音乐理论与技术更差，因此很难着手逐渐改进。我非常迫切的希望旧的民间艺术家，新的有志于大众音乐的音乐家同我们合作。①

诚如曾到民众剧团工作过的新音乐工作者马可所言，"因为民众剧团是从事中国新歌剧的创造的，在这巨大的工作中，起码有一半是属于音乐方面的，舍除音乐工作而谈创造中国新歌剧，可谓为不可能"②。柯仲平、马健翎等人之所以重视音乐工作，渴望音乐工作者的到来，原因就在于此，而之所以又感到如此困难，看起来首先还是因为他们感到新歌剧理想中的新表达形式（即新音乐）与旧戏曲资源不易调和，从马健翎"有点单纯""不够充分""死板""限制"的字句中，也有点旧戏曲难以胜任的意思。但实际上，民众剧团除了新音乐基础差亟待专业人士帮助③，对于旧戏和秦腔从根本上也缺乏了解。不仅仅是短期在团的马可等经过专业训练的新音乐家，因不确定方言旧戏腔词配合的音阶构造和调式而难以记谱，对何为"新歌剧"理想的"中国唱法""中国发声法"一筹莫展；就是从一开始矢志于旧

---

① 马健翎《〈血泪仇〉的写作经验》，《解放日报》1944 年 6 月 21 日第 4 版。
② 马可《在"民众剧团"五个月的工作总结》，《中央音乐学院学报》1981 年第 2 期，第 25 页。
③ 马可提到民众剧团戏剧音乐方面负责人王同志（即抗大学生王晓明），新音乐基础甚差，其所记旧谱中没有画小节线，缺乏正确地辨别音节构造的能力。马可还曾为剧团讲过两三次"新音乐与新歌剧"课程，团员多半听不懂，剧团的新音乐工作开展十分困难。参见马可《在"民众剧团"五个月的工作总结》，《中央音乐学院学报》1981 年第 2 期，第 25 页。

戏新编的剧团骨干们,也往往限于那种"喉咙赌博"般的喊叫式练声。① 更现实的困难是民众剧团的早期骨干构成主要是延安师范的师生和有业余"票戏"经历的延安市民②,加上《民众戏剧训练班(学校)招收学员简则》中明确要求"能脱离生产",能做到这点的群众少之又少,因此民众剧团长期的主体都是充其量只算秦腔爱好者的知识分子。例如马健翎是陕北本地(米脂)人,从小爱看戏,青年时代在北京求学熟悉了皮黄和京梆子,自 1935 年任教清丰县简易师范期间开始创作话剧和京剧,西安事变后任延安师范教师并在校内领导学生(后来同为民众剧团中坚的史雷、张云等人)组建了乡土剧团,此时的创作也以话剧、京剧为主,直到进入民众剧团,都未创作过秦腔作品。③ 黄俊耀直陈"当时马健翎对于秦腔艺术形式并不很熟悉"④,所以在领命编演秦腔现代戏后,他本人也难免会落入其日后所批评的"套模子""镶框子"的窠臼。⑤ 1937 年马健翎编剧的秦腔现代剧《一条路》实际改自他此前写的京剧《逃难图》,1938 年创作

---

① 参见马可《在"民众剧团"五个月的工作总结》,《中央音乐学院学报》1981 年第 2 期,第 29 页。

② 《柯仲平同志谈民众剧团的成立及初期活动情况(1962 年 1 月 23 日、27 日)》提到"我们剧团第一批人员可以说是起义人员(国民党学校的学生),第二批人员是延安市的小手工业者……第三批就是青训班的黄俊耀、宏涛等",载陕甘宁边区民众剧团艺术纪实编辑委员会编《陕甘宁边区民众剧团艺术纪实》,第 93~94 页。

③ 在"乡土剧团"期间,马健翎创作了话剧《中国的拳头》《上海小同胞》,杂耍《小精怪》,京剧《逃难图》等。黄修己《中国现代文学简史》(中国青年出版社 1984 年版)中提到"(民众剧团)较为成功的剧目,主要是秦腔。一因剧作家马健翎等已有多年写作秦腔现代戏的实践"(第 452 页),与事实不符。其书中还存在将眉户《十二把镰刀》《大家喜欢》都归为"新秦腔"的错误。

④ 黄俊耀《马健翎艺术生涯》,《剧本》1983 年第 3 期,第 33 页。

⑤ 马健翎如此,更不用说当时剧团的其他编剧人员,如张季纯在民众剧团最早编写的秦腔现代戏《回关东》是改自旧剧《放饭》,后来的《双投军》也是按照旧剧《柜中缘》的路子编的。参见《马文瑞、李启明、秦川、黄静波、黄纲、张季纯、雷烽、张勃兴、牟玲生对编纂〈陕甘宁边区民众剧团艺术纪实〉的意见谈话(摘要)》,载陕甘宁边区民众剧团艺术纪实编辑委员会编《陕甘宁边区民众剧团艺术纪实》,第 47 页。

秦腔《好男儿》又是参照传统戏《反徐州》的现成格局①，类似让日本军官叫嚣"发现青春美貌女子，禀爷知道"（《那台刘》）、让潜入敌营之游击队员唱出"后花园转来了唐俊峰"（《中国魂》），都证明了这种"镶"法的不高明。直到 1941 年写《抓破脸》，马健翎才"打破"了这个路子，"不再借用古典剧的上场对子、下场诗和自报家门、身世等套子，并从此取消了检场的人等"②。但即便是最成功的 1943 年的《血泪仇》，他对于秦腔形式的熟悉也尚不能超出"最低限度的讲究"，连韵脚合辙平仄等都颇感难度，演员们也"提出好几个唱不出来的地方"③。当时有说法认为"民众剧团演的新戏（现代戏）好，唱的旧戏（传统戏）不行"④，这点剧团自己也是承认的。

作为剧团领导者和创作核心，陕北人马健翎当时的秦腔水平提示了一个往往易被忽略的现实，那就是在延安领导者的顶层设计中看似民族形式当然资源的地方大戏秦腔，其地方性恰恰是存疑的。虽都在今天的陕西省，但秦腔流行的"八百里秦川"关中平原，与沟壑纵横、道情小调充耳的陕北实在是两个世界。⑤ 延安不少知识分子是从关中来的，他们以秦腔为乡音，但陕北民众却未必如此。民众剧团早期团员姚伶感到"一般不习惯听秦腔的人"都认为"秦腔音乐高亢噪杂，甚至刺耳"，加上器乐演奏配合不佳带来干扰，观众"听不清唱词"，"就会厌烦，感觉没意思"⑥，这正是民众剧团要切实面对的

---

① 参见董丁诚《马健翎延安时期的戏剧创作》，《延安文艺研究》1985 年第 2 期，第 28 页。
② 马健翎《〈血泪仇〉的写作经验》，《解放日报》1944 年 6 月 21 日第 4 版。
③ 马健翎《〈血泪仇〉的写作经验》，《解放日报》1944 年 6 月 21 日第 4 版。
④ 任国保《陕甘宁边区民众剧团大事记（1938 年 7 月—1955 年 5 月）》，载陕甘宁边区民众剧团纪实编辑委员会《陕甘宁边区民众剧团艺术纪实》，第 677 页。
⑤ 原部队通讯学院副政委杨清轩曾回忆：当时陕北都唱的是道情和蒲州梆子，后来在民众剧团的带动下，成立了许多秦腔剧团，使新秦腔在陕北大地开花结果。参见《一次很有意义的座谈会——回忆在解放战争中的民众剧团》，载陕甘宁边区民众剧团纪实编辑委员会编《陕甘宁边区民众剧团艺术纪实》，第 374 页。
⑥ 姚伶《秦腔音乐演奏现实剧的两点意见》，《群众文艺》1949 年第 7 期，第 27 页。

观众现实。例如陕北当地著名的"戏篓子"李卜，精熟的是眉户、蒲剧，秦腔是后来到了民众剧团才学的[①]；而从小喜好吹拉弹唱的马健翎，其实此前与秦腔最亲密的接触大概只有 1934 年夏因探护病兄在西安一个月间的高密度观摩。[②] 民众剧团的秦腔创作，从一开始就只能是不地道的"综合"：如团中无人精熟秦腔锣鼓，马健翎就糅合"秦晋"这对"大乡党"，把他之前有所了解的京剧和山西梆子，还有看戏听来的蒲州梆子锣鼓点加进来独创了一套秦腔锣鼓经；将山西中路梆子（晋剧）的唱腔板式嫁接到秦腔里来，也是常有的操作。[③] 但是对于这样的创新"综合"，马健翎始终骄傲不起来，他始终耿耿于怀的是群众反映民众剧团演的是"陕北秦腔"，于是在 1942 年、1943 年左右，利用将晋剧老艺人张本宽和在原国统区的关中秦腔班子裕民社全体争取入团的机会，开始大量排演传统戏，向传统学习。[④] 直到 1947 年招收娃娃学员时，马健翎仍对这些陕北小乡党们提出了严格要求和警告："必须下狠心，把你们的舌头扭过来，改学关中话，否则就不能成为秦腔演员，宁可让你们都回去，也不能把剧团

---

① 参见任国保《李卜与眉户剧》，《延安文艺研究》1986 年第 3 期，第 59 页。

② 参见顾智敏《马健翎生平史略》，载陕甘宁边区民众剧团纪实编辑委员会编《陕甘宁边区民众剧团艺术纪实》，第 435 页。

③ 黄俊耀曾演《斩马谡》时，孔明在城楼上观景有一大段唱腔遇到困难，用秦腔苦音慢板（**4**、**7**）不是味儿，用花音慢板（**3**、**5**），也觉不合适，用秦腔花音摇板仍不美气。恰好剧团有人会唱山西中路梆子里的什么"大刘刘二溜溜"，于是马健翎灵机一动，借鉴这段唱腔，用秦腔硬音摇板作基本腔调，参照中路梆子二行板的唱法。参见黄俊耀《马健翎艺术生涯》，《剧本》1983 年第 3 期，第 41 页。

④ 民众剧团创作历史剧与整理改编传统戏基本情况如下：1941 年 7 月开始马健翎由晋剧移植秦腔《打渔杀家》，同年改编秦腔《反徐州》；1942 年改编秦腔 6 个，其中 5 个由马健翎整理，为《大拜寿》《回荆州》《伍员逃国》《游龟山》《斩马谡》，张云整理了《斩黄袍》；另有眉户 3 个：《盘店》、《三进士》、《四岔捎书》（不具名）；蒲剧 1 个：《沙陀国》。此外 1942 年还排演了《葫芦峪》《金沙滩》《八大锤》等剧。1944 年后，回归秦腔传统戏，编演《潞安州》（1944 年黄俊耀）、《千古恨》（1945 年雷秦秀等）、《顾大嫂》（1948 年马健翎）、《游龟山》（1948 年马健翎二改）、《鱼腹山》（1948 年马健翎）。

办成米脂秦腔、陕北秦腔……"①，可以说，马健翎在 1949 年后致力于秦腔传统戏改革和新编历史剧的人生道路，此时已见端倪。

从这一角度看，20 世纪 40 年代初延安的"大戏热"和"传统戏热"，当然不是"逆流"，也不仅仅反映了大生产运动改善了生活后，边区群众对于更丰富文化生活和精神娱乐的需要，它还真切反映了民众剧团技术提高的要求。事实上，民众剧团最有名的 30 场大型秦腔剧目《血泪仇》只有在收编了裕民社的 1943 年后才可能演得出来，安波能写成第一部《秦腔音乐》主要依靠的也正是裕民社鼓师老艺人朱宝甲的传授②，书中所录选段绝大多数是传统戏名段，民众剧团的原创只收了《血泪仇》《中国魂》两剧，且音乐上也主要是袭用传统，旧调填新词。可见，"以当时延安音乐工作者的技术水平和理论水平，在秦腔音乐改革方面实现'新形式'的创造是非常困难的"③。与之相关我们也需要明确的一点就是，延安文艺中为人所津津乐道的"综合"特征，有些并不是出于对"整体艺术"的主动追求，而是条件能力所限之下的无奈之举。

三　另一条道路："小戏"的定名与秦腔（戏）、眉户（曲）、秧歌（歌）序列的重审

民众剧团在成立的头两年，始终以新编秦腔现代戏为创作重点，只是在 1939 年 5 月编排了一个"小歌剧"《小放牛》④。虽然是个另

---

① 槐保《马健翎与"孩子队"》，载陕甘宁边区民众剧团艺术纪实编辑委员会编《陕甘宁边区民众剧团艺术纪实》，第 635 页。

② 安波在《秦腔音乐》的前言中提道："柯仲平同志、马健翎同志始终是关心这个工作的，而大部分材料是朱宝甲同志提供的，因为他是从事秦腔音乐工作三十多年的老艺人……"参见安波《秦腔音乐》，新文艺出版社 1950 年版，第 1 页。

③ 辛雪峰《从〈秦腔音乐〉看延安民众剧团的秦腔改革》，《天津音乐学院学报》2017 年第 2 期，第 102 页。

④ 《陕甘宁边区民众剧团至西北戏曲研究院期间创作、改编、整理、移植和演出剧目一览表（1938 年 6 月—1955 年 5 月）》，载陕甘宁边区民众剧团艺术纪实编辑委员会编《陕甘宁边区民众剧团艺术纪实》，第 65 页。表格最后附记：史雷、马凌元、任国保回忆整理。

类，却不容忽视。1942年5月在延安文艺座谈会上，民众剧团团长柯仲平进行汇报的案例正是这个《小放牛》，他说："我们说是演《小放牛》，你们瞧不起《小放牛》吗？老百姓却很欢迎。你们要在那些地方找我们剧团，只要顺着鸡蛋壳、花生壳、水果皮、红枣核多的路走，就可找到。"不过，毛主席开怀之后也告诫他"你们要老是《小放牛》，就没有鸡蛋吃了"①。

这段佳话往往被看作普及应与提高相结合这一主张的注解，但其中或许还有更深的意味。《小放牛》既是表现少女牧童对唱对答的民间歌谣，又是在京剧、梆子等各地"旧戏"剧种中习见的小型歌舞表演，形式清新灵活，唱念也多不拘于本剧种已有的体制束缚。柯仲平之所以特别提出《小放牛》，可能正是看到了剧团现阶段改编秦腔的局限，从而将视线转向新歌剧的另一种可能，这也是作为诗人的他一直关注的方向——民歌和小戏。其实民众剧团的《小放牛》并非没有"提高"，它在内容上已经一改原先对少男少女之情的表达，变成二人利用对答方式宣传抗日了。如此来看，毛泽东之所以不那么赞成"《小放牛》道路"，显然也还是因为其民间形式问题。相比早早就被中央关注和选定的秦腔，被认为难以提高的"小放牛"形式，并不是一开始就被纳入新歌剧的资源库中的。这提示了我们"鄙视链"不仅仅存在于"土洋"之间，在"土"的一方内部，根据民间文艺形式精致整饬程度的不同，亦即体制化程度的高低，也有着等级之分。尤其随着中国作风、中国气派的提出，当"土洋"之间的问题在理论上予以解决后，"土"内部的级差和"鄙视链"仍然存在，甚至因为民族形式趋向普遍性、整体性、现代性的"新文艺"诉求，那些更小、更"土"的文艺形式，被认为与之隔阂更大，受到的鄙视还曾一度加剧。何况，它们在民众中如此流行，耳熟能详到可自然而然召唤出某种与

---

① 康濯《〈讲话〉精神要代代传》，《羊城晚报》1982年5月18日，转引自陕甘宁边区民众剧团艺术纪实编辑委员会编《陕甘宁边区民众剧团艺术纪实》，第531~532页。

之相应的"封建情绪",这就为它们的"土"和"落后"更添危险性。

最能反映这种普遍存在却未必公开的"鄙视"的,就是命名问题。今天讨论陕北文艺,总会想当然地把眉户、道情、秧歌等当地民间文艺称呼为"民间小戏",然而事实上,与"新歌剧"概念一样,"民间小戏"也是一个后设的晚近概念,其产生远在花部擅胜之后。王国维在其名著《宋元戏曲史》中所论述、定名的真戏剧之"戏曲",就是以体制化的南戏北(杂)剧为起点,而非出现更早的歌舞、科诨小戏。直至20世纪20年代,还并无"民间"与"戏曲"连缀的专有名词,此时述戏曲之"民间"(如元杂剧之民间性等),多与"宫廷"贵族艺术相对,乃是朝野之分,并无区隔大戏小戏的用意。1929年第9期的《宝山民众》杂志曾登载普通乡民陈庆福谈花鼓戏和滩簧改良利用的小文《我对于民间戏曲意见》,虽看来无甚高论,但较早把"民间戏曲"和今天所谓乡土小戏联系了起来。陈子展的《民间戏曲之研究》一文意义更为重大。在该文开头,陈子展写道:"我所说的'民间戏曲'自然不是供奉帝王贵族公卿大夫的玩好,而由他们扶植豢养而成长发达的昆曲京戏;也不是流行于各地都市间的道地的大戏,如汉戏粤曲徽调秦腔之类;乃是流行于各地农村间,而由农民自己创造自己享乐的一种戏曲。这种戏曲的最大部分为所谓'花鼓淫戏',而演唱这种戏曲的叫做'花鼓班子',因此其他不属于所谓淫戏的戏曲也就通通被称为'花鼓'了,这种戏曲,既不能供宫廷里的赏玩,又为士君子所排斥,还要遭官府的严禁,完全是野生的、民间的。我以为给他一个'民间戏曲'的嘉名,倒是十分相宜的。"[①]此处的民间戏曲,不仅与宫廷、贵族相对,也与都市以及流行大戏相对,已较为鲜明地具有了"民间小戏"的内涵。

再看"小戏"一词,据齐如山的说法,是民国时期对于"地方

————————————

① 陈子展《民间戏曲之研究》,《社会杂志》(上海)第1卷第2期,1931年2月15日,第1页。

戏”的一般叫法①，但在当时也并非权威性的清晰界定，"小戏"同样可以用来指称短小的话剧、京剧剧目。而在学界关于蹦蹦/评戏、花鼓戏、坠子、楚剧、山西梆子、落子等讨论中，往往直呼其具体名目，若要概括而论，则用"俗曲""小曲"更为普遍。② 同时代的延安情形也是一般，直到20世纪40年代中期之前，很难找到明确在剧种层面把"道情""眉户""秧歌"等界定为"小戏"的论述。马健翎、马可、丁玲等知识分子，往往都和老百姓一样，随意地把眉户喊作"迷胡子""曲子""曲子戏""眉户调子"，把秧歌称作"歌子"，例如，"为着唱秧歌，我们也就学会了几个歌子，新的歌子在农村里也是很需要的。……小学校向我们要过秧歌本，特别爱歌子，喊口号'欢迎民众剧团给我们教歌'"等。③ 这些惯用表述在客观言明眉户、秧歌民间小调的出身同时，事实上也强化了"曲""歌"系统相对于体制化的"戏"（遑论更具现代意味之"剧"），更为初阶低等这一印象。在当时《陕甘宁边区民众娱乐改进会宣言》等相对正式的表述中，也有"我们应该在这从古未有的大抗战中，改进我们的歌子和戏曲"④ 等将两者惯性分立的语句。

1945年，左翼戏曲理论家黄芝冈发表名文《从秧歌、花鼓、连相、高跷到民间小戏》⑤，将"民间"与"小戏"连缀成"民间小戏"的固定称谓，将秧歌系统纳入"戏"之基本范畴。也正是在20世纪40年代中期，延安的剧人展开了关于旧戏之"大戏""小戏"问题的自觉探讨。1946年张庚在《秧歌剧选集》序言中提到，"民众

---

① 参见梁燕主编《齐如山文集》第五卷，河北教育出版社2010年版，第167页。
② 参见关家铮编著《二十世纪〈俗文学〉周刊总目》，齐鲁书社2007年版。
③ 参见王元《民众剧团下乡》，《解放日报》1944年2月7日第4版；林间《民众剧团下乡八年》，《解放日报》1946年9月26日第4版；《民众剧团成绩卓著》，《解放日报》1944年11月9日第2版。
④ 《陕甘宁边区民众娱乐改进会宣言》，《新中华报》1938年5月25日第4版。
⑤ 黄芝冈《从秧歌、花鼓、相连、高跷到民间小戏》，《演剧艺术》第1卷第1期，1945年6月15日。按文义，"相连"应为"连相"。

剧团所走的方向是利用旧形式,包括秦腔、眉户等陕甘宁边区老百姓所爱好的地方大戏和小戏"①,明确将眉户定义为地方小戏;马健翎也在《写在〈穷人恨〉的前边》写道:"秦腔是西北最普遍而流行的民间歌剧,此外还有曲子(眉户)、道情、线葫芦、碗碗腔等。但是只有秦腔老百姓叫大戏,其他的叫小戏。"②

从"曲子""歌子"到获得"戏"的命名,在当时的语境中显然是一种上升,根本原因来自现实的刺激。秦腔在陕北缺乏土壤是其一,其二则与体制化大戏更为鲜明的剧种特色和更为严苛的形式束缚有关。除了文武场伴奏专业性要求高,不易解决之外,秦腔以慢板、苦音为代表性风格特征,更适合表现悲慨斗争场景(后期《血泪仇》《穷人恨》的成功与此直接相关),但边区文艺要反映的内容又绝不仅限于此,马健翎就感到"秦腔音乐唱腔很难表现老区人民生活中的活泼欢乐情感"③,而眉户"最适合于表现劳动人民的生产、感情和思想"④。因此在早前进行《查路条》相关段落的创作时,就在秦腔中插进了几段欢畅活泼又具抒情感的眉户调。眉户的艺术风格无疑简单灵活得多,形式感弱的同时也更显得日常、自然、好用,更适宜从正面表现人民内部。加上眉户调对于器乐伴奏不讲究,唱念较少受到伴奏干扰,一方面"吐音清楚,更听得真"⑤,另一方面也利于音乐素养不那么高的业余群众文艺团体普及。侯唯动曾多次把"严肃拘谨"的秦腔比作"七言绝句,七言律诗"的"古典主义",把"轻俏活泼"的眉户比作"元曲长短句"的"浪漫主义",认为"想丰姿

---

① 张庚《说明》,载马健翎等《秧歌剧选集》,东北书店 1946 年版。

② 马健翎《写在〈穷人恨〉的前边》,载《穷人恨》,西北新华书店 1949 年版,第 2 页。

③ 黄俊耀《马健翎艺术生涯》,《剧本》1983 年第 3 期,第 33 页。

④ 马健翎《眉户音乐》序,陕西人民出版社 1981 年版。这也是当时左翼文艺中有代表性的一种观点,即"民歌小调的音响结构源于人们最为日常的生产劳动活动,因而保存着劳动大众最为熟习、适应的身体节奏的样式",参见康凌《有声的左翼:诗朗诵与革命文艺的身体技术》,上海文艺出版社 2020 年版,第 31 页。

⑤ 丁玲《民间艺人李卜》,《解放日报》1944 年 10 月 30 日第 4 版。

多彩，非向'眉户'戏方面发展不可"①。1940年春天，民众剧团吸收眉户老艺人李卜之后，确实出现了一个短暂的眉户"转向"，尤其以马健翎在李卜帮助下创作的小型眉户戏《十二把镰刀》（1940）和大型眉户戏《大家高兴》（1944）为代表。② 1940年开始的眉户转向，与稍后的延安新秧歌剧运动显然存在着影响关系。鲁艺的马可、庄映等人特地来记录、学习李卜丰富的眉户曲调，化用进《兄妹开荒》《夫妻识字》等秧歌剧中，群众喜欢这些新秧歌剧，一个原因就是眉户味浓。丁玲说："张鲁同志也在他（李卜）这里来学习眉户，把这些东西带回鲁艺去，许多年轻的音乐工作者，也来找他。这一两年来，延安的秧歌有那么多好听的眉户调，就是从这里来的。"③ 张庚更是把眉户《十二把镰刀》选在《秧歌剧选集》（1946）卷首"以见渊源"，认为此剧"给后来的新秧歌剧不少启发"，除了曲调音乐方面，其将"男女调情这种民间形式中的落后部分"改从"健康夫妻感情生活来着眼描写"的"扬弃工作"，也为《兄妹开荒》"用兄妹二角而不用夫妻"提供了经验教训，由此，新眉户的代表作成了为新秧歌剧"开先河的作品"④。

　　眉户虽与秦腔一样以关中地区为中心，但正因其并未体制化，与依字行腔的板腔体大戏秦腔不同，体现出以音乐旋律为基础的民间曲调特征，即所谓文从乐、以腔传字。由于音乐旋律更为重要和稳定，故对文辞字声字韵阴阳平仄的协调要求不高，方言因素也因此相对弱化。这也推动了民间曲调歌谣的传播。眉户曲调在传播过程中，又因

① 侯唯动《柯仲平领导边区民众剧团》，《新文学史料》1983年第1期，第150页；侯唯动《我们开辟历史 我们记载历史》，载陕甘宁边区民众剧团艺术纪实编辑委员会编《陕甘宁边区民众剧团艺术纪实》，第557页。
② 史雷口述回忆李卜的贡献，指出《十二把镰刀》在唱腔设计上都是根据李卜唱的曲调，马健翎根据人物性格的情感要求来填词。参见童增琪记录《回忆民众剧团走过的道路——史雷同志谈民众剧团》，载陕甘宁边区民众剧团艺术纪实编辑委员会编《陕甘宁边区民众剧团艺术纪实》，第494～495页。
③ 丁玲《民间艺人李卜》，《解放日报》1944年10月30日第4版。
④ 张庚《说明》，载马健翎等《秧歌剧选集》。

流布地域的不同而起变化，吸收了甘肃、山西、四川、湖北等地音乐元素，在陕北的延安、榆林一带也发展出了北路曲子戏。在不断的丰富中，其曲调库早已超出了所谓"七十二大调三十六小调"的限制。既有在地性，又具备广域化的行走能力，是眉户调等民间曲调歌谣"好用性"的基础，其间道理，看看南方小曲《叹五更》《无锡景》与北方小调《照花台》《探清水河》之间的亲缘关系，便不难理解。

如果说眉户调还是一个规模相对有限的民间曲调集合，那么秧歌就指向一个宽广得多的、在中国北方具有全域性的民间曲调歌谣系统和网络。北方秧歌和具有同源性的南方采茶、花灯花鼓等，共同构成了汉民族俗曲和民间歌舞的基本库。从音乐上来说，眉户的音乐是囊括于秧歌系统中的，例如眉户中的"采花调""五更调"（《十二把镰刀》中最有名的段落"一更二更月呀月东升……"就是"五更调"套子）等，无论是在秧歌还是同源南方民间歌调中都极为常见。萧寒1951年就在专著标题中把"眉户的音乐"，定位为"秧歌音乐研究之一"①。而相比歌舞性的秧歌，眉户已从地摊清唱走上舞台，即所谓"曲子戏"，是"旧秧歌走向戏剧化的过渡形式"，是"秧歌中比较最完整的一环"②，对于惯性地从体制化大戏资源出发着手新歌剧创制的人来说，它比"歌子"更靠近"戏"，较早被关注并利用是不难理解的。而以延安文艺之所以从秦腔大戏到曲子戏的内在逻辑来看，接下来从曲子戏再走向歌子（秧歌），也可谓水到渠成。就群众普及而言，要演秦腔（哪怕是现代戏）对于民众剧团这样脱产的文艺团体都有专业上的巨大困难，在边区推广也多靠职业剧团③，而秧

---

① 萧寒编著《秧歌音乐研究之一：郿鄠的音乐》，商务印书馆1951年版。
② 萧寒编著《秧歌音乐研究之一：郿鄠的音乐》前言，第2页、第6页。
③ 王元在《民众剧团下乡》（《解放日报》1944年2月7日第4版）中曾提到一个小插曲，民众剧团下乡时曾帮助八一剧团排演《血泪仇》，经指导后对方恍然大悟："原来就是要演得像事实一样，这个难什么呢！"这段记录当然是表扬民众剧团接地气，但实际上也是不得已的妥协，正说明基层群众团体（哪怕是位于关中的八一剧团）需要以牺牲秦腔形式感为代价，才有可能觉得"不难"。

歌却可以"主要由老百姓自己搞","做到一个区一个秧歌队",实现从"秧歌下乡"到"乡下秧歌"①,乃至在秧歌灵活且现实感强的形式基础上更进一步,创造出融话剧、秧歌舞、歌唱、快板为一体的综合性的"《穷人乐》方向",实现真实劳动生活情境经验与戏剧艺术形式的高度统一②;同时,秧歌灵活、宽容、广域的形式载体,也更趋近了新音乐和新文艺工作者的能力范围,使得他们的才华和"提高"工作有了施展空间,为鲁艺的新秧歌剧铺平了道路,完成了从"歌"(旧秧歌)再到"剧"(新秧歌剧)的提高与综合。"创作论"与"观众论"的结合也终于在延安新秧歌工作中得以解决。

从秦腔(大戏)转向眉户(曲子/曲子戏)再到秧歌(歌子),这是一条从"戏"到"歌"、从"旧戏"中的板腔体大戏到民间歌调的"去体制化"道路,实质上走的正是在1942年延安文艺座谈会时仍不被看好的"《小放牛》道路",也即诗人柯仲平始终热心的民歌/小歌剧道路。1940年,柯仲平在周扬授意下写作《论中国民歌》发表在《中国文化》第4期上,毛泽东也很支持民歌工作,在柯仲平首次主持民歌朗诵会失败后,激励他"还是好好搞,方向是对的,头一次么!不要灰心"③。一方面鼓励搞民歌,另一方面又对民众剧团走"小放牛"方向提出善意批评,该如何理解这一矛盾呢?这或许正说明当时,中央与基层一样,惯性地将"歌"与"戏"视作两个不同等级的领域,新文艺的民歌路线和面向民众的新歌剧戏剧路线也是割裂的。民歌应当好好搞,但是若把"戏剧"按照"民歌"路子

① 《延安大学开学 毛泽东同志指示延大应为抗战及边区政治经济文化建设服务》,《解放日报》1944年5月31日第1版;艾克恩编纂《延安文艺运动纪盛》,文化艺术出版社1987年版,第529页。

② 参见程凯《"群众创造"的经验与问题——以"〈穷人乐〉方向"为案例》,载罗岗、孙晓忠主编《重返"人民文艺"》,上海人民出版社2019年版。

③ 《柯仲平同志谈民众剧团的成立及初期活动情况(1962年1月23日、27日)》,载陕甘宁边区民众剧团艺术纪实编辑委员会编《陕甘宁边区民众剧团艺术纪实》,第94页。

来搞，就弄混了、弄"低"了。直到经历了新秧歌剧运动从"歌"再到"剧"（即"整体艺术"）的新的综合，"小放牛们"才最终得以正名，随即获得并奠定了"小戏"的地位，这正是黄俊耀所言"秧歌曲调吸取了陕北民歌的精华，又糅合了革命文艺工作者的智慧，使一种新型的文艺形式，日益成熟，推广开来……由于秧歌增添了戏曲音乐唱腔和表演艺术，戏曲自然又带动了具有民间色彩的秧歌向前发展"的"根据地戏曲艺术不断发展的辩证法"①。民间歌调借助延安文艺面向民众的新歌剧探索，逐渐上位，获得自己的"小戏"命名，而新歌剧也在这一过程中，找到了不同于以往王泊生、欧阳予倩等人建基于体制化旧戏改良的民族歌剧之路，以《小放牛》为前导，从眉户《十二把镰刀》开始到《兄妹开荒》等新秧歌剧，再到更具新文艺新音乐特征的《白毛女》，中国的"新歌剧"迎来了第二起点和新的高峰。

四　两条道路的辩证："民间小戏"与"新歌剧"交响的余音

在延安"民族形式"的新歌剧创制实践中，民间歌调被重新发掘、审视，并在逐渐取代体制化大戏成为新歌剧主要资源得到"综合""提高"的过程中，获得了地位的上升和"民间小戏"的命名。1951年，周恩来签署《政务院关于戏曲改革工作的指示》指出："地方戏尤其是民间小戏，形式较简单活泼，容易反映现代生活，并且也容易为群众接受，应特别加以重视。"这是中央以文件形式，正式对既从属于地方戏又自有其独特审美品格的"民间小戏"给予了认定。但是，"民间小戏"与"新歌剧"观念交响下的复调之音始终存在。

例如，延安秧歌运动如火如荼的热潮，并没有为民众剧团的眉户

---

① 黄俊耀《柯仲平与陕甘宁边区民众剧团》，载陕甘宁边区民众剧团艺术纪实编辑委员会编《陕甘宁边区民众剧团艺术纪实》，第402页。

转向和小歌剧实践提供持续长久的推动力。1940 年民众剧团拿出三出眉户戏（《桃花村》《两亲家》《十二把镰刀》），1941—1943 年剧团的眉户创作只有两出戏，另还演了杨醉乡、贺敬之等人编创的《崔福才转变》《张丕谟锄奸》等两三个小调剧、小歌剧。1944 年是民众剧团的眉户戏高峰，五出新剧目中有四出眉户，其中就有《大家高兴》，但此后眉户创作渐入沉寂。此时的民众剧团，因群众"特别爱歌子"①，"甚至每到一处，常为当地要求教歌或要求表演歌咏所苦"②，又与新文艺、新音乐和新秧歌工作者有较为密切的学习交流合作条件，于是"才学着搞秧歌"③，除了协同鲁艺排演"眉户味浓"的秧歌剧《夫妻识字》④，后期还创编了《三勇士》《美军滚出去》《活捉张汉初》《放下你的包袱》《宣誓》《俞兰姑娘》《一个旱烟锅》《见面》等多个小调剧、（小）歌剧、活报剧、快板剧。不过关于民众剧团"搞秧歌"，团员们却"自己认为搞得很差的"⑤。总体而言，经过短暂眉户转向的民众剧团还是重新回到了秦腔这个重心上，原创了现代大戏《血泪仇》《保卫和平》《穷人恨》，并改编创作了《打渔杀家》《反徐州》《斩马谡》《游龟山》《四进士》《太平庄》《鱼腹山》《顾大嫂》等一大批历史剧。⑥ 其中固然有学习传统的需要和裕民社等旧式戏班加入后专业技术加强的原因，但更深层的原因，还是因为民众剧团的领导中坚对于自身有着与鲁艺等"新文艺"团体

---

① 王元《民众剧团下乡》，《解放日报》1944 年 2 月 7 日第 4 版。
② 马可《在"民众剧团"五个月的工作总结》，《中央音乐学院学报》1981 年第 2 期，第 25 页。
③ 王元《民众剧团下乡》，《解放日报》1944 年 2 月 7 日第 4 版。
④ 如任国保《陕甘宁边区民众剧团大事记（1938 年 7 月—1955 年 5 月）》记载"史雷去鲁艺导演《夫妻识字》"，载陕甘宁边区民众剧团艺术纪实编辑委员会编《陕甘宁边区民众剧团艺术纪实》，第 689 页。
⑤ 王元《民众剧团下乡》，《解放日报》1944 年 2 月 7 日第 4 版。
⑥ 参见《陕甘宁边区民众剧团至西北戏曲研究院期间创作、改编、整理、移植和演出剧目一览表（1938 年 6 月—1955 年 5 月）》，载陕甘宁边区民众剧团艺术纪实编辑委员会编《陕甘宁边区民众剧团艺术纪实》，第 66～68 页。

不同的定位，特别是马健翎，虽然也在审时度势调整着自己的新歌剧观念和表述，包括与张庚等延安戏剧家一道将曲子（眉户）、道情、线葫芦、碗碗腔等呼为"小戏"，但他并没有真正放弃早先的立场。例如在1948年发表的《写在〈穷人恨〉的前边》中，还是时不时流露出民间"歌剧"和"曲调"的对立思维，在论述秧歌和秦腔关系问题时尤为执着：

> 曲子、道情虽然也是由人（演员演出），但比较是小型的；至于秧歌，大半是配合打击乐器的边舞边唱，并不配合管弦之音（有时秧歌里带有道情、曲子甚至大戏，那是另外加上的，并非秧歌本身）。所以可以这样说：西北的秦腔，是西北民间比较完整而且能够表现复杂内容的歌剧。……（中国的民间歌剧）我觉得基本上有两种：一种是有许多曲调，歌词由长短句组成，如昆曲、眉户等；一种是唱法里有一板三眼、一板一眼、有板无眼及散板等，歌词基本上是由三三四（十字）或四三（七字）组成。……前一种因地域的不同，各地有各地的曲调，很难一致运用。后一种虽然也因地域的不同，各地有各地的不同唱调，但其唱法的种类与歌词的组成，基本上是相同的，如皮黄、京梆子、山西梆子、秦腔及各地的乱弹戏（大戏），都是一样。所以，后一种的剧本，各地都可以演出，是更比较容易普遍而深入的。……像这样的秦腔剧本，不仅各地的乱弹（大戏）可以演出，如有不会运用民间歌剧的剧团，也可以把唱词根据当地民间的韵调，做新曲而演出。可以随便改变唱词的句法，因为这个剧是用中国民间歌剧的结构与演出方法编成的，现在流行的秧歌剧（有的是新作曲，有的是民间曲调）事实上和这样的歌剧是一个东西，并非两样。①

---

① 马健翎《写在〈穷人恨〉的前边》，载《穷人恨》，第 2~4 页。

将昆曲与眉户同视为地方歌调，显然是马健翎的误解，但他的真正用意是在经新文艺加工的新秧歌剧及与其同为民歌系统的新歌剧已经获得"民族形式"的广泛认可之后，再次强调秦腔等板腔体体制化大戏的"民族形式"可能性，而把现在"流行的秧歌剧"视作因条件、能力不足——"不会运用民间歌剧"——从而"根据当地民间韵调做新曲演出"的"降格""替代"。

与学界更多将新秧歌剧视作"普及"基础之上"综合""提高"的成果相比，马健翎的"降格"说，显得颇为另类。延安秧歌剧的历史功绩和艺术成就毋庸置疑，其"整体艺术"形式确实包含着社会关系整合的维度，与根据地的政治经济环境，尤其是战争态势具有同构性。① 一开始并没有被纳入"戏剧"工作考量的秧歌和"小放牛"们，最终能打出漂亮的翻身仗，有其必然性。但我们绝不能因此就简单认为马健翎是固执与不合时宜的逆流者。他的执着正缘于他深谙延安新歌剧实践探索的经纬，深知其中的艰难和妥协，相较实践后期秧歌剧运动从"歌"到"剧"的综合、整体化工作（"立"），他经历感受最为深刻乃至痛切的，恰恰是此前从"戏"到"曲"再到"歌"的去体制化进程（"破"），这一进程当然是新秧歌剧不可或缺的前因和铺垫。而对马健翎来说最大的遗憾，也正是因为战争动员情势的紧迫，没有充分条件沉潜深入民间"旧戏"体制，因此在地方大戏/旧艺人、民众、新文艺三者之间寻求结合的成果难乎人意。即便是较民众剧团成立更晚的立足"旧戏"的延安平剧院，仍是以鲁艺新文艺工作者和知识分子为主体的创作。而延安新秧歌剧聚焦于更为好用的民间歌调小戏并取得成功，也只是暂时摁住了这个问题，并没有真正解决它。

新中国成立后，即便"小戏"地位已经确立，马健翎仍在重申

---

① 参见熊庆元《文体革新、文化运动与社会革命——延安新秧歌运动的历史形态及其政治向度》，《中国现代文学研究丛刊》2020 年第 12 期。

"以旧戏曲为主"的新秦腔道路和"以民间的曲调与秧歌为主"的新秧歌/小放牛道路，是"两种方法一条路"，"在创造民族的新歌剧来说是一致的"，强调"各种地方戏曲，经过改造，能够表现现代生活"①。马健翎的关切远比表面上的"大戏""小戏"之争更为现实。普及之后，提高的问题总要到来，如果说在根据地，因为种种条件制约，新文艺工作难免有从权之举，那么新中国的文化建设就必须直面更为艰巨复杂的戏曲大戏问题。何况"据不完全的统计，全国有 20 余万旧艺人，4 万左右新文艺工作者，西北有 2.5 万多旧艺人，3000 多新文艺工作者"②，如果仅从新文艺工作者的立场和便利出发，处理不好其中关系，延安戏剧运动的成果也只能局限于特定的时空，难以推广延续，所谓"民族形式"也就丧失了真正的生命力。这正是马健翎在新中国成立后全力深入秦腔传统，投入秦腔传统戏、历史剧改编的根本原因。③ 虽然今天谈到马健翎和民众剧团秦腔现代戏实践的历史功绩时，人们多淡忘了其中的艰辛与遗憾，但正是这些难题，在新中国成立之后直至今日，日益得到凸显，成为当代戏曲界的焦点、热点与核心问题。面对"新秧歌剧"几成历史名词、小戏现代戏创作整体低迷的现状，愈加令人感到马健翎的忧思与执着颇具预见性，不仅无损于延安文艺所达到的高度，相反更凸显出了其中的历史深度和实践厚度。

（江棘　中国人民大学文学院副教授）

---

① 马健翎《对于戏曲改革工作应有的认识》，原载西北文学艺术工作者代表大会秘书处编《西北文学艺术工作者代表大会纪念集》（1951），转引自陕甘宁边区民众剧团艺术纪实编辑委员会编《陕甘宁边区民众剧团艺术纪实》，第 41 页。

② 马健翎《对于戏曲改革工作应有的认识》，原载西北文学艺术工作者代表大会秘书处编《西北文学艺术工作者代表大会纪念集》（1951），转引自陕甘宁边区民众剧团艺术纪实编辑委员会编《陕甘宁边区民众剧团艺术纪实》，第 39 页。

③ 以民众剧团为前身的陕西戏曲研究院成立后，在 20 世纪 50 年代初，创作剧目和现代戏以眉户居多，如《孩子你去吧》《捞军》《梁秋燕》《王二卖粮》，而以《四进士》《游西湖》为代表的传统戏改编则基本都是秦腔，由马健翎主导。

北京天桥地区演剧空间的生成与消亡

赵雨轩

引　言

　　北京天桥地区作为一处重要的演剧空间，自清康熙年间渐成雏形至 20 世纪 60 年代末趋于消亡，始终是北京乃至全国戏曲生态演变中的重要一环。在形成初期，天桥演剧场由灯市附庸转型为独立市场，演出时间与空间逐渐拓展、定型，各路艺人进驻做场，天桥露天剧场初具规模。进入发展阶段，以歌舞台为首的 7 座戏棚相继落成，天桥形成了露天摊棚与室内剧场并存的演剧格局；随着演剧日益繁荣，天桥各园由席棚结构改建为合规剧场，露天剧场则随着天桥市场的扩建，向先农市场、三角市场扩张。中华人民共和国成立以后，人民政府对天桥及天桥艺人进行了改造，天桥露天剧场不复存在，室内剧场保留万盛轩、天乐园两座，艺人则编入剧团。至20世纪60年代末，随着露天剧场与旧有剧场的相继停演，旧有的天桥演剧基本宣告消亡。整体看来，室内剧场所承载的演剧活动，是天桥戏曲市场主要演出潮流的构建者，群益社等15家班社，500多位伶人的驻演，带来了京、梆、评三大剧种的此消彼长；而露天剧场则葆有天桥植根于民间的原始生命力，无论是繁荣期，抑或是饱经战火的萧瑟期，其演剧始终未停。向内聚焦，天桥地区形成了相对独立、自洽的演剧生态和规律，宏观而视，在不同阶段，天桥演剧以不同的方式与北京剧坛交互往来，在剧坛繁盛时，天桥承托了落寞的老伶与剧种，在剧坛疲敝时，天桥剧场则延续了戏曲的火种，以俟时机。

一 天桥演剧空间的初成：1672—1910 年

清康熙年间，北京天桥地区的演剧活动主要依托灵佑宫灯市而生，依时而聚。至宣统初年，杂戏艺人逐渐在此固定做场，天桥完成了从时令剧场向固定剧场的转型，逐渐定型为北京城内一处地理范围相对稳定，集戏棚、戏园、撂地演出场所于一体的固定演剧空间。在这一时期，天桥呈现出与民间充分接壤的生态特征，这一属性也成了天桥之魂，使其能够在不同时期葆有演剧火种，续延自身命脉。

（一）节令庙会——天桥演剧空间的雏形

自古以来，灯市、庙会等节庆集会，始终为民间班社和底层艺人提供演剧空间。清代，北京城内的节庆赛社活动繁盛，如隆福寺、护国寺、雍和宫等寺庙、宫观，每逢年节，均成为流动艺人卖艺之所。

康熙初年，东华门灯市①由内城移至天桥迤西灵佑宫②的西侧，以灵佑宫与先农坛坛根之间的空地为场，每逢正月，结棚设摊，悬灯高下③，其间除以商贸为主的灯、书市外，也多有鼓吹、杂耍、弦索等表演。在清人记录中，杂耍多为杂耍馆中常见的表演形式，如清唱二黄、八角鼓、十不闲等戏曲、曲艺的演唱表演，或为包含高跷、顶碗、跑旱船等广义的杂耍表演，由此得见，此时天桥虽未有明确的戏曲演出记录，然流动艺人在此聚集，灵佑宫灯市的"时令剧场"属性已然生成。清康熙十一年（1672），文人吴之振寓居城南，正月十五出游，留下一组描摹北京街市之景的诗歌，其中有《灵佑宫灯市》一首，与《土地庙集》《报国寺集》④并列一处；报国寺一带的庙会早自明代便有，清代更盛，灵佑宫灯市能够跻身其中，其盛况可见一斑。

灵佑宫灯市为天桥西侧带来了商业和娱乐的繁荣，又与天桥东、西两侧的其他庙宇节会连成一片。天桥附近庙宇众多，除灵佑宫外，尚有如江南城隍庙、精忠庙、斗母宫、东岳庙等多处庙宇宫观，每逢年节均有庙会活动，其中以精忠庙最为突出。精忠庙位于天桥桥体东北侧（见图1），香火颇旺，每逢正月，游人前往精忠庙祭武穆、烧秦桧，赏玩灯谜与清唱⑤，且精忠庙北跨院内设有梨园行戏园一座，或有戏曲演剧于其中。据戴璐《藤阴杂记》所载"金鱼池西精忠庙，

---

① 东华门灯市自明始，清康熙年间移至灵佑宫西侧，具体移入时间已不可考，据清人吴之振于清康熙十一年（1672）所著《灵佑宫灯市》（《黄叶村庄诗集》卷二，载《四库全书存目丛书·集部》第237册，齐鲁出版社1997年版，第697页）一诗可推测，至少在康熙十一年（1672）前，东华门灯市已移至灵佑宫，且十分繁盛，至乾隆年间，灵佑宫灯市依旧不衰。

② 灵佑宫位于先农坛北沟沿、天桥桥体正西侧，即今西城区灵佑胡同处。

③ 参见查慎行撰，石继昌点校《人海记》，北京古籍出版社1989年版，第72页。

④ 参见吴之振《黄叶村庄诗集》卷二，载《四库全书存目丛书·集部》第237册，第697页。

⑤ 参见张次溪《北平岁时志》卷一，国立北平研究院史学研究会民国二十五年（1936）版，第38页。

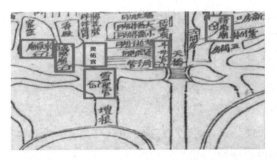

图1　天桥周边庙宇示意图①

祀岳忠武，自灵佑宫灯市罢后，庙设烟火，人竞往观"②。可知，至少在乾隆年间，灵佑宫与精忠庙之间俨然已出现了一条自西向东的固定游玩路线，两处庙宇东西并立，构建起了一处以天桥桥体为圆心，辐射范围更广、占地面积更大的节庆空间。灵佑宫、精忠庙的活动时间为正月，城隍庙庙会为中元节（农历七月十五）、清明节（农历三月）及农历十月初一举行，东岳庙庙会则为农历三月二十八，各庙庙会分布于不同时段，使一年之中天桥地区的娱乐活动有接连不断之感。

　　天桥地区位于外城之南，为艺人提供了与内城相比更为自由、活跃的演剧空间。康熙十一年（1672），吴之振在天桥附近的街巷中游逛，目之所及，有打花鼓、太平鼓、女戏秧歌等多种民间表演。康熙十年（1671），政府曾有禁令颁布，将京城唱秧歌妇女及堕民婆，令五城司坊等官，尽行逐回原籍③，而次年，吴之振依旧能够在南城的天桥一带看到"茜裙青袂学搓挱，拍板频催语半讹"④ 的表演。这表明，秧歌虽作为禁戏被驱逐，秧歌艺人却并未真的离开北京，而是避开靠近政治中心的内城，落脚于以天桥为代表的外城娱乐场中。天桥

---

① 　该图截取自《京城内外首善全图》（正阳书局1902年印行），比例尺为1:20000。
② 　戴璐《藤阴杂记》卷五，北京古籍出版社1982年版，第52页。
③ 　参见王晓传辑录《元明清三代禁毁小说戏曲史料》，作家出版社1958年版，第20页。
④ 　吴之振《黄叶村庄诗集》卷二，载《四库全书存目丛书·集部》第237册，第698页。

为秧歌艺人提供了赖以生存的空间，以此类推，各路艺人相继携艺进驻，天桥便逐渐成为北京城内可以容纳百戏的空间。天桥地区位于永定门与前门（正阳门）之间，是自永定门入京的必经之处，京南人则多循此路。京南是诸杂技艺人①的聚居之所，每逢正月庙会节庆，京南艺人携"傀儡子""跑旱船"等各类杂戏进京献艺，由永定门向北，天桥灯市便是合宜的做戏之场。清代京南艺人进京后住地不可考，然据顾颉刚调查所得，至少在1925年间，已有"永乐同春五虎少林"一堂设址于山涧口胡同，"义顺同祥五虎打路藤牌少林"的成员则住在沟尾巴胡同万顺店②；沟尾巴、山涧口均属于天桥地区街巷。（见图2）民国以来，少林会、五虎棍等武术技艺已成为天桥市场中的常见表演，吉祥舞台上演的"实事"新戏《走尸奇案》中，也串入了"少林会""五虎棍"的表演，由此得见，原本流动于庙会节庆的京南艺人，逐渐在天桥扎下根来。并且，天桥周边又多有会馆，毗邻天桥的鹞儿胡同内有安徽会馆、浮山会馆，会馆内均设台演剧。这些都为天桥地区成为戏曲、曲艺等各门艺人的涉足、聚集之所奠定了基础。

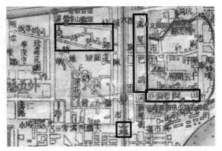

图2　"两会两馆"示意图③

① "凡诸杂技皆京南人为之，正月最多，至农忙时则舍艺而归耕矣。"富察敦崇《燕京岁时记》，北京出版社1961年版，第53页。

② 参见顾颉刚《妙峰山香会研究》，载王霄冰、黄媛选编《顾颉刚中山大学时期民俗学论集》，中山大学出版社2018年版，第103页。

③ 原图截取自《最新北京全市详图》（由北平西单牌楼迤南建设图书馆绘制，20世纪20年代发行），地图尺寸为540mm×790mm，比例尺为1:18000。

灵佑宫灯市不仅有平民百姓之乐，也是文人雅士、书生举子钟爱光顾之所。东华门灯市自明代便设有书市，移至灵佑宫后，书市依旧存在，是文人、举子购买书籍、纸张之处。康熙年间，便有查慎行、吴之振、陈开济等多位文人于灵佑宫灯市游玩、赋诗于此。文人多以宴饮为乐，故天桥一带渐有酒楼，乾隆初年，桥北已建有酒楼数座，文人雅士时常宴饮其间。① 至乾隆五十六年（1791），由乾隆皇帝主持的正阳桥疏渠工程正式完工，疏渠之前，天桥一带多有风沙，水道疏通后，天桥两岸遍植红莲绿柳，风景甚佳。② 绿波绿柳的江南美景，与金碧辉煌的皇城威严相碰撞，十分符合寓居文人的审美需求，引得黄仲则、洪稚存等文人常来游逛③，也使得天桥地区的酒楼经济得以繁荣。故至嘉庆年间，天桥一带除桥北的酒楼外，南部的官道两旁也出现了三两间酒楼，有"十里天桥遍绮罗，玉楼高处沸笙歌"④之景。至此，在灵佑宫灯市的影响之下，天桥地区虽未见戏曲活动的明确记录，然桥体东西两侧逐渐成为流动艺人的做戏广场，桥北、桥南则有文人宴饮交游的酒楼，初步形成了雅俗并立的内部格局与各阶层兼有的游客群体，天桥一带的商业与娱乐氛围日渐繁盛，为戏曲活动的进驻奠定基础。

（二）独立市场——天桥演剧空间的正式形成

道光至宣统初年，是天桥演剧场所的发展与转型期，天桥地区从依附于灵佑宫灯市而存在的演剧场所，转而成为具有自主生命力的独立演剧场所。其内部的格局、规律逐渐生成，外部的轮廓范围基本确定，露天的撂地演剧空间趋于定型。

道、咸年间，因天坛及先农坛坛根一带，不必缴纳地租，商贩遂

---

① 参见张次溪编著《天桥丛谈》，中国人民大学出版社 2006 年版，第 38 页。

② 参见陈倩《〈正阳桥疏渠记〉碑与天桥地区的环境变迁》，载《"社会、经济、观念史视野中的古代中国"国际青年学术会议暨第二届清华青年史学论坛论文集》（下），第 1012 页。

③ 参见张次溪编著《天桥丛谈》，第 29 页。

④ 汪公岩《七绝》，转引自张次溪编著《天桥丛谈》，第 31 页。

利用天坛及先农坛坛根处摆设浮摊，售卖杂货，有"贾人趁墟之货，每日云集"① 之景。于是在天桥东南部的空场，逐渐形成小具规模的市场，以售卖杂货为主；近西处则有各门艺人，如唱书、走索等百戏表演，就空地为游艺场。② 光绪年间，因地安门、东四牌楼、西单等地市场逐渐萧条，天桥一带地颇宏敞，既有庙会、灯市作为商业与娱乐的基础，又因光绪二十七年（1901），由永定门至正阳门的铁路在天桥设车站，天桥成了沟通内外、往来集散的重要枢纽，游人数量众多，故各路杂技艺人便逐渐转移至天桥固定撂地。至此，天桥桥体东南、西南两侧已基本成了撂地艺人固定的演剧空间，其中除杂技、旱船、武术等杂戏外，不乏有彩扮莲花落、秧歌等民间小戏，以及介于戏曲和曲艺之间的"泛戏剧"演剧。

图 3 云里飞之"滑稽二黄"③

晚清时期，天桥表演彩扮莲花落的男艺人，主要有"抓髻赵""奎第老""徐狗子"三人。其中"抓髻赵"原名赵顺奎，擅长扮演旦角，表演时头上梳两髻，略施粉黛，穿着旗袍或其他戏装，扮演《丁香割肉》之丁香旦行角色。至民国初年，天桥露天剧场中，有云里飞的"滑稽二黄"颇负盛名。（见图3）云里飞的表演，行头扮相均属简陋，主要呈现形式为在演唱京剧唱段的过程中，插入滑稽的言

① 张次溪编著《天桥丛谈》，第6页。
② 参见张次溪编著《天桥丛谈》，第5页。
③ 参见张次溪编著《天桥丛谈》，第198页。

辞和玩笑，边说边唱，随处抓哏。在表演京剧剧目《三盗九龙杯》时，云里飞演到得意处，插入"诸位别看我这个角色不好，我在梨园行也有名姓，前宝胜和班名伶男角秦腔青衣'五月鲜'是我师哥，我叫六月臭！"① 的自我调侃，引发观众的哄堂大笑。除对戏曲表演进行改造外，云里飞也擅长在评书中加入戏曲的技艺表演，如说到评书《西游记》中孙悟空的筋斗云时，便辅以京剧武生"云里翻"的武功表演。这种复合型的表演方式是天桥撂地剧场中颇具代表性的演剧形式，其合成方式主要以表演者的自身技能与观众尚新尚奇的审美需求为导向，生长过程灵活自由，可随时再造再生。露天剧场及其承载的撂地演剧，始终是天桥演剧生态最稳固的组成与支撑，其演剧范围逐渐由公平市场一处，扩张至先农商场、惠元商场、城南商场、三角市场中，形成了南至福长街、北至西沟、西至东经路、东临天桥南大街的大型撂地剧场，艺人于其中生生不息、代代相传。

除露天剧场外，光绪二十六年（1900）左右，北京天桥地区出现了室内演剧场——落子馆。落子馆兴起于天津，本为莲花落女艺人唱曲表演之所，在京则演化为女伶清唱莲花落、大鼓书、二黄调、梆子腔等各类曲调的表演场所，又名"棒子馆""乐子馆"或"坤书馆"。② 进京之初，女伶清唱被视作有伤风化的下流表演，为人所不齿。至清末民国时期，坤书鼓曲开始为文人所青睐，天桥的落子馆便成为风雅去处，不仅有易实甫为冯凤喜日日走天桥，视天桥为下流杂地的马二先生、摩珠亦称赞天桥落子馆为"缙绅士夫、品茶点曲、所在皆有、人材辈出，为世所称"③，落子馆的繁荣为天桥带来了更多的游客，使天桥演剧之氛围更加浓厚。

综上可见，至宣统元年（1909），天桥已摆脱了灯市庙会的时限束

① 李景汉主编，汤静编著《绝版天桥》，中国旅游出版社2005年版，第19~20页。
② 参见陈钧《北京天桥的坤书馆辨证——与李雪梅、李豫老师商榷》，《北京社会科学》2011年第3期，第98页。
③ 摩珠《记天桥落子馆》，《晶报》1923年1月6日第3版。

缚，成了一处时空独立的专门演剧空间，其内部"北雅南俗"的演剧格局也基本成形：桥体西北多为酒楼、茶馆，为文人宴饮、笙歌之所；桥体以南的东、西两侧空场上，则固定为说书、杂耍等卖艺摊棚。各门艺人日日在此做场，形成了繁盛活跃的演剧氛围。此时，天桥虽尚未出现专用于戏曲演出的剧场，然其作为演剧场所的功能与属性已初步具备，戏曲作为民国最为流行的艺术形式，必将在此落脚。

在以张次溪《天桥丛谈》为代表的相关研究中，通常将道咸年间小贩于坛根处摆摊成市、各门艺人逐渐于西侧空地固定卖艺视为天桥演剧空间生成之始，或将宣统二年（1910）第一家戏棚的落成视作天桥演剧的开端。本文认为，康熙年间的民俗演剧已在一定程度上建构着这一戏剧空间，精忠庙庙会与灵佑宫灯市的联结赋予了天桥娱乐空间的属性，游人在此会集，民间杂戏艺人、落魄的戏曲艺人也落脚于此，天桥的观演群体便应运而生。在清代中后期，一些花部艺人进京后，因剧种、班社较小而无法进入大戏园搭班，只得流落至节令庙会进行演剧，天桥便是一处落脚之地，这与民国时期"道北"、外地伶人被动或自愿驻演于天桥的现象颇有相似之处，市场的饱和使得伶人开始自发地寻求生路，在求生中开辟或寻得适宜的演剧空间，并与之共同生长。这一现象揭示了古代、近代戏曲演进的某种连贯性，以及各类演剧空间生成的内在规律性与共通性。以历史为轴，北宋时期，成都的都市演剧空间主要依附庙会节庆而存在，每逢上元节，官府专辟西园纵人行乐，择优人演剧竞艺，久而久之，有"酒人请于府，展其日月"①，即参与者通过延长原本庙会的时限，来获取更为长足、稳定的商业和娱乐空间，成都西园的生长过程，正是天桥由节令灯市向独立市场转型的成长模式；以地域为轴，晚清民国时期，河南开封相国寺、天津三不管、成都扯谎坝、广州新填地等地，均在艺

---

① 陈梦雷编《方舆汇编·职方典·成都风俗考》，载《古今图书集成》第108册，中华书局1934年影印版，第30页。

人的逐渐聚集中，成长为"类天桥"的演剧空间。艺人和观众的自主选择是这些演剧空间生成的主要推力，由此，我们能够看到在万千变化中，戏曲始终不变的以"人"为核心的艺术特质与文化特质。

二 天桥演剧的繁荣与延续：1910—1949 年

20 世纪 10 年代至 30 年代间，天桥两批戏棚先后落成、整修与扩张，演剧场所完成了从戏棚到剧场的转型，京、梆、评三个剧种相融相竞，男女、新老伶人交互更迭，构建起了剧种多样、伶人众多的戏曲演剧生态。在此时期，天桥以其包容的环境，承托消沉的剧种，孕育新生的声腔，在参与戏曲市场竞争的同时，也为底层伶人葆有生存的空间。

（一）第一批戏棚落成：天桥演剧的初兴

1910 年至 1913 年间，以歌舞台、吉祥舞台为首的第一批戏棚相继落成，四顺社、天春和、德春和、吉庆和社等梆、黄戏班驻演其中。天桥的第一批戏棚共有 7 座（见图 4）：桥东空场纵列 3 座，自北

图 4 天桥地区首批戏棚位置示意图①

---

① 原图为张次溪绘制的天桥地图，载《天桥一览》（1936 年版）。笔者据 1951 年 7 月张次溪重绘版（载《人民首都的天桥》，修绠堂书店 1951 年版，第 1 页），参照《宣南鸿雪图志》（王世仁主编，中国建筑工业出版社 1997 年版，第 29 页），对剧场所在位置进行了标注。

向南为燕舞台、歌舞台、乐舞台；桥体以西则横排 4 座，自东向西为吉祥舞台、振仙舞台、昇平茶园、魁华舞台，时人称为"天桥大棚"。此类戏棚均为民间个人出资，投资少，建筑设施简陋，其分布形式为以点带面，一家戏棚落成后，其周围便会相继落成几座戏棚，形成一个小的演剧场所群。至 1914 年，已有天春和、志春和、四顺社、吉庆和社、喜连和社①5 个戏曲班社驻场演出，后又有正德坤社、福德坤社、群益社等班社接连进驻，形成了京、梆竞演，男伶、女伶共生的演剧格局。低廉的票价、众多的戏棚为天桥地区汇聚了大批以下层民众为主的观众群体，天桥演剧日渐繁荣，而其简易粗糙的戏棚、"不入流"的伶人则为主流文人、戏评人所不齿，与大栅栏一带的大型戏院形成了鲜明的对比，故而形成了"道南道北"之说，即以珠市口大街为分界，珠市口大街以北的大栅栏一带为上等戏园，名班名伶驻演其间，道南的天桥则为下等的戏曲演剧场所，天桥的"下流杂地"之称也自此而始。

歌舞台是天桥的第一座正式舞台。1910 年，郭慎斋、刘春甫等 4 人集资购买地皮，于天桥南大街路东（今自然博物馆以北）建成歌舞台，坐东朝西，毗邻街道。歌舞台虽名为舞台，然其形制实为戏棚，筑土为台，支棚围席，内部则男女混坐。就其演出而言，早期演剧班社为德春和社，男班，戏资仅售 3 枚铜钱，同年，大栅栏各园戏资均为 15 枚铜钱左右。歌舞台虽票价低廉，然其处在天桥，观众群体庞大，以售票数量取胜，且戏捐仅为每天 1 元，故经营收益尚可。有此成功案例在先，1912 年，京剧伶人林颦卿、刘凤林等人共同筹资，于歌舞台北部建起燕舞台，南部则落成乐舞台，出资人不详。燕舞台、乐舞台也均为席棚形制，其中，燕舞台演剧班社为天春和社，为男班，乐舞台则不详。于此，至 1912 年，燕、歌、乐 3 座舞台鼎足并立，天桥桥体东侧形成了一处剧场聚集点；至 1915 年，仍有商

---

① 参见齐如山《剧社题名录》第五册，中国艺术研究院艺术与文献馆藏齐如山手抄本。

人拟就天桥燕舞台以南地点，建设肆雅剧场①，虽最终未得到政府批准，然足以见得桥东三舞台的商业吸引力。

除桥体东侧空场外，天桥南大街以西，北纬路以北的西部空场也成了剧场落成的选择。桥东三舞台兴起后，西市场出现了首座戏曲演出场所——吉祥舞台。吉祥舞台是由吉祥茶园改建而成，其外部结构以碎砖围墙，屋顶盖有席棚②，整体形制略好于桥东三舞台。吉祥舞台坐北朝南，东邻天桥南大街与天桥电车站，南临福长街二条，占据了由车站进入西市场的首要位置，地理位置颇为优越，驻演班社为四顺社，女班，戏资售 3 枚铜钱。吉祥舞台的成功转型，使得筹资人将眼光投向了天桥西市场，是故 1913 年，振仙舞台、昇平茶园与魁华舞台于吉祥舞台西侧相继落成，振仙紧靠吉祥舞台西墙，有女班喜连和社演出于其中；昇平并排于振仙西侧，女班吉庆和社在此演出；魁华舞台在最西侧，坐西朝东，与昇平茶园间隔一条南北马路，班社不详。这 4 座舞台自东向西连成一片，形成天桥又一处剧场群。同年，又有共和舞台、惠宾剧场、万盛轩茶棚等演剧场所落成，除共和舞台位于北纬路以南外，其余均围绕在吉祥舞台一带。至此，天桥地区已成为北京一处"正式戏馆"的聚集区，除戏曲演剧场所外，还出现了茶馆如福海居、劈柴陈，落子馆如振华园，以及杂技、说书等撂地摊位③，颇为热闹。

就演剧内容来看，因天桥尚处于发展初期，各园留存的资料极少，1913 年易实甫游逛天桥所作的《天桥曲十首》，是此阶段最为翔实的演剧资料。在正文"燕歌歌舞两高台，更有茶园数处开"④ 两句

---

① 参见《饬京师警察厅王桂林禀就天桥地点建设剧场等情碍难照准仰即查照文》，《内务公报》1915 年 5 月 27 日第 21 期，第 47 页、第 48 页。

② 参见中国戏曲志编辑委员会编《中国戏曲志·北京卷》（下），中国 ISBN 中心 2000 年版，第 891 页。

③ 参见孟光辉《天桥市场的沿革》，载北京市政协文史资料委员会编《北京文史资料精选·宣武卷》，北京出版社 2006 年版，第 119 页。

④ 哭庵《天桥曲十首（有序）》，《大公报（天津）》1913 年 10 月 13 日第 19 版。

中，易实甫特别标注燕歌、歌舞为"男戏两台名"，茶园后则注有"女戏皆称茶园"。通过与《剧社题名录》中所载的天桥5家大棚的班社信息相比对，可知驻演于歌舞台、燕舞台的天春和、德春和均为男班，驻演于吉祥、振仙、昇平的四顺社、吉庆和社与喜连和社均为女班，男班所演剧种不详，就其班社名称来看，应为梆子戏班或梆、黄双下锅班，女班演剧则以直隶新派梆子为主，或兼演梆、黄。而"戏资钱三枚，茶资仅二枚。园馆以席棚为之，游人如蚁，然婪人居多也"① 一句，总结出了天桥剧场形制简陋、观众粗鄙、价格低廉的三大特征，这说明天桥已初步生成了自身独特的演剧生态：简易粗陋的戏棚；四顺、德春和、天春和等底层班社的驻场，使得天桥成了底层班社、艺人的生存之所；而作为主要观众群体的普通百姓，则与演剧场所共同为天桥带来了平民娱乐场的空间属性，并逐渐成了贯穿始终的"天桥特色"。我们不难想象，锣鼓声响，天桥戏棚与大栅栏剧场隔街相对，"道南道北"之说借此生成，其独特的演剧生态也在对比中越发明晰。吉祥、昇平，与道北剧场相仿的名字，歌舞台、乐舞台，与上海时髦舞台相近的称谓，与其简陋的席棚、粗野的吆喝形成了奇妙的反差，粗陋与时髦，浮躁与地气交织在一处。

（二）剧场重建与扩张：天桥演剧的繁荣

戏曲演剧场所的兴起也反向推动了天桥的商业发展。天桥西市场的建成，正式确立了天桥地区的核心区域，也推动天桥演剧场所进入了快速的生长和成熟阶段。20世纪10年代末，歌舞台、吉祥舞台等第一批剧场重建整修，演剧日盛，形成了歌舞台与吉祥舞台鼎足相竞，乐舞台次之，其余戏园则与底层坤班相互依存的演剧样貌，至

---

① 哭庵《天桥曲十首（有序）》，《大公报（天津）》1913年10月13日第19版。

20 世纪 20 年代末，各园形制颇具规模，门口皆已遍贴戏报①，金色绿色连成一片。② 天桥演剧之繁盛已然至此。

天桥的骤然繁荣，引起了官商两道的开发热潮。1914 年，经京师总议事会决策，议定将天桥西侧空地辟为西市场，于 1914 年 10 月 1 日正式开业。天桥西市场北至天桥西沟，南至吉祥戏院，西至先农坛根，东至天桥南大街，其内部则划分为自北向南 7 条街巷，用于开设饭馆、茶馆等店铺，巷外则由摊贩、艺人自设摊点和卖艺场。天桥西市场的成立，使天桥成为北京一处知名市场，促进了天桥戏曲演剧场所规模与数量进一步扩张。并且，天桥的街道与商肆规范化也带动了天桥戏棚的整修和重建，因此，1917 年左右，天桥大部分剧场均开始了重建和整修。就史实看，失火焚毁是天桥剧场重建的直接原因，天桥一带席棚众多且紧邻，容易失火并相互殃及。1916 年，吉祥舞台失火，殃及歌舞台，歌舞台遂重建为砖木结构；1929 年，吉祥舞台又失火，遂改建为砖木结构。然究其内在原因，演剧活动的繁盛，商业价值的提升，才使得歌舞台、吉祥舞台等旧有剧场能够在重建的基础上扩张规模、整修设施。1921 年，有刘凤麟（又名刘翔亭）勾结地痞与军阀，强占乐舞台与吉祥舞台，并担任吉祥舞台的前台经理，此行径虽恶劣，然天桥之盈利可见一斑。旧有剧场整修后，其占地面积与容客量均显著扩大，歌舞台、吉祥舞台成了天桥最为规整的两座剧场。此外，随着西路评戏进入北京，1925 年，天桥西北侧，临近香厂处尚有三和义戏园、振升茶园两座专演西路评戏的剧场。

1917 年、1918 年是天桥第一批剧场的主要整修期。歌舞台是首座重建的剧场，也是天桥一带最先"发达"的剧场，1916 年失火后，

---

① 戏报为剧场门前、附近张贴的演出预报。据袁世海回忆，5 岁时与和尚爷爷一起去天桥看戏，从家走到天桥，一路上两旁的大牌子上横七竖八地贴着戏报，他同和尚爷爷从燕舞台出来后，在茶摊吃饭，和尚爷爷则在路边看戏报。袁世海为 1916 年生人，5 岁时则 1921 年左右。袁先生此说可酌情参考。参见袁世海口述，袁菁整理《艺海无涯》，中国青年出版社 1985 年版，第 11 页。
② 参见昭恺《北平的天桥》，《大公报》1930 年 4 月 7 日第 10 版。

次年由商界八家股东刘兴周（也作刘兴舟）、刘万达等人集资复建，将其形制由席棚结构改为砖木结构，白铁皮罩顶，顶高8米，戏园外门楼悬有黑底红字匾额，书以"歌舞台"三字；内部则设有舞台，台口宽8米，深6米，无副台，乐队露于台侧；观众席为两层楼，男女分座，上层女座，下层男座，可容观众千人左右。[①] 就其观众容量而言，歌舞台已仅次于一等戏院，据1915年北平工巡局修订的戏捐新章程，二等戏院为旧式戏园，四面楼厢，可容客座在1000位左右，开场一次需缴纳银元4元戏捐，而席棚则仅需缴纳银元1元。[②] 歌舞台在颁布新规后依旧改建，足以见得其经营之善。歌舞台的整修在天桥开启了先河，此后，各剧场均进行了相应的整修和扩张。至1918年，燕舞台东西长十丈四尺（34.3米），南北宽八丈四尺（27.7米），占地面积约为950平方米；吉祥、昇平、振仙舞台均扩张至东西长六丈（19.3米），南北长七丈（23.3米），占地面积约为449.6平方米[③]，较天桥一般茶棚、书棚大10倍不等，虽仍被称为"席棚"，然其大小实则与吉祥、庆乐等一般旧戏园无异，东安市场吉祥园占地面积约为450平方米，与吉祥、振仙、昇平大小近似，燕舞台占地面积则为吉祥园2倍有余。

剧场的扩建与整修，使得各戏园老板对驻演班社有了新的要求。相较于初成期的无名小班，20世纪20年代，天桥舞台戏班中的各行人员均较为完备，且出现了如崔灵芝、小素梅等能够叫座的"天桥名角"。1917年秋，梆子老伶崔灵芝受刘兴周等人之邀，率群益社入驻歌舞台，中有刘义增、小马五等知名老伶，京梆兼演，演出效果颇好，为天桥带来了一批"怀旧"观众，也为天桥带来了"老伶荟萃"

---

① 参见中国戏曲志编辑委员会编《中国戏曲志·北京卷》（下），第891页。

② 参见《朱启钤为改订戏捐车捐章程请备案咨》（1915年4月28日），载中国第二历史档案馆编《中华民国史档案资料汇编·财政》第3辑，江苏古籍出版社1991年版，第1673~1674页。

③ 参见《呈报天桥被烧各席棚另指地点搭盖，现已指毕开单具报备案由》（1918年2月4日），转引自黄宗汉主编《天桥往事录》，北京出版社1995年版，第39页。

的演剧样貌。除驻演外，有叫座实力的演员也多在天桥各剧场中流动演出，如小马五主演于歌舞台，同时也在燕舞台演出《纺棉花》，程永龙、海棠花等老艺人也于燕舞台、吉祥舞台、魁华舞台均有演出，这不仅提高了演员和剧场的收入，也带动了天桥演剧生态的良性发展。吉祥舞台为与歌舞台争胜，则在荣盛和社原班的基础上邀入新戏伶人蔡莲卿，一改往日传统梆、黄班的演剧风格，通过创排皮黄腔的时装新戏，上演热闹的皮黄武戏来吸引观众。至于燕舞台、乐舞台、魁华、昇平、振仙 5 座舞台，则主要为育德、福德、正德、吉庆 4 家坤社演于其中，并出现了内部相互竞争、外部与男班争夺市场的局面。1921 年，乐舞台将演于振仙舞台的福德坤社纳入，与正德坤社的班底相结合，仍以福德坤社之名，开启了至少长达 1 年的演剧；魁华舞台在改建后，则又将乐舞台全班移入以重振旗鼓；燕舞台则于同年 8 月邀入文芳社男班，大有与歌舞台、吉祥舞台争夺市场之势。

在此阶段，天桥戏曲市场竞争激烈，演剧繁荣。就各舞台现存可见戏单来看，歌舞台与吉祥舞台戏单均为撷华石铅印刷局①铅印，与燕喜堂、文明茶园出自同家，纹样简单，字迹清晰工整。除戏目、演员外，戏单上还标有详细地址，可见歌舞台、吉祥舞台的名气与受众已不仅限于天桥一带。且就歌舞台、吉祥舞台同时段戏单来看，地址一为"天桥路东"，一为"天桥路南"，戏码则歌舞台有梆子腔全本大戏《蝴蝶杯》、全武行三国戏（《三江口》接《黄鹤楼》接《芦花荡》）等老伶擅演的传统剧目，吉祥舞台则除传统武戏《金锁阵》外，并有新编戏《走尸奇案》，其中串演大头和尚等民间技艺，以及电影双簧、机器洋人等西洋把戏，欲以奇巧时髦取胜，一旧一新，两座舞台颇有竞争打擂之感。乐舞台、燕舞台、魁华、振仙、昇平的戏单形制虽相对简陋，然 1921 年间，乐舞台、燕舞台与昇平茶园共出

---

① 撷华印刷局，专门承印大小文章、传单与戏单，曾为文明茶园、燕喜堂石印戏单。

现了 12 张正反印刷的双面戏单①，这种戏单正面印刷当日剧目，背面则刊登次日演出剧目，以提前预告的形式吸引观众购票，这表明乐舞台、燕舞台等也积累起了相应的观众群体，并意图通过伶人与戏码的安排，吸引更多的观众与票房。至 1925 年，乐舞台依旧使用双面戏单，在戏单顶部标注"北京前门外天桥路东"的详细地址，规制与吉祥舞台、歌舞台戏单趋同。在竞争之外，天桥剧场也继续为底层伶人提供生存空间，无论是吉祥舞台、歌舞台，抑或是乐舞台、燕舞台、昇平等处，均有二三路伶人在各剧场中流动演出，男伶如薛俊甫、小秃红，流动演剧于吉祥舞台、歌舞台间，女伶黑金翠、何翠喜等则流动于乐舞台、昇平、振仙等舞台中，出演各种配角。笔者认为，相较于道北剧场激烈的商业竞争和过度饱和的生存环境，天桥剧场更近似于维持生计的普通营生，伶人在谋生中，也在为剧场创造可以维续的必要收益。

天桥各戏园演剧水平的提升，也使得天桥观剧群体的阶层有所变化，由知名老伶驻演的歌舞台自不必说，乐舞台、燕舞台等女戏园也有文人、戏评人等具有话语权的群体涉足其间。1919 年，有署名为"超然"的戏迷向乐舞台女伶玉灵芝赠诗②；《京师女伶百咏》的作者燕石则时常游逛于天桥各戏园中，载录多位天桥女伶的技艺与身世；燕舞台则为前来欣赏小素梅的文人、戏迷特别安设两排沙发座。此外，顾颉刚、青木正儿等热爱戏曲的中外知识分子，也来到天桥观剧。天桥演剧受到了更多关注、书写与讨论，来来往往，或褒或贬，都将天桥推向了进一步的热闹与繁荣。

（三）第二批剧场落成：在萧条与动荡中延续演剧火种

20 世纪 30 年代初期，万盛轩、小桃园、天乐园等第二批天桥演

---

① 在整理戏单时，笔者发现在《首都图书馆藏旧京戏报》（韩朴主编，学苑出版社 2004 年版）收录的戏单中，有 13 张戏单为正反双面印刷，正面为当日剧目，反面为次日剧目。

② 超然《赠天桥乐舞台玉灵芝》，《日知报》1919 年 1 月 25 日第 8 版。

剧场所落成,其形制仍为席棚,演剧则主要为蹦蹦戏,驻演者女伶居多。此外,旧有戏院中,除吉祥舞台经营依旧外,歌舞台、燕舞台、乐舞台、魁华等舞台因收支不平衡而逐渐停演,或焚毁后不再重建。天桥演剧也逐渐由京梆鼎立时期,转而进入了以评剧为主的阶段。

天桥第二批戏棚的兴起,主要缘于北平消费结构的变化。1928年,国都南迁使得北平的城市经济迅速倾颓。富裕阶级大量迁出,西北旱灾则导致大量难民涌入,底层人群比重急剧升高,这使得北平消费结构发生了变化:以贵族为主的大商业萧条停业,与民众接近的小规模生意反而尚可维持。[①] 故而20世纪30年代,北平虽市面萧条,天桥地区却因定位低端、消费廉价而迎合了特定的消费群体,日渐兴旺。此外,第二批戏棚的落成与发展,也与评剧的兴起息息相关,20世纪20年代,评剧已在天津、上海、奉天一带颇为红火。1931年,芙蓉花率复盛戏社进入北平,同年10月,白玉霜率华北戏社进入北平。随后刘翠霞、喜彩莲也相继到来,演于道北戏园,开启了评剧在北京的繁盛时代。大量评剧戏班开始涌入北京,部分班社形制较为简陋,道北戏园不容,便落脚于天桥茶棚演出。故此时,丹桂、万盛轩与小小3座茶棚兴起,而后,1932年至1933年间,则有小桃园剧场、得盛轩、华安戏院、华兴戏院、天乐茶园相继建成。除天乐尚演京剧外,其余都以评剧演出为主。此外,尚有李记戏园和崔记茶园两家,于天桥露天演唱评戏。一时有"天桥凡是蹦蹦戏棚,无一处不是拥挤的"之盛况。

评戏演剧的繁荣,使得第二批戏棚也开始了整修与翻新。1934年10月,小小茶棚的主人王庆生将席棚拆除,将其扩大改建为剧场。砖灰墙、木架、铅铁盖顶。舞台坐南朝北,可容观众近500人,由花雪铃带班专演评戏。同年,玉英山则将万盛轩(见图5)改为铅铁顶,专演评戏,由20世纪30年代李景汉先生所摄照片可见,万盛轩外墙贴满戏报,演剧之繁盛可见一斑。1945年,随着抗日战争的结

---

① 参见凌霄《旧都百话》,《大公报》1933年3月23日第13版。

图 5　万盛轩剧场
（20 世纪 30 年代　李景汉摄）①

图 6　吉祥舞台
（20 世纪 30 年代　李景汉摄）②

束，万盛轩复又成为评剧演剧场，著名评剧演员花淑兰、新凤霞、赵丽蓉、王度芳等先后在此献艺。除评剧演剧外，京剧与梆子的演出并非在天桥销声匿迹。京剧、梆子依旧常演于吉祥舞台，1938 年后，则有梁益鸣、张宝华于天乐茶园主演京剧。此外，梆子虽不常演于大型剧场，然撂地摊棚中的梆子演出仍在续延。因前台经理刘凤麟的扶持，吉祥舞台在国都南迁时期得以存续，1929 年失火后，吉祥舞台（见图 6）在原地重建，改为砖木结构。玻璃窗，铁皮顶，场内设长条桌凳。台口宽 5 米，进深 6 米，台口高 4.5 米，可容观众 800 人，票价为 28 枚铜钱。就现存的 1932 年戏单来看，戏单顶端书"本园不惜重资，油饰翻新，宽敞适宜，工精料实，可保顾客之安全"，右侧则写"每位茶水钱七大枚，手巾把钱随意，另外并无别项花费，如有勒索者请通知或函告本柜，立将此人辞去"，吉祥舞台确为当时天桥地区面积最大、规制最为严整文明的剧场。就演剧情况而言，其不仅有群益社老伶如小马五、庞德云、金灵芝等人的《蒸骨三验》，也有年轻艺人如宋益增、宋益俊、王益春等人的《狮子楼》。此时歌舞台已因群益社的分崩离析而没落，吉祥舞台将驻守歌舞台的群益社成员

---

①　参见李景汉主编，汤静编著《绝版天桥》，第 53 页。
②　参见李景汉主编，汤静编著《绝版天桥》，第 50 页。

招人，既保证了自身的客源和收益，也为群益社留住了原始的根脉，使梁益鸣在1938年回到北京后，能够在天桥剧场有所依傍。吉祥舞台停业后，梁益鸣驻演于天乐茶园，在天桥重新立起京剧演剧的门户。

京剧如此，梆子演剧亦是如此。歌舞台、乐舞台等演剧场所虽已消亡，北平的梆子演剧也已没落，然20世纪30年代，在天桥的露天市场中，依旧有梆子戏棚，除较为知名的董家班梆子棚外（见图7），尚有许多小席棚（见图8）依旧开演，如1933年之报道："北平天桥热闹如故，戏园十余家，均封台而未开场，惟小席棚子，尚演唱梆子二黄。是亦北平一刹那之繁荣气象。"① 至1939年，仍有"在北京天桥戏棚里，秦腔小戏尚还盛行"② 的报道。可见天桥为没落的剧种、

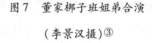

图7　董家梆子班姐弟合演

（李景汉摄）③

图8　天桥戏棚中的戏曲演出

（剧种不详）④

① 梦觉生《记北平天桥之灯市》，《社会日报》1933年2月18日第2版。
② 《在北京天桥戏棚里，秦腔小戏尚还盛行》，《盛京时报》1938年2月13日第7版。
③ 参见李景汉主编，汤静编著《绝版天桥》，第57页。
④ 参见首都图书馆自建资源库"北京记忆·旧京图典部"，剧种年代均不详，由照片内容可见，二人应为彩扮表演，左侧艺人戴官帽，右侧艺人着褶子配髯口，应为老生行，演剧行头简陋。

飘零的艺人提供了得以生存的空间，梆子的根也在天桥深深埋下。至 20 世纪 40 年代，随着宝珠钻、刘桂红等一批老梆子艺人的返京，天桥的丹桂戏园一时成为河北梆子在北京的独家演剧场所，20 世纪 50 年代，丹桂戏园依旧是北京市区内专演河北梆子的主要场所之一。

1937 年后，北平进入沦陷期。为了营造和平的假象，北平娱乐业在日伪政府的要求下恢复营业，然自 1939 年，北平物价暴涨，通货膨胀严重，吉祥、中和、三庆戏院为节省成本，纷纷改放或增放电影，戏曲艺人的生存空间遭到严重挤压。[①] "道北"无立足之地，艺人便纷纷来到"道南"糊口，20 世纪 40 年代，韩盛信、李盛佐、刘世亭等富连成社艺人，以及金伯吟、马德成、周金兰等知名伶人纷纷驻演于天桥吉祥舞台和天乐戏园，一时竟有"喜连富盛世元"天桥大合作之盛况。1945 年后，北平由国民政府接管，天桥演剧状况不详，然就新中国成立后统计可知，天桥至少有吉祥、天乐、丹桂、小小、小桃园、万盛轩 6 家旧有剧场在解放战争中得以存续，牡丹花、桂灵芝等天桥艺人依旧献艺于此。

三 天桥演剧空间的改造与消弭：1949—1982 年

中华人民共和国成立后，天桥地区作为旧社会生活的典型代表，受到了人民政府的关注和改造。街区改造与零散艺人编入剧团，使得天桥风貌趋于文明、规范；露天剧场的取缔、旧剧场的接管以及天桥剧场的落成，则使得天桥剧场开始成为天桥演剧空间的中心，旧有的演剧格局逐渐消弭。

在市政改造方面，天桥街区走向了文明化与现代化。1949 年 11

---

① 参见韩晓莉《乱世浮华：沦陷时期北平的娱乐业与民众心态》，《山西大学学报》（哲学社会科学版）2022 年第 6 期，第 121 页。

月 21 日，人民政府查封了全城 240 家妓院，天桥的妓院和暗娼遂一并被取缔。1950 年夏末，政府填平了龙须沟，并在其上修筑马路，增设住宅，天桥贫民窟的城市形象得以改变，转而成了新型的公民社区。随着新时期的观念改造和进步，天桥街道居民群体的社会身份由底层贫民转为平等的人民群众，主流认知中的阶级观念逐渐瓦解，天桥曾经特有的平民性也随之消散。

在艺人改造方面，人民政府关注到了天桥庞大的戏曲艺人群体。北平市文委旧剧科于 1949 年 9 月 1 日，在天桥吉祥舞台专门开办北平旧戏曲艺人讲习二班，每星期上课一次，以两月为一期。据《北平旧艺人，大家唱新戏》① 一文所载，讲习二班的参与者共有 78 人，均为天桥旧剧、评戏和曲艺界的艺人。在积极参与思想改造和文化学习的基础上，天桥各戏园开始筹备新编剧目的上演，如吉祥舞台赶排《枪毙杨小脚》《王秀鸾》。其中，《枪毙杨小脚》是 1945 年何迟依据民主政府惩处女恶霸杨小脚的真实事件改编而成的革命新戏，反映了人民反抗压迫、当家做主的革命精神；万盛轩的首都实验评剧团改编评剧《刘巧团圆》，引起一时轰动；驻演于丹桂戏院的群声梆子剧团则在上演《雁门关》《采花赶府》等传统剧目外，以枪毙天桥五虎恶霸之一的林文华的真实事件入戏，排演了实事新戏《万恶林文华》，在天桥剧场演天桥事，真切反映天桥人民生活，诉说天桥人民心声。革命新戏、实事新戏的上演，使得天桥一改旧日"低俗下流"的演剧形象，甚至成了北京一处"唱新戏"的重要根据地，天桥的旧戏艺人也不再是下层阶级的代表，而是作为被旧社会压迫的典型群体，通过思想改造与文化学习，成为新时代积极进步的模范榜样。

在剧场改造方面，1956 年后，市政对天桥存留的娱乐场所进行了调整与改造，除公平市场仍作为商贸市场外，先农商场、三角市场相继被改作居民住房，至"文革"前夕，仅有摔跤艺人宝三的徒弟

---

① 《北平旧艺人，大家唱新戏》，《文汇报（上海）》1949 年 9 月 16 日第 3 版。

仍在勉强支撑天桥跤场的存在，天桥的露天演剧在地理空间的缩小中缓缓消失。与此同时，天桥室内剧场的格局也有较大变化，中华人民共和国成立后，天桥共存有旧剧场6处，分别为吉祥舞台、小小戏院、小桃园剧场、万盛轩、天乐戏院、丹桂戏院，其中，明确由军管会接管并改造的有小桃园剧场、万盛轩、天乐戏院、丹桂戏院4家；新建剧场有天桥剧场1处，天桥剧场于1954年正式落成开业，主要接待前来演出的芭蕾舞团、歌剧团等外国团体，是北京一处与国际接轨的时髦剧场，各种前沿的戏剧样式在此交汇碰撞。1958年，在北京市剧场工作会议中，由天桥剧场联合首都剧场、人民剧场、中国青年艺术剧院剧场，带领首都34家剧场向全国剧场提出大跃进倡议①，天乐戏院、小小戏院、小桃园剧场、丹桂戏院4家"道南"剧场，与吉祥戏院、中和戏院等"道北"剧场并列其中。由此得见，曾经"道南""道北"的界限在逐渐隐去，而天桥剧场作为天桥，乃至北京演剧新地标之地位则日益显形，其与国际接轨的演出方式，也逐渐成了天桥演剧的新风貌，并延续至今。

"文革"期间，露天市场被完全撤销，万盛轩剧场改为区文化馆活动点，天乐戏院也暂归天桥街道办另作他用，仅有天桥剧场仍作为剧场使用，承接样板戏、歌舞或曲艺等文艺调演活动。1970年，天乐园改建为天桥礼堂，1982年，万盛轩改为专放录像的放映厅，天桥的旧剧场也彻底失去了其曾经具备的演剧功能。至此，天桥旧有的演剧方式已不复存在，由清中后期延续数百年的天桥演剧空间彻底消亡。

（赵雨轩　上海戏剧学院戏剧文学系博士研究生）

---

① 参见《首都34家剧场向全国剧场提出大跃进倡议》，《戏剧报》1958年第5期，第18页。

"小戏"在清代宫廷的接受探赜

陈　琛

一　宫廷语境中的"小戏"内涵

"戏"被区分为大小，并被命名为类似"小戏"的称谓——"小杂剧"，最早是在宋代。虽然学界对于"小杂剧"究竟为何种戏剧样式并未达成一致结论，但"形式上的小"与"内容上的轻"是研究者理解"小杂剧"的标准。① 这种标准也是理解本文所指"小戏"的基础。

清宫连台"大戏"是宫廷文化颇具代表性的产物，也很能够与宫廷语境中的"小戏"进行区分，一般为十本二百四十出，上场人数多、场面恢宏，开场前要举行"跳灵官""净台"等仪式，虽然内廷档案常称其为"连台"或"大本戏"等，但从体量来说它属"大

---

① 参见李玫《中国民间小戏史论》，中国社会科学出版社2016年版，第6页、第11页。

戏"范畴。还有一类宫廷特有的篇幅不大但排场大的祥瑞戏，也被称作"大戏"。如道光五年（1825），皇帝传旨只在八月十日承应《九九大庆》一本，初八、十二日开团场要"大戏"。该年为皇太后整寿，只是生日当天承应一本《九九大庆》，但特别提出开团场仍承应"大戏"。"开团场者，演于一日之首尾，皆宫廷独有之吉祥戏，或切岁时，或符庆典。"①道光帝要求的开团场承应"大戏"多为《九九大庆》中摘录的短剧。虽只是"短剧"，但仍被视作"大戏"，主要就是因其专属万寿节而具有庄重身份。

清宫"小戏"与宫廷外常言的"小戏"内涵亦有同有异。大体上说，相对连台戏或各种"节戏"，明清以来流行的单出戏在宫内都能被叫作"小戏"，类如《缀白裘合集》程大衡序中之"小剧"，是与整本戏相对的概念。但本文所研究的"小戏"特指表现市井乡民的日常生活，情节相对简单但故事完整，以二小、三小为主，诸腔并奏、形式多样、风格谐谑笑闹的短剧。这种自成一类的"小戏"，如《小放牛》《打花鼓》《小过年》《打灶王》等，"虽非整本大套，然也是自完其说，有始有终"，不同于"一节一节的，无始无终"的整本戏中的"折子戏"。②

二 清宫"小戏"的剧目与演出

乾隆朝是清宫演剧的第一个高峰，也是戏本创作的第一个高峰，词臣编写的"月令承应""法宫雅奏""九九大庆"和连台本戏约占清宫所藏总戏本数量的四分之三③，这类戏曲剧目及演出与宫规仪

---

① 周明泰《清昇平署存档事例漫抄序》，载《民国京昆史料丛书·第4辑》，学苑出版社2009年版，第8页。

② 齐如山《京剧之变迁》，载梁燕主编《齐如山文集》第二卷，河北教育出版社2010年版，第281页。

③ 参见李士娟《〈故宫博物院藏清宫南府昇平署戏本〉出版前的编目问题与戏本形态》，《中华戏曲》第55辑，文化艺术出版社2017年版，第68页。

礼、民俗祭礼巧妙结合，典型体现了宫廷戏曲功能的多样性。

与用昆、弋腔演唱的抒写"群仙神道添筹锡禧"的宫廷吉祥戏及褒忠贬奸、才子佳人的文人传奇相比，描摹市井乡民日常生活而又谐谑调笑的"小戏"显得"为时近"且"托体卑"。宫内"小戏"戏本应大都从外边传入。①

以戏本论，现存南府和昇平署戏本以北京故宫博物院所藏最多，其中戏本 11498 册、6467 部、3200 余种。② 2000 年出版的《故宫珍本丛刊》第 660—718 册收录故宫所藏具有代表性的 2900 余册戏本，其中"昆腔单出戏""乱弹单出戏"等类有收录"小戏"戏本。2016—2017 年《故宫博物院藏清宫南府昇平署戏本》（450 册）将故宫所藏戏本全部影印出版。③ 1924 年，朱希祖购得昇平署档案 1803 册，后将其出让与北京图书馆，以公诸同好。2011 年中华书局影印出版了《中国国家图书馆藏清宫昇平署档案集成》（108 册），其中第 51 册至 108 册为曲本，而第 98—101 册中就有不少"小戏"，还有个别剧目不见于故宫藏本。此外，台北故宫博物院、首都图书馆、中国艺术研究院及地方公私藏家也藏有清宫戏本。其中故宫与国图所藏"小戏"剧目不仅数量较多，且具有代表性，本文的研究便主要基于上述影印出版的文献。

可以断定为"小戏"的剧目有 80 出左右：《磨斧》、《踢球》、《拐磨子》、《番偷诗》、《阴德济贫》、《乔氏毁容》、《牛犊上寿》、《打砖巧遇》（《花子打砖》）、《打枣》、《懒妇烧锅》、《负剑东游》、《倒打杠子》、《探亲相骂》（《探亲》）、《戏凤》、《拾玉镯》、《小妹子》、《仲子》、《芦林》、《小上坟》（《荣归》）、《一匹布》、《打面

---

① 主要是外学进呈，也可能是内外学伶人在宫内创作，如清宫特有的"小戏"。

② 参见故宫博物院编《故宫博物院藏清宫南府昇平署戏本》（总目录），故宫出版社 2017 年版，序第 1 页。

③ 小部分不符合扫描影印出版的戏本在目录中只记题名并在页码处标记"腐朽不扫"。

缸》、《讲三字经》（一种）①、《（双）摇会》、《拾金》、《卖饼》、《针线算命》、《红梅算命》、《顶砖》、《打灶分家》、《夺被》、《魏虎发配》、《油漆罐》、《花鼓》、《（送亲）演礼》、《瞎子拜年》、《张旦借靴》、《把总上任》、《背凳》、《连升三级》、《打刀》、《送面》、《打砂锅》、《小磨坊》、《八扯》、《查关》、《罗梦》、《贾志诚》、《大小骗》、《下山（相调）》、《二厨争顾》、《逢人拐骗》、《张三打父》、《鸨儿赶妓》、《扣当》、《花子判断》、《打门吃醋》、《蛋赋》、《酒坛子》、《打樱桃》、《瞎子逛灯》、《奇山卖线》（《龙喜镇》《顶灯》）、《高手看病》、《冒名剪径》（《李鬼断路》）、《送盒子》、《别妻》、《赶会》、《歇店认亲》、《煤黑上当》、《丁郎卖瓜》、《王小过年》、《瞎子捉奸》、《也是斋》、《荡湖船》、《教书寻馆》、《绒花记》（乱弹）、《荷珠配》（乱弹）、《偷蔓菁》、《表功》②、《开筵称庆 贺节诙谐》③ 等。

　　具体来说，《磨斧》《踢球》《拾金》《小妹子》《仲子》《芦林》《戏凤》《探亲相骂》《一匹布》《打面缸》《针线算命》《红梅算命》《花鼓》《张旦借靴》《下山（相调）》《罗梦》《大小骗》《瞎子逛灯》《奇山卖线》《八扯》等是"时剧"或"杂剧"著录中的剧目，虽然部分戏名有所变化，如《磨坊》《串戏》与《八扯》，《借靴》与《张旦借靴》，《借妻》《回门》《月城》《堂断》与《一匹布》等，内容也有一些调整，但整体上没有太大分别。可见清代民间剧坛的流行"小戏"同样也会在宫廷演出。诸如《二厨争顾》《逢人拐骗》

———————————

① 《故宫博物院藏清宫南府昇平署戏本》中有两种《讲三字经》，根据内容判断第447册《讲三字经》是一出"小戏"。

② 存疑，因只见演出记录未见剧本，还不能判断此剧是《秦琼表功》或《丑表功》。后者为丑戏中串戏。

③ 《故宫珍本丛刊》将其列入"昆弋承应宴戏"，常在元旦酒宴承应。前后两出连着演。此剧特殊性在于以市井生活为题材，充满谐谑色彩，尤其《贺节诙谐》，不同于宫廷编创的其他"宴戏"，应受到民间戏曲《杀狗劝夫》的影响，但又有着比较突出的宫廷特色：如对盛世的宣扬、应节的功用等。晚期酒宴的承应剧目更重娱乐，现存戏本中《探亲相骂》《摇会》亦有"酒宴承应"标题，因而可以将此剧看作一出宫廷特有的"小戏"。

《张三打父》《鸨儿赶妓》等是目连戏中穿插的"小戏"，在道光七年（1827）裁退外学伶人后，宫廷"大戏"《劝善金科》难再全本演出，其中的折子戏也包括这种本来就取自民间的"小戏"因易于演出倒成为一种方便之选。也有一些"小戏"目前能看到演出记录，但在已出版的清宫戏本中还找不到踪影，如《卖饼》《赶会》《别妻》《王小过年》《瞎子捉奸》《瞎子拜年》等。

值得注意的是，只在宫廷演剧档案中见到的"小戏"，如《番偷诗》《阴德济贫》《乔氏毁容》《牛犊上寿》《负剑东游》《懒妇烧锅》《煤黑上当》《讲三字经》《酒坛子》《丁郎卖瓜》等，其中《番偷诗》《牛犊上寿》《讲三字经》《酒坛子》《丁郎卖瓜》暂未发现演出记录，不知是档案流失所致还是当时没有演出，但能够为南府或昇平署所记录在册，在某种程度上反映了宫廷对新"小戏"剧目的需求旺盛。

大体上可以将清宫的演出分为节日演出与日常演出。清宫岁时节令繁盛，在节日一般都会安排演剧，除演出与节日主题相关的"仪典戏"，也会在"适宜"的场合插演"观赏戏"。①

以节日中的某一天为例，按不同时地，可以清楚地看到"小戏"演出的场合，如表 1 所示：

表 1　清宫某节庆日"小戏"演出场合表

演出场合	有"小戏"演出	无"小戏"演出
早膳	√	
午宴		√
酒宴	√	
帽儿排②	√	

---

① 丁汝芹将清代内廷演戏分为仪典戏与观赏戏两大类，前者如乾隆朝编写的一批与岁时节令等内容有关的剧目，一般情节简单，由恭贺吉祥喜庆的唱词与舞蹈组成，与"唐代乃至现代的歌舞相差无几"；后者"具有较高的艺术水准"，如元明清杂剧、传奇名著中的折子戏，玩笑戏，民间戏班时兴剧目，连台本戏等。参见丁汝芹《清代内廷演戏史话》，紫禁城出版社 1999 年版，第 35～38 页。

② 帽儿排是一种只需在头上束网，足下蹬靴，身着一种特备衣服（区别于正式戏服，但能做扬袖甩袖等姿势）就可以表演的演出形式，适合小范围、近距离观演，也比较考验演员的个人技艺水准。

除在节令、庆典等"节日"的演出，其他日子的承应都可算作日常演出。后者在礼乐制度层面有别于前者，几乎没有必要遵守的定制，由帝后根据自己的喜好、兴趣等相对自由地选择剧目，王公大臣一般没有资格观看。帽儿排、花唱等形式的演出更是某些时期帝王生活的"日常"，如道咸时期在寻常日子多天传帽儿排。同治时期，慈禧太后曾在长春宫连续十多天每天看一两出戏。光绪九年（1883）开禁后，内廷演戏更趋日常。

三　宫廷接受"小戏"的原因

（一）演剧机构进一步内廷化与私人化

清代乐制的变动与其政权稳固及建设紧密相关，早期沿袭明制的特点比较突出。更不能忽视的是，明代改革宫廷演剧机构、大兴俗乐的举动与精神也为清代所承袭。明代宫廷用乐机构由太常寺、教坊司与钟鼓司组成，前二者皆隶属礼部，其中教坊司主要承担祭祀及大朝会、大宴飨等外朝用乐；钟鼓司是内廷二十四衙门之一，"掌管出朝钟鼓，及内乐、传奇、过锦、打稻诸杂戏"①，又称"御戏监"，主要由内侍承应内廷戏剧，"皆习相传院本，沿金元之旧，以故其事多与教坊相通"②。明武宗爱好戏剧，钟鼓司内侍刘瑾在武宗为太子时即以俳优见幸。至武宗即位，刘瑾掌钟鼓司，因受皇帝扶持，钟鼓司势力大升，隆钟鼓司以掌天下乐事，"形同礼部"③。正德三年（1508），武宗以"庆成大宴，华夷臣工所观瞻，宜举大乐。迩者音乐废缺，无以重朝廷"为由，越过教坊司、礼部，令钟鼓司广

---

① 张廷玉等《明史》卷七十四"职官志三"，中华书局1974年版，第1820页。
② 沈德符撰，杨万里校点《万历野获编》（下），上海古籍出版社2012年版，第675页。
③ 李舜华《明中叶以来教坊制度的解体与宫廷俗乐的大兴》，载黄仕忠编《戏曲与俗文学研究》第五辑，社会科学文献出版社2018年版，第89页。

选大量地方乐工进京，破坏教坊制度，俗乐兴起，自是"筋斗百戏之类日盛于禁廷"①。至神宗朝，设置新的演剧机构，进一步推进了演剧的内廷化与私人化。《酌中志》载："神庙孝养圣母，设有四斋近侍二百余员，以习宫戏、外戏。……神庙又自设玉熙宫近侍三百余员，习宫戏、外戏，凡圣驾升座，则承应之。……此二处不隶钟鼓司，而时道有宠，与暖殿相亚焉。"② 四斋、玉熙宫的设立出于帝王自己享乐的目的，不隶属钟鼓司，等于在"官方司乐机构之外，别设乐院以司宫中宴乐"，为帝王的内廷自娱提供了一道方便之门，因其"私人化性质较浓，所承应乐舞也相对自由，而多以俗乐为主"③。"所习"之"外戏"，主要就是不同于宫廷"正声"的昆山腔等时曲，帝王因此可以及时地、自在地欣赏到民间俗乐。此举亦促进宫廷与民间戏剧的互动，推动了明代戏剧发展。

　　清初鉴于明代太监干预政治之弊，裁撤二十四衙门，设掌管"宫禁"事务的内务府，顺治十一年（1654）置十三衙门以代之，保留了明代的钟鼓司，掌内廷礼乐及考核太监品级。顺治十三年（1656）改钟鼓司为礼仪监（后改名礼仪院）。康熙即位后撤十三衙门，复设内务府。康熙十六年（1677）改礼仪院为掌仪司，主掌内廷筵宴、祭祀礼仪乐舞之事，未载承应演剧等事。此时内廷承应戏剧的任务应已"悄无声息"地转移给了新成立的南府与景山。在掌仪司之外再专设演剧机构，一方面显示随着戏曲活动的繁盛，清帝王亦表现出对这种文娱活动的热爱；另一方面也与明钟鼓司地位提升进而再设置更私人化的演剧机构四斋、玉熙宫有异曲同工之处。道光七年（1827），南府改为昇平署后，明确由内务府管辖，内务府总管大臣不过问其日常排演之事，署内总管太监却可直接秉承帝王旨意安排演

---

① 张廷玉等《明史》卷六十一"乐志一"，第 1509 页。
② 刘若愚《酌中志》卷十六"内府衙门职掌"，北京古籍出版社 1994 年版，第 109 页。
③ 李舜华《礼乐与明前中期演剧》，上海古籍出版社 2006 年版，第 190 页。

出事务，亦显示出昇平署具有的内廷化与私人化性质，为（时尚）"外戏"的流入提供了便捷与合理渠道。

从戏曲史及宫廷演剧史来说，"小戏"是其中不容忽视的一个组成部分，不管是出于对过往传统的继承还是面对以"乱弹"为代表的俗乐大兴的现实，清宫接受俚俗谐谑的"小戏"也是自然。

（二）对俗乐的追求是人之常情

儒家"今之乐犹古之乐"与"与民同乐"的思想，为宫廷与民间交集、帝王接受民间"新声"乃至"郑声"提供了历史合法性。

齐宣王喜爱"今乐"（俗乐），孟子认为"今之乐犹古之乐"，问题的关键并非帝王爱好"古乐"或"今乐"，而是他能否做到与民同赏同乐。庙堂与民众在普通的日子里难以交集，但那些普天同庆的节令为官方庆典与民间习俗的交汇提供了机会。汉武帝曾设"《巴俞》都卢、海中《砀极》、漫衍鱼龙，角抵之戏"宴飨四夷来客，百姓得以观瞻百戏，同感四海升平；唐朝"万方同乐奏千秋"，玄宗寿诞，教坊艺人与民间艺人在勤政楼与花萼楼广场歌舞百戏，宫廷内外同享盛世欢愉；三月季春，宋天子登上宝津楼，在琼林苑门的两侧特设彩楼，"许士庶观赏呈引百戏"；尤其是金吾弛禁踏夜观灯的上元节，可谓"君王喜与民同乐，八面山呼震地来"。清康雍乾盛世，物阜民丰，帝王对多民族、多层次的文化持有相对开放的胸襟，也具备举行大型庆典、巡幸活动的实力，其中最能体现帝王"与民同乐"之心的还数此间几次规模盛大的万寿庆典。

以纪实性绘画崇庆皇太后六旬《万寿图》卷为例，此图与"母本"康熙《万寿图》卷多有不同，彰显了乾隆帝某些特有的价值观。从篇幅来讲，"崇图"由"康图"的二卷增加至四卷，这里不细谈庆祝路线与景点的变化，主要结合戏曲演出分析。"崇图"的第二卷名为"川至迎长"，崇庆皇太后的生日在农历十一月二十五日，此时长河冰冻，画面描绘了銮驾行驶在京西长河冰冻的河面上，两岸是行人及各类民间游艺活动，有民间走会时常见的抬阁、马术杂技及各种

"小戏"表演。虽然"崇图"的构图是"以严格的等级，分段摊派景区"，体现了乾隆帝强调"以秩序治国"的理念①，民间游艺被安排在西直门以外属"城外"的领地，还未能登临"城内"戏台，但这些超出祝寿题材的市井民俗故事及其民间表演形式的出现，暗示了乾隆帝、皇太后对俗乐的欣赏与有限接受。"小戏"的表演大都采取民间走会的形式，演员装扮成渔翁渔婆、樵夫、小二哥、小妇人等角色，撂地演出。可辨认出来的是，在皇太后冰床的左前方岸边，一个拿扇子、穿花褶子的丑公子正与一对穿着民间常服的男（敲锣）女（打鼓）且歌且舞，这应是在清代包括内廷都很受欢迎的"小戏"《打花鼓》。无独有偶，描绘乾隆十六年（1751）皇帝第一次奉母南巡的《乾隆南巡图》第六卷"驻跸姑苏"，苏州城内靠近桥头的一座戏台上，演出的也是《打花鼓》。在苏州日常生活图景中，《打花鼓》这类"小戏"登台营业演出，应是得到官方许可的，这早于乾隆三十一年（1766）金阊宝文堂刊刻的《时兴雅调缀白裘新集三编》，该书收录了《花鼓》，将其列入"梆子腔"名下。《万寿图》卷抑或《南巡图》卷，不仅是纪实性绘画，其背后彰显的也是帝王的价值观。基于此，《打花鼓》这类"小戏"的出现就不仅是当时戏曲演出市场的写照，也是被最高统治者接受的一种体现。

大型庆典活动中出现的各阶层人民与各式各样演出具有政治寓意与统治理想，一是表现盛世太平，皇帝与民同乐，万民归心；二是施行仁政、安顿穷人，即"一切听从民便，歌舞太平，细民益颂祷焉"②；三是宫禁生活之外悠闲、恬淡的市井乡民生活也是王朝奉行的儒家耕读思想的某种展现。帝王不管出于怎样的政治、个人意图，在"与民同乐"中促进了戏曲的繁盛。尤其是追求"新、奇、怪、

---

① 刘潞主编《十八世纪京华盛景图——清乾隆皇太后〈万寿图〉全览》（上），故宫出版社 2019 年版，第 83 页。
② 钱泳撰，孟裴校点《履园丛话》卷一"为政不相师友"，上海古籍出版社 2012 年版，第 16 页。

异"审美的乾隆帝,每有大型活动,则"各处绅商争炫技巧",以两
淮盐商为甚,"凡有一技一艺之长,莫不重值延致"①。王芷章便认为
清帝尤其是乾隆帝开启了中国演剧的新时代:

图 1 《万寿图》卷之"打花鼓"②

图 2 《南巡图》卷之"打花鼓"③

> 吾尝考京师一隅,其演戏之风盛于中国者,实由高宗启
> 之。盖每当寿节,各省疆吏,除献奇巧贡物外,仍选本地优

---

① 李秉新等校勘《清朝野史大观》卷十二"南巡杂记",河北人民出版社 1997 年版,
   第 1372 页。
② 图片转引自刘潞主编《十八世纪京华盛景图——清乾隆皇太后〈万寿图〉全览》
   (下),第 367 页。
③ 图片转引自中华珍宝馆 http://g2.ltfc.net/view/SUHA/608a61a1aa7c385c8d9432ad。

伶进京，以应此役，高朗亭之得以二簧入都，即为闽浙总督
伍拉阿命浙江盐商偕之以俱者也。在四五十年之际，滇、
蜀、皖、鄂伶人，俱萃都下，梨园中戏班数目三十五，总论
三百年间，前后莫与伦比，则亦化于诸万寿演戏之效也。①

其中以蜀伶为代表的秦腔班和皖伶为代表的徽班，早期的演出剧
目即以谐谑甚至荡冶的"小戏"为特色，影响及于昆剧。

（三）"花部"魔力与帝王喜好

清廷对声腔的公开干预见于乾隆五十年（1785）和嘉庆三年
（1798）对昆弋之外声腔的禁令。康熙时期，梆子腔已在京城流行，
乾隆早期内廷也有"侉戏"演出，两淮盐务亦例蓄"花、雅两部"
以备承应，就是说在查禁"乱弹"之前的几十年，清廷没有公开干
预"花"雅争胜的局面，等于是对其放任自流。至于乾隆四十五
（1780）设局饬查违碍字句的书籍，严谨地说，戏剧牵涉的主要是文
人昆曲作品，且主战场是在江南。这里是最富庶地区，是汉族精英聚
集地，触动的是乾隆帝异常敏感的一根神经。所谓违碍问题，首先并
且最重要的就是"如明季国初之事，有关涉本朝字句，自当一体饬
查。至南宋与金朝关涉词曲，外间剧本，往往有扮演过当，以致失实
者。流传久远，无识之徒或致转以剧本为真，殊有关系，亦当一体饬
查"②。虽然地方官习惯揣摩圣意进而"办理过当"，或士绅、文人出
于思想训诫、维持风教等原因，主动上奏禁赛会演戏，但"花部"
作品大都由艺人创作，思想上很难达到"借离合之情写兴亡之感"
的深度，更重要的是"其词曲悉皆方言俗语，鄙俚无文，大半乡愚随
口演唱，任意更改，非比昆腔传奇，出自文人之手，剞劂成木，遐迩

---

① 王芷章编《清昇平署志略》（上），商务印书馆 2006 年版，第 122 页。

② 乾隆四十五年十一月十一日"军机处上谕档"《谕著一体饬查演戏剧本并传谕伊龄
阿全德留心查察》，载中国第一历史档案馆编《纂修四库全书档案》（上），上海
古籍出版社 1997 年版，第 1228 页。

流传，是以曲本无几，其缴到者亦系破烂不全钞本"①。这个第二年便草草收场的饬查行动对"花部"的影响是有限的。

乾隆五十年（1785）发布对秦腔的禁令与魏长生等人在京城的表演触犯了清廷底线有一定关系。魏长生在乾隆四十四年（1779）二次入京，以《滚楼》一剧名动京城，京腔六大班"顿为之减色"。像《滚楼》《烤火》《双麒麟》之类的花旦戏表现的主要就是男女风月，甚至公开"裸合"出演。专工花旦的魏长生还特意美化了旦角扮相，改包头为梳水头、贴片子，发明踩跷技艺。这些在日后舞台上司空见惯的女性妆容在当时极具吸睛效果。在台上、台下只有男性的时代，一方面，具有挑逗情节的戏目容易受到观众欢迎；另一方面，魏长生对旦角女性化、魅力化的改良又助力营造出一种"逼真"幻象。外加"其词淫亵猥鄙，皆街谈巷议之语，易入市人之耳。又其音靡靡可听，有时可以节忧"②，自然趋附者日众。即便是商业昆剧在乾隆末年也"因受演剧风气影响，'三小'戏抬头，竟至成为北京昆剧的特点"③。

历代官方禁戏大都从维持风化的角度着手，秦腔公开演出"狭邪媟亵""怪诞悖乱"的剧目引起官方饬查在所难免，但清廷直到魏长生等人演出六年后才正式下发禁令，有可能是秦腔的观众圈子扩大需要一段时间，而由观演的轰动引起上层注意也需要时间积累。但更可能让清廷日益感到焦虑的是，像秦腔这种"不入流"的戏曲不仅吸引贩夫走卒，"士大夫亦为之心醉"，魏长生"所至无不为之靡，王公、大人俱物色恐后"，乃至"一时不得识交魏三者，无以为人"。④ 秦腔引起的轰动，表面看是跨越了审美界限乃至阶层界限，

---

① 《乾隆四十六年江西巡抚郝硕覆奏遵旨查办戏剧违碍字句》，载王利器辑录《元明清三代禁毁小说戏曲史料》（增订本），上海古籍出版社1981年版，第116页。
② 昭梿撰，冬青校点《啸亭杂录续录》，上海古籍出版社2012年版，第167~168页。
③ 陆萼庭著，赵景深校《昆剧演出史稿》，上海文艺出版社1980年版，第235页。
④ 昭梿撰，冬青校点《啸亭杂录续录》，第169页。

深层则可能是引起统治稳定的一种危机，因为大众"在适当环境之下为适当的人所运用，大众认识能够被发动起来，服务于更为明确的政治目的"①，这在发生一系列腐蚀民族—王朝合法性问题的乾隆晚年颇为皇帝所敏感。

两次禁令没能杜绝宫内演出"侉戏"，帝王像是人前人后两副面孔，对民间诸腔持有双标，但不妨说这"是对维持自身统治的内在需要"②。事实上，擅长打正谐、繁简"擦边球"的"小戏"亦是以它的"讨巧"获得了在宫廷容身的机会。

这一时期商业戏馆受到欢迎的戏目，举凡《滚楼》《烤火》《葡萄架》《卖饽饽》《背娃子》《别妻》《思春》《小上坟》《打灶王》《卖胭脂》《看灯》等，由丑、花旦等脚色担纲，往往融滑稽与挑逗于一体，大都属于俚俗谐谑的"小戏"范畴。"小戏"的"小"给予它更多的灵活性和超强的适应性，不仅能广征博取、为我所用，而且能便捷地根据现实环境（如不同的观众）调整表演尺度，也就是敏感内容演不演或程度如何可由观演双方同时决定。或许这也是清廷没有即刻着手禁戏的原因。相比"私勇斗狠"剧及文人历史剧，"小戏"最常见的是对"正统"的戏弄，如悍妇与惧内的笑料。此外，丑角的滑稽表演消解了潜在的越界危险，台上那些人物的市井（或底层）身份也决定了观众看戏时的超然心态，即"不必当真"。这是"小戏"讨巧的地方，也是它能够为宫廷所接受的重要原因。

而道光帝对演剧机构的改革，也拉开了宫廷戏剧审美变化的大幕。在道光朝的演剧档中，常见下旨要伶人到其寝宫上排帽儿戏。道

① ［美］张勉治著，董建中译《马背上的朝廷：巡幸与清朝统治的建构（1680—1785）》，江苏人民出版 2019 年版，第 302 页。另外，中国艺术研究院研究员刘文峰曾在参加作者博士学位论文答辩会时指出，有些秦腔剧目的思想内容将批判讽刺的矛头直指皇帝，在北京以外更明显，直接影响统治稳定；秦腔也威胁到昆弋演艺界艺人的利益，这些艺人跟上层关系紧密，影响不可小觑。

② 陈志勇《清中叶梆子戏的宫内演出与宫外禁令——从内廷档案中的"侉戏"史料谈起》，《文艺研究》2019 年第 9 期，第 96 页。

光七年（1827）以后，宫内没有了演技水平更高的民籍伶人，但经长久积累，由太监伶人继承的用人不多、排场不大的戏（也包括新排的规模不大的戏）可以承应内廷演剧需求。其中那些由丑行或丑、旦等合演的带有谐谑笑闹性质的"小戏"如《探亲相骂》《懒妇烧锅》《倒打杠子》《踢球》等特别为道光帝所喜欢，几乎每回承应都要安排一二出这类"小戏"；此外还有由传奇折子戏通俗化后带有谐谑风格的"小戏"，如《花鼓》《刘二扣当》《大小骗》等。这一时期宫廷也演出了不少变戏法、十不闲等"玩艺"。帽儿排几乎就是演员素颜出演，与魏长生等人在商业戏馆特意贴片子、梳大头、踩跷模仿女性以制造逼真的表演效果不大相同，等于是打破了可能存在的性幻觉和臆想魔力。上演这类"小戏"，就是几个太监艺人斗斗嘴、唱唱小曲儿，耍笑几段，放松一下帝王朝堂公务的紧绷神经，这也是"小戏"讨巧的另一种表现。

从艺术史的角度来说，道光帝的南府改制"实际上与戏曲史上'昆、乱易位'的过程同步"①，是一种与时俱进。他的初衷或许未必如此，但客观上顺应了清中叶以后戏曲整体上由雅向俗的转变趋势。咸丰帝对"小戏"的喜好在原因上可能有别于道光帝，而内廷对"乱弹"的公开接受也影响到帝后对"小戏"的需求，但"小戏"的谐趣等讨巧特点也使它始终为清宫所接纳。

尾声　由"小戏"看"花雅之争"

至光绪中后期，乱弹戏开始在宫中占据主位，好像是比宫外的"花雅之争"进程慢了好几拍。一方面显示出宫廷文化与民间文化之间的差异性。另一方面，也更需要思考的是，以"花雅之争"作为镜子，很可能遮蔽了宫廷戏曲的丰富面貌。

---

① 么书仪《晚清戏曲的变革》（增订版），人民文学出版社 2018 年版，第 41 页。

乾隆时期为典型的"花雅之争"实际上"是从明中叶以后各种地方声腔与昆腔争胜消长、对立融合的历史的延续"①。更重要的是，真实的历史进程很可能是胜负互现、错综复杂的。与其说是"花雅之争"，毋宁说是花雅竞奏与融合。"小戏"唱腔的驳杂及昆剧对"时剧"的吸纳，亦从"小戏"的视角证明花雅之间的互动与交融。

在对吉祥、喜庆文化的追求上，宫廷与民间表现出一致性，这也为宫廷接受讨巧的"小戏"提供了方便。外朝与内廷的分隔某种程度是帝王"神性"与"人性"的分隔，帝后们在相对私人的场合有回归日常与普通人的需求，这是他们接受"新声"乃至"郑声"的重要原因。总之，清宫对"小戏"的接受反映了宫廷戏曲变动的一面，呈现出宫廷戏曲及宫廷文化的丰富面貌。而跳出二元的思维模式，花雅及其背后所代表的文化与阶层并非势不两立，它们彼此受时代、观众、政治、经济等影响而自我调适，出现化俗为雅或由雅入俗，进而是花雅交杂的现象，这在"小戏"身上有比较典型的体现。

（陈琛　国家版本馆研究人员）

①　郭英德《明清传奇史》，江苏古籍出版社 2001 年版，第 507 页。

岳家将戏曲的演化流变*

高小慧　周星宇

　　宋代名将岳飞因其顽强英勇的抗金事迹及含冤蒙难的悲剧结局，在朝野赢得了较大的声望与地位。民众为表达敬仰与追忆，自发在其人生事迹中融入传奇性情节，不断创设文学作品搬演岳飞故事，使其成为英雄人物的典型代表，岳家将体系也因此逐步生成。岳家将，即南宋时期以岳飞为中心的英雄将领群体。除主要人物岳飞外，岳家将还包括张宪、牛皋、杨再兴、岳云等"岳飞时代"的岳家将领，以及岳雷、岳霖、岳震、岳银瓶等"后岳飞时代"的岳家小将。该群体人物除史实的简短记载外，主要出于岳飞故事的文学创生，具有通俗文艺的角色魅力。岳家将故事的演化是一个历时性的发展过程。结合历代戏曲艺术作品考察岳家将故事的生成过程，可以将其划分为四

---

* 本文为 2022 年河南省哲学社会科学规划项目"中原文化视域下岳飞题材叙事嬗变研究"（项目编号：2022BWX027）阶段性成果。

个阶段：宋元时期为岳家将戏曲的萌芽与雏形期；明代为岳家将戏曲的初创与发展期；清代为岳家将戏曲的成熟与鼎盛期；20世纪至今为岳家将戏曲的因袭与丰富期。需要说明的是，清代以来，作为通俗文艺的一种，岳家将题材的曲艺也得到了极大的发展和繁荣。岳家将戏曲和岳家将曲艺互生关系密切，两者同源共生，分途发展，相互影响，又彼此相对独立。因此在梳理岳家将戏曲的历时演化流变时，亦将曲艺作为关联物、参照物予以观照考察，以期获得更为开阔的学术视野。

一 宋元时期：萌芽与雏形期

史书是岳家将故事之源。岳飞含冤屈死后，因秦桧父子掌握史馆大权，大量与岳飞、岳家将有关的史料被篡改、销毁。秦桧之子秦熺主编《高宗日历》，对岳家将旧事进行歪曲诋毁。后《三朝北盟会编》《系年要录》《建炎以来朝野杂记》等书进行了一定程度的史实还原。岳飞平反后，岳霖、岳珂父子考于闻见、访于遗卒，对岳家将旧事进行了丰富且可靠的史料考辨。岳飞年少贫寒，起于微末，却能从行伍贱隶升至建节大将，最终又因昏君奸臣谋害含冤屈死，如此传奇且悲剧的人生遭际无疑是戏曲改编的绝佳素材。相较史书的事实还原，宋元时期的岳家将戏曲多以岳飞为主，与一定的史实相关联，带有部分民间传说色彩与艺术加工成分。

岳珂《桯史》曾载："秦桧以绍兴十五年四月丙子朔，赐第望仙桥。丁丑，赐银绢万匹两，钱千万，彩千缣，有诏就第赐宴，假以教坊优伶，宰执咸与。中席，优长诵致语，退，有参军者前，褒桧功德。……乃总发为髻，如行伍之巾，后有大巾镮，为双叠胜。伶指而问曰：'此何镮?'曰：'二胜镮。'遽以朴击其首曰：'尔但坐太师交倚，请取银绢例物，此镶掉脑后可也?' 一坐失色,桧怒,明日下伶于狱,有死者。"① 距岳飞屈死仅三年,优伶便敢于搬演戏曲故事以"二胜(圣)镶(还)"暗讽杀害忠臣良将的凶手秦桧,颇具胆识与智慧,从侧面显现民众已经开始借助戏曲舞台搬演时事,用以表达对英雄岳飞的追思和缅怀。

南宋已有《夷坚志》《独醒杂志》《朝野遗记》《江湖杂记》等零星记载东窗事犯故事,内容以秦桧夫妻议杀岳飞为主,后被戏曲创作者充分吸收,改编搬演上戏曲舞台。东窗事犯类戏作最早可见于元钟嗣成所作《录鬼簿》卷上"孔文卿"条②,其所载《东窗事犯》为杂剧剧本。孔文卿生平不详,《录鬼簿》将其收入"前辈才人有所编传奇行于世者"中,当为宋末元初人。由此可推论,南宋末期即有"西湖旧本"等东窗事犯类戏作流传。

入元以后,戏曲创作日益繁盛,具备传奇性情节的岳飞故事本应成为戏曲搬演的热门题材。但因元朝为异族统治,民族矛盾较为尖锐,抗击外族的民族英雄岳飞自然被创作者视为题材禁区。因而有元一代,关涉岳飞的戏作主要有《东窗事犯》与《宋大将岳飞精忠》两种。

元代《东窗事犯》杂剧主要有孔文卿与金仁杰两个版本。孔文卿版本著录于《录鬼簿》卷上"前辈才人有所编传奇行于世者"中,《录鬼簿》天一阁本载为"《东窗事犯》(二本,杨驹儿按)何宗立勾西山行者 地藏王证东窗事犯"③。孔本《东窗事犯》是剧本完整保存且流传最早的一部岳飞戏,四折二楔子,主要剧情:岳飞进军朱仙镇,正欲起兵东京,却被十三道金牌召回下狱问罪,与岳云、张宪一同遇难。地藏王化身呆行者,揭穿秦桧东窗密谋。岳飞冤魂托梦高宗,控诉秦桧卖国罪行,秦桧于阴司受冥报。全剧从岳飞功成在望写起,

① 岳珂撰,吴企明点校《桯史》卷第七《优伶诙语》,中华书局1981年版,第81页。

② 钟嗣成、贾仲明著,浦汉明校《新校录鬼簿正续编》,巴蜀书社1996年版,第93页。

③ 钟嗣成、贾仲明著,浦汉明校《新校录鬼簿正续编》,第94页。

随即转入岳飞含冤屈死，二者情境的强烈反差使得戏剧张力极为显著。尤其难能可贵的是，岳飞唱词将控诉和不满的对象直指幕后真凶高宗。相比后世囿于君臣伦理规避高宗罪行的剧作，此剧显然更具价值。

《东窗事犯》杂剧另有金仁杰版本，著录于《录鬼簿》卷下"方今才人相知者，为之作传"中，今已佚。《录鬼簿》天一阁本下注称"次本"，孟本下注称"旦本"，曹本则作"秦太师东窗事犯"。清代焦循称："孔文卿有秦太师东窗事犯剧，金仁杰亦有之，惜不传。"①叶德均对此已作详细考证："可以十分肯定金仁杰的《东窗事犯》是杂剧，绝非小说。"②

《东窗事犯》类岳飞戏除杂剧外，另有南戏、传奇等版本。《永乐大典》卷一万三千九百七十九便著录有《秦太师东窗事犯》，明徐渭所作《南词叙录》"宋元旧篇"条也著录有南戏《秦桧东窗事犯》，《寒山堂曲谱》"总目·元传奇"中亦著录有《岳忠孝王东窗事犯记》，以上剧作皆已佚失。

除《东窗事犯》类岳飞戏外，元代另有杂剧《宋大将岳飞精忠》著录于《也是园藏书古今杂剧目录》③《今乐考证》④《现存元人杂剧书录》⑤ 与《孤本元明杂剧》⑥ 中，现存有脉望馆抄校内府本与孤本元明杂剧本。全剧四折一楔子，未提作者，主要剧情：金兀术欲率兵攻宋，李纲请岳飞、韩世忠、张俊、刘光世四将与秦桧讨论战和问题，议后以岳飞为帅大败金兀术，班师回朝，四将各受封赏。作者有意突出和拔高岳飞的地位，将岳飞定位为中兴四将的核心主角，塑造了一个勇冠

---

① 焦循《剧说》，古典文学出版社1957年版，第119页。
② 叶德均《戏曲小说丛考》，中华书局2004年版，第602页。
③ 黄丕烈《也是园藏书古今杂剧目录》，载中国戏曲研究院编《中国古典戏曲论著集成》（七），中国戏剧出版社1959年版，第390页。
④ 姚燮《今乐考证》，载中国戏曲研究院编《中国古典戏曲论著集成》（十），第135页。
⑤ 徐调孚编《现存元人杂剧书录》，上海文艺联合出版社1955年版，第150页。
⑥ 《孤本元明杂剧》，中国戏剧出版社1958年版，第24页。

三军的英雄形象。该剧为喜剧基调，剧情简单，曲词质朴，但在岳飞抗金故事的舞台演绎上具有开创之功，对后世岳飞戏创作具有一定影响。

表 1　宋元戏曲作品所涉岳家将故事一览表

作品名称	创作时期	体裁	作者	卷帙	著录书籍	涉及内容
《地藏王证东窗事犯》	宋末元初	杂剧	孔文卿	四折二楔子	《录鬼簿》《元刊杂剧三十种》	何宗立勾西山行者，地藏王证东窗事犯
《秦太师东窗事犯》（佚）	元	杂剧	金仁杰	不详	《录鬼簿》	东窗事犯
《秦太师东窗事犯》（佚）	元	南戏	不详	不详	《永乐大典》	东窗事犯
《秦桧东窗事犯》（佚）	元	南戏	不详	不详	《南词叙录》	东窗事犯
《岳忠孝王东窗事犯记》（佚）	元	传奇	不详	不详	《寒山堂曲谱》	东窗事犯
《宋大将岳飞精忠》	元末	杂剧	不详	四折一楔子	《也是园藏书古今杂剧目录》《今乐考证》《现存元人杂剧书录》《孤本元明杂剧》	金兀术侵犯边境，宋大将岳飞精忠

二　明代：初创与发展期

有明一代，朝野形势剧变，岳飞精忠报国的英雄品格受到统治者的欣赏与青睐。尤其到了明中后期，国势渐衰，内有流寇横行，外有异族环伺，民族矛盾日益尖锐，时代迫切呼唤岳飞式英雄中兴华夏、激励民心，万历皇帝更是亲自册封岳飞为"三界靖魔大帝"，从官方层面正式将岳飞推上神坛。明代政权重归汉人，岳飞戏在创作上再无前朝异族统治时的题材禁忌。在政府的肯定与鼓舞下，岳飞故事进入持续创生阶段，创作者除虚构岳飞的个人传奇外，还有意识地将情节延伸至岳家将其余将领身上，张宪、岳云、牛皋、杨再兴等人开始崭露头角，岳家将故事得以初步构建与发展，岳家将故事亦渐成系统。

明前期岳飞戏大多承袭前代旧作，在内容和形式上略有创新。此阶段较为典型的岳飞戏当数《岳飞破虏东窗记》（简称《东窗记》），著录于《古本戏曲丛刊》《全元戏曲》①中，今存明万历金陵富春堂刊本。全剧上下两卷，四十折，未题作者。与前代习惯搬演东窗事犯等固定情节单元不同，《东窗记》几乎涵盖了岳飞故事的大部分内容。除岳飞大破金兵、班师回朝、东窗设计、疯僧扫秦等主要情节外，如泥马渡康王、岳飞收杨幺、岳夫人问卜、岳银瓶投井、施全行刺等次要情节在剧中也有所载录。此外，该剧还对张宪、岳云、岳银瓶、张保等岳家将人物进一步设计。因故事结构完整、人物塑造精巧、内容描写细致，该剧先后被改编为传奇作品，剧中情节还被《说岳全传》沿用，对后世影响较大，岳家将故事的戏曲改编也由此开启了初创发展的新阶段。

其后，明代岳飞戏逐渐由早期的"东窗事犯"类故事向"精忠"类故事转变，戏作重心转为叙述岳家将精忠报国事迹，东窗戏份略有削弱，此类戏作尤以《精忠记》与《精忠旗》二者最为典型。

姚茂良《精忠记》直接由《东窗记》改编而来，著录于《曲品》②《古人传奇总目》③《传奇汇考标目》④《重订曲海总目》⑤《今乐考证》⑥中，今存有明代汲古阁刊本、六十种曲本。该剧三十五出，情节内容与《东窗记》相差无几，撰者通过简化、合并、拆分、增设等方法使得主体情节更为突出，剧情结构更显顺畅，广受民众欢迎。焦循《剧说》卷六引《极斋杂录》称："吴中一富翁宴客，演《精忠

---

① 参见王季思主编《全元戏曲》第十一卷，人民文学出版社 1999 年版，第 94~219 页。

② 参见吕天成《曲品》，载中国戏曲研究院编《中国古典戏曲论著集成》（六），第 227 页。

③ 参见无名氏《古人传奇总目》，载中国戏曲研究院编《中国古典戏曲论著集成》（六），第 279 页。

④ 参见无名氏《传奇汇考标目》，载中国戏曲研究院编《中国古典戏曲论著集成》（七），第 196 页。

⑤ 参见黄文旸原编，无名氏重订，管庭芬校录《重订曲海总目》，载中国戏曲研究院编《中国古典戏曲论著集成》（七），第 334 页。

⑥ 参见姚燮《今乐考证》，载中国戏曲研究院编《中国古典戏曲论著集成》（十），第 197 页。

记》。客某，见秦桧出，不胜愤恨，起而捶打，中其要害而毙。众鸣之官，官怜其义，得从末减。"① 其演出景况和社会心理可见一斑。

冯梦龙《精忠旗》改编自《精忠记》，著录于《墨憨斋定本传奇》②《曲海总目提要》《今乐考证》《古本戏曲丛刊》中，今存有墨憨斋传奇本。全剧上下两目，三十七折。《曲海总目提要》引冯梦龙语："旧有《精忠记》，俚而失实，识者恨之。从正史本传，参以《汤阴庙记》事实，编成新剧，名曰《精忠旗》。"③ 在崇实精神的指引下，冯梦龙删去了旧作中诸如岳飞妻女卜梦、道月和尚说偈、疯僧扫秦、天庭封神等虚构部分，又依附史实增设了如"若水效节""御赐忠旗""书生扣马""世忠诘奸""北庭相庆"等情节。与此同时，冯氏亦对情节"微有妆点"，力求突出作品的悲剧性：如第十五折《金牌伪召》将十二道金牌的召取单独展开，详细描写了岳飞及各将的态度变化，相较金牌齐下更能令观者动容；再如第三十折《忠裔道毙》设计岳雷、岳霖、岳震、岳霭四兄弟在迁徙途中死于非命，加剧了英雄末路的凄凉之感和悲剧意蕴，极富艺术感染力。因此，该剧得以跻身"中国十大古典悲剧"之列，成为明代最富思想深度与悲剧精神的岳飞戏。

因不满于《精忠记》"前既枝蔓，后遂寂寥"④ 的简净风格，陈衷脉创作《金牌记》对其进一步敷演，使得剧本内容更为详尽。《金牌记》著录于《远山堂曲品》中，原本今已佚。《远山堂曲品》称："《精忠》简洁有古色，而详核终推此本。且其联贯得法。武穆事功，发挥殆尽。"⑤ 叶德均在《祁氏曲品剧品补校》中转引秦征兰天启

---

① 焦循《剧说》，第 132 页。

② 冯梦龙《墨憨斋定本传奇·墨憨斋新订精忠旗传奇》，载魏同贤主编《冯梦龙全集》第 11 册，凤凰出版社 2007 年版，第 365 页。

③ 无名氏编撰《曲海总目提要》卷儿《精忠旗》，载俞为民、孙蓉蓉编《历代曲话汇编：新编中国古典戏曲论著集成·清代编》，黄山书社 2009 年版，第 341 页。

④ 祁彪佳《远山堂曲品》，载中国戏曲研究院编《中国古典戏曲论著集成》（六），第 26 页。

⑤ 祁彪佳《远山堂曲品》，载中国戏曲研究院编《中国古典戏曲论著集成》（六），第 74 页。

《宫词》注称："上（天启）设地炕于懋勤殿，御宴演戏，尝演《金牌记》，至风魔和尚骂秦桧，魏忠贤趋匿壁后，不欲正视。"① 可知该剧收录了"疯僧扫秦"情节，且剧名"金牌"，剧本应在岳飞奉金牌班师的情节上重点展开。

在"补恨""快心"心理主导下，部分剧作家认为应充分脱离史实，从根本上扭转悲剧结局。明代吕天成尝言："予欲作一剧，不受金牌之召，直抵黄龙府，擒兀尤，返二帝，而正秦桧法，亦一大快事也。"② 祁麟佳的《救精忠》便是这种"补恨"思潮下的产物。《救精忠》著录于《远山堂剧品》中，原本今已佚。《远山堂剧品》谓："阅《宋史》，每恨武穆不得生。乃今欲生之乎？有此词，而桧、禼死，武穆竟生矣。"③《救精忠》打破了原有故事结局，以一种完全脱离史实羁绊的面貌呈现，为岳家将戏曲的发展提供了一种崭新的方向。

但岳飞屈死本已是妇孺皆知的史实，蒙冤遇难也早已与岳飞高度捆绑，成为千百年来民众的重要情感记忆点。《救精忠》虽然重新复活岳飞，达到了"泄导人情"的效果，却极大削弱了故事的悲剧色彩。当精忠报国不再与含冤屈死形成强烈反差，作品也失去了应有的艺术感染力。如何能既保留屈死情节，又能够为故事提供一个可以续写的合理框架？在这种改编方向的指导下，岳家小将开始在岳飞戏中现身。

岳家小将率先在岳飞戏中重点呈现应在明中叶以后，青霞仙客的《阴抉记》与杨景夏的《后精忠》开其先河。《阴抉记》著录于《远山堂曲品》中，原本今已佚。《远山堂曲品》评："前半与《精忠》同。后半稍加改撰，便削原本之色。不识音律者，误人一至于此！"④

① 叶德均《戏曲小说丛考》，第 235 页。
② 吕天成《曲品》卷下《能品九》，载中国戏曲研究院编《中国古典戏曲论著集成》（六），第 227 页。
③ 祁彪佳《远山堂剧品》，载中国戏曲研究院编《中国古典戏曲论著集成》（六），第 164 ~ 165 页。
④ 祁彪佳《远山堂曲品》，载中国戏曲研究院编《中国古典戏曲论著集成》（六），第 91 页。

由此可知《阴抉记》为《精忠记》的改编本，前半部分情节与《精忠记》基本相同，后半部分有较大改动。"日本《舶载书目》著录有《新编神全莸雷岳电执仇武穆阴抉东窗记》疑即此剧，'阴抉'疑是'阴报'之讹，又'雷'上脱一'岳'字"①。由此，《阴抉记》后半部分应为岳雷、岳电为父报仇的故事。《后精忠》原本今已佚，著录于《传奇汇考标目》别本中，称为"岳雷事"②，可知为搬演岳家小将岳雷的戏作。此二剧中以岳雷为代表的岳家小将开始崭露头角，一种崭新的续写模式得以出现。

明代另有作家截取岳飞抗金故事中的某一单元敷演成剧，此类剧作以《岳飞大破太行山》③《岳飞三箭赫（吓）金营》④ 为代表。此二剧著录于《晁氏宝文堂书目》中，因《晁氏宝文堂书目》为嘉靖时人晁瑮所撰，此二剧应为明前期作品。《宋史·岳飞传》对岳飞大战金兵于太行山一事有详细记载，《岳飞大战太行山》应是对此段史事的具体敷演。《岳飞三箭赫（吓）金营》载岳飞以射术威吓金营的相关情节于历代文献未见，应是纯粹出于虚构。此外，明代部分戏曲作品中岳飞以配角身份穿插于故事情节之中，此类作品主要有邵灿《香囊记》、陈与郊《麒麟罽》、张四维《双烈记》、凌星卿《关岳交代》等，于此不赘。

表2　明代戏曲作品所涉岳家将故事一览表

作品名称	创作时期	体裁	作者	卷帙	著录书籍	涉及内容
《岳飞破虏东窗记》	明初	杂剧	不详	二卷四十折	《古本戏曲丛刊》《全元戏曲》	岳飞报国抗金，秦桧东窗事犯
《香囊记》	明正德、嘉靖年间	南戏	邵灿	四十二出	《南词叙录》《曲品》《六十种曲》《剧说》《传奇汇考标目》	两宋之际，张九成一家的离合遭遇

① 邓骏捷《明清文学与文献考论》，上海古籍出版社2013年版，第64页。
② 无名氏《传奇汇考标目》，载中国戏曲研究院编《中国古典戏曲论著集成》（七），第274页。
③ 晁瑮《晁氏宝文堂书目》，上海古籍出版社2005年版，第143页。
④ 晁瑮《晁氏宝文堂书目》，第144页。

作品名称	创作时期	体裁	作者	卷帙	著录书籍	涉及内容
《精忠记》	明	传奇	姚茂良	二卷三十五出	《曲品》《六十种曲》《古人传奇总目》《传奇汇考标目》《重订曲海总目》	岳飞精忠报国，屈死后成神，秦桧阴司冥报
《双烈记》	明	传奇	张四维	二卷四十四出	《曲品》《六十种曲》《金陵琐事》《新传奇品》《曲海总目提要》《今乐考证》	韩世忠、梁红玉故事
《麒麟罽》	明	传奇	陈与郊	二卷三十六出	《曲海总目提要》《古本戏曲丛刊》	韩世忠、梁红玉故事
《精忠旗》	明	传奇	李梦实原著，冯梦龙改订	二卷三十折	《墨憨斋定本传奇》《曲海总目提要》《今乐考证》《古本戏曲丛刊》	岳飞精忠报国，秦桧阴司冥报
《岳飞大破太行山》（佚）	明	杂剧	不详	不详	《晁氏宝文堂书目·乐府》	岳飞大破太行山
《岳飞三箭赫（吓）金营》（佚）	明	杂剧	不详	不详	《晁氏宝文堂书目·乐府》	岳飞三箭吓金营
《金牌记》（佚）	明	传奇	陈叀脉	不详	《远山堂曲品·能品》	武穆事功
《救精忠》（佚）	明万历年间	杂剧	祁麟佳	四折	《远山堂剧品·雅品》	岳飞精忠报国，结局为秦桧、万俟卨等人死，岳飞生

（续表）

作品名称	创作时期	体裁	作者	卷帙	著录书籍	涉及内容
《关岳交代》（佚）	明	杂剧	凌星卿	四折	《远山堂剧品·具品》	关羽、岳飞交代封神
《阴抉（报）记》（佚）	明	传奇	青霞仙客	不详	《远山堂曲品·具品》	前半部分同《精忠记》，后半部分疑叙岳雷、岳电为父报仇
《后精忠》（佚）	明末	传奇	杨景夏	不详	《传奇汇考标目》	岳雷事

三 清代：成熟与鼎盛期

入清以后，岳家将故事开始进入一段波折动荡的发展期。因满族自认为女真后裔，作为抗金英雄的岳飞不免陷入一种尴尬境地：一方面，对于他精忠报国的英雄事迹与人格品质，统治者颇为肯定与推崇；另一方面，对于他抗金杀虏的历史现实，统治者又未免有些反感与不安。因此，在清初延续明末岳飞戏发展势头的创生井喷期后，以岳家将为题材的通俗作品突然停滞与冷清起来。康乾时期出现了一部集岳家将事功于大成的《说岳全传》，淡化了民族矛盾与批判色彩，极力塑造岳飞之忠，颇具教化功能，因而逐渐得到官方的认可与接受并广为流传。在小说的广泛传播与刺激下，各类作品持续涌现，叙述的中心人物由岳飞向岳家将过渡转换，其情节不单局限于"岳飞时代"，"后岳飞时代"的角色与内容也逐渐丰满，文本系统已然成熟，创作臻至鼎盛。

清初的岳飞戏直接承继明末发展势头，其创作颇为繁荣，接连出现了四大传奇作品：《牛头山》《夺秋魁》《如是观》和《续精忠》。此类作品一扫前代作品的悲剧氛围，艺术风格渐趋成熟，传奇色彩颇为浓厚。

李玉《牛头山》截取岳飞牛头山之战加以虚构敷演。著录于《新传奇品》①《传奇汇考标目》②《重订曲海总目》③《剧说》④《曲话》⑤《今乐考证》⑥ 中，今存有丹徒严氏藏旧抄本（《古本戏曲丛刊》收入）。该剧上下两卷，二十五出，主要剧情为：金兀术率兵南侵，赵构离京外逃被困牛头山。岳飞、岳云等勤王救驾，于牛头山取得大捷，最终俱得封赏。《牛头山》中牛皋的戏份明显增多，岳云也是作者重点聚焦的岳家将人物，该剧下卷便自岳云学艺写起，先是叙其山中遇仙，得赠神槌龙马，再叙其夜战牛皋，路遇巩氏兄妹，定下终身，后叙其奔赴牛头山救驾，随父共灭金兵，将门虎子的传奇际遇描写得颇为鲜活。《说岳全传》第三十六回至第四十二回的内容大多汲取此剧情节。

朱良卿《夺秋魁》截取岳飞早年经历及平杨幺事加以敷演创设。著录于《新传奇品》⑦《传奇汇考标目》⑧《重订曲海总目》⑨《剧说》⑩ 中，今存有清初永庆堂抄本、平妖堂抄本等。该剧二十二出，剧情主要为：岳飞等人赴东京考武状元，比试时因刺死小梁王入狱，得宗泽等人搭救。后岳飞等人征讨杨幺，得胜后回朝婚配。除征杨幺有史可考外，其余情节完全子虚乌有。作者有意吸收通俗文艺中的寒门登科、发迹变泰的成例，辅以忠奸对立的矛盾冲突，由此刻画出一

---

① 高奕《新传奇品》，载中国戏曲研究院编《中国古典戏曲论著集成》（六），第 272 页。

② 无名氏《传奇汇考标目》，载中国戏曲研究院编《中国古典戏曲论著集成》（七），第 237 页。

③ 黄文旸原编，无名氏重订，管庭芬校录《重订曲海总目》，载中国戏曲研究院编《中国古典戏曲论著集成》（七），第 350 页。

④ 焦循《剧说》，第 83 页。

⑤ 梁廷枏《曲话》，载中国戏曲研究院编《中国古典戏曲论著集成》（八），第 245 页。

⑥ 姚燮《今乐考证》，载中国戏曲研究院编《中国古典戏曲论著集成》（十），第 253 页。

⑦ 高奕《新传奇品》，载中国戏曲研究院编《中国古典戏曲论著集成》（六），第 273 页。

⑧ 无名氏《传奇汇考标目》，载中国戏曲研究院编《中国古典戏曲论著集成》（七），第 222 页。

⑨ 黄文旸原编，无名氏重订，管庭芬校录《重订曲海总目》，载中国戏曲研究院编《中国古典戏曲论著集成》（七），第 351 页。

⑩ 焦循《剧说》，第 83 页。

个历经磨难、百折不挠的精忠英雄形象。因《夺秋魁》剧本出色，情节传奇，《说岳全传》对其内容多有沿用。岳飞应试夺魁的情节也逐渐演变为"枪挑小梁王"剧目，京剧、豫剧、川剧、徽剧、秦腔等均对该剧情有所搬演。

张大复《如是观》又名《翻精忠》《倒精忠》，著录于《新传奇品》①《传奇汇考标目》②《重订曲海总目》③《曲话》④《今乐考证》⑤中，今存有康熙马子元抄本（《古本戏曲丛刊》收入）。该剧上下两卷，三十出，主要剧情为：上卷写徽、钦二帝国破遭俘，秦桧降金卖国，岳母刺字，岳飞于朱仙镇大破金兵；下卷写秦桧夫妇东窗密谋失败，岳飞拒金牌迎回二帝，回朝后审判秦桧，岳家满门受封。该剧理想化色彩极为浓厚，颇具补恨之效："以精忠直叙岳飞之死，而秦桧受冥诛未快人意，乃作此以翻案。言飞成大功，桧受显戮，两人一善一恶，当作如是观，故名《如是观》也。事迹有真有假，《精忠》真者大半，此剧多系缀饰。"⑥ 此外，该剧于人物塑造上颇为用心，如以刺字教子极写岳母的深明大义，以审案稽查极写牛皋的粗中有细，以东窗密谋、谄媚尤尤极写王氏的淫邪狡诈，典型人物形象的刻画相当成功。

汤子垂《续精忠》，又名《小英雄》，著录于《传奇汇考标目》⑦《曲海总目提要》⑧ 中，今存绥中吴氏藏旧抄本（《古本戏曲丛刊》二集收

---

① 高奕《新传奇品》，载中国戏曲研究院编《中国古典戏曲论著集成》（六），第274页。

② 无名氏《传奇汇考标目》，载中国戏曲研究院编《中国古典戏曲论著集成》（七），第241页。

③ 黄文旸原编，无名氏重订，管庭芬校录《重订曲海总目》，载中国戏曲研究院编《中国古典戏曲论著集成》（七），第353页。

④ 梁廷枏《曲话》，载中国戏曲研究院编《中国古典戏曲论著集成》（八），第245页。

⑤ 姚燮《今乐考证》，载中国戏曲研究院编《中国古典戏曲论著集成》（十），第273页。

⑥ 无名氏编撰《曲海总目提要》卷十一，载俞为民、孙蓉蓉编《历代曲话汇编：新编中国古典戏曲论著集成·清代编》，第423页。

⑦ 无名氏《传奇汇考标目》，载中国戏曲研究院编《中国古典戏曲论著集成》（七），第232页。

⑧ 无名氏编撰《曲海总目提要》卷十四，载俞为民、孙蓉蓉编《历代曲话汇编：新编中国古典戏曲论著集成·清代编》，第536页。

入）。该剧上下两卷，二十五出，主要剧情：上卷写岳飞屈死后，其子岳雷、岳电和牛皋避祸隐迹，后高宗醒悟将秦桧下狱，并召回三人抗金；下卷则写牛皋父子与岳雷、岳电等人平定秦熺之乱。明代《阴抉记》与《后精忠》虽开岳家小将戏曲敷演之先河，但原本皆佚，因此存世的《续精忠》便显得颇为可贵。《续精忠》着力敷陈"后岳飞时代"的故事情节，创设了大量忠奸后代，如岳雷、岳电、牛通、施宽、王宪、杨延彪、汤颖、张英等岳家小将和秦熺、戚思仁、戚思义等奸臣后代，且后辈性格几乎完全与父辈相同，忠奸清晰分明。该剧对牛皋颇为侧重，使其成为串联岳家将与岳家小将的中间角色，此类戏份被《说岳全传》吸收借鉴，对岳家将故事系统中牛皋故事的演绎产生了重要影响。

上述四大传奇在岳家将故事系统中具有承前启后的重要地位。其剧本内容虽大多于史无征，极尽虚构之能事，但其情节极大拓展了岳飞戏的故事内容与创作走向，且对《说岳全传》的形成具有关键性的推动作用，因而成为清代岳飞戏的代表作品。

在四大传奇之外，清代另有《龙虎啸》《碎金牌》《大造化》《快人心》《后岳传》等杂剧、传奇作品，承继《说岳全传》而来，代表了《说岳全传》之后岳家将故事在戏曲舞台上的发展方向。《龙虎啸》"演岳武穆子云事"[1]，主要敷演岳云牛头山抗金事迹。《碎金牌》讲述岳飞等岳家将识破秦桧奸计，率军收复汴梁，直捣黄龙。《大造化》主要讲述岳雷、牛通等岳家小将抗金事。《快人心》"为岳云骂秦桧剧"[2]，历代岳家将故事中多有岳飞骂秦桧情节，但均无岳云骂秦桧内容，该剧在此情节上颇具独创性。《后岳传》今已佚，由剧名推断，其情节应为岳家小将故事。

乾隆末年，四大徽班入京，通过不断交流融合形成了新的剧

---

① 北婴编著《曲海总目提要补编》，人民文学出版社 1959 年版，第 159 页。

② 张次溪编纂《清代燕都梨园史料》，中国戏剧出版社 1988 年版，第 339 页。

种——京剧。京剧在形成后迅速盛行京师，进而风靡全国。京剧多以历史故事为主要演出内容，而岳家将故事历来广为传颂，在《说岳全传》流传后更是妇孺皆知，因而成为京剧改编的绝佳素材。陶君起《京剧剧目初探》称："宋代故事戏在京剧中最称丰富。《杨家将》（包括《南唐演义》及《五虎平西》）、《包公案》（包括《七侠五义》）、《水浒传》、《说岳》成为四大支柱。"① 仅在《京剧剧目初探》所载数据中，岳家将戏便多达三十余种：《汤阴县》《荒草冈》《枪挑小梁王》《潞安州》《雄州关》《二本雄州关》《两狼关》《徽钦二帝》《泥马渡康王》《交印刺字》《收曹成》《李纲滚钉》《爱华山》《雁翅关》《康郎山》《牛皋招亲》《栖梧山》《汝南庄》《牛皋下书》《挑滑车》《岳家庄》《锤震金蝉子》《双结义》《战金山》《镇潭州》《刺绣旗》《金兰会》《洞庭湖》《碧云山》《五方阵》《小商河》《汤怀自刎》《八大锤》《金牛岭》《风波亭》《岳侯训子》《疯僧扫秦》《胡迪骂阎》《请宋灵》。此类剧目大多直接改编截取自《说岳全传》中经典情节加以搬演，由此完成了由小说到戏曲的双向文体转换。在角色上，此类戏曲主人公所涉颇广，除岳飞外，牛皋、岳云、杨再兴、汤怀、陆文龙等岳家将均有独立的剧目加以呈现，其角色的不同性格与魅力在戏曲舞台上得以充分彰显。在搬演频率上，岳家将戏同其他剧目相比也更为频繁，"光绪初年，仅北京一地，就有十三个戏班同演《八大锤》，十九个戏班同演《挑滑车》《岳家庄》，二十三个戏班同演《镇潭州》"②，足见岳家将戏曲演出之盛。随着京剧及各类地方剧种的不断搬演，岳家将故事在戏曲舞台上迎来了空前的繁荣，呈现出丰富多彩的发展新态势。

在戏曲舞台之外，岳家将故事还被说唱艺术充分吸收，由此创生出各种不同形式的曲艺作品，杜颖陶所编《岳飞故事戏曲说唱集》③

---

① 陶君起编著《京剧剧目初探》，中国戏剧出版社1963年版，第286页。
② 康保成《清代政治与岳飞剧的兴衰》，《中州学刊》1985年第2期，第86页。
③ 杜颖陶编《岳飞故事戏曲说唱集》，古典文学出版社1957年版。

对此广为载录，主要有山歌《精忠传四季山歌》、五更调《岳飞五更调》、南词小引《岳武穆》、八角鼓《精忠》、四川竹琴《画地绝交》、弹词《十二金钱弹词》《精忠传弹词》、子弟书《调精忠》《胡迪骂阎》、河南鼓子曲《岳武穆奉诏班师》、石派书《风波亭》、快书《谤阎》等。其中最具代表性的当属石派书《风波亭》。该书共四十卷，内容以公案为主，故事从岳飞屈死开始讲起。前二十一卷述隗顺盗尸、疯僧扫秦、施全刺秦、何立捉僧、胡迪骂阎等说岳故事中的经典桥段，二十一卷之后主要述胡迪游地狱、何立入冥、张保报信、银瓶起兵等内容，后半部分过于离奇，迷信色彩浓厚，精彩程度远不如前半部分。该书与《说岳全传》故事多有出入，书中所提如扬子江救驾、曲端闹朝堂、王德打秦桧、伍子胥救三侠等情节均不见于《说岳全传》，人物设定如张宪为岳飞女婿、岳银瓶为张宪之妻、岳云妻为巩兰英、秦桧前世为道德和尚等也与《说岳全传》有明显不同，可知该书受小说系统影响较小，其情节应多来源于戏曲或曲艺系统。

表3 清代部分戏曲、曲艺作品所涉岳家将故事一览表

作品名称	创作时期	体裁	作者	卷帙	著录书籍	涉及内容
戏曲						
《牛头山》	清初	传奇	李玉	二卷二十五出	《新传奇品》《传奇汇考标目》《重订曲海总目》《剧说》《曲话》《今乐考证》《古本戏曲丛刊》	金兀术率兵南侵，高宗被困牛头山，岳飞等人勤王救驾，后于牛头山取得大捷
《夺秋魁》	清初	传奇	朱良卿	二十二出	《传奇汇考标目》《剧说》《新传奇品》《重订曲海总目》	岳飞等人秋试夺魁，刺死小梁王，后赴洞庭湖征剿杨幺
《如是观》	清初	传奇	张大复	二卷三十出	《新传奇品》《传奇汇考标目》《重订曲海总目》《曲话》《今乐考证》《古本戏曲丛刊》	徽、钦二帝国破遭俘，秦桧降金卖国，岳飞报国抗金，最终直捣黄龙，迎回二圣

作品名称	创作时期	体裁	作者	卷帙	著录书籍	涉及内容
《续精忠》	清初	传奇	汤子垂	二卷二十五出	《传奇汇考标目》《曲海总目提要》《绥中吴氏藏抄本稿本丛刊》	宋高宗平反岳飞冤案，牛皋带领岳雷、岳电、牛通、施宽等岳家小将平定秦熺叛乱
《龙虎啸》（佚）	清	传奇	不详	不详	《传奇汇考标目》《传奇汇考》抄本	宋高宗与李纲、岳飞等人被困牛头山，岳云抗金救驾
《大造化》（残）	清雍正、乾隆间	传奇	不详	十六出	《今乐考证》	岳雷、牛皋等岳家将抗金，穿插有李、顾两家儿女的婚恋
《补天石传奇·碎金牌》（《岳元戎凯宴黄龙府》）	清道光年间	杂剧	周乐清	四折	《补天石传奇》	岳飞等岳家将不受金牌之诏，率领军队直捣黄龙，最终于黄龙府凯宴庆功
《快人心》（佚）	清道光年间	杂剧	吴金凤	不详	《丁年玉筍志》	岳云骂秦桧
《后岳传》（佚）	清	传奇	不详	不详	《今乐考证》	不详
曲艺						
《精忠》	清嘉庆年间	八角鼓	不详		《岳飞故事戏曲说唱集》	岳飞事迹概述
《回府刺字》	清中叶	秦腔	不详	两场	《岳飞故事戏曲说唱集》	岳母刺字
《十二金钱弹词》（残）	清中叶	弹词	不详	残本八卷	《岳飞故事戏曲说唱集》	王佐断臂降金，劝陆文龙归宋
《风波亭》	清中叶	石派书	石玉昆	四十卷	《岳飞故事戏曲说唱集》	岳飞屈死后的公案故事

作品名称	创作时期	体裁	作者	卷帙	著录书籍	涉及内容
《胡迪骂阎》	清中叶	子弟书	不详		《岳飞故事戏曲说唱集》	胡迪入冥骂阎
《精忠传弹词》	清光绪年间	弹词	周颖芳	二卷七十三回	《弹词叙录》《岳飞故事戏曲说唱集》	同《说岳全传》，略有删改
《岳武穆》	清光绪年间	弹词	马如飞		《南词小引初集》《岳飞故事戏曲说唱集》	岳飞评述
《精忠传四季山歌》	清末	山歌	不详		《岳飞故事戏曲说唱集》	岳飞歌谣
《调精忠》	清末	子弟书	虬髯白眉子		《岳飞故事戏曲说唱集》	岳飞报国抗金

说明：因京剧剧目存数较多，该表未收入。此外，《岳飞故事戏曲说唱集》中部分曲艺作品未标明清代创作，或为现当代作品，此表同样未收入。

四　20世纪：因袭与丰富期

20世纪的岳家将故事同样在曲折动荡中发展。清末政局动荡不安，民族意识逐步觉醒，革命党人将岳飞作为反对清王朝统治的有力武器。清亡以后，民国初期强调"五族共和"，有意淡化岳飞的民族属性，岳家将故事暂时陷入衰微态势。1928年，民国政府颁布《神祠存废之标准》，从官方层面称赞岳飞"力排和议，志灭金虏，精忠报国，富有民族精神"①，将其列为"十二先哲"之一，岳飞在国家意识层面转化为民族精神的代表。抗战时期，在民族救亡图存的危机之下，从政府到民间都在大力通过宣扬岳飞史事、搬演岳飞戏剧来增

---

① 中国第二历史档案馆编《中华民国史档案资料汇编》第五辑第一编，江苏古籍出版社1994年版，第499页。

强国民抗战信心、砥砺国民抗战精神，岳家将故事迎来了空前的繁荣。新中国成立后，尽管有人质疑岳飞的英雄形象，但其在社会主流层面的英雄地位仍不可动摇。"文革"时期，阶级斗争观念压过民族认同，岳飞被视作否定和批判的对象，岳飞戏遭到禁演，岳家将故事也陷入沉寂。新时期以来，岳飞走出阶级争议，重新回归到英雄的行列。20世纪80年代评书《岳飞传》风靡全国，岳家将故事再度迎来了全新的发展期。不同时期的岳飞形象决定了岳家将故事的呈现样貌，总体而言，20世纪的岳家将故事发展主要集中于戏剧、曲艺领域，裹挟着时代的文化思潮，互相渗透，交叉融合，创作上也迎来日新月异的发展态势。

20世纪的岳家将戏曲颇为繁荣，戏曲舞台成为岳家将故事传播的重要载体。传统的经典剧目如《八大锤》《岳家庄》《岳母刺字》《挑滑车》《风波亭》等持续热演，其表演内容与形式也在不断成熟完善。20世纪初，话剧作为一种外来表演形式传入中国，在经过本土化改良后受到民众追捧，中国艺坛逐渐呈现出传统戏曲与新兴话剧等多种形式交织的状态，岳家将故事也由传统的戏曲舞台延伸至更大的戏剧舞台上。

抗战时期，在民族救亡图存的危机之下，岳家将作为抗击外敌的英雄群体受到前所未有的重视，民间的岳飞崇拜空前繁荣，社会各界广泛搬演岳家将故事，希冀借此砥砺民族抗战信心。1932年，顾一樵创作历史剧《岳飞》，"聊扬国人忠愤之气"①，该剧在当时影响颇大，后又被改编为京剧、汉剧及其他地方剧种陆续公演。1939年，田汉创作京剧《岳飞》②，故事从周三畏劳军开始讲述，止于岳飞大败金兵。出于时局的需要，田汉有意规避悲剧情节，专写"岳家军的

---

①　张泽贤《中国现代文学戏剧版本闻见录1912～1949》，上海远东出版社2009年版，第110页。
②　《田汉全集》第七卷"戏曲"，花山文艺出版社2000年版，第462页。

威震敌胆、用兵如神与每战告捷，长的是抗日民族战争中爱国志气"①。该剧在公演后轰动一时，成为抗战戏剧的经典代表。1940年，舒湮创作话剧《精忠报国》，主写岳飞郾城大捷，奉诏班师后含冤蒙难，结尾通过岳飞的遗言"我们死了，可是天下的忠臣义士是杀不完，死不绝的。他们会世世代代子子孙孙永不忘还我河山"② 点出抗敌爱国的主题。除此之外，各类岳飞戏在全国各地不断编演，对鼓舞抗战士气、振奋民族精神起到了极大的助力作用。

新中国成立后，在"双百"方针的推动下，全国各地掀起了戏剧创作改编的热潮。1950年，龚啸岚将楚剧连台本戏《岳飞》整理为十集，发表于《戏剧新报》上，并在武汉再度演出。③ 1955年，张品超、王光焰据祁剧《岳传·五英会》散折整理《牛皋毁旨》。同年，中国戏曲研究院依据"交印刺字"情节，参考河北梆子与川戏，对传统京剧《岳母刺字》进行整理，其余剧种如淮剧、川剧也多有整理本。1960年，范钧宏、吕瑞明创作《满江红》，在岳飞就义后又发展了金人毁约南侵、牛皋扯旨、岳家将抗金等情节。全剧昂扬着强烈的爱国精神，在上演后广受好评，成为新中国成立后最具影响力的岳家将戏剧作品。"文革"时期，在政治运动的影响下，岳飞戏遭到批判与禁演，其创作与传播也陷入停滞。"文革"结束后，岳家将故事得以重新回归戏剧舞台，各类岳家将戏剧不断推陈出新。1981年李逸生《宗泽与岳飞》、1988年郁文《仰天长啸》、1991年谢吟《岳银瓶》、1994年奎生《岳云》、2008年江苏京剧院《精忠报国》、2010年国家京剧院《满江红》等作品均取得了不错的市场反馈，新时期的岳家将戏剧内容更为丰富，形式也更为多元。

相较戏剧舞台的异彩纷呈，岳家将故事在曲艺领域也得到了长足

83

① 田本相《在抗战烽火中的田汉》，《人民政协报》2016年12月12日。
② 舒湮《精忠报国》，中国戏剧出版社1990年版，第114页。
③ 参见中国戏曲志编辑委员会《中国戏曲志·湖北卷》，中国ISBN中心2000年版，第163页。

的发展，这种繁荣又集中体现在评书这一艺术形式上。清末民初的评书艺人多擅讲《岳飞传》，该书在评书门内被单独称为"丘山"（即"岳"字的拆分），当时的评书名家双厚坪、潘诚立、张豫立等均擅讲此书。据传潘诚立曾与评书高手李庆魁、梁殿元在张作霖帅府赛书夺魁，三人比赛的书目便是《岳飞传》。① 评书领域的说岳热一直延续到新中国成立后，20世纪70年代末，刘兰芳长篇评书《岳飞传》的播出在广大听众中引起强烈反响。后来刘兰芳删去枝蔓情节，增补"岳飞出世""打伪齐""牧羊城"等章回，对于"枪挑小梁王""岳雷挂帅""气死金兀术"等民间传说也予以充分保留。② 改版后的《岳飞传》语言通俗易懂，人物形象鲜明，情节曲折生动，再加之正值"文革"结束的历史节点，评书表现的爱国情怀及沉冤昭雪等内容引起了民众强烈的情感共鸣，因此评书播出后迅速风靡全国，一度出现万人空巷听评书的盛况。单田芳长篇评书《铁伞怪》主要写岳飞幼子岳霆与高宠之子高风闯荡江湖、为父平反的故事，该书最大的特点在于启用充满江湖恩怨的武侠模式创编故事，颇具武侠小说风格。③ 黄秉刚长篇评书《说岳后传》讲述岳飞之子岳霄救忠良、兴义军，大败奸臣，毁去秦桧所建的"镇冤塔"，为父建起"岳王墓"。值得注意的是，该本别出心裁地设置了岳飞之子岳霄与秦桧之女秦玉梅的爱情故事，颇具吸睛之效。④ 以上作品都弃用了岳飞屈死后"岳雷扫北"的固有内容，充分发挥个人想象对后传的情节进行积极创编，进一步丰富了岳家将故事系统，有效地助推了岳家将故事的传播与发展。

---

① 参见《精忠大帅身后事（代后记）》，载单田芳、单瑞林《说岳后传》，中国工人出版社2012年版，第639页。

② 刘兰芳、王印权编写《岳飞传（评书）》，春风文艺出版社1981年版。

③ 参见单田芳、杨清风《铁伞怪》，海天出版社1988年版。2012年再版时书名改为《说岳后传》。

④ 参见黄秉刚口述，熙明整理《说岳后传》，春风文艺出版社1988年版。

表4　20世纪部分戏剧、曲艺作品所涉岳家将故事一览表

作品名称	创作时期	体裁	作者	卷帙	著录书籍	涉及内容
戏剧						
《岳飞》	1932	话剧	顾一樵	四幕	《岳飞及其他》	岳飞报国抗金,后含冤屈死
《岳飞》	1939	京剧	田汉	两集四十四场	《田汉全集》	岳飞抗击金兵
《精忠报国》	1940	话剧	舒湮	五幕	《精忠报国》	岳飞奉诏班师,后含冤屈死
《岳飞》	1950	楚剧	龚啸岚	十集	《中国戏曲志·湖北卷》	岳飞报国抗金,后含冤屈死
《牛皋毁旨》	1955	祁剧	张品超王光炤(整理)	一折	《湖南地方戏曲丛刊》	岳飞屈死后,李文升上太行山请牛皋发兵御敌
《岳母刺字》	1955	京剧	中国戏曲研究院(整理)	二场	《京剧大观》	岳母刺字
《满江红》	1960	京剧	范钧宏吕瑞明	十场	《范钧宏吕瑞明戏曲选》	岳飞含冤屈死,金人毁约南侵,牛皋扯旨,岳家军抗金
《宗泽与岳飞》	1981	丝弦剧	李逸生	八场	《河北地方戏曲剧目选》	岳飞比武枪杀梁王,宗泽保护岳飞获罪,后二人获赦抗金
曲艺						
《岳飞传》	1979	评书	刘兰芳	一百一十七回(后增删为一百回)	《岳飞传》	岳飞报国抗金,含冤屈死,岳雷扫北

戏曲研究

作品名称	创作时期	体裁	作者	卷帙	著录书籍	涉及内容
《铁伞怪》（《说岳后传》）	1988	评书	单田芳	二十四回（后增至六十五回）	《铁伞怪》《说岳后传》	岳霆、高凤闹荡江湖，为父洗冤报仇
《说岳后传》（《镇冤塔》）	1988	评书	黄秉刚	二十八回	《说岳后传》	岳霄救忠良、兴义军，大败奸臣，毁去秦桧所建"镇冤塔"

　　以上仅是根据现有的资料和版本对岳家将题材戏曲流变情况作了一些粗浅的探讨。由于条件的限制，某些流存于国外的重要版本和文献也许尚未看到，故考述必有遗漏和失误之处，敬请行家补充和指正。

（高小慧　郑州大学文学院副教授

周星宇　郑州大学文学院硕士研究生）

陕西碗碗腔影戏
民间抄本形态考察*

柳 茵

在 1956 年搬上大戏舞台之前，陕西的碗碗腔都是以影戏形式献演于民间戏台的。影戏本是一种综合性的技艺表演，之所以长期被纳入戏剧的阵营，不仅因其演出中，有弄影伎艺之外戏剧化的表现形式，还因其文本中，含有戏剧文学的因素。而各种形态的影戏剧本，即是影戏文学因素的载体。

陕西省艺术研究院资料室藏有 20 世纪五六十年代从陕西渭南、宝鸡、汉中、延安等地收集的碗碗腔影戏民间抄本 300 余种，这些剧本时间跨度大，上至清嘉庆十四年（1809）下至新中国成立初期，达 150 余年。它们大多为唱词、对话较完整，有一系列提示符号，可

* 本文为 2020 年国家社会科学基金艺术学西部项目"陕西地方戏未刊抄本的整理与研究——以陕西省艺术研究院藏抄本为中心"（项目编号：20EB196）阶段性成果。

直接用于演出的足本"影卷"①。与仅供阅读的石印、木刻、文人抄写影戏剧本及碗碗腔大戏剧本相比,这些"影卷"在形态上表现出与影戏演出高度契合的特征:比如为适应影戏的观、演环境,大量使用叙述话语和提示性语言,说唱艺术的痕迹更普遍存在;为适应影戏转场较为便利的特点,以"场"为基本结构单位,灵活而随意;角色类型从自成体系到受大戏影响,开始有成体制的行当归类;插入武打、征战或插科打诨的情节,使演出场面直观而热闹;为表演时读本方便或为避免家传技艺泄露,省略句、段,或以各种符号标记、代用字代替台词等。这些特征不仅规定着影戏的场上演出,使其充分彰显着碗碗腔影戏的特点,也使碗碗腔影卷成为一种区别于其他类碗碗腔剧本的、具有自身内在规定性与艺术独立性的文本形态。

一 较之戏曲更普遍存在的说唱艺术痕迹

按宋人笔记《梦粱录》的记载,影戏"其话本与讲史书者颇同",讲求"熟于摆布,立讲无差"②,可见,宋代的影戏底本与讲史话本是大致相同的。宋以后的很长时间,影戏剧本的情况处于未知状态,但从现存的一些年代较早(清代初期)的影卷中,可大致窥探清以前影卷的基本形态:它们依然与说唱剧本十分相似,或主体为说唱内容,或带着很明显的话本小说的痕迹。③ 比如陕南的一个影戏种

---

① 足本形态的影戏剧本在大类上可分为直接用于演出的和不可直接用于演出的。直接用于演出的影戏剧本可称为"影卷";不可直接用于演出的,只供人阅读、作为研究资料留存或供艺人平时记忆之用。

② 吴自牧《梦粱录》卷二十"百戏伎艺"条,浙江人民出版社1984年版,第195页。

③ 广东工业大学的卜亚丽老师通过田野调查发现:"河南信阳、湖南、湖北、安徽等地影戏的剧本,是简单的提纲性的'戏路子'或'桥路本',没有或很少对白和唱词;安徽宣城的影戏剧本,很明显带着话本小说的痕迹;云南腾冲影戏剧本中有大量的叙述体交代成分⋯⋯"参见卜亚丽《中国影戏剧本原始形态初探》,《大舞台》2016年第2期,第81页。

类——弦子戏，它在清代的剧本很多是从说唱剧本转化而来的，有些甚至直接用说唱剧本表演。表演时以说书形式演唱，剧目题材不出讲史、神怪、征战，结构原始、粗朴。

碗碗腔影戏也有沿用话本小说作为演唱剧本的传统，"乾隆中叶以前，其演唱形式为说书"①。尽管清乾隆、嘉庆年间，李芳桂等文人曾专门为影戏创作剧本，对原来说唱形式的影卷从结构、文辞到表述方式都进行过改革，使其更接近于戏曲，但对民间影卷与搬上大戏舞台后的碗碗腔戏曲剧本进行比较则可以发现，相较于戏曲，影卷中更为普遍地存在说唱艺术痕迹，具体体现为以下几种情况。

第一种，人物唱、白，不仅有以剧中人物视角出发的代言体，还有第三人称口吻的叙述体，呈现着更明显的代言体和叙述体混合的情态。很多时候，人物念白中叙述体和代言体自由转换，没有过渡提示。如洋县碗碗腔影戏《闹昆阳》：

花：（上白）城下是贾将军（叙述体）。你二次报号，想是有了合通（代言体）。

贾：有，有，哎，先生，我与王兵交战，一时失掉合通（代言体）。

花：胡道，必是贼兵诡计（代言体）。（打下）

（王林上）

王林：末将王林，新赦王驾前为臣，好一贾夫，从我营中杀来杀去，无人去敌，心中可恨。（叙述体）贾夫休走！（代言体）（杀贾，贾带伤下，林上）贾夫带伤而去（叙述体），传下，贾夫若到，早报我知。（代言体）

第二种，人物对话常以"只见"引出，如碗碗腔影戏《斩单童》：

净：（杀冒白）五弟一死，只见一股青烟正往像东去了，此后必

---

① 梁志刚《关中影戏叙论》，大象出版社 2013 年版，第 75 页。

有大患。

秦：（白）只见沙场乱让，必和他家对敌，闻说拿来五弟怎么
不见。

……

这些在对话情景中出现的类似"自言自语"的念白，已不仅仅
是演员之间的对话，而是借助对话，告诉观众一些故事背景。这些内
容通常是说书人以第三人称介绍给观众的，转化为影卷后，便移至某
一剧中人的唱词或念白中，让角色以第一人称将内容念出或唱出。

人物的部分唱念，会以"某某便开言""你听"等提示性的语言
引出。如洋县碗碗腔影戏《刘全进瓜》中南海观世音下凡度脱刘全，
向李翠莲宣讲佛教思想时就以"你听"引出宣讲内容：

旦：（上唱）猛听得卜鱼响黄犬声亮，

李翠莲急慌忙离了佛堂。

走上前开柴门用目细望，

原来是二师徒来化口粮。

师父，哪里来的？

菩：（白）金山寺来的，要往西天拜佛，善人施舍路资，善人
你听，

（诗）心难意难道不难，

人差药差礼不差。

玉皇造结等出路，

一界人生万里难。

旦：（白）请问师父，家家供灯敬佛，我佛可曾知晓？

菩：（白）善人你听，

（对）不敬佛不怪，

敬佛佛便在。

尖担么（磨）秀（绣）针，

功到自然成。

旦：（白）师父讲者有礼（理），请在经堂吃茶。（下又上）动问
　　师父，你可知天地三宝十二代？

菩：（白）哪有不知，善人你听，天有三宝日月星，地有三宝水
　　火风，人有三宝精气神。说与善人的（得）知情。

旦：（白）何为十二代否？

菩：（白）你听，

……

这种提示语看似在提醒剧中人，实则是在提醒观众，接下来的唱
词蕴含着较为重要的信息，尤其当需要向观众宣教一些创作者的思想
理念时，以"你听"等提示语引出下文唱段、念白的情况，更为
常见。

第三种，大量使用套语。即便在一些已基本定型的，在民间认知
度、认可度都很高的文人创作影卷中，也会将人物的唱词（尤其是
上场引子、上场诗）更换为固定套语。比如抄写于光绪二十年
（1894）的碗碗腔影戏《火焰驹》中，李绶上场的两句引子"剑气冲
霄汉，文光射斗牛"在很多民间剧本中都出现过，是一句很常见的
套语。一般来讲，"民间艺术要想登堂入室、充分发展，就需要借助
文人的力量，使之规范雅化"①。但将套语引入影卷，对已定型的、
文雅的文人剧本又做民间化的处理，应该有其内在的民间逻辑。

以上几种情况，在碗碗腔影卷中比比皆是，一方面，是讲史话本
等说唱文体在影戏中的遗留，另一方面，也可能是影卷为适应影戏演
出特点而独具的表述方式：在影戏演出时，环境嘈杂、观众流动性
大；影偶形象较小，离大多数观众较远，影偶之间即便是不同性别也
不太容易作形象上的识别与人物区分；再加上影本就是一种造型艺
术，是借助影偶为表演媒介进行角色创作的艺术样式，它的假定性较
其他戏剧艺术门类更甚，这就需要观众在欣赏影戏的过程中，自主构

91

---

① 　卜亚丽《中国影戏的剧本形态叙论》，大象出版社2013年版，第238页。

建合乎影戏规律的假定性真实，从而与演员达成一种共同的假定性想象。① 在这种高度假定的空间情境中，哪个影偶代表哪个故事中的哪个人物，都成为一种临时的假设。影偶人物在对话时频频使用交代故事背景，提示人物姓名、身份甚至心理状态的叙述性内容，使用提示性语言及观众耳熟能详的套语演唱，不仅更容易为"面目模糊"的影人角色尽快树立强烈、深刻的印象，也更容易拉近与观众的距离，带动现场气氛。

二　分"回"或以"场"为单位的结构体制

前文提到，碗碗腔影戏曾经历从广场坐唱或说书到影戏表演的阶段。早期的碗碗腔影戏以说书形式演唱，剧本直接从说唱中移植，在结构上基本无体制、规范可言。清代初期，随着一批文人投身影卷创作，碗碗腔影卷不仅在文辞上逐渐雅化，结构体制也发生了变化。尤其是乾嘉时期渭南人李芳桂编撰的"十大本"，不仅在编剧手法上堪称碗碗腔影戏的示范性文本，还构建了碗碗腔影卷规范整饬的体制。比如"上场引子坐场诗，报了家门再唱戏"、正文前有切末、行当安排等剧本程式，再比如以"回"作为基本的情节结构单位并配之以凝练典雅的回目等。

以"回"为基本单位，这应该是为当时的影戏演出而专门设计的剧本结构方式。影戏是平面的屏幕艺术，空间转换只能依赖上下场，比如，大戏舞台上可以用"圆场"表现的内容，影戏却只能以下场再上场来表示。频繁、随意的上下场使影戏的"场"成为相较于戏曲更小的单元。在结构剧本时，只有将这些琐碎的单元根据故事情节整合在一起，才能构成文人剧本所追求的一个相对集中的叙事主

---

① 参见殷无为《论傀儡戏剧的艺术真实及动态实现》，《文化艺术研究》2019 年第 4 期。

题，使每一个情节单元场景集中、线索简洁，节奏明快，血脉相连。因此，李芳桂在创作"十大本"时，受到传奇"分出"制与民间说唱艺术"分回"制的影响，确立了"分回"的段落划分方式。

"十大本"流入民间后，被转化为舞台演出或底本过录及抄本刊印，剧情、思想内容在民间影卷中得到了较完整的继承，结构剧本的"分回制"却未得到很好的应用和坚持。呈现在民间碗碗腔影卷中的"十大本"常常是连续书写、不作任何结构单位划分的状态；即便偶有标注回次、回目的剧本，也十分潦草、随意：1. 大多数"十大本"的民间影卷都无结构单位划分，牵连写下，比如洋县碗碗腔影戏《万福莲》《火焰驹》抄本，西府碗碗腔《万福莲》抄本，碗碗腔《白玉钿》《玉燕钗》《紫霞宫》《春秋配》抄本等。这些影卷中，有些基本按照原作结构情节，虽未分回，但情节单元的界限明显；有些则将原有情节完全拆解，然后重组。笔者在宝鸡采访过一位西府碗碗腔影戏老艺人，他曾为《春秋配》《万福莲》等剧目配唱。对于"场""回"这类结构剧本的术语，老人似乎没有任何概念，他甚至会将演述的影卷以自己熟悉的方式分割成一个个片段或场面，并嵌入名目繁多的技艺，场面间的转换也十分自由、灵活。当这样的演述方式演变为书面语后，自然会成为一些影卷的书写惯例。2. 偶有影卷分"回"标目，但十分随意，比如洋县碗碗腔《紫霞宫》抄本，仅第三回"赠银"标注回目，第七回标注回次；《火焰驹》抄本，只标注"传信"一个回目。

同时，还有一大批影卷自始至终保持着无场次、连续书写的结构特点。这些影卷大多形成年代久远、由艺人编创。比如抄写于嘉庆十四年（1809）①的洋县碗碗腔《双贤阁》影卷，通篇不分"回"，以人物上下场作为基本的结构单元。这部与李芳桂"十大本"几乎同

---

① 《双贤阁》抄本已残损的内页隐约可见"嘉庆二十年"字样，剧末标注"嘉庆十四年 吉日"。

时代完成的影卷，却未受到李芳桂剧本结构的影响，碗碗腔影卷是否也存在如其他梆子戏剧种文本那样有两种起源、两种发展路线的情况，值得深思。

无论对"十大本"等文人影卷中"回"的忽略甚至解构，还是大多数影卷中一贯保持的随意、松散的以"场"作为基本单元的结构方式，也许都是民间艺人场上观念在影卷中的直现。第一，对"回"的省略或解构使文人影卷重新回归到了原始的以"场"为基本单元的结构方式，这实际反映的是从文字剧本结构单位到场上演员表演单元的回归。其原因无外乎两点：1. 民间艺人对"回"概念、内涵的理解有偏差，对于"分回"的场上情态比较模糊，因此，无意间忽略了"回"的使用。2. 这是民间艺人对剧本逐渐案头化、剧本书写习惯与演出形态分离现象有意识的反拨与矫正。第二，相较于文人在结构剧本时所强调的以剧本、故事演述为中心的视角，民间艺人更看重舞台演出的实际效果，从"回"到"场"的回归使每个结构单位篇幅缩小，这正契合了民间艺人"换场简便、可随意上下场"的影戏演出需求。第三，以"场"为单位，虽然琐碎，但场与场之间的连接、过渡可由艺人自由安排，艺人往往可以不用或甚少用暗场交代，就将每场间冷热、文武调剂得恰到好处，实现他们所追求的影戏表演"上场带戏，下场留脉"的审美平衡。第四，影偶大多以侧脸示人，相较于真人，它们形象扁平、辨识度低，只适合表现"类型化人物""造型性性格人物"，如果人物关系太过复杂，人物出场过于频繁，势必会影响观众对于人物甚至剧情的判断。以"场"为基本结构单位，有利于艺人精练、简洁地处理每场的人物关系。

三　从自成体系的人物归类到全面采用戏曲的行当体制

影戏"以影为戏"，在很多方面都会受到大戏（戏曲）的影响，比如剧目、声腔音乐、人物造型等。在表演上，这种影响同样存在，尤其是在行当设置方面，呈现着比较复杂的情况。行当是中国戏曲特有的表演分工体制，它将剧中人物按照身份、善恶等标准归为几个类别，首先由演员在表演上进行分工，再对人物作角色上的分工，进而塑造角色。影戏所具有的"双重假定性"决定了它塑造角色的过程更为复杂：不仅需要借由雕刻的影人完成，幕后的操纵者也须融入角色中，与影偶一同化身角色，进行表演。随着剧目题材内容的扩充，为了能够演出更加完整、复杂的故事，扮演更丰富的人物类型，也为了弥补影偶数量有限、表演场地不足、操纵技术捉襟见肘的短板，影戏不得不像戏曲那样，开始借由一定的中介完成塑造角色的任务，影戏行当应运而生。

虽早在宋代，影戏就已将人物作了粗线条的形象区分，但这种区分并未构成一种人物归类的方式，更未形成行当及与行当相适应的表演程式、规则，且不具有稳定性。在现存的一些碗碗腔影卷中，仍可以看到这些归类方法的遗留，它们将人物按身份、性格特质标识，比如嘉庆十四年（1809）抄写的洋县碗碗腔《双贤阁》中，除大部分人物直接以人物姓名简称标识（王攀桂标为"桂"，杜冯英标为"英"等）外，以番（番兵）、官（董思贤）、奸（奸臣）、丫（丫鬟）、院（家仆）等人物身份标识的也不在少数。其中，"王""官""将""丫"等是人物身份的归类，而"奸"显然是社会道德标准下人物属性的归类。这种比较初级的人物归类方式虽自成体系，却并不具备戏曲学意义上"行当""类型化"的概括能力，它们可能只是说唱艺术在影卷中的残留。

碗碗腔影戏比较明确地开始采用戏曲的行当体制，应在清代中期。这一时期，陕西的地方戏曲已呈兴盛之势，对影戏的渗透逐渐加大，戏曲的行当体制开始被影戏等造型艺术借鉴。尤其在乾嘉时期文人介入碗碗腔影卷创作以后，不仅将昆腔传奇中的"行当"引入碗碗腔影戏的人物设计中，也使戏曲行当体制所附带的各种表演程式、表演规范慢慢融入影戏当中。同戏曲一样，影戏中的行当也有一个逐渐细化的过程。嘉庆十四年（1809）的碗碗腔影卷《双贤阁》中已采用戏曲的行当，但仅有"旦""老旦""正旦""生"四个比较初级的行当，其他均以人物姓名简称或身份标识。同治六年（1867）抄写的洋县碗碗腔影戏《桑园寄子》中，初级形态的"旦"显然已不能满足影戏塑造各类女性角色的需要，于是，"旦"前加入了角色姓名（李氏标为"李旦"、姜氏标为"姜旦"等），以示形象区分。仅两年之后，同治八年（1869）抄录的碗碗腔影卷《四花玩灯》中，不仅出现了丑行，生行已细化到"文生""丑生""小武生""老生""三须"等多个门类。光绪三十一年（1905）抄写的另一版本的碗碗腔影卷《四花玩灯》里，出现丑、净、文生、丑生、武生、老生、红生、花旦、武旦等十几种行当，分类已十分精细。

从自成体系到全面采用戏曲的行当体制，影戏中人物归类方式的演变，对戏曲行当、表演程式的借鉴，是影戏戏剧化程度加深的表现。为适应影戏这种逐渐确立的内在规定性与艺术独立性，影卷也不断做出调整。清代中期，为适应"十大本"等文人影戏媚丽委婉的风格，碗碗腔影戏借鉴了昆曲等剧种的行当，但仅发展出生、旦两种表演规范已成体系的行当。表演时，一人主唱，仅需稍稍变声，区分出主要角色"生、旦"的声音，其他角色只作背景人物式的处理。因此，影卷中也只有生、旦以行当标识，其他人物以身份、性格分类，或者干脆以姓名标识即可。随着影戏题材范围的扩大，人物形象的丰富，操纵者及演唱者技艺的提高，碗碗腔影戏开始全面采用戏曲的行当体制。相应的，影卷在草创阶段就已融入创作者的行当观念、行当意识，影卷中的行当体制也完善起来。

四　直观而热闹的场面描绘

影卷最终要用于场上演出，因此，如何充分彰显影戏的演出特点，这是影卷在初创时就会思考的问题。如果说文人在创作影卷时更注重剧目在民众中的认可度、流行度，有着更长远的眼光与目标，那么，民间影卷则更关注某一次演出的现场效果，依据的是一种随机性、即时性的标准与判断。这是戏剧观念的差异造成的，表现在影卷形态上则是文人影卷结构规范整饬、唱词字斟句酌，而民间影戏最精彩的部分往往不愿过多展现在影卷中①，只留下些许痕迹——各种提示符号与注记。

提示符号在陕西的影卷中非常普遍，几乎所有声腔的影卷都或多或少标记了提示符号。碗碗腔影卷的提示符号形态丰富，有以下几种类型②：1. 提示插入插科打诨片段的符号，一般使用插入符号；2. 提示人物登场或科白动作的符号，即将这些内容用方框框出；3. 提示音乐、唱念方法的符号，如用"△△"提示切入音乐（打击乐），用"○"表示断句，用"∞"表示重复的唱词或念白，用"、"表示语气上的停顿；4. 提示省略唱词的符号，如以"→△"代替整句甚至多句唱词，或每句唱词只写一两个字，后面的内容用"]"代替。这些符号与注记提供的只是留白，却是碗碗腔影卷丰富的场面描绘的有力证明。

以李芳桂"十大本"为代表的文人影卷流入民间后，并没有得到全面的继承，民间艺人会随时根据演出的需要改动这些剧本。除了前文提到的将文人影卷的"回"打碎、重组外，还有其他各式各样的"解构"手段，比如，文人影卷以文戏为主，民间艺人却在文戏开场前插入一段武打戏，以展示操纵者的技巧。为与随后上演的正戏相区别，这类"打头炮"的戏通常会选择演史的折子，以某个武打场面为中心，展开冲突，而并不刻意追求情节的完整、道白唱词的华丽，只要打得"凶猛好看""场面热闹"，就会赢得观众热烈的回应。

---

① 这有两方面原因：第一，避免家传技艺的外流；第二，有些影卷纸张较厚（洋县碗碗腔曾用牛皮纸抄写影卷），以符号代替文字可节省纸张，读本也更方便。

② 笔者于 2023 年 4 月采访了洋县碗碗腔艺人何保安，详细了解了碗碗腔影卷中提示符号的运用规则。

等场下渐渐安静、观众注意力集中之后，再演动情、动心的"肋条"戏，最后再来段"捎戏"，精练热闹，大家一笑而散。

在演出过程中，民间艺人还会将一些经典影卷中精彩的、可充分表现操纵技巧的片段析出或插入武打、征战情节，强化影卷的"动作戏"。比如在演出《玉燕钗·杀船》时，会将丽娘"气得我心头似火烧，霎时叫你鲜血冒，照在心口刺一刀"的场面着重、逼真且奇妙地表现出来，以凸显艺人的操纵技巧。再比如影戏《香莲串》，写仆人张宽劫持主人杨天禄，盗走香莲串，冒名投亲。后杨天禄遇救，得王桂英资助，考取功名，最终沉冤得雪。这个戏的情节主线是杨天禄被害的案情，副线是杨天禄与王桂英的感情纠葛，可以说是一出穿插着情感戏的公案戏，其中并没有武打、征战的场面。陕北碗碗腔皮影《香莲串》却在影卷中穿插了晋重王犯境、赵良栋平逆的情节，并让赵良栋以红生的行当第一个出场、承担较多的戏份，还为其打造了热烈的武戏场面。这应是民间艺人为充分彰显影戏的演出特点而在剧本中特意做的情节调整，反映的是艺人改编后剧本与文人剧本在旨趣上的不同。

影戏的念白是推动剧情发展的重要手段，也起着塑造人物性格的作用。但在一些影戏中，有相当一部分念白却不用于叙事或刻画人物，而是用于插科打诨、调笑取乐。比如有一版碗碗腔影戏《白玉钿》抄本，"骂僧"一场中有一段与原作出入较大的李清彦与恶僧互相刁难、讽刺的对话，占据这一场大半的篇幅，争论内容却与剧情关联甚小。另如1962年由王东生捐赠的碗碗腔《香莲珮》抄本，在正戏前插入一段"言世人不足歌"，内容轻松、诙谐。这些与主体情节关系不大，甚至脱离剧情的诨语，其实是艺人的有意安排，目的就是活跃场面气氛，同时展示演唱者、操纵者的才艺。"陕西的影戏艺人有'一白二笑三乱弹（即唱）'的说法，认为演戏以道白最难，笑次之，唱又次之。"① 尤其是那些让场面活跃起来的调笑段子，与文戏的"唱"、武戏的"斗"一样，都特别考验演唱者、操纵者的功底。于是，身兼多能的艺人们会用调整剧本的方法为自己"加戏"。因为只有把握机会、适时展示才艺，才能在行内得到更多的认可。

前文提到，碗碗腔影戏曾经历了从自成体系的人物归类到全面采用戏曲的行当体制的转变。行当体制化后，影卷在编创之初就会对其做相应的安排。而影卷中丰富的行当设计，也为营造热烈的演出场面提供了先决条件。第一，为表现影卷中不同行当、角色的性别、年龄、性格气质及情绪的喜怒哀乐，艺人必须不断变化声线，有时，为突破嗓音表现力的限制，艺人还会运用一种程式化的方式，从发声部位、音区、声线宽窄去区分行当，哪些行当用本音、哪些用假嗓，都自有程式。如陕西的碗碗腔影戏，除净角、须生、老旦不用假嗓外，小生、正旦、小旦都在吐字时用真声，拖腔时用假嗓。这种区分，容易为演出增添色彩。第二，碗碗腔影卷大多缺少人物表，但对剧中人所应选用的影偶造型交代得比较详细，这应是影戏艺人具有一定行当意识后自觉的艺术选择。影卷中行当的体制化对影偶造型的风格有所规定，无形中也丰富了影偶的造型，这是表现更加热闹的影戏场面的物质前提。第三，还表现在操纵上。影卷中行当的丰富、体制化，带来的是角色在表演操纵时的规范化、专业化，有些操纵艺人会专攻一个或几个行当。影卷中行当的丰富、体制化，还使表演分工更加明晰。尤其是武打戏，那些技艺高的，因掌握的动作、路数多，演出的花样就多，有时连上下场动作都会区分表演程式，场面自然活跃、有趣；而技艺一般的，会自觉退居幕后，用锣鼓声、呐喊声助阵，营造热烈的现场气氛。第四，影卷还会依据行当的强弱安排角色出场顺序及龙套位置、出场方式。这种强弱不仅是指行当所扮演角色在影卷中的分量，更看重操纵者在行当方面的技艺特点、观众的欣赏要求等。

---

① 张冬菜《中国影戏的演出形态》，大象出版社 2010 年版，第 180 页。

比如前文提到的《香莲串》，不仅插入武打情节，还让红生赵良栋第一个出场。影戏大多是平面展示，人物较多时，只能一字排开，因此，最先出场的往往就是最受欢迎的行当或角色。这应该是综合考量戏班中各行当的技能、提前构想演出效果后，在影卷创作之初就做出的安排。

余　论

中华人民共和国成立后，碗碗腔等陕西各类声腔影戏被搬上大戏舞台，在保留皮影唱腔基本风格的同时，还融合一些皮影身段、技巧于演员表演中，给看惯了影戏的观众带来了既熟悉又陌生的新鲜感，受到普遍欢迎。原先的表演形式却在城市或乡村的舞台上逐渐被冷落，失去了市场。艺人不再为适应影戏演出需要、表演特点，费心改编、创作影卷，有些甚至直接移植或借用大戏剧本演出。影卷与大戏剧本在形态上开始趋同。

影戏与戏曲虽然皆属戏剧范畴，但作为一种以影偶造型为表演载体的戏剧形式，有其非常鲜明的艺术特点。影偶看似造型凝固，却因与演员之间不得已的身份割裂，具有大戏不具备的第二自我或曰双重假定性，进而使影戏演出形成了多重的艺术张力。艺人在创作影卷时，会不自觉地为全面展示这多重的艺术张力耗费心思，比如，为准确传递出影偶人物凝固表情下丰富的情感，唱词、念白就需要蕴含更饱满的情绪力量；还需要加强对话的动作性，为充分调动影偶动作灵活的特长提供情境支持。同时，影戏造型上的固态、"形似"上的欠缺，却有益于形成戏剧鉴赏中的审美空白。[1] 观众在观看影戏时会不自觉地结合自身生活、审美、情感的经验，以自主想象，填补这些空

---

[1]　参见袁联波《成都木偶、皮影戏的生存空间及文化境遇》，《戏剧文学》2011年第3期。

白。影卷创作者则可利用这些空白，对剧情、人物关系、表演形式等做适当的"留白"处理。无中生有、虚实相生中，影戏更得中国戏剧美学之优长。被搬上大戏舞台后，影戏、影卷中这些最具生机、活力的部分消失殆尽。

21世纪以来，随着非物质文化遗产观念的引入与面向的逐步开阔，陕西的一些剧种重拾影戏表演形式，活跃在各类非物质文化遗产项目的展示空间里。然而，在2016年陕西地方戏曲剧种普查调研时，笔者发现，很多碗碗腔影戏都以影卷遗失为由，用碗碗腔大戏剧本甚至秦腔剧本作为影戏的表演底本。为与大戏剧本充分适配，皮影造型、皮影动作想尽办法向真人靠拢，场景营造为满足"观赏性"需求，向大戏舞台学习，声、光、电、音效、特技华丽而炫目，却唯独失却了影戏的"戏味"。向地方戏吸收艺术营养本无可厚非，但刻意地模仿，不加甄别地借用，只会使影戏沦为"影偶化"了的地方戏曲。这也许是影戏从业者在选择剧本之初就应思考的问题。

（柳茵　陕西省艺术研究院副研究员）

朱有燉人际交往补考

朱仰东

　　作为明初重要的杂剧作家，朱有燉杂剧并其散曲于明、清两代久负盛名，是为近代以来各种文学史书写不可或缺的内容。但因以往对其生平知之不多，朱有燉及其著述并没有得到较为公允的评价。而文人人际交往，作为文人生活的重要内容，交往范围、参与交往者的身份地位、思想观念等，在影响其本人思想行为的同时，也影响着其文学创作。考察朱有燉人际交往，不仅有助于了解其生平行实，亦且助益于对其文学著述的研究。其交往或交游情况，此前虽经任遵时先生、赵晓红教授以及笔者广搜远罗，收获颇多①，但这对"身边的圈子中颇有一些当时的名士"②的朱有燉而言，沧海遗珠，仍还有进一步考索的空间。且以朱有燉周藩世子的特殊身份，注定其人际交往与其父周王橚枝蔓交错、存有交集的可能，从而为考察朱有燉人际交往增添了不少难度。兹经多方搜求，补考如下。

一　纪善曾子祯　儒官邹尔愚

周是修《刍荛集》卷四《舒情赋》：

　　丙子之春，二月既望，时雨新霁，微风扇和。迁莺啭乎高木，潜鱼跃夫清池。殿下披云锦之裘，乘玉花之骢，出乎清虚之府，憩乎凌云之轩，召曾子祯、邹尔愚、周是修三臣扈侍而登天桂清香之楼，俯瀚云之亭。行山嵯峨，凌矗天门。大河咆哮，震荡地轴。览中州之雄概，当阳春之芳辰。顾谓三臣曰："景则美矣，游则胜矣，盍各赋一言，以舒吾情乎？"

　　……于是殿下喜三臣之赋之各有取也，而为之重曰：繄三臣之进言兮，俱有伦而有理。饰先后与始终兮，将启沃乎吾志。彼声色与畋游兮，固非吾之所尚。暨神仙之杳冥兮，多徒劳于梦想。唯诸臣之所言兮，扩吾情而以舒。既情舒而心广兮，当允终乎是图。三臣者乐闻殿下之重之明且哲也，

---

① 参见任遵时《周宪王研究》（台湾三民书局1995年版），赵晓红《朱有燉研究》（齐鲁书社2013年版），拙作《朱有燉年谱长编》（兰州大学出版社2014年版）、《嘉靖本〈诚斋录〉所载朱有燉交游考》（《中国典籍与文化》2019年第1期）、《朱有燉与刘三吾交游稽考》（《中国古代小说戏剧研究》第17辑，学苑出版社2022年版）等。

② 柯律格著，黄晓鹃译《藩屏——明代中国的皇家艺术与权力》，河南大学出版社2016年版，第35页。

皆再拜稽首，忻忻而退。①

序云"丙子之春，二月既望"，"丙子"为洪武二十九年（1396）。是年二月，周王橚召集曾子祯、邹尔愚、周是修登天香楼观景，情之所至，遂令三人同题作赋，"以舒吾情"。周是修志向节操，在在可表，不赘。

曾子祯（一作贞），原名麟，庐陵人。清雍正间谢旻《江西通志》卷七十七有传：

> 曾麟，字子贞，庐陵人。洪武中以荐授靖安训导，考满入朝，除周府纪善。以忠直事王，世子以下皆敬惮之，号为直素先生。王以罪被逮，麟深自慝，至丹阳遂自杀。世以贾谊死梁事比之，后与同宗侍御凤韶并祀于二忠祠。②

"世子"即朱有燉。曾子祯素以"忠直"著称，朱橚主政，"世子以下皆敬惮之"，说明朱有燉不仅与之有过交往，亦且敬其为人。所谓"世子以下皆敬惮之，号为直素先生"云云，更多是敬重，或稍带"敬畏"之意。曾子祯于洪武二十九年（1396）扈从周王橚"登天桂清香之楼，俯瀚云之亭"，《江西通志》谓周王"以罪被逮"，当是洪武三十一年（1398）七月建文帝采用黄子澄、齐泰建议谋夺周藩爵位事，曾子祯避祸至丹阳自杀当在是年七月之后。死后与自杀明志的建文忠臣曾凤韶同入庐陵"二忠祠"。《江西通志》卷一〇八载，"曾氏二忠祠在庐陵祥符寺左，祀明曾子祯、曾凤韶③。

邹朴，字尔愚。江西永丰人。《江西通志》卷七七本传载：

> 邹朴，字尔愚，永丰人。以儒官仕周府，直言谏王，以止其非谋。王不听，禁锢甚密。后谋逆事觉，大臣以朴谏语闻上，嘉其忠，特升为监察御史，寻升秦府长史。归省，闻

---

① 周是修《舒情赋》，载马积高主编《历代辞赋总汇·明代卷》，湖南文艺出版社2014年版，第4872～4873页。
② 谢旻等修，陶成等纂《江西通志》，钦定四库全书本。
③ 谢旻等修，陶成等纂《江西通志》，钦定四库全书本。

瑾死节，愤激不食而卒。①

清咸丰《邹氏八修族谱》载之较详。云其死后"谥忠介"，"明洪武二十四年辛未以通经儒士举。壬申授河南开封府儒学训导。戊寅，周邸有异谋，三上书切谏，不听，逮系邸狱，备极棰楚。周邸事觉，讨叛大臣以事闻于朝，特改广东道监察御史，迁奉训大夫，秦府右长史"。②"壬申"，即洪武二十五年（1392）；"戊寅"，即洪武三十一年（1398）。洪武二十九年（1396），邹朴与周王并臣僚周是修、曾子祯等人出游，可见其入仕周府，当在洪武二十六年（1393）至二十八年（1395）间。

《邹氏八修族谱》"艺文志"收双溪聂蔼然《忠孝合传》，传主为邹朴、邹瑾兄弟。其中载邹朴，"掌教开封，授书周王世子。会王私造兵械，公谏王当藩屏天室，翊赞皇猷，立子孙不拔之基。若谋为不轨，于子则不孝，于臣则不忠。章凡三上，王竟弗听，被棰楚幽囹圄，数滨于死，志不少变。王乃遣中官甘言厚币遗之，冀其从己。公终不顾，语益峻厉。既而事觉，讨叛者籍没周邱（邸）得公。疏以闻天子，嘉之，召拜广东道监察御史。寻升秦府长史"。"朴公家居，闻文皇登极，慨然曰：'纲常沦矣，何以生为？'遂绝粒不食，七日而卒。"③ 传云邹朴"授书周王世子"，可见邹朴与"礼聘就塾"④ 后为周藩长史的刘淳一样，皆为有燉师辈。"王私造兵械"当系建文削藩，周王备兵防御事。考建文削藩，周王拥有护卫兵丁，似不会坐以待毙，备兵防御亦在情理之中。然在"履中蹈和"的邹朴看来，实同反叛，故有上疏之举。

---

① 谢旻等修，陶成等纂《江西通志》，钦定四库全书本。
② 营前族谱修撰委员会《永丰纂溪邹氏八修族谱》，清咸丰二年（1852）刻本。
③ 营前族谱修撰委员会《永丰纂溪邹氏八修族谱》，清咸丰二年（1852）刻本。
④ 焦竑《国朝献征录》卷一〇五（原稿误为一五〇），明万历四十四年（1616）刻本。

二 检讨金幼孜 编修周功叙

朱有燉《诚斋录》卷二收"为周编修作《云山远眺图》，就书于《省亲送行卷》，赓幼孜金公韵"一诗云：

文江自别二亲闱，几见霜天北雁飞。一表陈情辞上国，
九重垂念得南归。恩波共睹当今盛，忠孝兼能自古稀。遥想
椿萱堂上乐，寿杯高捧试莱衣。①

周编修，诗中不详。然由诗题"赓幼孜金公韵"，知周编修南归省亲，作诗题赠为其送行者尚有金幼孜，朱有燉此诗即为赓和金幼孜所作。

金幼孜，名善，以字行，号退庵，江西新淦人。永乐初，由翰林检讨，入直文渊阁，迁侍讲。扈驾北征，身历沙漠，著《北征录》一卷、《后北征录》一卷。金幼孜声名显赫，为永乐朝名臣，《明史》卷一四七、雍正《江西通志》卷七四有传，不赘。

金幼孜《金文靖集》卷四《送周编修功叙南归省亲》诗云：

京华每日念慈闱，目断西江思欲飞。方切陈词趋北阙，
喜闻给驿赐南归。蓟门天阔鸿声远，淮海霜清木叶稀。想得
到家称寿日，天香犹自染班衣。②

此诗用韵、诗意与朱诗榫卯相合，可以断定此诗即是朱有燉所和金氏原作。诗云"西江"，实即"江西"别称。明清所修江西省志，不乏以西江为题者，如康熙《西江志》，江西巡抚白潢序称，"夫西江，固向所称文献名区也"③。朱诗所谓"文江"，即吉水。清王士禛《吉水绝句》"螺川川北字江西"句下自注："文江，一名字江。"来集之《樵书》：

① 朱有燉《诚斋录》，明嘉靖十二年（1533）周藩刻本。
② 金幼孜《金文靖集》，钦定四库全书本。
③ 白潢修，查慎行纂《西江志》，清康熙五十九年（1720）刻本。

按《志》：十八滩水自泰和而下，经府城又东北注于墨潭，为吉文水，与永丰江水之横出者合，有清湖洲横亘江中，委蛇缭绕状若"吉"字，故滩曰吉阳，县曰吉水，又曰文字，水亦曰文江。①

可见，"文江"为"吉水"别称。因为朱诗为赓和金幼孜所作，故以"吉水"照应"江西"。这即是说，朱诗中的"周编修"与金诗中的"周编修"为同一人，即周功叙。金幼孜与周功叙有同乡之谊，关系非同一般。考金幼孜《金文靖集》，金幼孜与包括周功叙在内的吉水籍周姓文人往来频繁，不仅有大量赠别唱和的诗歌，而且作有如《周氏祖茔碑》（卷九）、《周氏族谱序》（卷七）、《周职方诗集序》（卷七）等碑传序文。《金文靖集》卷一《挽周生涣》一诗题下自注"编修叙之侄，员外岐凤之孙也"，诗云"周生文江人，来作金台客"② 与朱诗"文江自别二亲闱"相印证，可见朱有燉送别的"周编修"正是周功叙无疑。

周功叙即周叙，功叙为其字。宣德元年（1426），周叙奉朝廷之命赴河南巩县代祀宋陵，所作《游嵩阳记》云："宣德丙午（1426）三月十五日，予在巩祀宋陵毕，瞻望嵩少诸山，慨然想其胜，与广文宜春吴公逊志约游焉。"③ 同为乡人的右春坊大学士王英作有《送周编修代祭宋陵》一诗：

明庭秩祀降深恩，诏遣词臣出谏垣。远历山川周洛邑，肃陈俎豆宋陵园。御香满路花争发，宫柳连堤日正殷。最爱近陵诸父老，攀援罗拜拥行轩。④

① 参见惠栋、金荣注，宫晓卫等整理《渔洋精华录集注》（下），齐鲁书社1999年版，第1295页。
② 金幼孜《金文靖集》，钦定四库全书本。
③ 周功叙《游嵩阳记》，载卞孝萱主编《游记精华》，巴蜀书社1999年版，第248页。
④ 杨保东、王国璋修，刘莲青、张仲友纂《巩县志》卷二十六"文征四"，民国二十六年（1937）泾川图书馆刻本。

民国《巩县志》在王英《送周编修代祭宋陵》诗前有周叙《经少陵墓》一诗纪此次代祭见闻，周纪与王诗相合，说明王诗正是应周叙代祀所作，二者绝不是简单的巧合。"宣德丙午"即宣德元年（1426），王诗亦当作于是年。宣德元年（1426），朱有燉已袭封周王，对于亲临藩地代祀宋陵的朝廷使臣，其应酬接待、诗酒唱和亦合乎情理。如《诚斋录》卷一《别周裴二编修》：

> 代祀出神京，词臣被崇荣。中原时雨霁，梁苑使星明。

华翰方承教，骊歌复饯行。玉堂清兴逸，珍重会群英。

诗写周、裴二编修奉使代祀，朱有燉饯行送别，竭尽地主之谊。结合王诗、周纪，足以说明周功叙与朱有燉虽算不上交情深厚，但礼仪性的往来确实存在，也不可避免。

周叙，江西吉水人。《明史》卷一五二有传：

> 周叙，字公（功）叙，吉水人。年十一能诗。永乐十六年进士，选庶吉士，作《黄鹦鹉赋》称旨，授编修。历官侍读，直经筵。正统六年上疏言事，帝嘉纳焉。八年夏又上言："比天旱，陛下责躬虔祷，而臣下不闻效忠补过之言，徒陈情乞用而已。掌铨选者罔论贤否，第循资格。司国计者不问耕桑，惟勤赋敛。军士困役作，刑罚失重轻，风宪无激扬，言官务缄默。僧道数万，日耗户口，流民众多，莫为矜恤。"帝以章示诸大臣。王直等皆引罪求罢。十一年迁南京侍讲学士。……叙负气节，笃行谊。曾祖以立，在元时以宋、辽、金三史体例未当，欲重修。叙思继先志，正统末，请于朝。诏许自撰，铨次数年，未及成而卒。[①]

雍正《江西通志》卷七十七本传与《明史》同，传后引《豫章书》称："周学士居禁近三十余年。虽以文字为职业，尤注意于国

---

① 张廷玉等撰，王天有等标点《明史》卷一五二，吉林人民出版社 2005 年版，第 2855 页。

事，前后章疏皆切时政。所著有《诗学梯航》《唐诗类编》，今不传。传者名《石溪集》。"①《石溪集》，钱谦益《列朝诗集小传》乙集小传著为八卷。②《四库全书总目》作《石溪文集》，著为七卷，附录一卷，云："是编诗三卷，赋、颂、词一卷，文三卷，又以诰敕、志传为《附录》一卷。史称叙初选庶吉士，作《黄鹦鹉赋》称旨，得授编修。今观所作，虽有春容宏敞之气，而不免失之肤廓，盖台阁一派至是渐成矣。"③

三　教授毛肇宗

《诚斋录》卷二《送顺阳王之国汝宁》诗云：

> 花萼联芳已有年，要知亲爱本天然。藩维任重须分袂，手足情深感别筵。水落金梁留宿雁，露寒琪树响秋蝉。汝南演武应多暇，灯火尤宜事简编。

"顺阳王"即朱有燉三弟朱有烜。郡王归国为宗藩大事，周藩僚属参与送别并赋诗题赠者甚多，如王翰《梁园寓稿》卷五《送吴指挥扈从汝宁》：

> 曾属橐鞬侍玉墀，分藩又从汝南驰。幽兰亭古连青琐，悬瓠城高驻彩旗。射艺远过猿臂巧，画名不减虎头痴。从容退食知多暇，好为裁诗寄所思。

王翰所送"吴指挥"不详。朱有燉《送顺阳王之国汝宁》后收《送指挥吴铭随侍汝宁》一诗，与王诗作于同时，题赠对象、诗意一致，所送吴指挥当为吴铭。吴铭生平，待考不赘。

值得注意的是，王翰《梁园寓稿》卷二《送毛教授扈从汝宁》

---

① 谢旻等修，陶成等纂《江西通志》，钦定四库全书本。

② 参见钱谦益《列朝诗集小传》，上海古籍出版社1983年版。

③ 汪泰荣编校《〈四库全书总目〉吉安人著述提要》，吉林摄影出版社2010年版，第168～169页。

一诗：

> 稽山海上青连延，山阴自古多名贤。毛生登第方青年，
> 风神不减王逸少。手中巨笔如修椽，立马一扫三万言。飘然
> 满纸飞云烟，天官注意求才婿。曳裾更入东平府，东平拣贤
> 如拣珠。直向稠人识眉宇，辞家跃马蔡州行。……天生才器
> 元无敌，日侍贤王亲且密。朝朝染翰擅词林，日日谈经趋讲
> 席。先生有德如阳春，半载交情清且真。读书不独破万卷，
> 吐论便欲回千钧。汀草青青汝水绿，八月扁舟渡洄曲。市中
> 倘遇卖药翁，为我跪问长生录。①

顺阳王之国汝宁，毛教授扈从。朱有燉送别有烜，指挥吴铭与毛教授皆在场，只不过嘉靖本《诚斋录》未见与之有关的赠诗罢了。从情理上看，作为周府王官，既然承担了扈从的任务，其与朱有燉相识相知亦是很自然的事情。

王诗首联"稽山海上青连延，山阴自古多名贤"，知毛教授籍贯"山阴"。考《山阴县志》《绍兴府志》等方志文献，山阴毛教授实为山阴人毛肇宗。万历《绍兴府志》卷四三小传：

> 毛肇宗，字克敬，山阴人，幼孤笃学，居僧舍卒业，三
> 年不出户。永乐中，登进士。时方重藩臣，选授周府教授，
> 王尝遣肇宗入谢封拜。上念其有辅导功，赐酒馔劳之。肇宗
> 喜吟咏，寄兴高远，有《耶溪集》二十卷。②

"尝遣肇宗入谢封拜"，说明其在周府颇受器重。"上念其有辅导功，赐酒馔劳之"，可证毛肇宗作为周藩教授恪尽职守，受到朝廷认可。嘉庆八年（1803）《山阴县志》卷一四"乡贤二"小传本《府志》，从略。《敕修浙江通志》卷一八〇"文苑三"小传与《县志》同，略简：

---

① 王翰《梁园寓稿》，钦定四库全书本。
② 萧良幹修，张元忭等纂《绍兴府志》，明万历十五年（1587）刊本。

（肇宗）字克敬，山阴人。幼孤笃学，居僧舍三年不出户。永乐中，登进士。时方重藩，选授周府教授。肇宗喜吟咏，兴寄高远，有《耶溪集》二十卷。①

毛肇宗登第时间，据清潘介祉《明诗人小传稿》"毛肇宗"条："肇宗字克敬，山阴人。永乐甲申进士，历官周府教授。"②"永乐甲申"即永乐二年（1404），与明《山阴县儒学登科题名记》所载"毛肇宗登永乐二年曾棨榜进士"③同，当是。

四 良医李恒

《诚斋录》卷二《送本府良医李伯常致仕》诗云：

河梁驻马送均行，天路迢迢上玉京。云净晓山千树远，风生晴浪一帆轻。荣闲已遂遗安计，辞老宁无恋国情。恩赐归来春正永，药栏锄雨种参苓。④

据明制，宗藩王府设有管理医药的专门机构——良医所。良医所配备良医正与良医副各一人，负责王府医药、疾病诊治等事务。朱有燉此诗为周府良医李伯常致仕送别所作。

李伯常，实为周府良医李恒，伯常为其字，安徽合肥人。清嘉庆《合肥县志》卷二四有传，载其于"洪武初，以医名选入太医院，擢周府良医，常奉令旨，类集《袖珍方》诸书。后以老致仕，王亲赋诗以饯，命长史钱塘瞿佑序其事"⑤。《袖珍方》，黄虞稷《千顷堂书目》卷一四著录，列李恒名下，曰：

---

① 李卫、嵇曾筠等修《敕修浙江通志》，清乾隆元年（1736）刻本。
② 潘介祉《明诗人小传稿》，台湾"中央图书馆"1986年版。
③ 俞苗荣、龚天力主编《绍兴图书馆馆藏地方碑拓选》（上），西泠印社出版社2007年版，第107页。
④ "河梁驻马送均行"，原刻如此，当为"君"。集中"君"多写作"均"，如"王昭君"，《诚斋录》均写作"王昭均"。
⑤ 左辅等修《合肥县志》，清嘉庆八年（1803）刻本。

李恒《袖珍方》四卷。恒字伯常，合肥人。洪武初为周府良医，奉宪王命集。永乐间致仕，王亲赋诗以饯，命长史瞿佑序其事。①

"宪王"实为"定王"，《千顷堂书目》张冠李戴，误。《合肥县志》云"王亲赋诗以饯，命长史钱塘瞿佑序其事"，可见李伯常致仕归乡，周王橚及王府僚属皆为其送行，并有诗文唱和题赠。朱有燉此诗即作于此时。

李恒"类集《袖珍方》诸书"，考明正统十年（1445）熊氏翻刻本载周王橚《袖珍方》自序：

> 迩来云南一载有余，询及医书，十无七八。察其人病，或祭神祀鬼，间有病者求药，而里无良医；或姿其偏僻之见，求为殊异之方，造次用行，死者多矣！呜呼！诚医书之不全。故乃于暇日，集录经验诸方，始成一书，名之曰《袖珍》，盖取袖中所藏之宝，又便于检阅也。②

可见《袖珍方》辑录于云南。程本立《巽隐集》卷一《送征江倅朱克正赴京师》序称，"人皆云云南卑暑，故多瘴疠"③，加之偏僻荒远，患者多因缺少良医、良方未能及时诊治而丧命。朱橚辑录此书意在为治病救人提供方便。序称《袖珍方》为其本人"于暇日，集录经验诸方"，似与李恒无关。然据朱橚于永乐十三年（1415）重修再版时所言，"至洪武庚午（1390），寓居滇阳，得家传应效者，令本府良医编类，镂诸小版，分为四卷，方计三千七十七，门八十一，名曰《袖珍》"④。可知《袖珍方》成书于洪武二十四年（1391）。前此两年，即洪武二十二年（1389），"周王橚擅弃其国来居凤阳，谪

---

① 黄虞稷《千顷堂书目》，钦定四库全书本。
② 李恒撰，杨金萍等校注《袖珍方》，中国中医药出版社2015年版，第912页。
③ 程本立《巽隐集》，钦定四库全书本。
④ ［日］丹波元胤编《中国医籍考》，人民卫生出版社1983年版，第714页。

迁云南"①。"令本府良医编类"与李恒"常奉令旨,类集《袖珍方》诸书"吻合,故可断言李恒参与了《袖珍方》的辑录工作,并且作为周府良医随侍周王橚谪迁云南。正是因为有此一段经历,故永乐间李恒年老致仕,周王橚、世子有燉才亲为其作诗饯行,并"命长史瞿佑序其事"。这对地位不高、职当"八品"的王府医官而言亦可谓一种"殊荣"了。

五 与朱权、朱椿等宗藩交往

朱权与朱有燉同为明初宗藩杂剧作家代表。朱权《太和正音谱》未见著录同样以杂剧知名的朱有燉,似乎不合常理。姚品文《〈太和正音谱〉笺评》认为,朱权在"国朝"作家中收进自己(丹丘先生)的剧作目录,并"列在第一位,与前第一章将'丹丘体'列在十五体之首,后面乐府谱式也以丹丘先生的黄锺【醉花阴】套列在三百三十五章之首,同样有标志性意义。这又被当代人指为朱权'贵族自我尊大,实则幼稚'的表现。对此,我提出另一个问题:朱权的侄儿周宪王朱有燉,与朱权年龄相仿,是个著名杂剧作家,在世时就有《诚斋乐府》面世,收杂剧三十余种,还有大量散曲,《正音谱》无一字及之;贾仲名永乐末年编写《录鬼簿续编》同样不收朱有燉,也不收丹丘先生朱权。显然并非无意漏收"②。

朱权《太和正音谱》完成于洪武三十一年(1398),朱有燉杂剧创作时间,目前所知最早的为永乐二年(1404)八月《张天师明断辰钩月》,最晚的是《海棠仙》《灵芝庆寿》,作于正统四年(1439)二月,也即朱有燉去世前三个月,远迟于朱权《太和正音谱》成书

---

① 夏原吉等纂《太祖实录》卷一九八,台湾"中央研究院"历史语言研究所1962年校印本。
② 朱权著,姚品文点校、笺评《〈太和正音谱〉笺评》,中华书局2010年版,第73页。

时间。朱权《太和正音谱》不可能将作于此后的朱有燉杂剧收入其中。

朱有燉与朱权之间的往来，虽未见直接证据，但亦并非无从推究。朱有燉《诚斋乐府》卷一"赓和丹丘作【庆东原】曲意二篇曲韵二篇"：

> 心安分，身不贫，笑谈中美恶皆随顺。也不夸好人，也不骂歹人，也不笑他人。管甚世间名，一任高人论。

> 妆些呆，撒会村，半生狂花酒相亲近。学一个古人，是一个老人，做一个愚人。管甚世间名，一任高人论。①

曾永义认为："这两支【庆东原】所写的正是周宪王晚年的心境。他赓和的对象是'丹丘'，则'丹丘'必是他的亲友或僚属。"②联系朱权晚号臞仙、涵虚子、丹丘先生，与朱有燉相赓和的"丹丘"，很有可能是同为宗藩且以杂剧著名的十七叔朱权。朱有燉《诚斋梅花百咏》其二诗云"兰雪轩前自在神，丹丘山下访玄真"，"兰雪轩"为朱有燉书斋，"丹丘山"则当为朱权长期修炼的南昌西山缑岭。朱有燉与朱权有着大致相似的经历、心境、情趣，彼此往来亦不无可能。吴梅《诚斋乐府跋》云：

> 【庆东原】二曲，赓和丹邱，丹邱为宁献王道号，与诚斋为文行。丹邱洞达音吕，声满江右，诚斋与之唱和，宜其词学之工也。③

周藩后裔元斋老人称"宁藩祖臞仙谓其'乃宗室中角出而翘立者焉'"④，正是因为私交甚笃，知之甚悉，朱权才对这位侄儿不吝美辞。清人姚之骃《元明事类钞》卷五"君道门"：

> 明宁献王有《囊云诗》，注云："臞仙每月令人往匡庐

---

① 朱有燉《诚斋乐府》，明宣德九年（1434）刻本。
② 曾永义《论说戏曲》，台湾联经出版事业公司1997年版，第59~60页。
③ 吴梅撰，王卫民编《吴梅戏曲论文集》，中国戏剧出版社1983年版，第473页。
④ 朱有燉《诚斋录》，明嘉靖十二年（1533）刻本。

最高处，囊云以归。拘云斋，障以帘幞。放云一囊，四壁氤氲，如身在洞壑。"又，周宪王有《送雪》诗，自注云："汴土风俗，每岁遇雪初下，则以小合子盛之，送亲知，以为瑞。或举觞欢宴，尤为宫中所尚焉。"按，朦仙囊云，宪王送雪，此宗籓中佳话，可以属对。①

现实中朱权"托志冲举"，隐逸学道。朱有燉"浮生勿谓尘缘重，静里还同太极初"②。二人惺惺相惜，留下一段文坛佳话，亦可谓实至名归。

又，《诚斋录》卷二"连日奉旨，往横堤迎候十一叔。每登舟过横堤渚时，秋气澄清，景物妍净，远水凝蓝，遥山耸翠，虽迎候不暇于顷时，而闲情自得于怀抱，悦以成章，聊伸一笑"：

> 连朝迎候虽无暇，触处闲情自有余。雁字每从云外至，人家多在水边居。一滩晓日看眠鹭，满棹秋风听打鱼。最爱船头好新景，半川霜色老芙蕖。③

"十一叔"即朱元璋第十一子蜀献王朱椿。朱椿，《明史》卷一一七"太祖诸子二"本传载其"性孝友慈祥，博综典籍，容止都雅，帝尝呼为'蜀秀才'。在凤阳时，辟西堂，延李叔荆、苏伯衡商榷文史。既至蜀，聘方孝孺为世子傅，表其居曰'正学'，以风蜀人。诣讲郡学，知诸博士贫，分禄饩之，月一石，后为定制。造安车赐长史陈南宾。闻义乌王绅贤，聘至，待以客礼。绅父祎死云南，往求遗骸，资给之"④。清钱谦益《列朝诗集》乾集上"小传"亦云："（蜀王椿）奉命阅兵中都，即辟西堂，延揽名士李叔荆、苏伯衡等，商榷玄史。高皇帝呼为'蜀秀才'。"⑤ 并录其诗六首。朱彝尊《明诗综》

---

① 姚之骃《元明事类钞》，钦定四库全书本。

② 朱有燉《诚斋录》卷二，明嘉靖十二年（1533）刻本。

③ 朱有燉《诚斋录》卷二，明嘉靖十二年（1533）刻本。

④ 张廷玉等撰，王天有等标点《明史》，第2464页。

⑤ 钱谦益《列朝诗集》，载《四库禁毁书丛刊》集部第95册，北京出版社1997年版。

卷二："明开国诸王，文学首称蜀府……惜《献园集》罕传于世。"①《献园集》全称《献园睿制集》，十七卷，成化二年（1466）刊本，今藏日本东京国立公文图书馆。②朱有燉既孝且文，与朱椿同气相求，闻其莅临，心情格外愉悦轻松，故诗中写景写情，皆给人以明快悠闲之感。

结　语

以上考得与朱有燉直接或间接交往者8人。此外如长史艾实，字用济，吉水人。雍正本《江西通志》卷七七载其"进《太学赋》称旨，授周府长史。恳辞还乡，治别业于符山下"③。吴勤，字孟勤，吉安人。同书同卷本传载，"元季盗起，勤以策干吉安守臣，不见用。洪武初为武昌教授。永乐初，召入史馆修高庙实录，号良史才。书成，改开封教授，周定王敬礼之。未几，卒，年七十六"④。前者因未就职，或就职不久，便"恳辞还乡"，可不予考虑；后者虽于"改开封教授"后不久离世，但因周定王"敬礼"有加，故包括朱有燉在内的宗藩成员与其交往是有可能的。结合此前所考，与朱有燉有过直接或间接交往的文人多至31人。

地域分布上，其中江西籍12人，分别为：宋季子，江西临川人；刘咸，江西泰和人；周是修，江西泰和人；黄体方，江西新淦人；李昌祺，江西庐陵人；曾恕，江西南昌人；周功叙，江西吉水人；曾子祯，江西庐陵人；邹尔愚，江西吉安人；金幼孜，江西新淦人；余士美，江西德兴人；吴勤，江西吉安人。浙江籍7人，分别为：程本立，浙江嘉兴人；毛肇宗，浙江山阴人；瞿佑，浙江杭州人；于谦，

---

① 朱彝尊《明诗综》，中华书局2007年版，第29页。
② 2018年胡开全先生影印回国，题作《明蜀王文集五种》，交由巴蜀书社出版。
③ 谢旻等修，陶成等纂《江西通志》，钦定四库全书本。
④ 谢旻等修，陶成等纂《江西通志》，钦定四库全书本。

浙江杭州人；朱仲安，浙江萧山人；溥洽南洲上人（陆游后裔），浙江绍兴人；邢旭，浙江金华人。河南籍 4 人，分别为：王翰，河南祥符人；刘淳，河南祥符人；滕硕，河南祥符人；胜安，河南开封人。安徽籍 4 人，分别为：张古山，安徽颍上人；朱权，安徽凤阳人；朱椿，安徽凤阳人；李恒，安徽合肥人。湖南籍 1 人：刘三吾，湖南茶陵人。江苏籍 1 人：卞同，江苏吴县人。广东籍 1 人：郑义，广东潮阳人。福建籍 1 人：杨耀宗，福建晋江人。

就交游者身份而言，周府属官 16 人，所任职务中，周府长史 7 人：程本立、王翰、郑义、瞿佑、曾恕、刘淳、卞同。周府奉祀正、副各 1 人，分别为周是修、宋季子。周府纪善 2 人：曾子祯、余士美。周府教授 2 人：滕硕、毛肇宗。此外，周府伴读、儒官、良医各 1 人，分别为黄体方、邹尔愚、李恒。韩府长史 1 人，杨耀宗。朝廷官员 9 人，分别为河南按察司佥事刘咸、河南布政使李昌祺、河南巡抚于谦、河南按察使朱仲安、翰林编修周功叙、翰林检讨金幼孜、河南右参议邢旭、翰林学士刘三吾、开封教授吴勤。宗藩 2 人：宁献王朱权、蜀献王朱椿。释道 3 人：胜安（僧）、溥洽南洲上人（僧）、张古山（道）。

知识构成上，以上诸人大都历经科举，如程本立、郑义、周功叙等人皆中举入仕。或学识广博，以学问见长，如长史刘淳，"长嗜学问，博物洽闻，凡天文、地理、阴阳、医卜、诸子百家，无所不窥"①。或在儒学方面苦心孤诣，造诣高深，如刘三吾为洪武朝理学名臣，《明史》卷一三七载，"三吾博学，善属文"，"时天下初平，典章阙略。帝锐意制作，宿儒凋谢，得三吾晚，悦之"。②"对明代初期儒学发展、制度重建等影响之大不言而喻"。③或旁通书画技艺，俨然名家，如宋季子善草、隶（宋濂《重校汉隶字源序》）。滕硕，

---

① 焦竑《国朝献征录》卷一〇五，明万历四十四年（1616）刻本。
② 张延玉等撰、王天有等标点《明史》，第 2692 页。
③ 朱仰东《朱有燉与刘三吾交游稽考》，《中国古代小说戏剧研究》第 17 辑，学苑出版社 2022 年版。

能诗善画，王翰《梁园寓稿》卷三《为祥符县滕硕先生题〈驯虞图〉》《题〈驯虞图〉》《为祥符县滕硕先生题雏虞卷》可证。最为朱有燉所信任的长史郑义，"凡经传子史百家，靡不究竟，兼以草圣妙绝，时髦叹服"①。

尤可注意的是，以上诸人工诗善文，多有文集问世或留存。如程本立著有《巽隐集》四卷、刘咸《河南咏古集》《虚庵集》若干卷、周是修《刍荛集》六卷、王翰《梁园寓稿》九卷、郑义有文集若干卷②、毛肇宗《耶溪集》二十卷、吴勤《由翁集》若干卷，等等。释道中人如溥洽南洲上人"旁通儒书，间以余力为诗文，多有造诣"，有应制及与名人唱和诗若干卷（杨士奇《僧录司右善世南洲溥洽法师塔铭》）。瞿佑、李昌祺等人诗文兼擅，小说尤为特出，所撰《剪灯新话》《剪灯余话》，盛名一时。宗藩人物如蜀献王朱椿博综典籍，容止都雅，著有《献园集》七卷。宁献王朱权博通古今，涉猎最广，著述最富，所撰《太和正音谱》两卷，为现存最早的北曲曲谱；所作杂剧有《辩三教》《瑶天笙鹤》《豫章三害》《独步大罗天》《私奔相如》《复落娼》等十二种。

归结来看，朱有燉人际交往多为王府僚属，其次为朝廷官员，籍贯上，江西人居多。钱谦益《列朝诗集小传》乙集"周叙"传云："国初馆阁，莫盛于江右，故有'翰林多吉水，朝士半江西'之语。"③ 历史上，江西为"古文献之邦"，"宋代以来，儒学兴盛，人称江南邹鲁，科举发达，人才辈出"④，河南、江苏、安徽、湖南、福建等地彼时虽难与之相提并论，但亦多为文化底蕴丰厚的地区。朱有燉所交文人多为江西籍或其属官多来自江西，在某种程度上反映了

---

① 郭棐撰，黄国声、邓贵忠点校《粤大记》卷二三《献征录》"郑义"条，广东人民出版社 2014 年版，第 705 页。

② 参见郭棐撰，黄国声、邓贵忠点校《粤大记》卷二三《献征录》"郑义"条。

③ 钱谦益《列朝诗集小传》，上海古籍出版社 1983 年版，第 172 页。

④ 魏崇新《明代江西文人与台阁文学》，载朱万曙、徐道彬编《明代文学与地域文化研究》，黄山书社 2005 年版，第 525 页。

明初这一地域文化格局，并在朱有燉身边或周藩王府，构成了一个地域文化多元并包、复杂丰富的文化社交圈。而张古山、胜安禅师、溥洽南洲上人等释道中人的加入则为这一文化圈注入了鲜明的宗教元素。

朱有燉知识构成及其文学才华、审美旨趣的培养离不开人际交往所提供的丰沃土壤。朱有燉杂剧创作与其广泛的人际交往形成良好的互动关系，而后者更成为推动其杂剧创作的积极动力，如朱权杂剧创作、理论总结早于朱有燉，朱有燉与朱权的交往，某种程度上成为其杂剧创作的先导，或因共同旨趣而互相沾溉，《复落娼》杂剧或以"朱权《杨娭复落娼》为本"①便是一证。小说、杂剧同源异流，瞿佑、李昌祺以小说知名，朱有燉《黑旋风仗义疏财》《豹子和尚自还俗》等剧取材宋元话本，也在一定程度上反映了声应气求所形成的共同旨趣。朱有燉以琴棋书画、医卜星相、花卉栽培、禅宗法门等知识入剧，有可能得益于溥洽南洲上人、张古山、郑义、李恒等释道中人、王府僚属的熏陶。《乔断鬼》杂剧借徐行之口论三教之别，所谓"以佛治心，以道治身，以儒治世"（第一折）正是其人生哲学、思想观念的"独白"。剧中宣扬忠孝节烈、维护封建教化，如《香囊怨》《团圆梦》等；或写神写仙多半关合现实，如《辰钩月》《半夜朝元》等，皆为其调和三教思想的具化。而这一思想的形成，与其交往多为儒家文人甚或如刘三吾等理学名臣，且又不乏释道人物有关。至如《悟真如》杂剧将明初开封高僧古峰禅师（胜安）塑造成度脱哈舍、李妙清的神仙，不仅为朱有燉释道思想渊源的写照，更可为人际交往与杂剧创作联姻的典范。凡此说明，作为明初富有成就的杂剧作家，人际交往在影响朱有燉知识构成、文学才华、审美旨趣的同时，也影响到其杂剧创作，且较为明显。

（朱仰东　新疆大学中国语言文学学院副教授）

---

① 戚世隽《明代杂剧研究》，广东高等教育出版社2011年版，第217页。

从文人"拟院本"到"单折杂剧"

——论明中后期戏剧文体之一变

刘叙武

自明中叶开始,剧坛上出现了一种由文人创作的篇幅仅相当于杂剧中一折、独立演述完整故事的戏剧样式,后世学者一般称之为"短剧""单折杂剧""单折短剧""一折短剧""单折戏""独折戏"等。从 20 世纪 30 年代至今,卢前、胡忌、曾永义、徐子方、戚世隽、陈爽、刘蕾、徐泽亮、张蕊、李黎诸君关注、研究过这种戏剧样式,在剧目数量、文本形态、音乐形式、主题思想等方面,已积累了可观的研究成果。不过,对于这一戏剧样式的源头,各家存在很大争议。本文从正本清源入手,试论其演变历程和艺术特征。

一 "单折杂剧"源于文人仿院本创作

卢前先生说:"'短剧'云者,指单折之杂剧而言……单折剧之制作，实在明正德嘉靖之世。其时徐渭、汪道昆之徒，以逮隆万间陈与郊、沈自徵、叶宪祖辈，各有短剧。以一折，谱一事，此短剧流行之初期也。"① 王九思的《中山狼院本》大约创作于明正德年间，是"单折之杂剧"开山之作。此后有李开先的《一笑散》院本、徐渭的《狂鼓史》、汪道昆的《大雅堂杂剧》等相继问世。不同研究者统计的明"单折短剧"数量不等。明人祁彪佳《远山堂剧品》著录杂剧242 种，除去误记，实有"单折短剧"66 种，占总数近三成。庄一拂《古典戏曲存目汇考》著录明代杂剧 266 种，其中有"单折短剧"106 种，占总数约四成。曾永义先生将明杂剧发展分为三期：宣德以前为初期，有杂剧 168 种；正统至嘉靖为中期，有杂剧 28 种，其中"单折短剧"16 种；隆庆以后为后期，有杂剧 235 种，其中"单折短剧"76 种。② 戚世隽先生认为有八十余种。③ 徐子方先生认为约为100 种，现存 58 种。④ 陈爽说："现存六十种，仅存曲文的十四种，亡佚四十四种，共计一百一十八种。"⑤ 刘蕾说："共一百一十二种，其中现存的（包括残本）有七十种，亡佚的有四十二种。"⑥ 张蕊说："明代单折短剧 110 种，有存本传世的单折短剧 62 种，亡佚 48 种。"⑦笔者清点后认为陈爽的说法比较准确。总之，明代"单折短剧"在全部明杂剧统计量中，尤其在明中后期杂剧统计量中占比非常高，成为明中期以后剧坛重要创作现象。这些作品涉及题材内容十分丰富，有：历史事件、寓言故事、先贤逸事、现实生活、世俗民风、神仙道化、佛法禅理、男女风情，等等。

---

① 卢前《明清戏曲史》，载《卢前曲学四种》，中华书局 2006 年版，第 61 页。

② 参见曾永义《明杂剧概论》，商务印书馆 2015 年版，第 64 页、第 83～84 页。

③ 参见戚世隽《明代杂剧研究》，广东高等教育出版社 2011 年版，第 72 页。

④ 参见徐子方《明杂剧史》，天津人民出版社 2021 年版，第 175 页。

⑤ 陈爽《中国古代早期的独幕剧——明代一折短剧研究》，硕士学位论文，扬州大学2004 年，第 58 页。

⑥ 刘蕾《明代单折戏的繁盛与家乐戏班之关系》，《社会科学论坛》2010 年第 9 期，第 172 页。

⑦ 张蕊《明代后期单折短剧研究》，硕士学位论文，陕西师范大学 2017 年，第 8 页。

关于这种戏剧体裁的来源存在不同说法：卢前、周贻白、胡忌先生认为来源于杂剧①；徐子方先生认为"始于唐参军戏和宋金杂剧院本"②；陈爽认为"以'杂剧'样式为母体"③；刘蕾认为"来源于宋金杂剧"④；李黎认为"是在北杂剧体制逐渐破坏的基础之上寻找发展的方向"形成的⑤；张蕊认为"属于改良之后的杂剧"⑥。以上诸说可分为两方意见：源于宋金杂剧、源于北曲杂剧。

王九思将自己的作品命名为"中山狼院本"，他还作有《杜子美沽酒游春》四折杂剧。李开先《一笑散》院本中的两种《园林午梦》《打哑禅》流传至今，皆为闹剧小品，另有《搅道场》《乔坐衙》《昏斯迷》《三枝花大闹土地堂》四剧已佚，观剧名与前两种应属同一类型。明人沈德符《万历野获编》卷二十五"词曲"之"杂剧院本"条云："本朝能杂剧者不数人，自周宪王以至关中康、王诸公，稍称当行，其后则山东冯、李亦近之，然如《小尼下山》《园林午梦》《皮匠参禅》等剧，俱太单薄，仅可供笑谑，亦教坊耍乐院本之类耳。"⑦《小尼下山》就是冯惟敏的作品《僧尼共犯》，《皮匠参禅》即李开先的《打哑禅》。以上事实表明，王九思、李开先对"院本"体制必有明确认识，非常清楚"院本"与"杂剧"的界限，并根据体裁赋予各不相同的戏剧品格。

---

① 卢前先生之说见前引文。周贻白先生说："以一折谱一事，就杂剧体制而言，无疑地是一种新的形式……"（《中国戏剧史长编》，上海书店出版社2004年版，第338页）显然认为"单折短剧"来源于北曲杂剧。胡忌先生之说详见下文其对王九思《中山狼院本》的论述。
② 徐子方《明杂剧史》，第174页。
③ 陈爽《中国古代早期的独幕剧——明代一折短剧研究》，硕士学位论文，扬州大学2004年，第7页。
④ 刘蕾《明代单折戏研究》，硕士学位论文，河南大学2006年，第1页。
⑤ 参见李黎《明清短剧渊源探析》，《戏剧艺术》2009年第6期，第102页。
⑥ 张蕊《明代后期单折短剧研究》，硕士学位论文，陕西师范大学2017年，第5页。
⑦ 沈德符撰，杨万里校点《万历野获编》（下），上海古籍出版社2012年版，第546页。

据元人文献可知，元代"院本、杂剧始厘而二之"①"分院本、杂剧而为二"②，即元代院本、杂剧由一种艺术样式分立为两种不同艺术样式，前者承袭宋金以来滑稽小戏形式，创作者是艺人，后者以套曲演唱长篇故事，创作者是文人。《中山狼院本》、《一笑散》院本是明代文人模仿院本创制的作品，称其为"拟院本"更为恰当。"拟院本"这一概念并非笔者发明，邓绍基先生曾撰文提出，李开先的《园林午梦》大概是仿照他所看到的金院本所写，即拟院本。③ 笔者的看法是，《园林午梦》仿照的对象是元明院本，而不是时代遥远的金院本。沈德符的《万历野获编》卷二十六"谐谑"之"优人讽时事"条载：

> 嘉靖初年，议大礼、议孔庙、议分郊，制作纷纷，时郭武定家优人于一贵戚家打院本，作一青衿告饥于阙里，宣尼拒之曰："近日我所享笾豆尚被减削，何暇为汝口食谋？汝须讦之本朝祖宗。"乃入太庙，先谒。敬皇帝曰："朕已改考为伯，烝尝失所，况汝穷措大，受馁固其宜也，盍控之上苍？庶有感格。"儒生又叩通明殿而陈词，天帝曰："我老夫妇二人，尚遭化离，饔飧先后，不获共歆，下方寒峻，且休矣。"盖皆举时事嘲弄也，一座皆惊散。武定故助议礼者，闻之大怒，且惧召祸，痛治其优，有死者。④

郭武定家优人于嘉靖初年（1522）所打"院本"与宋金杂剧体制、风格一致而不同于北曲杂剧，且"皆举时事嘲弄"，必是明院本。明人潘之恒的《鸾啸小品》"乐技"条云："武宗、世宗末年，

---

① 陶宗仪《南村辍耕录》，载俞为民、孙蓉蓉主编《历代曲话汇编：新编中国古典戏曲论著集成·唐宋元编》，黄山书社2006年版，第436页。
② 夏庭芝《青楼集志》，载俞为民、孙蓉蓉主编《历代曲话汇编：新编中国古典戏曲论著集成·唐宋元编》，第469页。
③ 参见邓绍基《元杂剧的形成及繁荣的原因》，《河北学刊》1985年第4期，第96页。
④ 沈德符撰，杨万里校点《万历野获编》（下），第561页。

犹尚北调,杂剧、院本,教坊司所长。"①潘之恒(1556—1622)主要生活于嘉隆万朝,明武宗末年为1521年,世宗末年为1566年,这就差了四十余年。不过我们可以确定,直至16世纪上半叶,宫廷、勋门仍有院本上演。因而王九思(1468—1551)、李开先(1502—1568)完全有机会接触到元明院本,并将其作为创作模仿对象。

明人赵琦美编订的《脉望馆钞校古今杂剧》现存作品241种,其中18种标注为"本朝教坊编演",这些杂剧作品中存在多处院本插演。②这些院本是由教坊司艺人创作、改编、演出的,与本文讨论的文人创作的拟院本不是一回事。

二 拟院本中的北曲音乐及其演出

王九思、李开先将成熟的北曲音乐采入以说白为主的院本,使拟院本成为集演唱、叙事、抒情于一体的戏剧样式。王九思《中山狼院本》所用曲调为北曲【双调·新水令】【驻马听】【雁儿落】【得胜令】【川拨棹】【七弟兄】【梅花酒】【收江南】;李开先《一笑散》中《园林午梦》所用曲调为北曲【清江引】【又】【寄生草】【雁儿落过得胜令】,既非同一宫调,也不构成套数;《打哑禅》用北曲【朝天子】【醉太平】【浪淘沙】【又】【满庭芳】,同样不属同一宫调、不构成套数。将北曲引入院本并非始自王九思、李开先。

在明初周宪王朱有燉原创、教坊司艺人改编演出的《众群仙庆赏蟠桃会》《河嵩神灵芝庆寿》杂剧剧本中:前者第二折内插演有《东方朔偷桃》院本,东方朔和老没影各唱一支【华严海会】曲子;第三折内插演有《四道姑》院本,四"毛女"各唱一支【出队子】

① 潘之恒《鸾啸小品》,载俞为民、孙蓉蓉编《历代曲话汇编:新编中国古典戏曲论著集成·明代编》第二集,黄山书社2009年版,第207页。
② 黎国韬《明"教坊编演"杂剧中的院本插演》,《文学遗产》2018年第5期,第158页。

曲子；第四折内四"毛女"同唱【锦上花】【幺篇】【清江引】【碧玉箫】四支曲子。后者第一折开头有《快活年》院本，净脚唱一支【快活年】及四支【阿忽令】曲子。在明教坊司编演的另一本杂剧《降丹墀三圣庆长生》中，第三折内插演有《小上楼》院本，净脚扮油嘴小昏星唱一支【小上楼】曲子。以上是明初院本中采用北曲的实例。

据元末明初人陶宗仪《南村辍耕录》"院本名目"条中"和曲院本"部分有《上坟伊州》《烧花新水》《病郑逍遥乐》《贺贴万年欢》《舁廪降黄龙》等及"诸杂院爨"部分有《逍遥乐打马铺》《喜迁莺剁草鞋》《上小楼衮头子》《背箱伊州》等可知，部分元院本已采用北曲。

综上所述，在院本中引入北曲并非王九思、李开先原创，但在他们的拟院本作品中，北曲音乐的成熟度和完整性明显获得极大提升。

周贻白先生说："王九思的《中山狼》，虽称院本，其实却是杂剧，也许因为只有一折的关系，故不称杂剧，可是所用的曲调，却为北曲'双调'《新水令套》，而且卷末有题目、正名，终场以生扮东郭生唱。这形式，便不像是我们所知的院本形式了。"[1] 胡忌先生也说："虽然王九思自题其剧称院本，我们在实质上看，倒不妨认为是北曲杂剧的一折……是北曲杂剧的别体……而并不是真正的院本。""今以《园林午梦》剧较王九思《中山狼》，则前者使用小曲而后者用套数；前者主体有打诨现象，后者无见；前者无题名收场体例而后者有。由此二异点，故不录《中山狼》剧而以《园林午梦》定为院本。"[2]

剧作家将自己的作品定名为"院本"而后世研究者却不予承认，这实在是一个令人感到困惑的问题。笔者以为，承认王九思的《中

125

---

① 周贻白《中国戏剧史长编》，第334页。
② 胡忌《宋金杂剧考（订补本）》，中华书局2008年版，第63页、第75页。

山狼院本》是文人拟院本作品且与李开先的《一笑散》院本有所不同才是合理思路。笔者赞同孙楷第先生的观点："余谓宋元杂剧院本之特征有二：其一为诨体，其二为短文。明李开先撰《园林午梦》，王九思撰《中山狼》，其剧皆一折。开先九思皆自题其剧为院本。此最得院本之意。"① 刘竞经过专题研究后得出同样结论："《中山狼院本》在体制上确实应该属于院本。"② 拟院本中采用套数，的确是受北曲杂剧影响，但不能因为出现了北曲套数就将其认作杂剧。文本中没有打诨，并不意味着搬上舞台一定也没有，毕竟院本原就是要即兴表演的，艺人可在临场演出时加入打诨表演。拟院本以题目正名收场，有可能是在北曲杂剧影响下作家的创造，但也不能排除金元院本单独演出时有题目正名收场的可能，只是目前尚无确凿证据肯定或否定这种可能。据明崇祯十三年（1640）张宗孟刊《王渼陂全集》可知，"东郭生"上场时是"末扮"，下文简称"生"，并非"终场以生扮东郭生唱"。

　　王九思《中山狼院本》在明清未见演出记录。清人李玉《一捧雪》传奇第五出《豪宴》中插演有《中山狼》短剧，与王九思《中山狼院本》音乐、文辞均不相同，但体制、形态接近，可能是受王作影响产生。李开先自序其的《一笑散》院本云："有时取玩，或命童子扮之……"③ 该序作于嘉靖三十九年庚申（1560），可知不晚于此年曾经搬演过《一笑散》院本。

三　文人剧作家仿作院本的动机

　　文人拟院本篇幅短小，体量相当于北曲杂剧中的一折，在有限篇

---

① 孙楷第《近代戏曲原出宋傀儡戏影戏考》，载《傀儡戏考原》，山西人民出版社、三晋出版社 2018 年版，第 74 页。
② 刘竞《关于王九思〈中山狼院本〉的体制问题》，《中国文学研究》2008 年第 2 期，第 65 页。
③ 李开先《一笑散序》，载俞为民、孙蓉蓉编《历代曲话汇编：新编中国古典戏曲论著集成·明代编》第一集，第 400 页。

幅内讲述一个故事，不追求情节曲折动人，不以新奇怪诞的剧情吸引观众，人物设置较少，仅反映主人公生活中的一个细节或侧面，描写人物间的对话或内心独白，以单一线索展开情节，舞台时空固定在一个"点"上，几乎不转换故事发生场景，作者关注的是个人情感与志趣的抒发，叙事性则被显著淡化。

文人剧作家选择院本这一体裁加以改造、创作，主要出于以下两点考虑。

其一，相较于以叙事见长的传奇、杂剧，院本因其滑稽戏谑特性，更便于文人畅快地表达对世事的不满与讥讽。《明史》卷二百八十六"列传第一百七十四·文苑二"载："（康）海、（王）九思同里、同官，同以瑾党废。每相聚沜东鄠、杜间，挟声伎酣饮，制乐造歌曲，自比俳优，以寄其怫郁。"① 可见王九思创作《中山狼院本》出于发抒抑郁。李开先《一笑散序》云："以（院本）代百尺扫愁之帚而千丈钓诗之钩。"② 点明院本的功能是"以笑扫愁"。王九思、李开先都是失意文人，二人曾有交游。李开先门人杨善云："浴目读之（《一笑散》院本——引者注），不觉大笑出声。山妻叩之，从而仿像，虽无知妇人，亦能共发一笑。此书一出，得以展眉解颐如我辈者，不知几千万人也。"③ 明人程羽文云："曲者，歌之变，乐声也；戏者，舞之变，乐容也。皆乐也，何以不言乐？盖才人韵士，其牢骚抑郁、啸号愤激之情，与夫慷慨流连、谈谐笑谑之态，拂拂于指尖，而津津于笔底，不能直写而曲摹之，不能庄语而戏喻之者也。"④ 文人借笔下人物之口倾吐胸中郁愤不平，剧中主人公往往就是作家本人

---

① 张廷玉等《明史》卷二百八十六"文苑二"，中华书局1974年版，第7349页。

② 李开先《一笑散序》，载俞为民、孙蓉蓉编《历代曲话汇编：新编中国古典戏曲论著集成·明代编》第一集，第400页。

③ 李开先著，卜键笺校《李开先全集（修订本）》（中），上海古籍出版社2014年版，第1409页。

④ 程羽文《盛明杂剧序》，载俞为民、孙蓉蓉编《历代曲话汇编：新编中国古典戏曲论著集成·明代编》第三集，第423页。

的代言人，代其歌哭笑骂，具有鲜明的性格特征和主观色彩。许祥麟先生将这种剧中人物代作者言的形式称作"逆向代言"。① 到了清代，甚至有的作品中作家以真名实姓登场，自己就是故事主人公，如廖燕的《柴舟别集》四种、徐爔的《写心杂剧》十八种、汪应培的《帘外秋光》、汤贻汾的《逍遥巾》等。当然，这些作品中的事件基本上都是作者杜撰的，即"真名假事"。在拟院本中，作家不仅不需要曲折、隐晦地表达自己的观点，相反，可以直抒胸臆、自我宣示，打造完全个性化的艺术与精神领域，剧作品位大幅提高。高品位的艺术作品寻求高水平的艺术表达，"讽刺"成为文人抒写愤懑最主要的艺术手段。讽刺艺术的重要特征就是借喜剧或闹剧的形式包孕悲剧、正剧的内核，其外观是夸张的、谐谑的、嘲弄的，其主题是深刻的、严肃的、沉重的，戏剧美学更显多层、丰富，使读者、观众笑中带泪、笑后有思，这正是明代文人拟院本与金元院本在艺术品格方面最显著的不同。

其二，受"诗言志"传统影响，而诗之短、之蕴藉、之规矩，又不足以恣意宣泄郁结之气，故文人选择篇幅远较诗长的院本发抒内心情怀。明人李贽在比较《拜月》《西厢》《琵琶》三剧时说："且夫世之真能文者，比其初，皆非有意于为文也。其胸中有如许无状可怪之事，其喉间有如许欲吐而不敢吐之物，其口头又时时有许多欲语而莫可所以告语之处，蓄极积久，势不能遏。一旦见景生情，触目兴叹，夺他人之酒杯，浇自己之块垒，诉心中之不平，感数奇于千载。"② 钟人杰《四声猿引》云："第文规诗律，终不可逸辔旁出，于是调谑亵慢之词，入乐府而始尽。"③ 王九思在《中山狼院本》结尾

---

① 许祥麟《"拟剧本"：未走通的文体演变之路——兼评廖燕〈柴舟别集〉杂剧四种》，《文学评论》1998 年第 6 期，第 143 页。

② 李贽《杂说》，载俞为民、孙蓉蓉编《历代曲话汇编：新编中国古典戏曲论著集成·明代编》第一集，第 536 页。

③ 钟人杰《四声猿引》，载俞为民、孙蓉蓉编《历代曲话汇编：新编中国古典戏曲论著集成·明代编》第三集，第 530 页。

借东郭生之口直抒胸臆道："呀！这的是施恩容易报恩难，做时差错悔时难。你道那世人奸巧把心瞒，空安眉戴眼，他与那野狼肺腑一般般！"清初人尤侗说："古之人不得志于时，往往发为诗歌，以鸣其不平。顾诗人之旨，怨而不怒，哀而不伤，抑扬含吐，言不尽意，则忧愁抑郁之思，终无自而申焉。既又变为词曲，假托故事，翻弄新声，夺人酒杯，浇己块垒。于是嬉笑怒骂，纵横肆出，淋漓极致而后已。"① 虽说晚明时已有人清楚认识到"曲与诗原是两肠"②，但视戏曲为诗歌之变体的观念在明中后期仍颇为流行，如年长尤侗二十余岁的邹式金说："《诗》亡而后有《骚》，《骚》亡而后有乐府，乐府亡而后有词，词亡而后有曲，其体虽变，其音则一也。"③ 这就是说，作家往往会将篇幅紧凑的戏剧体裁作为诗歌的替代品，用以言志、写心、抒怀、寄托，即将诗的功能扩展至戏剧文体领域，自然，所谓戏剧的"叙事性"就被搁置到非常次要的位置上去了。徐大军先生将这种剧本创作模式概括为："戏曲剧本格式是外壳，作者的情感和意绪是内核，诗文创作是思路。"④ 精准地抓住了文人拟院本与诗歌创作之间的关系。

此外，徐泽亮提出："明代的复古趋向对单折短剧的产生也起了十分重要的作用……《中山狼院本》即是其（王九思——引者注）复古思想的一个重要的反映……复古思潮在文坛产生的一个直接影响便是文人不再局限于时下流行的文体，而是转向前代去寻求新的突破。"⑤ 这一观点颇具启发意义。

129

---

① 尤侗《叶九来乐府序》，载俞为民、孙蓉蓉编《历代曲话汇编：新编中国古典戏曲论著集成·清代编》第一集，第457页。

② 王骥德《曲律》，载俞为民、孙蓉蓉编《历代曲话汇编：新编中国古典戏曲论著集成·清代编》第一集，第122页。

③ 邹式金《杂剧三集自作小引》，载俞为民、孙蓉蓉编《历代曲话汇编：新编中国古典戏曲论著集成》清代编第一集，第87页。

④ 徐大军《明清戏曲创作中的"拟剧本"现象》，《艺术百家》2008年第1期，第143页。

⑤ 徐泽亮《明代单折短剧渊源考》，硕士学位论文，曲阜师范大学2007年，第4页。

总之，明代拟院本呈现出浓郁的文人化特征，但同时并未完全脱去金元院本滑稽谐谑的特性。文人拟院本的出现为中国古典文学中发愤写怨的传统增添了一种新形式，是"诗言志"传统的文体拓展实践。

四 从"拟院本"向"单折杂剧"演变的关键

虽说王九思的《中山狼院本》未见明清诸家戏曲书目著录，然而其"对于以后的'单折'杂剧，实树立了一个楷模。"① 李开先创作《一笑散》院本完全有可能是在向王九思表示"敬意"。《一笑散》院本在明代获评较低——祁彪佳《远山堂剧品》著录、品评杂剧分"妙""雅""逸""艳""能""具"六品，将《园林午梦》列入最后一档，评之曰："崔之《长恨传》，曷若《李娃》？何必咿咿！词甚寂寥，无足取也。"② 这明显是以杂剧作品的文学尺度来衡量拟院本作品的——但对后世的影响同样极为深远。继承文人拟院本讽刺、言志特长，并将其发扬光大、推向高峰的是徐渭所作《四声猿》中的《狂鼓史》。

徐渭在明代文坛享有卓越地位，郑振铎先生指出："给最大影响于明、清的杂剧坛者，则为徐渭。"③ 因其杰出的创作才华和思想水平，《狂鼓史》达到了极高的艺术成就，被公认为旷世杰作。该剧约作于万历初年④，仅一折，剧写汉末名士祢衡与曹操的鬼魂同在阴曹地府，掌管案宗的判官闻知玉帝欲召祢衡去做修文郎，于是将祢衡和曹操叫来，让他们把当年骂座的情状再演述一遍，以留在阴间做个千

---

① 周贻白《中国戏剧史长编》，第 334～335 页。
② 祁彪佳《远山堂剧品》载俞为民、孙蓉蓉编《历代曲话汇编：新编中国古典戏曲论著集成·明代编》第三集，第 668 页。
③ 郑振铎《插图本中国文学史》下册，上海人民出版社 2005 年版，第 1032 页。
④ 参见李修生主编《古本戏曲剧目提要》，文化艺术出版社 1997 年版，第 183 页。

古话靶。祢衡裸体击鼓，挝鼓一通，骂一番曹操的罪恶，直至声咽力乏语犹未止。

明清剧论家对徐渭剧作评价极高，王思任、王骥德、徐复祚、袁宏道、孟称舜、祁彪佳、钟人杰、澂道人、李调元、陈栋等，皆不乏对徐渭的溢美之词。如祁彪佳《远山堂剧品》将《狂鼓史》列入"妙品"，评曰："此千古快谈，吾不知其何以入妙，第觉纸上渊渊有金石声。"① 明代仿作《四声猿》或《狂鼓史》的作品有沈自徵的《渔阳三弄》、郑瑜的《郢中四雪》、凌濛初的《祢正平》等，清代有洪昇的《四婵娟》、张韬的《续四声猿》、桂馥的《后四声猿》等。明清文士对《四声猿》，尤其是《狂鼓史》评价如此之高，或许是卢前先生认为"单折杂剧"始于明正德朝，却越过王九思、李开先，而将徐渭作为最早作家列举出来的原因。像《四声猿》这样的"短剧"合集形式也始于徐渭，其后，沈自徵的《渔阳三弄》、汪道昆的《大雅堂杂剧》、许潮的《太和记》、程士廉的《小雅堂乐府》、郑瑜的《郢中四雪》、黄方胤的《陌花轩杂剧》等剧集相继问世。

《四声猿》中包含《狂鼓史》（一折）、《翠乡梦》（两折）、《雌木兰》（两折）、《女状元》（五折）。黄方胤的《陌花轩杂剧》中包含《倚门》（四折）、《再醮》《淫僧》《偷期》《督妓》《娈童》《惧内》（以上均为一折），祁彪佳评曰："以俗笔为之，虽极摹写，终非雅谑。"② 以上事实反映出徐渭、黄方胤不仅突破了北曲杂剧一本四折的定例，并且不像王九思、李开先那样对"院本""杂剧"做刻意区分，而是将它们置于一处，这实际上就模糊了院本与杂剧的界限，显示出他们对"院本""杂剧"文体认识不清。有充分证据证明，生活在明嘉隆万时期的徐渭已不了解院本的具体形态——笔者已证：戏

---

① 祁彪佳《远山堂剧品》，载俞为民、孙蓉蓉编《历代曲话汇编：新编中国古典戏曲论著集成·明代编》第三集，第632页。

② 祁彪佳《远山堂剧品》，载俞为民、孙蓉蓉编《历代曲话汇编：新编中国古典戏曲论著集成·明代编》第三集，第667页。

戏曲研究

文原是以院本为开场演出的，其中包含副末唱念诸宫调报告戏情、副净与副末等插科打诨，然而徐渭并不知道这一点。① 这应该就是《狂鼓史》虽然继承了文人拟院本体制，但看起来更像仅有一折的杂剧的原因。明后期作家一方面未见过院本演出，另一方面受徐渭等人影响，创作出的"单折短剧"就愈来愈淡化院本的特质了。

沈德符《万历野获编》卷二十五"词曲"之"杂剧"条云：

> 北杂剧已为金元大手擅胜场，今人不复能措手。曾见汪太函四作，为《宋玉高唐梦》《唐明皇七夕长生殿》《范少伯西子五湖》《陈思王遇洛神》，都非当行，惟徐文长渭《四声猿》盛行，然以词家三尺律之，犹河汉也。梁伯龙有《红线》《红绡》二杂剧，颇称谐稳，今被俗优合为一大本南曲，遂成恶趣。近年独王辰玉太史衡所作《真傀儡》《没奈何》诸剧，大得金元蒜酪本色，可称一时独步。然此剧俱四折，用四人各唱一折，或一人共唱四折，故作者得逞其长，歌者亦尽其技。王初作《郁轮袍》，乃多至七折，其《真傀儡》诸剧，又只以一大折了之，似尚隔一尘。②

沈德符是晚明时人，他将汪道昆的《高唐梦》《五湖游》《洛水悲》，徐渭《四声猿》中的《狂鼓史》，王衡的《真傀儡》《没奈何》等"只以一大折了之"的剧作与梁辰鱼的四折作品《红线女》皆纳入"北杂剧"范围讨论。祁彪佳《远山堂剧品》是专门著录明代杂剧作品的戏曲论著，其中收入李开先的《园林午梦》、徐渭的《狂鼓史》、沈自徵的《渔阳三弄》、汪道昆的《大雅堂杂剧》等大量"一折"作品，祁氏也是晚明时人。明人沈泰所辑《盛明杂剧》成书于崇祯二年（1629），共收录明代三十余位作家的 60 种作品，其中有"一折杂剧"23 种。以上情况说明，文人拟院本被归属于"杂剧"是

---

① 参见拙文《论传奇"副末开场"承自戏文开场院本》，《玉林师范学院学报》2020年第 6 期，第 1 页、第 5 页。

② 沈德符撰，杨万里校点《万历野获编》（下），第 545～546 页。

从万历朝开始的，至明末，文人拟院本已经被完全视为杂剧了。这应该就是近代以来众多戏曲史家在追溯"单折杂剧"源头时产生分歧的历史原因。

五 "单折杂剧"的音乐形式和演出

徐渭《狂鼓史》前半用北曲【点绛唇】【混江龙】【油葫芦】【天下乐】【哪吒令】【鹊踏枝】【寄生草】【六幺序】【幺】【青哥儿】【寄生草】【葫芦草混】【赚煞】，属【仙吕宫】；后半用北曲【耍孩儿】【三煞】【二煞】【一煞】【尾】，属【般涉调】。吴梅先生指出：【耍孩儿】"又名魔合罗。多用在正宫、中吕、双调大套曲后，或亦有首支即用此曲，后系煞曲七八支，作为一套者，用法至无定也。"① 徐渭用曲显然独出心裁，突破惯例，不过同时亦可见出对王九思《中山狼院本》、李开先《一笑散》院本音乐体制的继承。

于《狂鼓史》前后问世的"单折杂剧"，有末独唱北曲者，有众人唱北曲者，有南北合套、生唱北曲、旦唱南曲者，有众人唱南曲者，有众人唱南北曲者，不一而足。据刘蕾统计："明代单折戏中用北曲的剧作所占的比重不到三分之一，三分之二多的单折戏都是南曲和南北曲合套作品。即使使用北曲的作品，其中也经常出现变调……"② 从总体来看，明代"单折杂剧"的音乐多为南曲昆腔或昆唱北曲，这与传奇相似，但也有个别例外，如王衡的《没奈何》（《葫芦先生》）是以弋阳腔演唱的。

有学者指出："这类作品……绝大部分都不能够施诸当场串习……"③ 确实如此，与大量的剧作相比，此类剧目的演出记录较少

---

① 吴梅编订《南北词简谱》，中国戏剧出版社2015年版，第234页。
② 刘蕾《明代单折戏研究》，硕士学位论文，河南大学2006年，第43页。
③ 中国社会科学院文学研究所编《中国文学史》（下），知识产权出版社2010年版，第762页。

见。东圃主人序汪道昆所作《大雅堂杂剧》云："顷得两都遗事，而文献足征，窃比吴趋，被之歌舞。"① 是序作于嘉靖庚申年（1560）。明人胡应麟《少室山房文集》卷七十有《湖上酒楼听歌王检讨敬夫、汪司马伯玉二乐府及张伯起传奇戏作》咏剧诗三首，其二云："水云深处木兰航，白雪纷飞《大雅堂》。莫向五湖寻旧迹，于今司马在郧阳。"② "五湖"指《大雅堂杂剧》中的《五湖游》；"司马"指汪道昆，他曾任兵部左侍郎，古代司马掌兵事，故称。汪道昆任郧阳巡抚是隆庆四年（1570）事，可知《五湖游》曾演于是年。明人李日华的《味水轩日记》载：万历四十一年（1613）"十一月朔日，赴项楚东别驾之招，与王穉方孝廉联席。楚东命家乐演玉阳给谏所撰《蔡琰胡笳十八拍》与《王嫱琵琶出塞》，凄然悲壮，令人有瞿苦雪之感"③。"玉阳"即明人陈与郊，《蔡琰胡笳十八拍》《王嫱琵琶出塞》即其所作"单折短剧"《文姬入塞》《昭君出塞》。清人焦循《剧说》载："近伶人所演《陈仲子》一折，向疑出《东郭记》；乃检之，实无是也。今得杨升庵所撰《太和记》，是折乃出其中。"④《陈仲子》是明人杨升庵"单折短剧"合集《太和记》中的一种。以上就是为数不多的明人"单折杂剧"演出记录。

刘蕾指出，"单折短剧"的表演形式大致有两种：与折子戏等其他形式穿插演出；作为"戏中戏"演出。⑤ 后者如陈与郊《袁氏义犬》杂剧第一折插演王衡《没奈何》；许潮《同甲会》中席间所演"单折短剧"；陈与郊《麒麟罽》传奇第十七出《笑谈开释》中酒席

① 东圃主人《大雅堂序》，载郭英德、李志远纂笺《明清戏曲序跋纂笺》（二），人民文学出版社 2021 年版，第 674~675 页。
② 赵山林选注《历代咏剧诗歌选注》，书目文献出版社 1988 年版，第 146 页。
③ 李日华著，叶子卿点校《味水轩日记》（中），浙江人民美术出版社 2018 年版，第 414 页。
④ 焦循《剧说》，载俞为民、孙蓉蓉编《历代曲话汇编：新编中国古典戏曲论著集成·清代编》第三集，第 403 页。
⑤ 刘蕾《明代单折戏研究》，硕士学位论文，河南大学 2006 年，第 34 页。

宴前演《昭君出塞》。明代"单折短剧"的几种演剧形式与元代院本在北曲杂剧折和折之间插演、院本在北曲杂剧一折中插演、院本和北曲杂剧分段演出这三种情形并无根本差别。

这些剧作很少作场上搬演，但适合案头阅读。其实，文人并不在意其可否在舞台上演出，甚至本就没有把作品交付伶人搬演的意愿，因为场上搬演属于二度创作，必须考虑舞台适应性问题，势必要对一度创作有所修正，文化水平有限的伶人的修正轻则无法准确理解和传达作者的立意，重则可能对原意造成曲解或伤害，这是文人作家不愿看到的。尤侗说过："然古调自爱，雅不欲使潦倒乐工斟酌，吾辈只藏箧中，与二三知己，浮白歌呼，可消块垒。亦惟作者各有深意，在秦筝赵瑟之外。"① 这就是说，作品的读者面也很小，潜在受众是作者本人及特定对象，这些人往往都是失意文人，仅通过阅读方式即可实现对文本的消费。明末清初人徐士俊认为，《盛明杂剧》所收剧作"皆牢骚肮脏、不得于时者之所为也"②。其中徐渭的《狂鼓史》，沈自徵的《霸亭秋》《鞭歌妓》，王衡的《真傀儡》，尤侗的《读离骚》，茅维的《闹门神》等"单折杂剧"莫不是著名的"刺世之作"。卢前先生说："曲有场上之曲，有案头之曲，短剧虽未必尽能登诸场上，然置诸案头，亦足供文士吟咏。"③ 点明了"单折短剧"的案头属性。所以，作家从一开始就将这些作品视为"自娱"之作，宁可让其保持在戏曲体裁的读物状态，仅供知音好友阅读鉴赏，今人可称之为"拟剧本"。许祥麟先生给"拟剧本"所下定义是："有意模仿剧本的样式，而进行具有别一种特色的文学创作。"④ 因"拟剧

---

① 尤侗《读离骚自序》载俞为民、孙蓉蓉编《历代曲话汇编：新编中国古典戏曲论著集成·清代编》第一集，第454页。

② 徐士俊《盛明杂剧序》，载俞为民、孙蓉蓉编《历代曲话汇编：新编中国古典戏曲论著集成·清代编》第一集，第112页。

③ 卢前《明清戏曲史》，载《卢前曲学四种》，第72页。

④ 许祥麟《"拟剧本"：未走通的文体演变之路——兼评廖燕〈柴舟别集〉杂剧四种》，《文学评论》1998年第6期，第140页。

本"融诗歌的抒情性、戏曲的叙事性和双向代言性为一体，能够形象且多层次、多侧面地展现人物内心世界，故利于作家表达思想情感。"拟剧本"并非绝对不可搬演，只是它的观众面相当狭窄，演出效果也不会太好。这正是"单折杂剧"虽然体制短小适于侑觞，但实际上很少被搬演、难于被搬演的原因所在。徐子方先生将这种不为场上目的创作、合乎诗歌创作规律的剧本称为"剧体诗"，简称"剧诗"。①

与许祥麟先生认为"拟剧本"属于一种"边缘性"文体、未得到充分发展、"始终未能走向独立和成熟"的观点②不同，笔者以为，从创作数量和取得的成就看，属于"拟剧本"的"单折杂剧"非但不"边缘"，相反，在明清两代获得了充分发展，早在明中叶就已走向成熟。

结　语

卢前先生云："一折成剧，简短精悍，如齐梁之小乐府，如唐诗之绝句，出岫无心，回甘有味，别开戏曲之一途……"③ 王九思《中山狼院本》开文人"拟院本"先河，徐渭的《狂鼓史》是"单折杂剧"戏剧观念形成的关键节点。进入清代，"单折杂剧"逐渐脱却了滑稽戏谑品格，向严肃正剧发展，遂与其他杂剧作品风格泯然一体了。这一方面是由于作家已不清楚"单折杂剧"的渊源，不再坚持院本的本来品格；另一方面也是因为自清前期开始的剧坛整体创作风向的转变，在统治者的高压控制下，作家不得不收敛文字，避免锋芒

---

① 参见徐子方《从剧诗到单折戏——论明杂剧对文学体裁的两个贡献》，《江苏大学学报》（社会科学版）2007 年第 2 期，第 63 页。

② 许祥麟《"拟剧本"：未走通的文体演变之路——兼评廖燕〈柴舟别集〉杂剧四种》，《文学评论》1998 年第 6 期，第 145 页。

③ 卢前《明清戏曲史》，载《卢前曲学四种》，第 6 页。

触怒统治者。郑振铎先生在比较明清杂剧创作后指出："明代文人剧，变而未臻于纯。风格每落尘凡，语调时杂嘲谑。大家如徐（渭）、沈（自徵）犹所难免。纯正之文人剧，其完成当在清代。尝观清代三百年间之剧本，无不力求超脱凡蹊，屏绝俚鄙。故失之雅，失之弱，容或有之。若失之鄙野，则可免讥矣。"① 考虑到明代"单折杂剧"在全部"杂剧"中占比之高，所谓"风格每落凡尘，语调时杂嘲谑""俚鄙""鄙野"等特征必在很大程度上来源于院本的民间属性。倘若我们无视明代"单折杂剧"源自金元院本这一事实，或将无法解释明代文人"杂剧"缘何具有郑先生所述特征。

至于明清两代两折、三折以及更多折数"杂剧"的来源，笔者以为，这是在作家群体认同杂剧可不限于一本四折以后，根据自己的主观意图对经典的四折杂剧体制进行变革后创作出来的。明前期人朱有燉所作《诚斋杂剧》31 种，其中已有剧作突破北曲杂剧体制，如《仗义疏财》是五折一楔子、《牡丹园》是五折两楔子，格式趋向长短自由变化，《曲江池》则注明"末旦全本"。徐渭《四声猿》不拘长短、不论南北，"于词曲家为创调，固当别存此一种"②，为后世杂剧创作树立了新典范。明中期以后，在日渐勃兴的传奇体制影响下，杂剧体制越发自由，与此同时，杂剧也越来越脱离舞台，成为抒情表意的"案头剧"，既然如此，追求格式严整已无必要。

（刘叙武　西南大学文学院讲师）

---

① 郑振铎《清人杂剧初集序》，载《郑振铎全集》第四卷，花山文艺出版社 1998 年版，第 730 页。
② 孟称舜《狂鼓史渔阳三弄总评》，载朱颖辉辑校《孟称舜集》，中华书局 2005 年版，第 590 页。

传奇入画苑：

《桃花扇》的两画师与双桃源

孙华娟

孔尚任在撰写自己一生呕心沥血的《桃花扇》传奇时，将绘画术语和技巧引入写作中，认为传奇与绘画相通：

> 传奇虽小道，凡诗赋、词曲、四六、小说家，无体不备。
> 至于摹写须眉，点染景物，乃兼画苑矣。（《桃花扇·小引》）①

传奇除了兼备各种文体外，还要描写人物和景物，剧作家要像画家一样求其形神仿佛。

---

① 文中所引《桃花扇》原文，若非特别注明，皆出自孔尚任著，王季思、苏寰中、杨德平合注本《桃花扇》，人民文学出版社1982年版。行文中不一一出注，仅随文括注回数和题目，卷首无回数者仅标出题目。

　　设科之嬉笑怒骂，如白描人物，须眉毕现，引人入胜者，全借乎此。今俱细为界出，其面目精神，跳跃纸上，勃勃欲生，况加以优孟摹拟乎。（《桃花扇·凡例》）

　　为人物设计动作、语言，就如同给人物画像，也就是前文所说的"摹写须眉"，要求其精细，因此剧作家写角色嬉笑怒骂就像画家用线条勾画人物。这里的"界出"相当于说画出，但的确带上了"界画"这种画类的精细含义。剧作家把人物刻画得形象逼真，好演员再把它揣摩表演出来，角色就会更加生动。相比之下，《桃花扇·本末》以绘画中要先出其轮廓来比喻写作剧本要先勾勒故事梗概和脉络，反倒是较浅显的修辞手法了。

　　孔尚任在书画收藏和品题方面素有声名。他所藏书画精品众多，其中不乏唐名家王维、李昭道、董源、黄筌、刘松年、夏珪、马远等人的画作，甚至有宋徽宗和明崇祯的御笔。收藏之外，他也精于品鉴。罢职出都前，友朋送去请他品鉴索题的画作竟有百余卷之多。[①]从其文集中保存的大量书画题跋看，孔氏评画不仅推崇画面的气韵意趣，也注重画家的具体技法。[②]他平素观照山水时，也有意无意用山水画来作譬喻。他的《晓雾》诗"烟村一抹谁图画？半幅襄阳半巨然"[③]，用米芾和巨然的画作来比拟眼前风光，如果不是十分熟悉二人的题材和技巧，很难想出这种表达。

　　对绘画的熟稔和热诚，让他的传奇杰作《桃花扇》也融入了画家的手眼和匠心。该剧结构备极精巧，颇得绘画之力。首先，出自杨

---

① 孔尚任《归田有期人多以画卷索题日不暇给盖百余卷矣可存之句实无多也留题蓼庵画卷》，载汪蔚林编《孔尚任诗文集》第 2 册卷四，中华书局 1962 年版，第 389 页。

② 孔尚任评唐伯虎《秋村图》"其钩皴皆用浓笔"（参见孔尚任《唐伯虎秋村图》，载汪蔚林编《孔尚任诗文集》第 3 册卷八，第 598 页），也很认可自己侄子衍栻的焦墨画法"从子托名老画师"（参见孔尚任《燕台杂兴》，载汪蔚林编《孔尚任诗文集》第 2 册卷四，第 373 页）。

③ 孔尚任《晓雾》，载汪蔚林编《孔尚任诗文集》第 2 册卷四，第 396 页。

文骢之手的两幅画作，对剧情发展和表现人物，都有非同寻常的功用。

兰香桃夭：刻画李香君

剧中重要的串场人物杨文骢，最突出的身份就是画家，其道白和曲文经常关乎绘画。第二出《传歌》，杨文骢甫开口就活画出自己无时无刻不在构图："三山景色供图画，六代风流入品题。"《侦戏》《题画》两出中，杨文骢不但两次以米芾自比，更以倪瓒、黄公望自居，"【风入松】花林疏落石斑斓，收入倪黄画眼"（第四出《侦戏》），意谓眼前景色对自己这个优秀画师来说格外有会心之处。倪瓒、黄公望画山水声名赫赫，一疏简，一浑厚，杨文骢以之自比，对画艺的自负是显然的。这种随处显现的画者之心和画者之眼，正是孔尚任的刻意设计。

杨文骢之眼即孔尚任之眼，对花林疏落、彩石斑斓这类景物的观察捕捉，既唤起孔尚任鉴画的经验，叠合了他经眼的众多佳作，让剧内外的行家里手去回忆思索倪、黄等名画家是如何取景、摹物，同时，孔尚任又是诗人和曲家，要求用文字对景物加以表现，并以剧中人的口吻道出。这两方面的需要和经验，使孔尚任既分身为画家杨文骢，又不只是画家杨文骢，他以曲家来表现画家，又借画家之手来表现其他人物。

侯方域、李香君的爱情是全剧主线之一，二人的恋情正是由杨文骢来导引的。正是他在香君妆楼壁上题画了墨兰，又给妆楼命名"媚香楼"。全剧题眼固然在桃花扇，但赋有国香的兰花才是李香君初出场时的首要隐喻意象。"兰有国香，人服媚之"，《左传·宣公三年》所书燕姞梦兰事为人所熟谙，燕姞虽为贱妾，终因梦兰得宠。兰又以高洁知名，士君子常引为同调。"香君"之号意谓香中君子，秦淮歌妓的身份因为兰这一名称立刻出类拔萃，与名士绾合在了一起。

命名这一行为看似简单，其实意味深远，甚或深具魔力，表现为有时"名"能够召唤出尚未曾显现的"实"。在被命名之前，剧中李香君几乎没有实质性台词和语言，近乎失语状态，这说明，她尚未形成和表现出明确的自我意识。但在第七出《却奁》中，她摒除钗环、退回妆奁，反对替阮大铖斡旋，甚至比侯方域更激烈。在这种决绝态度的推激下，原本不如陈贞慧、吴应箕激进的侯方域，不得不彻底摒绝阮大铖。李香君的娇激背后，固然有当时整体社会环境的影响，但杨文骢以兰为其命名，作用也不可小觑。李香君的自我意识从此清晰起来，自我期许也更清晰坚定。

清余怀《板桥杂记》记录了历史上真实存在过的秦淮名妓李香的轶事：

> 李香，身躯短小，肤理玉色，慧俊宛转，调笑无双，人名之为"香扇坠"。余有诗赠之曰：生小倾城是李香，怀中婀娜袖中藏。何缘十二巫峰女，梦里偏来见楚王。武塘魏子中为书于粉壁，贵阳杨龙友写崇兰诡石于左偏，时人称为三绝。由是，香之名盛于南曲，四方才士，争一识面以为荣。①

李香即李香君的原型，她因娇小慧黠而被称为"香扇坠"。这一绰号或诨名，出自欢场狎客之口，嘲谑调笑，却具有真实的万钧之力，道出了她婉转可人却又不脱玩物性质的人生，具有难以明言的悲剧性。这一外号给孔尚任留下的深刻印象，剧中《访翠》一出还有部分保留。当众人在清明盒子会上饮酒行令时，香扇坠一再被当作话题。首先，它被坐实为侯方域的所有物，这个海南黄花梨木做的精美、珍贵的物事，被侯方域作为打赏抛给了楼头吹箫奏技的李香君，后者则用冰绡汗巾包以樱桃作为回赠。此时香扇坠具有了非常复杂的含义：既

141

---

① 余怀《板桥杂记》中卷"丽品"，《青楼集及其他四种》，载《丛书集成初编》第2734册，上海商务印书馆1939年版，第13页。

是狎客给歌妓的缠头，又是钟情男女的表赠，同时也指涉了现实中李香的诨名。在随后的饮饯宴席中，众人行酒令时，扇坠又是首当其冲的"酒底"（饮酒后所行之令）。侯方域作诗一首以为酒令："南国佳人佩，休教袖里藏；随郎团扇影，摇动一身香。"既是咏物，也是在向香君表白心迹。此诗明显是从现实中李香的外号发兴取象，字面上又受到余怀诗的影响，但并不像余怀原诗那样流于轻浮。对孔尚任来说，随着扇坠和扇的比喻先后出现，"桃花扇"这个全剧之眼已经准备好了物质的一面。

虽然真正的桃花扇直到《守楼》一出才因香君之血而诞生，但"桃花"这一譬喻意象则早已出现。《眠香》描写侯、李二人的正式结合，梳拢之夕，侯方域以宫扇相赠，并题诗其上：

> 夹道朱楼一径斜，王孙初御富平车。青溪尽是辛夷树，
> 不及东风桃李花。（第六出《眠香》）

辛夷即紫玉兰，属木兰科，落叶乔木，高数丈，木有香气。因王维有《辛夷坞》诗"木末芙蓉花，山中发红萼。涧户寂无人，纷纷开且落"，往往与隐士发生关联；玉兰花苞长半寸，俨如笔头，俗称木笔，也常与文人发生联想。

剧中此诗是以现实中侯方域《赠人》诗为蓝本的：

> 夹道朱楼一径斜，王孙争御富平车。青溪尽种辛夷树，
> 不数东风桃李花。①

该诗可能又受宋姚述尧《点绛唇·兰花》词影响："一种幽芳，自有先春意。香风细。国人争媚。不数桃和李。"②"不数桃和李"一句，褒兰花而抑桃李，几乎原样出现在侯诗中。姚词原本夸赞的是兰花，但侯诗借用过来说辛夷（紫玉兰）也相当贴切。兰有国香，不论泽兰、佩兰、兰花还是玉兰，皆可移用，它们有同一种芳洁的品格。

---

① 侯方域《四忆堂诗集》卷二《赠人》，清顺治（1644—1661）刻本，第8页。
② 姚述尧《点绛唇·兰花》，载唐圭璋编纂，王仲闻参订，孔凡礼补辑《全宋词（简体增订版）》第3册，中华书局1999年版，第2016页。

"不数"意谓不亚于、不次于，也即相当之意。"青溪尽种辛夷树，不数东风桃李花"，是说清溪一带所植众多紫玉兰数量和美丽不亚于桃李花，意在表明当时金陵文士之多，与秦淮歌妓之盛相仿佛。[①] 在一般语境中，以桃李比青楼女子很常见，侯方域《赠人》所寄可能就是"桃李花"中的一位，甚至可能就是香君本人。香君无疑常被比为桃花，她随养母李贞丽得姓，剧中又以"李代桃僵"指称李贞丽代替她嫁给田仰的情节。在文士眼里，香君等青楼女子都是春风中秾艳繁盛的桃李花。侯方域将玉兰与桃李等量齐观，体现了对秦淮诸姬的平等相待，难能可贵。剧中诗改"不数"为"不及"，等于进一步让侯方域自叹辛夷比不上桃李，也就是我们文人比不上你们歌妓。这预示了香君后来的亮烈和决绝，看似凡俗的桃李花一旦高洁贞静起来，连一向清高的玉兰也要自愧不如，也微寓对侯方域等文人不能始终坚持气节的贬意。一字之别，却是相当重要的春秋笔法。

从欢场中被呼为"香扇坠"的李香，到剧中画家杨文骢笔下赋有国香的墨兰，再到剧中侯方域笔下众桃李中的一员，李香君是众人眼中诸多形象的叠合。当她怒脱钗钏、退还阮大铖妆资时，行为之高洁近于兰，是花中君子；第二十三出《寄扇》，当她看到自己溅在扇上的鲜血，"脸上桃花做红雨儿飞落"（【甜水令】），体认到桃花和自己的某种相似性。当杨文骢将扇上血点画作桃花，她当下了悟这就是自己的写照：美好、娇艳，却又破碎飘零。可以说，这一次李香君的自我意识在先，杨文骢的点染刻画在后。这把画扇就此成为最重要的切末和全剧之眼。孔尚任自言，作剧的笔是龙，桃花扇就是珠，龙睛龙爪总不离珠。（《凡例》）

---

① 合注本《桃花扇》认为，侯方域原诗"以辛夷树较桃李花为可贵，跟这里（剧中）引用的意思正相反，疑作者（孔尚任）因香君姓李，因此以桃李比香君，说它为辛夷树所不及"（第50页）。这个看法有半是对的，但侯的原诗是说辛夷与桃李相当，并非说辛夷更可贵。孔尚任的改作则认为桃李比辛夷更可贵，这也是全剧褒扬香君品格的题眼，并对历史上侯方域最后的改节出仕有所贬抑。

从兰香到桃夭，不仅是画师杨文骢在描画香君，也是香君在自我认识和自我写照，最终她获得了自性的体认。借由桃花写照，香君最终确认了"我是谁"这个重要问题，走出了自我认识非常重要的一步，而这一步依然是在杨文骢的帮助下达成的。就像当初他题画墨兰并以兰为之命名，这一次是杨文骢将香君额血点染作桃花，使侯、李二人作为定情表赠之物的诗扇成为完具的"桃花扇"。之前的诗扇只包含宫扇以及侯方域的题赠诗，很可能也包括连缀其上的扇坠。对李香君来说，它们要么本来是侯方域的，要么是作为缠头赠予自己的，还有意无意连带着其他狎客所奉赠的"香扇坠"这一外号。从前这柄诗扇中并不含有李香君任何主动的自我意识或行动，她只是被动地被观看、被题赠、被赋予。当它从诗扇变成了真正的"桃花扇"，浸染了李香君血的体认和自我了悟，也就成了李香君的化身和写照。此扇也与历来典故指涉的"桃"关联密切，举凡"桃之夭夭"的婚姻期待、"桃叶桃根"的一度钟情、"人面桃花"的邂逅又离别，尽在其中。这柄桃花扇因此被当作画像和书信远寄侯方域。以《牡丹亭》为代表的明清戏曲小说中多有女子自画小像、自描春容并题赠情人的情节①，李香君对自己与桃花的二而一的体认，使此扇具有了与香君画像同等的性质。这把诗画之扇此时也成为完整的：有男主角侯方域的题诗，有女主角李香君的血、自我意识，有杨文骢的画笔，可能还有从前那枚小小的香扇坠，它是当初侯方域从盒子会的楼下抛给香君的钟情表赠，也是现实中的原型李香在剧中留下的真实投影。借此，香君整合了自身，获得了相对稳定和独立的自性，但这并不意味着李香君就此完成了自我认识，她还将在动荡的大时代里获得新的发现和认知。

---

① Judith T. Zeitlin, "The Life and Death of the Image: Ghosts and Female Portraits in Six-teenth-and Seventeenth-Century Literature." In Body and Face in Chinese Visual Culture, ed. Wu Hung and Katherine R. Tsiang. Cambridge, Mass.: Harvard Asia Center Publications, 2005, pp. 229 – 256.

从另一个角度，墨兰与桃花不仅是香君写照，也是画师的自我表现。杨文骢不但刻画香君，也刻画出了他自身的审美和性情。杨文骢除了是香君的刻画者，还是天台游仙的指路人。

游仙桃源：“渔郎”杨文骢

侯、李二人的爱情故事线，显然是以刘、阮入天台的传说为蓝本的：

> 汉明帝永平五年，剡县刘晨、阮肇共入天台山（《太平御览》多“取穀皮”三字。穀从殻从木，即楮，也称构树，其皮可入药），迷不得返，经十三日，粮食乏尽，饥馁殆死。遥望山上有一桃树，大有子实，而绝岩邃涧，永无登路。攀援藤葛，乃得至上。各啖数枚，而饥止体充。复下山，持杯取水，欲盥漱，见芜菁叶从山腹流出，甚新鲜，复一杯流出，有胡麻糁，相谓曰：“此知去人径不远。”便共没水，逆流二三里，得度山，出一大溪。
>
> 溪边有二女子，姿质妙绝。见二人持杯出，便笑曰：“刘、阮二郎捉向所流杯来。”晨、肇既不识之，[何]缘二女便呼其姓，似如有旧，乃相见而悉。问：“来何晚耶？”因邀回家。
>
> 其家简瓦屋，南壁及东壁各有一大床，皆施绛罗帐，帐角悬铃，金银交错。床头各有十侍婢，敕云：“刘、阮二郎，经陟山岨，向虽得琼实，犹尚虚弊，可速作食！”食胡麻饭、山羊脯、牛肉，甚甘美。食毕，行酒，有一群女来，各持五三桃子，笑而言：“贺汝婿来。”酒酣作乐，刘、阮欣怖交并。至暮，令各就一帐宿，女往就之，言声轻婉，令人忘忧。
>
> 十日后，欲求还去，女云：“君已来是，宿福所牵，何

复欲还邪?"遂停半年。气候草木是春时,百鸟啼鸣,更怀悲思,求归甚苦。女曰:"罪牵君,当可如何!"遂呼前来女子有三四十人,集会奏乐,共送刘、阮,指示还路。

> 既出,亲旧零落,邑屋改异,无复相识。问讯得七世孙,传闻上世入山,迷不得归。至晋太元八年,忽复去,不知何所。①

这是一段经典游仙故事,因为时代较早,还保留了朴拙的本色。天台即浙江天台山,桃源洞是它的一处胜迹。天台作为自然景观突出的名山,在东晋孙绰《游天台山赋》写成后影响很大,有关道教传说也越来越兴盛,天台桃源洞被视作三十六洞天中的第三十五洞天,"刘阮入天台"就是对洞天的想象之一。第二十八出《题画》中侯方域曾自比刘、阮重到桃源:"【鲍老催】这流水溪堪羡,落红英千千片。抹云烟,绿树浓,青峰远。仍是春风旧境不曾变,没个人儿,将咱系恋,是一座空桃源。趁着未斜阳,将棹转。"这里的桃源显然是指刘晨阮肇所误入的天台桃源。第二十五出《选优》中李香君借《牡丹亭·寻梦》中杜丽娘的唱词"为甚地玉真重溯武陵溪",表达对逝去恋情的追怀,也是以天台游仙故事中女主角自比。而古人笔下的"游仙"很多时候就是狎妓的委婉语,《桃花扇》相当于恢复了这一词语的本义和真相。

不过,《幽明录》版的天台故事中出现的不是桃花,而是桃实,桃实恰更符合汉代以来"东方朔偷桃"等仙家传说。后因陶渊明《桃花源记》的渗入影响,人们引用刘、阮故事时,常常用桃花代替原本的桃实,元王子一杂剧《刘晨阮肇误入桃源》即是如此。从隐喻的角度,侯、李二人间的恋情原本就是一种无结果的艳遇,自一开始,二人就很清楚这是一种"梳拢"关系,没有"桃花贪结子"的

---

① 刘义庆撰,郑晚晴辑注《幽明录》卷一,文化艺术出版社1988年版,第1~2页。另外,陶渊明《搜神后记》"剡县赤城"则(《丛书集成初编》本,上海商务印书馆1936年版,第15~16页)与刘晨、阮肇故事颇为相像。

非分之想。第二十三出《寄扇》中香君"只愿……三月三刘郎到了，携手儿下妆楼，桃花粥吃个饱"这段唱词，表明刘、阮入天台式的"游仙"就是她和侯方域之间悲欢离合的本相，而他们的"桃源"至少此时还跟避世遗民之思无关。吃"桃花粥"而非天台故事中的吃仙桃，同样隐喻他们的爱情有花而无果。

天台游仙故事和桃花最终关联在一起，也是因为"桃（花）"这一意象自来纠合了太多与恋情婚姻相关的意蕴。

《诗经·周南》"桃之夭夭"是与"之子于归，宜其室家"的婚姻祝福相连的，但侯、李二人"成亲"仪式虽然有两情相悦和彼此表记，有妆奁，有宾客，有宴饮，拜堂却与真正的大婚不同，又是在妓院举行，一切都在提示对婚姻的模仿，同时又暗示它并不完整、似是而非，只是一场梳拢，构成隐隐的反讽基调。

"桃"这一词汇，唤起的也并不都是合乎伦理的婚姻想象，《桃叶歌》表现了王献之对爱妾桃叶桃根的深情，"缘于笃爱，所以歌之"[1]，是一种婚姻之外的爱恋，而且故事中的"桃叶渡"就在侯、李二人恋情的发生地金陵秦淮河。

当侯方域重到媚香楼，感慨"应有娇羞人面，映着他桃树红妍；重来浑似阮刘仙，借东风引入洞中天"（第二十八出《题画》），不仅有刘阮重入天台之意，也与崔护"人面桃花"一诗表达的邂逅旋即分张的情境相似。[2]

归根结底，剧中侯、李二人之间本非我们今天所说的爱情，而更像一场有条不紊、按部就班的临时婚姻。恰好当时侯方域"书剑飘零""虽是客况不堪，却也春情难按"，李贞丽又正为年始及笄的李香君物色理想的梳拢客，经杨文骢、苏昆生等人的绍介、撮合、提

---

[1] 郭茂倩编《乐府诗集》卷四五《桃叶歌》题解引《古今乐录》，中华书局1979年版，第664页。

[2] 崔护"桃花人面"的故事与刘阮入天台颇有相似之处，但情节简单，把背景诚实地设置在人间，也并没有将女子的身份仙女化。

调，侯、李二人短暂的"准婚姻"终得成就。种种程序、形式使它近乎包办婚姻的简化版，其中又不乏当事者的合意，但旁观者和当事者其实都清楚它并非真正的婚姻，也不带有婚姻隐含的各种诉求：偕老的期待、家族的联合、后代的生养等，从而使其形似并不以婚姻为旨归的爱情。因此，用天台桃源这个游仙故事来表述侯、李二人的遇合就再合适不过，其中有出自偶然钟情的强烈个人色彩，又撇开了伦理规范、家族责任等一切沉重的婚姻附加物，像一个美好的梦境，虽然终有梦醒时刻。

刘阮入天台这一桃源游仙故事复杂而耐人寻味，几乎同时包蕴了婚恋、仙境、分离诸元素，富有戏剧性，又深具原型性质。《桃花扇》以之作为侯、李恋情的基础来生发想象、孳乳情境和细节，恰可以跟侯方域的题诗、扇上折枝桃花图相辉映，是孔尚任曲家匠心的体现。元杂剧《误入桃源》的部分情节也被孔尚任加以改造和吸收。据前引《幽明录》，刘晨、阮肇进山本来目的是取穀皮（构树皮、楮树皮），但不幸迷路，最终靠自己进入仙境。到元杂剧《误入桃源》中，这一情节已变为桃源洞并非他们无意闯入，而是由太白金星扮作樵夫将其有意领入，意在成就其夙世姻缘，这一改编至少在形式上被孔尚任借鉴过来了。侯方域、李香君二人的桃源"游仙"经历，正需要一个类似的引路人角色，剧中这一角色是由杨文骢来担当的。

通常命名、择婿、送女儿出嫁这些事情是由父亲来完成的，但现实中香君父亲角色是缺席的，杨文骢由于跟香君养母李贞丽的情人关系，实际相当于香君的代理父亲，并摄行了部分父职。画墨兰并以之为香君命名，表明杨文骢敏锐地体察到了香君某种尚未彰显的性格特质：清高，刚烈，决绝，同时这一命名也包含了父亲（包括代理父亲）期待女儿具有某种不同流俗的品性。这个代理父亲也需要为养女物色"佳婿"，哪怕这只是一个欢场上特定情境下的婚姻代替品："梳拢"。剧中正是杨文骢相中了侯方域，认为他是梳拢香君的最佳人选，这个准父亲正是在借此恪尽父职。当侯、李二人"成亲"时，其妆奁酒席也正由杨文骢代为备办。所费奁资虽出于阮大铖，杨文骢居间的操持备办却并非虚情。一切迹象表明，他是《误入桃源》中指路的太白金星一类的角色，是他将男女主角撮合牵缩到一起，引出之后的连串情节。

但指引仙源路径只是人物功能之一，杨文骢在侯、李二人"成亲"合卺之夕所赠催妆诗，还部分地保留了他作为香君代理父亲之外的复杂身份和微妙心态：

> 生小倾城是李香，怀中婀娜袖中藏。缘何十二巫峰女，
> 梦里偏来见楚王。（第六出《眠香》）

从《板桥杂记》我们已经知道，这本是余怀给李香的赠诗，还带有狎客的口吻。父亲送女儿出嫁的诗通常不会是这种语调。剧中杨文骢作为香君养母李贞丽的相好，其青楼狎客的身份其实一直都在。当他面对初长成的李香君，那种青春女性显露的魅力对他构成了微妙的压力，这本质上是一种性的张力。对他来说，以准父亲自居，这种性张力似乎可以消释一部分。这首催妆诗本出狎客之手，被嫁接到杨文骢这个代理父亲身上，恰好合乎他的双重身份和复杂况味。孔尚任未必不能代剧中人物杨文骢另拟一首，但全取余怀的现成篇章却获得了意外的反讽效果。它表明，杨文骢终究不是李香君的父亲，哪怕是临时的代理父亲。他只是一个居间作伐者，就像货物买卖中为双方牵线搭桥的掮客，跟余怀一样，同是秦淮欢场客。他们为歌妓作的诗，当然也都是相似的狎昵口吻。正是这些复杂和微妙处使得杨文骢这一人物没有流于工具化，而是具有自身深层心理动机和行为逻辑。

此时，在杨文骢笔下，李香君不再是他曾叹赏不止、赋有国香的兰，而恢复成秦淮楼头被称作"香扇坠"的欢场女子李香。现实及其粉饰间的裂缝由此欲盖弥彰，侯、李二人也并非真正的拜堂成亲，仅仅是一场似是而非的婚姻的模拟，是有花无果的艳遇和游仙。孔尚任仅以这首催妆诗，就给杨文骢之前貌似恪尽父职的形象加上了反讽的滤镜。而在同一出的末尾，郑妥娘和张燕筑当场就为皮肉交易讨价

还价，以及次日一早妓院保儿出场倒马桶诨谑不已，可以与此合观，共同构成对侯、李二人"成亲"仪式的深刻反讽。

李香君入宫后，画家蓝瑛借住在媚香楼，侯方域重到楼中，应蓝瑛之请在《桃源图》上题诗：

原是看花洞里人，重来那得便迷津。渔郎诳指空山路，留取桃源自避秦。（第二十八出《题画》）

意谓渔人以前就进入过桃花源，如今重到怎么会迷路呢？想必是他故意指错路不让人找到，要把这个世外桃源留给自己以遁世吧。这个故意指错路的渔郎当然是指杨文骢，侯方域借用避秦桃源中不无机心的渔人形象，表达自己对杨文骢的不满。这里的桃源却不再是刘、阮游仙的天台桃源，而是剧中第二重意义上的桃源——来自陶渊明笔下的避秦桃花源。侯方域这首诗让全剧从游仙桃源过渡到了避秦桃源，杨文骢曾经是天台桃源中指引过侯、李二人游仙路径的渔樵式角色，却并非避秦桃源的接引人，柳敬亭才是。

避秦桃源："渔父"柳敬亭

《桃花扇》剧中除了存在天台游仙桃源，还存在另一个作为避世乌托邦的桃源，这主要是由陶渊明《桃花源诗并记》所塑造的。"桃花源"一直是中国人心中乌托邦式理想社会的代名词，既具有本土特点，又有现实色彩，但它更多是陶渊明的艺术创造。①

桃源社会理想有一定的现实依据。从汉末至东晋，战祸频仍，各地人民往往逃入深山险境聚居避难，有的形成堡坞

---

① 陈寅恪《晋代人口的流动及其影响（附坞）》（载《陈寅恪魏晋南北朝史讲演录》，黄山书社 2000 年版）、"桃花源记旁证"（载《陈寅恪集·金明馆丛稿初编》，生活·读书·新知三联书店 2001 年版）及唐长孺《读"桃花源记旁证"质疑》（载《魏晋南北朝史论丛续编》，生活·读书·新知三联书店 1959 年版）等论著对此皆有考证。

社会，但其中仍是等级制度森严。桃源则与之根本异趣。桃源理想，作为一种文化理想，更重要的成因是对于传统文化思想的继承与发展。她吸取了《礼记·礼运》大同社会"天下为公""人不独亲其亲，不独子其子，使老有所终，壮有所用，幼有所长"等思想，而扬弃了其"选贤与能"之成分；她吸取了《老子》"小国寡民，虽有什伯之器而不用""甘其食，美其服，安其居，乐其俗"等思想，而扬弃了其"民至老死不相往来"及"绝仁弃义"之成分（桃源尚有古礼）。她可能还吸收了魏晋以来从阮籍、嵇康到鲍敬言的无君论思想。终于是自成一新天新地、新境界。《桃花源诗并记》，堪称《礼记·礼运》以降，中国文化之一大瑰宝。①

这段分析切中肯綮，指出中国乌托邦从《礼运》大同社会理想以来的一路演变，陶渊明《桃花源诗并记》在其中是非常重要的一环。

《桃花源记》故事主角是无意中到过世外桃源的渔人。在《搜神后记·桃花源》的版本中，他甚至拥有确凿姓名，姓黄名道真，因俗心未尽，不但要返家，还在路上处处标记并向当地太守报告，结果永失桃源。与诗并行的《桃花源记》末尾加入了刘子骥寻而不得的情节，让这一故事更有文人气息，从此寻而不得的就不再只是渔人了，而是所有的文人。《桃花扇》也承袭了《桃花源记》的渔人角色，柳敬亭就是剧中避秦桃源的渔人和守护者。

剧中柳敬亭本是滑稽之雄，是东方朔的传人和镜像。史书和逸事中的东方朔原本就是介于文人和优人之间的形象，用余英时的话来说，是一个"俳优型的知识分子"②。在侯方域这些清流士人眼中，说书的柳敬亭就等于诙谐滑稽的东方朔，是士人、清流，是他们中的

---

① 吴小如等《汉魏六朝诗鉴赏辞典》，上海辞书出版社 1992 年版，第 513 页。本条撰写者为邓小军。
② 余英时《中国知识分子的古代传统——兼论俳优与修身》，载《士与中国文化》，上海人民出版社 1987 年版，第 115 页。

一员。听说柳敬亭不肯做阮大铖门客，陈贞慧、吴应箕立即将其视为复社同道，这是对他人品的赞扬。柳敬亭讲说《论语·微子》"太师挚适齐"故事，这段"夫子自卫反鲁，然后乐正。那些乐官恍然大悟，愧悔交集，一个个东奔西走，把那权臣势家闹烘烘的戏场，顷刻冰冷"，与通行《论语》注疏的解释不相同。注家认为采用了贾凫西《木皮散人鼓词》①，出自野史稗官，却其来有自。历来滑稽家如东方朔正是"多博观外家之语"，"外家非正经，即史传杂说之书也"。②柳敬亭这样的说书人衡量品鉴史事，要在无稽中显出奇怀，与诗人作诗类似，同时又显示出不为主流所框架和牢笼的疏离与反讽。侯方域、陈贞慧、吴应箕听了这段说书，赞叹他"人品高绝，胸襟洒脱，是我辈中人，说书乃其余技耳"（第一出《听稗》）。这是对他讲书评史表现出来的独特观点的认可。第十出《修札》，当柳敬亭主动请缨去左营下书，侯方域再次以"我辈中人"相称扬。这是对他勇于担当的士人精神的认可。柳敬亭以说书为业，职近俳优，但精神内核是士人的，堪称东方朔的化身。他对此也有清醒的自我认知，自称"诙谐玩世东方老"。左良玉也一见即许之为"滑稽曼老"，"这胸次包罗不少，能直谏，会旁嘲"（第十一出《投辕》）。

《桃花扇》一剧中，逸出主要剧情外的关目往往是"后设戏剧"的重要构成，具有重要的自我指涉功能和框架意义。③加第二十一出

---

① 《桃花扇》注六六，第 15 页。
② 司马迁撰，裴骃集解，司马贞索隐，张守节正义《史记》（点校本二十四史修订本）卷一二六"滑稽列传"注引司马贞《索隐》语，中华书局 2014 年版，第 10 册第 3892 页。
③ "后设剧场"（metatheatre）及相关的"后设戏剧"（metadrama）最早由莱昂内尔·阿贝尔（Lionel Abel）等人提出。理查德·霍恩比（Richard Hornby）把后设戏剧分为戏中戏、戏中仪式、角色中的角色扮演、文学与真实人生的指涉、自我指涉五种类型，参见 *Drama, Metadrama, and Perception*（Lewisburg, Pa.：Bucknell University Press；London and Toronto：Associated University Presses, 1986, p. 32.）、陈芳《"后设"戏中戏：明清古典戏曲的自觉建构》，《中国学术年刊》第 42 期，2020 年 9 月，第 147～172 页。

《孤吟》嵌套戏中戏，当老赞礼再往太平园看演《桃花扇》，评价"司马迁作史笔，东方朔上场人"，很值得注意。这里的司马迁指剧作者孔尚任，东方朔是谁呢？只能是柳敬亭。老赞礼是孔尚任的旁观者式的分身，孔尚任借他之口自比司马迁，又将柳敬亭比作东方朔，一个作剧，一个演剧；一个发愤著书，一个诙谐应工。柳敬亭的形象也包含了作者孔尚任的部分自我投射，既冷峻又热烈，既粉墨登场亲自入戏，又冷眼观瞧、精辟预言、与舞台中心拉开了一个反讽的距离，其戏份和重要性是老赞礼和苏昆生也不能与之相比的。总之，柳敬亭这一东方朔式的、俳优而兼士人的角色，既是身在剧中的说书人，是复社公子们认可的"我辈中人"，但又比他们看得高远行得彻底；当身在剧外、处于后设戏剧架构时，他又是最能瞧破和体现作者之意的人物。

柳敬亭是情节主线中"滑稽曼老"东方朔式的人物，但在更大的社会图景和时间框架中，他又担当了避秦桃源的寻找者与引路人的角色。这在第一出《听稗》中有重要线索。说书之前，柳敬亭引用了李白《山中问答》作为开场诗："问余何事栖碧山，笑而不答心自闲；桃花流水杳然去，别有天地非人间。"人在桃花流水的碧山深处，正是以桃源中人自比。这一出里柳敬亭所说《鼓词四》，借别人酒杯浇自家块垒，"这击磬搏鼓的三四位，他说：'你丢下这乱纷纷的排场俺也干不成……俺们一叶扁舟桃源路，这才是江湖满地，几个渔翁。'"这是他才出阮大铖家的现身说法。【解三醒】曲子的末句"重来访，但是桃花误处，问俺渔郎"，也预为后文情节埋下伏笔，是对侯、陈、吴三人所说，尤其针对侯方域桃源游仙梦醒，但又尚未领悟避秦桃源所在的苦闷时刻。

不难看出，剧中柳敬亭就是渔父，是避秦桃源的接引人和守护者。他心在桃源而身为滑稽，一旦时势需要，他立即担起与士人同样的责任，义不容辞地投札军营，凭借游说本领安顿局面。但他与士人又并不一样，虽然他们在南明亡国后一同归隐，但三年以后侯方域等人纷纷应考、出仕，柳敬亭则一直隐居山中，坚守着桃花源。他不是《桃花源记》中颇有机心、俗情未尽的那位渔人，而是历来文人隐逸文学中永恒"渔父"的化身。

剧末，渔人、樵子、采药人隐居山中，这渔人正是柳敬亭，他唱起弹词《秣陵秋》，与老赞礼神弦歌《问苍天》、苏昆生北曲【哀江南】，渔樵同话，总结离合，管领兴亡：

> 陈隋烟月恨茫茫，井带胭脂土带香；驳荡柳绵沾客鬓，叮咛莺舌恼人肠。中兴朝市繁华续，遗孽儿孙气焰张；只劝楼台追后主，不愁弓矢下残唐。蛾眉越女才承选，燕子吴歈早擅场；力士签名搜笛步，龟年协律奉椒房。西昆词赋新温李，乌巷冠裳旧谢王；院院宫妆金翠镜，朝朝楚梦雨云床。五侯阃外空狼燧，二水洲边自雀舫；指马谁攻秦相诈，入林都畏阮生狂。春灯已错从头认，社党重钩无缝藏；借手杀仇长乐老，胁肩媚贵半闲堂。龙钟阁部啼梅岭，跋扈将军噪武昌；九曲河流晴唤渡，千寻江岸夜移防。琼花劫到雕栏损，玉树歌终画殿凉；沧海迷家龙寂寞，风尘失伴凤彷徨。青衣衔璧何年返，碧血溅沙此地亡；南内汤池仍蔓草，东陵辇路又斜阳。全开锁钥淮扬泗，难整乾坤左史黄。建帝飘零烈帝惨，英宗困顿武宗荒；那知还有福王一，临去秋波泪数行。（续四十出《余韵》）

从前诙谐玩世、直谏旁嘲的滑稽曼老柳敬亭，在左良玉死后，曾经托蓝瑛为之画像，又请钱谦益题赞，每逢年节祭拜，以尽知己报答之意。至此，在孔尚任笔下，这位气节比士人有过之而无不及，又有作者一部分自我投射的东方朔兼优孟，完成了场内场外酬知己、结兴亡的戏份和责任，可以逃向深山，完美下场了。

蓝瑛四幅：双桃源及其结穴

蓝瑛是孔尚任钟爱的画家。孔尚任论画，既重写意，又讲求笔法技巧，认为画不能不关痛痒，必须抒发真情，又要笔意精到。明末清初的画家中，他相当推崇蓝瑛和陈洪绶。蓝瑛的画，孔尚任题跋过的有三幅：《渔乐图》，评曰"烟树迷离，脱尽蹊径，为平生合作"；《秋山访友图》，评曰"本色""点染可观"；《菊竹秋兰图卷》，评曰"风格超逸，可追白阳"。① 蓝瑛弟子陈洪绶的作品，孔尚任也很宝爱。还有谢时臣，孔尚任称其画笔致疏秀，诗、书俱佳。这些名手介于文人画家与职业画家之间，孔尚任认为他们往往能兼二者之长，意趣和笔墨皆有，秀润灵逸，技法精工。

《桃花扇》一剧中至少包括画家蓝瑛四幅作品：媚香楼壁上所画拳石，赏心亭上所挂仿周昉《雪图》，为张瑶星松风阁照屏所作《桃源图》，以及为张瑶星白云庵所作四壁《蓬瀛》图。《桃源图》固然最重要，与扇上折枝桃花一样具有重要的隐喻和结构功用，其他几幅相对不太引人注意，但同样值得分析。

蓝瑛画作首先出现在香君妆楼墙壁上。杨文骢第一次出场，见妆楼壁上除了有名公题诗，还有蓝瑛所画拳石，于是在其旁添上墨兰，并就此为媚香楼命名、给香君起号。据余怀《板桥杂记》，"诡石崇兰"原本都是杨文骢所画，但剧中改为壁上早有蓝瑛现成的拳石，杨文骢只是添上了墨兰。这样设计，一是可以将蓝瑛这一人物尽早引出，也暗中预告了他是较重要的角色、后文中还将出场；二是杨文骢画兰一事的重要意义由此凸显，重要到它只作为单独的事件出现。

《雪图》是指《袁安卧雪图》，唐宋不少名画家都画过。大中祥符年间，丁谓出典金陵，真宗以《袁安卧雪图》赐之，或言周昉手笔。丁谓建赏心亭，中设巨屏，置图其上。② 剧中马士英等人在赏心亭饮酒看雪，亭上所张即蓝瑛所仿《卧雪图》。这一情节影射了马士英对丁谓的模仿，也由杨文骢引出蓝瑛，为下文将他安排到媚香楼暂

---

① 参见《蓝瑛渔乐图》《蓝瑛秋山访友图》《蓝瑛菊竹秋兰图卷》，载《孔尚任诗文集》第3册卷八，第600~601页。

② 参见王闢之撰，吕友仁点校《渑水燕谈录》卷七，中华书局1981年版，第92页。

住张本，还暗示了蓝瑛跟马士英、阮大铖等人的关联往来，这是符合职业画家蓝瑛生平行迹的。①

至于《桃源图》对全剧的重要自不待言，明清画家桃花源题材相当普遍。石守谦认为，桃花源有强烈的自然山水美景的形象，是以一种理想化的山水形象来做展开的基础。从八九世纪，桃花源传说便与桃源图绘出现了紧密的共生关系。整个桃花源意象，很早便以文字与图绘两种不同形式共同完成，并持续发展。他将历来桃花源图分成四类：仙境式的、人世化的、风俗图式的和隐居山水式的。② 我们认为，后三种都是从陶渊明的《桃花源记》而来，只是表现的侧重点不同；第一种所谓古桃源图，则从天台桃源传说而来，也就是刘晨、阮肇入天台故事的扩展。陶渊明《搜神后记》中"剡县赤城"故事，与刘、阮入天台情节高度相似。可见当时的确流传着这样的传说，陶渊明对这种洞天仙境式传说是知悉的，且不无可能受其影响，但他本人更倾心于有人情温暖的、不受人间政治力干扰的田园样态的桃源。这种乌托邦从《老子》《礼记》等先秦经典一路承袭下来，渊源有自，又有变化。历代文人对美好的避世乌托邦皆有想象，这种想象正是以陶渊明为代表和集大成的，它此后成为中古文学的重要母题和盛唐隐逸世界的原型之一。③

蓝瑛有关桃花源题材的画作流传下来不少，如檀香山艺术学院所藏《桃花源》，故宫博物院藏《桃花渔隐图》《云壑藏渔图》，其他还有《桃源仙境图》（也称《武陵源图》）等，孔尚任当时所见蓝瑛桃源主题的画作应该更多。显然，蓝瑛喜爱和擅长此题。他此类画作的特点很明显。首先，桃花的形象在画中都很突出，优美明妍，在小青

① 参见吴敢《蓝瑛散究》，《中国美术学院学报》2017 年第 12 期，第 18~25 页。

② 参见石守谦《移动的桃花源：东亚世界中的山水画》，生活·读书·新知三联书店 2015 年版，第 31~49 页。

③ 参见萧驰《问津"桃源"与栖居"桃源"——盛唐隐逸诗人的空间诗学》，《中国文哲研究集刊》第 42 期，2013 年 3 月，第 1~50 页。

绿的背景中显得异常鲜润。在檀香山艺术学院藏蓝瑛《桃花源》图轴中，干脆没有人物，只在山的最远处隐隐有屋宇在望，前景整个中心几乎全由盛开的桃花占据。这更直接表明桃花是蓝瑛的趣味焦点。蓝瑛所作桃源图另一特点是其中的小船上时有红衣人物，或向人对谈，或听人吹笛①，且红衣人有时作官员装扮，如著名的《桃花渔隐图》。点画红衣官员，也许意在表明居官慕隐之意，类似画作可能原本就是蓝瑛为官员定制的。② 从剧中侯方域的题画诗来看，他所见蓝瑛《桃源图》中，应该也有渔人以及向渔人做打听状的寻访者，很可能就是有红衣人与渔人攀谈的那一类画作。

总之，蓝瑛诸多桃源主题的画作，既没有仇英笔下隐士高人强烈的避世气息，也并不像另一些画家主要以耕织场景演绎桃花源故事，而是以表现山水中的桃花为主，即便有人物出现，也并非画作中心，但他的确爱将红衣人向渔人打听桃源的情境纳入图中。孔尚任应该见过蓝瑛这类画作，因而以这种构图为蓝本，替侯方域造作了那首《桃源图》诗，诗的焦点则放在图中渔人身上。

侯方域的题画诗责备渔人可能是故意指错路径，不让自己找到真正的桃源仙境。显然，侯方域为媚香楼空、香君已去而感伤唏嘘，故而自比蓝瑛画中向渔人问路的仙源寻访者，也是自比陶渊明笔下无功而返的刘子骥。此诗立意新奇，角度别致，又与《桃花源记》原文以及蓝瑛的图画形成生动的互文，提供了原文和画作本来没有或未挑明的意义。侯方域是在以诗抒怀，也是在以诗诠释眼前的画，同时以诗诠释陶渊明的千古奇文。那怡然自在的、人类永恒念想的仙境般的乌托之邦，在此展现出深厚勃发的原型之力。

那么，剧中同时存在的游仙桃源和避秦桃源是何种关系呢？

---

① 与人对谈者如《桃源仙境图》（中国嘉德2005春季拍卖会）、听人吹笛者如《桃源春霭图》（青岛市博物馆藏），自己吹笛者如《桃源行舟图》（西泠印社拍卖品）。
② 这与仇英不同，仇英的代表作《桃源仙境图》《玉洞仙源图》两画中以工笔作人物，文人隐士身穿白衣，或自己抚琴，或听人弹奏，没有官员的痕迹。

《题画》一出，蓝瑛、侯方域、杨文骢先后来到媚香楼，两位画家和题画者相遇了，这也意味着杨文骢点染的桃花扇与蓝瑛所作《桃源图》相逢，剧中双桃源两条线索交叉了。诗扇的折枝桃花是作为离合情，蓝瑛《桃源图》则是作为家国梦断的避世乌托邦，此刻侯、李二人的"离合情"和王朝命运的"兴亡事"一同显影，前者只是后者的一个局部、细节，折枝桃花正是从桃源中折来，桃花扇也只是桃源图景众多拼图中的一块。桃花扇曾相当于李香君的画像，并作为侯、李二人恋情的凝结和证物，当作为折枝桃花更大背景的《桃源图》出现，桃花扇原本的重要性就开始淡化了，游仙也开始向避秦转化。

桃花扇和《桃源图》上皆有侯方域题诗，都与桃花密切相关，但情形有所不同：一为题扇，一为题屏；一先有题诗，一先有画作；一是定情之作，一是别后所作。当后一次侯方域在《桃源图》上题诗时，读者不得不正视桃花扇与《桃源图》的关系，扇上桃花只能被视为从武陵源折来，也不可能离开这个背景去看它。不必等到最后在栖霞山道观相见并被张薇点醒，侯、李二人的故事结局已经在这一出揭示明白了。当然，侯方域的觉悟并没有那么早：

> 【鲍老催】这流水溪堪羡，落红英千千片。抹云烟，绿
>
> 树浓，青峰远。仍是春风旧境不曾变，没个人儿将咱系恋。
>
> 是一座空桃源，趁着未斜阳将棹转。（第二十八出《题画》）

眼下他心中渴望的桃源还不是避秦桃源，而是曾与香君幸福欢聚过的天台仙境，他依然觉得自己是刘晨、阮肇式的误入仙源，只不过此番返回源中不像刘、阮能再度归山无碍。等到再历丧乱，在狱中与陈、吴会到柳敬亭，大家同抒其慨，"却也似武陵桃洞，有避乱秦人，同话渔船"（第三十三出《会狱》）。对侯方域来说，此刻他才从游仙真正转向避秦。

较之侯方域，李香君对游仙幻梦的执迷更深，直到众人要逃去金陵东南的栖霞，李香君依旧觉得"望荒山野道，仙境似天台，三生旧

缘在"（第三十六出《逃难》）。在栖霞山中，她的天台梦境依旧，"一丝幽恨嵌心缝，山高水远会相逢；拿住情根死不松，赚他也做游仙梦。看这万叠云白罩青松，原是俺天台洞"（第三十九出《栖真》）。这当然与她的世界相对狭小有关，除了南明王朝倾覆、她从宫中出逃，她与外面更广大世界的接触是有限的，所以这觉悟也就来得更晚。小我的短暂幸福像折枝桃花一样是从桃树、从更广大的桃源和天地中撷来，当外在世界毁于一旦，小我常常随之覆亡，有情人重逢多半出于侥幸，并非必然。他们当然也可以厮守，但各自相较从前，此身虽具，其内在的经历、思想、情感甚至灵魂都已经历剧变，如同再世为人，过去的所谓爱情恐怕已无所附丽。故而张薇让他们斩断情根的断喝以及他们的顿悟，都并非故作解脱，更不是无稽之谈。①

三年后，皂隶徐青君到山中访拿隐逸，他就是全剧开场那位看花的徐公子，先祖是明开国功臣徐达。世朝改换，徐青君沦为衙役，自嘲"开国元勋留狗尾"（续四十出《余韵》）。这正是"眼看他起高楼，眼看他楼塌了"的活生生的例子。徐青君去拿取柳敬亭等"白衣山人"这一场景，也暗中呼应了蓝瑛《桃源图》中红衣人向渔夫打探消息的画面，形成剧情对画作的模仿，也是剧与画的互文。评点者这一出的眉批说："谁知皂隶虽是狗尾，文章却是龙尾。"②

蓝瑛还有一幅为张瑶星白云庵所作四壁《蓬瀛》，身处其中，可以读书卧游，飞升尸解，"修仙有分，涉世无缘"（第四十出《入道》）。这已是道家超脱人世的图式化表现，与剧情的关联相对较远，

---

① 张爱玲小说《倾城之恋》借白流苏之口说，为了成全她和范柳原的爱情，一座城市都倾覆了。这是一种摆脱了传统士人眼光和家国情怀的爱情，是带有小市民特点的新观念，在儒家思想统治下的时代是不可能说出口的。这恰与《桃花扇》里张薇"国在那里，家在那里，君在那里，父在那里，偏是这点花月情根，割他不断么"的断喝形成强烈对照，并构成对它的反叛。

② 孔尚任《桃花扇》（四），载《古本戏曲丛刊五集》，上海古籍出版社1986年版，第13页。

此不赘论。

剧中共提到蓝瑛四幅画作,《桃源图》对全剧起到结构性作用。它不像桃花扇那样处在聚光灯的焦点下,而是作为全剧的布景和框架存在。只有镜头逐渐拉远,观众才能看清时间中的空间图景。兴亡事都在时间中,桃花源则是在时间的缝隙中寻得、又超越了时间的一处宁静自足的空间,"避秦"是其初衷,它要逃避的是时间交替的那种暴烈形式。

小　结

《桃花扇》叠合了"刘、阮入天台"和"桃花源记"两个重要原型,是侯方域、李香君二人的"离合情"和南明"兴亡事"的结合。游仙桃源和避秦桃源这两个原型,通过杨文骢、蓝瑛这两位画家的画作,具象化为读者和观众可以感知的关键道具和隐藏的图景框架。

杨文骢作为画家具有独到的艺术眼光,孔尚任将自己在绘画鉴藏方面的心得和感受力赋予了他。杨的画技出色,他画墨兰、画折枝桃花,除了推动剧情,也催化了女主角李香君自我意识的发展。作为乱世人和欢场客,他又体现出人性的幽微,圆活世故、玲珑周全,游走弥缝于不同阵营。他对香君既有父亲式的怜惜,也体现出性的张力以及父权式的控制企图,尽管他努力压抑而仍微妙地呈露出来。他对香君的刻画和影响,也正是作者孔尚任对他的着力表现处,其中尽显伟大作家对人性的深刻洞察。他也是游仙桃源的指引者,是剧中第一重意义上的渔人。

蓝瑛《桃源图》不仅是全剧根本隐喻,也与侯方域的题诗及蓝瑛本人的传世画作形成互文。虽然同为画家,但相对于杨文骢,蓝瑛形象偏单薄,对情节构成的作用并不那么有机,更像作者动机的简单图式化,可以说是一个工具式的人物。孔尚任要借其画作尤其是《桃源图》来给全剧一个隐形的图景框架,一旦这个框架显影,就连桃花扇也失去了光环和魔力，归位到这更大图景中去。《桃源图》才是全剧最重要的切末，连画作者蓝瑛也被这隐喻式图画所笼罩，他的出场因此显得较刻意，缺少更丰富的层次，有欠鲜活。

在结构全剧的双桃源和两画师以外，柳敬亭是双重意义上的"说书人"，既在情节中，又在情节外。剧情中，他秦淮拍案、月旦春秋、左营投书、直谏旁嘲，是东方朔式的人物，以滑稽优伶的身份直接参与和推动剧情。当游仙桃源的折枝桃花被还原到整个避秦桃源的乌托邦，"离合情"并入"兴亡事"时，他又担当了这个乌托邦的守护者角色，是剧中第二重意义上的渔人，并在它向有缘人敞开时作为接引者。作为后设戏剧冷眼观瞧的解说人，他在易代的埃尘终归平息后，与老赞礼、苏昆生一同避往山中更深处，成为全剧真正的结穴。

（孙华娟　德国海德堡大学汉学系访问学者）

《搬场拐妻》声腔解析

苏子裕

清乾隆三十五年（1770）苏州宝仁堂刻印的《新订缀白裘六编文武双班合集》中收录《搬场拐妻》一剧，其采用的【西秦腔】与清初抄本《钵中莲》采用的【西秦腔二犯】是迄今为止所知比较早的西秦腔史料。学者对西秦腔与梆子腔的关系、西秦腔与皮黄腔的关系等问题进行了多方面的探讨，但是西秦腔究竟是何种声腔，还是众说纷纭。笔者拟就《搬场拐妻》所保留的【西秦腔】做些具体的解析。

一 《搬场拐妻》的曲调

《搬场拐妻》的曲调以【西秦腔】为主，兼收【水底鱼】【字字双】和小曲。《搬场拐妻》在《新订缀白裘六编文武双班合集》目录中标为"梆子腔"，钱德苍的《缀白裘》本《搬场拐妻》则直接在目录中标为"西秦腔"。

1.【水底鱼】

（丑上）矮子矮人，矮衫矮布裙。矮脚矮手，矮人三寸丁。矮人三寸丁。①

唱词共五句，句格为四五、四五、末句重唱。清乾隆朝周祥钰等合纂《九宫大成南北词宫谱》卷二十五"南曲越调"收【水底鱼】两支，其一为《劝善金科》之【水底鱼儿】（原注：一名【泥里鳅】，一名【水中梭】）：

昼夜兼行，驰来千里程。再挤几日，（合）好到泾原城，好到泾原城。

唱词共五句，句格为四五、四五，末句合唱且重唱。其二为《荆钗记》之【水底鱼儿】，标为"又一体"：

天下贤良，纷纷临帝乡。白衣卿相，暮登天子堂。

有等魍魉，本为田舍郎。（合）装模作样，也来入试场，也来入试场。

唱词共九句，句格为四五、四五、四五、四五、五，末二句合唱，末句重唱。

按：【水底鱼】现在一般仅用后四句，只念不唱，节拍急促。从上述两支【水底鱼儿】看来，其一是其二的后半部分。但作者把《荆钗记》的【水底鱼】标为"又一体"，则《劝善金科》的【水底鱼儿】是正体，《荆钗记》的【水底鱼儿】是变体，其前面四句为后来增加。《劝善金科》由弋阳腔《目连传》改编而来，其保留的【水底鱼儿】早于《荆钗记》之【水底鱼儿】，故而把后者标为"又一体"。《搬场拐妻》之【水底鱼】同《劝善金科》句格一样，而《劝善金科》多唱弋阳腔，有帮腔，《搬场拐妻》末句重唱，当是帮腔，

---

① 《新订缀白裘六编文武双班合集》卷六"乐集"，清乾隆三十五年（1770）苏州宝仁堂刻本，第45页。

所唱也应该是弋阳腔。

2.【字字双】

> （旦唱）奴奴天生命薄，嫁着穷汉，身子矮锄，被人耻
> 笑，遭人戏侮。终身结果，叫奴奴如何？如何？①

明富春堂刻本《刘玄德三顾草庐记》（以下简称《草庐记》）第三折
有【字字双】：

> （丑唱）我做道童真个奇，伶俐。登山玩水且随师，游
> 戏。客来无不可忘机，有趣。闷来松下看围棋，耍弈。②

唱词句格一样，七言四句。每句末都接唱二字，显得活泼诙谐。
这应该是【字字双】的正体。

按：明祁彪佳《远山堂曲品》"桃园"条说："《三国传》中曲，
首《桃园》，《古城》次之，《草庐》又次之；虽出自俗吻，犹能窥音
律一二。"③ 祁彪佳谓《三国传》"出自俗吻"，表明此剧不是文人所
喜好的昆曲，而是弋阳诸腔。江西弋阳腔、都湖高腔（青阳腔）都
有连台本戏《三国传》，传中都有《草庐记》，名为《三请贤》。富春
堂本《草庐记》有多处段末合唱、重唱，显然属于"一唱众和"的
高腔唱法。

另《缀白裘》第十一集收录的《请师》《斩妖》两出，源出京腔
戏《青石山》。这两出戏中共有六支曲子，计【京腔】三支，【高腔】
一支，【尾声】一支，还有一支是《请师》开场时所唱的【急板令】：

> 家在杭州鼓楼前，靠山。一生屁股惯朝天，要钱。赌钱
> 吃酒括小官，撒漫。谁人门外叫声喧？开看。原来是周小

---

① 《新订缀白裘六编文武双班合集》卷六"乐集"，清乾隆三十五年（1770）苏州宝
仁堂刻本，第45页。
② 《刘玄德三顾草庐记》，载《古本戏曲丛刊初集》第29册，文学古籍刊行社1953
年版，第10页。
③ 祁彪佳《远山堂曲品》，载中国戏曲研究院编《中国古典戏曲论著集成》（六），
中国戏剧出版社1959年版，第85页。

官，翻板，翻板。①

这支【急板令】四个七字句，每句末尾都有两个字，与【字字双】相同。《搬场拐妻》之【字字双】唱词句格与《草庐记》及《请师》不同，只是在唱段末尾连唱两个"如何"，大约是依照高腔【字字双】曲调随意演唱，最后归到原调上来，属于【字字双】的变体。

3. 小曲。

4.【西秦腔】是《搬场拐妻》的主要唱腔，故钱德苍《缀白裘》本标为"西秦腔"，其唱词句格变化比较多，另列专项论述。

二 【西秦腔】的曲调

《搬场拐妻》的主要曲调为【西秦腔】，包括两种不同的曲调：一是唱词句格为"三、五、七"一类的曲调，即三句唱词分别由三个字、五个字、七个字组成，是浙江乱弹【三五七】的前身，本文暂且也称之为【三五七】。这种句格的曲调在浙江乱弹及南北各地流传的吹腔、二黄平板等声腔中都有迹可循。二是上下句对偶的七字句曲调，在清初抄本《钵中莲》中称为【西秦腔二犯】，本文暂且也称之为【西秦腔二犯】。《搬场拐妻》之【西秦腔】以【三五七】为主，辅以【西秦腔二犯】。早年浙江乱弹也是以【三五七】为主，辅以【二凡】。

（一）【三五七】

《搬场拐妻》中使用了两支【西秦腔】。第一支有【三五七】，如"去匆匆，挨过（了）三春节，春愁春愁向谁说"。句格为三、五、七，此为【三五七】正体。此外，唱词中多出现"三五"句格，如贴唱："这春光，早又是阑珊"；"背祖业，心（儿）里忍饥渴"；

---

① 汪协如校《缀白裘》第11集，中华书局1955年版，第83页。

"道春归，何苦（的）人离别"。此为【三五七】之变体。① 第二支【西秦腔】系由多个曲调组成，有的还是丑、付、贴插唱，不易区分曲牌数目。但非常明显的是，有五处出现"三、五、七""三、五"一类的唱词句格：

1. 起首，贴唱："挽丝缰，跨上了驴儿背。偷偷瞧着小后生。"是【三五七】正体。

2. 净唱："听说罢，怒从心头起。"丑接唱："咱二人，追赶不贤（之）妻。"是【三五七】正体。

3. 付、贴唱："咫尺间，已到家门里，消停且相倚。"净、丑接唱下场诗："饶他走上焰魔天，脚下腾云须赶上。"句格为三、五、五、七、七，是【三五七】变体。

4. 净唱："这两人，见了我多惊（哩）。"（插白，略）接下场诗："闭门不管窗前月，一任梅花自主张。"句格为三、五、七、七，是【三五七】变体。

5. 结尾，丑唱："请贤妻，跨上驴儿背。前情前情再休提。"贴接唱下场诗："这的是前生冤孽债，从今从今再休提。"句格为三、五、七、七、七，是【三五七】变体。②

在上述五例中，【三五七】正体两例，其余三例均为变体。浙江乱弹、吹腔、二黄平板等含有【三五七】的唱段中，后来以三、五、七、七、七句格为多，成了【三五七】的基本唱腔。【西秦腔】中【三五七】的来源甚早，笔者另撰专文予以论述。

吹腔和浙江乱弹【三五七】均以笛子伴奏，【西秦腔】这种【三五七】一类的曲调，也是以笛子伴奏。查嗣瑮（1652—1733）《土戏》诗云：

---

① 参见《新订缀白裘六编文武双班合集》卷六"乐集"，清乾隆三十五年（1770）苏州宝仁堂刻本，第47页。

② 参见《新订缀白裘六编文武双班合集》卷六"乐集"，清乾隆三十五年（1770）苏州宝仁堂刻本，第49~56页。

东汾才过又南源，士女婆娑俗尚存。

八缶竞存天竺舞，俄惊夔鼓震雷门。

玉箫铜管漫无声，犹剩吹鞭大小横。

不用九枚添绰板，邢瓯击罢越瓯清。①

其人又有《己卯五月七日为兄夏重五十初度》诗，己卯为康熙三十八年（1699）。康熙三十六年（1697）查嗣瑮赴京赶考，下第之后游历陕西、甘肃，然后回家。由陕西进入甘肃陇东平凉弹筝峡，过六盘山，观看当地"土戏"并都留下诗作。上举诗中所记为陇东地区的"土戏"，可以称为"陇东调"。甘肃古称西秦，"陇东调"也可称为西秦戏或西秦腔。这种陇东调，只用一大一小"吹鞭"，而且是横吹的，当是笛子。不用"玉箫铜管"，也不用"绰板"，说明不是昆腔。按：晚明至清康熙间，昆腔以箫、管伴奏，不用笛子，笔者曾撰专文《昆曲伴奏乐器考》② 予以考证。陇东"土戏"用笛子伴奏，应该是"吹腔"。吹腔中多有"三、五、七"句格的唱腔。保留在浙江婺剧中的吹腔，被称为"咙咚调""龙宫调"，实为"陇东调"之谐音。

（二）【西秦腔二犯】

《搬场拐妻》【西秦腔】多是"三、五、七"及其变格"三、五"，但也有七字句的唱段，如：

（五）双程赶作共一程，前村前村并后村。

抹过（了）几处疏林径，休教休教（的）有迟近。

顷刻（间）一似风吹紧，霎时霎时（像）走马灯。③

还有，人物上下场多有两句上场诗、下场诗，均为七字句。有的是人

---

① 查嗣瑮《查浦诗钞》，载《清代诗文集汇编》第 186 册，上海古籍出版社 2010 年版，第 555 页。

② 苏子裕《昆曲伴奏乐器考》，《戏曲研究》第 56 辑，中国戏剧出版社 2001 年版。

③ 《新订缀白裘六编文武双班合集》卷六"乐集"，清乾隆三十五年（1770）苏州宝仁堂刻本，第 51 页。

物上下场接唱，如：

> （净）闭门不管窗前月，一任梅花自主张。
>
> （丑急上）还是一心忙似箭，果然两脚走如飞。①

《搬场拐妻》【西秦腔】这种上下句对偶的七字句唱段，使人联想到《钵中莲》第十四出《补缸》中的【西秦腔二犯】，也全是七字句，如：

> 雪上加霜见一斑，重圆镜碎料难难。
>
> 顺风追赶无耽搁，不斩楼兰誓不还。②

【西秦腔】这种七字句唱段，虽未标明曲牌，但全部是齐言体的七字句，实际上就是【西秦腔二犯】。浙江乱弹【二凡】的句格也是采用齐言体的七字句、十字句【西秦腔二犯】。浙江乱弹早年以【三五七】为主，和【二凡】连用，后来逐渐转变为以【二凡】为主。可见其与【西秦腔】的渊源关系。

三　勾腔

勾腔，首见于清乾隆五十年（1785）安乐山樵《燕兰小谱》卷三"雅部"：

> 薛四儿（太和部），名良官，山西蒲州人，西旦中之秀颖者。……
>
> 嘹呖京腔响遏空，勾音异曲不同工；
>
> 雁门山上初飞雁，忆煞当歌盛小丛。
>
> （原注：山西勾腔似昆曲，而音宏亮，介乎京腔之间）③

---

① 《新订缀白裘六编文武双班合集》卷六"乐集"，清乾隆三十五年（1770）苏州宝仁堂刻本，第 54 页。

② 《补缸》，转引自孟繁树、周传家编校《明清戏曲珍本辑选》，中国戏剧出版社 1985 年版，第 66 页。

③ 吴长元《燕兰小谱》，载张次溪编纂《清代燕都梨园史料》（上），中国戏剧出版社 1988 年版，第 27 页。

山西蒲州人薛四儿在北京隶属太和班。太和班属于雅部，唱昆腔。昆腔班中有演员唱勾腔。该诗的注解有"山西勾腔似昆曲，而音洪亮，介乎京腔之间"之语，正好说明了勾腔的声腔特点"似昆曲"，唱词长短句，有笛子伴奏；"音洪亮，介乎京腔之间"。这只能是吹腔一类的腔调。

杜颖陶《滇剧》一文说：

> 京剧的四平调，滇剧里也有，正名叫做平板。在滇剧中近似平板的调子还有好几种：有安庆，有人参调，有赣州调，有架桥。架桥又名勾腔，据说是因为腔调时时要翻高来唱，如同一座一座的桥梁，所以叫做架桥。又因为每一下句的第二节末尾两字必须勾回重叠来唱，所以又叫做勾腔。例如《五台会兄》里的一架桥：

> > 壮士哥休得要隐姓埋名，
> > 有洒家猜猜你<u>猜你</u>肺腑情形。
> > 莫非是做生意蚀了资本，
> > 莫非是中途路<u>途路</u>遇了强人。
> > 莫非是宋营中残兵败阵，
> > 莫非是到此来<u>此来</u>访友寻亲。
> > 把你的实言对我论，
> > 用早斋命沙弥<u>沙弥</u>送你回程。[①]

唱词中用下划线所标的唱词，都是重唱前面两个字，如"猜你猜你""途路途路"等，如杜先生所言"每一下句的第二节末尾两字必须勾回来重叠来唱"，此即所谓"勾腔"。勾腔因翻高唱，"音洪亮，介乎京腔之间"。而"架桥"属于二黄平板类，表明二黄平板与勾腔有渊源关系。

滇剧这段唱词是上下对偶的十字句。在《搬场拐妻》中，七字

---

① 杜颖陶《滇剧》，载欧阳予倩编《中国戏曲研究资料初辑》，艺术出版社 1956 年版，第 192 页。《中国戏曲音乐集成·云南卷》有曲谱，其曲调近似二黄平板，参见中国 ISBN 中心 2004 年版，第 267~268 页。

句用勾腔，如：

> （贴）他有情，奴有心，相看<u>相看</u>两定睛。

> （贴）这矮人，最多心，猜疑<u>猜疑</u>妄自尊。

> 两下里，暗地论，相思<u>相思</u>揢杀人。

> （丑）双脚赶作共一程，前村<u>前村</u>并后村。

> 抹过（了）几处疏林径，休教<u>休教</u>（的）有
> 迟近。①

唱词中有下画线者均为勾腔，而且上下句都可用。此外，《搬场拐妻》中不仅七字句可用勾腔，在【三五七】中也可用，如：

> （丑）顷刻间，一似风吹紧，霎时<u>霎时</u>（象）走马灯。

> （丑）请贤妻，跨上驴儿背，前情<u>前情</u>再休提。

> （旦）这的是，前生冤孽债，从今<u>从今</u>怎脱离？②

唱词中有下画线者皆为勾腔，用在第二句。值得注意的是，《搬场拐妻》中的勾腔不是单独使用，而是融合在【三五七】和【西秦腔二犯】中。这种情况表明，山西勾腔源于西秦腔，西秦腔流传到山西蒲州后，重点发展了勾腔，故以勾腔享名于世。

但好景不长，道光初年勾腔在北京就衰微了。道光八年（1828）张际亮自序的《金台残泪记》卷二《阅〈燕兰小谱〉诸诗，有慨于近事者，缀以绝句》诗云：

> 雁门山上雁初飞，萧瑟勾音怨落晖。唱断秋风同法曲，
> 小丛何处泪沾衣。

> （原注：今山西旦色少佳者，所谓勾腔亦稀矣）③

晚清时期，山西勾腔虽然衰微，但在河南、山东的大弦戏，浙江

---

① 《新订缀白裘六编文武双班合集》卷六"乐集"，清乾隆三十五年（1770）苏州宝仁堂刻本，第55页。

② 《新订缀白裘六编文武双班合集》卷六"乐集"，清乾隆三十五年（1770）苏州宝仁堂刻本，第56页。

③ 张际亮《金台残泪记》，载张次溪编纂《清代燕都梨园史料》（上），第241页。

乱弹、二黄平板中尚保存其遗音。

四　乱弹

《搬场拐妻》是舞台演出本，有很多舞台提示。其中有五处言及乐队（俗称场面、场上）伴奏的"浪调"。"浪调"，即"亮调"，"字音未出先冠以工尺一句，未作腔论，俗所谓亮调是也"[1]。若以现代音乐术语而论，亮调，用在开唱之前，实即"前奏"，用在乐句之间谓之"过门"。因伴奏乐器不同有文场、武场之分：文武以锣鼓伴奏，称为锣鼓牌子；文场以管弦乐器伴奏，以管乐伴奏称为吹打牌子，以丝弦伴奏称为丝弦牌子。

1. 丝弦牌子。

（贴唱，场上先浪调）【西秦腔】下接工尺谱：上上、、……

2.（丑）快些走吓。（场上打锣鼓，付赶路介）

按：赶路，以锣鼓等打击乐伴奏。

3.（场上六板儿，贴、付各看，转朝上介），这是贴与付互相打量，转而两眼朝天，表情有变化，表演应较细腻。

同书《花鼓》也有类似舞台提示"（付）（整衣慢下，当场浪调六板一套）（贴布装抱花鼓上，作扑头束腰拔鞋等身段，绕场急慢走身势，共十八鼓浪调急走至东场角湾腰甩手唱介）"[2]，舞台提示中"场上六板儿""浪调六板一套"，六板，也叫六板儿，早在康熙年间就已出现在苏州，陈至言《舟中闻吴歌戏效竹枝词四首》记载："脚踏蓬窗放缆迟，开船又过水神祠。隔舱慢拨三弦子，唱出无

---

① 汤彬、顾俊德编《太古传宗·太古传宗琵琶调说》，清乾隆十四年（1749）刻本，转引自刘崇德主编《中国古代曲谱大全》（一），辽海出版社2009年版，第451页。

② 《花鼓》，载《新订缀白裘六编文武双班合集》卷六"共集"，清乾隆三十五年（1770）苏州宝仁堂刻本，第38页。

情六板儿。"① 诗云"慢拨三弦子",表明"六板儿"也用丝弦伴奏。

4.（贴）带驴儿过来。（场上打锣鼓，乱弹）（丑）请贤妻，跨上驴儿背，前情前情再休提。（贴）这的是前生冤孽债，从今从今怎脱离。

乐队打锣鼓。还有"乱弹"，既是"乱弹"，当然也有弹拨乐器。但乱弹也是曲调名，所唱【乱弹】从句格看来，是带有【勾腔】的【三五七】。可见，【勾腔】亦可称为【乱弹】。

5.（丑唱）双脚赶作共一程，前村前村并后村。抹过（了）几处疏林径，休教休教（的）有迟近。②（贴下驴，坐行李上，丑角坐上场角，付坐下场，场面弹弦子，付唱小曲介）

"弦子"指三弦。这就表明，【西秦腔】所用乐器除了锣鼓、笛子（可能还有唢呐）外，还有三弦等。唱【西秦腔二犯】要用三弦等弹拨乐器。三弦早已被北杂剧、弦索官腔用来作伴奏乐器。所谓"弦索"，即指三弦、琵琶、月琴、筝等弹拨乐器。乾隆十四年（1749）《太古传宗·弦索调时剧新谱》、乾隆五十七年（1792）叶堂《纳书楹曲谱》二书问世，所收录"时剧"大都相同，而且有不少见诸《缀白裘》所载梆子腔剧目。《纳书楹曲谱》所收"时剧"极可能出自《太古传宗·弦索调时剧新谱》和《缀白裘》。"弦索调时剧"当然要用弦索伴奏。

用三弦伴奏唱小曲，这种情况在明清时期屡见不鲜。西北地区的小曲，如【驻云飞】【寄生草】【玉娥郎】【山坡羊】等，被称为【西调】【边关调】【侉调】，用三弦伴奏，甚至被称为"时调"。【边关调】早在康熙初期已经出现在苏州。顺治、康熙年间人刘中柱（1641—1708）《虎丘竹枝词》记载："一曲清歌度讲台，吴儿袅娜几

---

① 陈至言，字山堂，一字青崖，浙江萧山人，清康熙三十六年（1697）进士，官翰林院编修。原文载《莞青集》卷一，转引自王利器、王慎之、王子今辑《历代竹枝词》（一），陕西人民出版社 2003 年版，第 720 页。

② 《新订缀白裘六编文武双班合集》卷六"乐集"，清乾隆三十五年（1770）苏州宝仁堂刻本，第 55 页。

肠回。三弦拨动边关调，也向千人石上来。"① 把三弦伴奏的【西调】用在"弦索调时剧"中，是自然而然之事。

《新订缀白裘六编文武双班合集》将《搬场拐妻》标明为"梆子腔"，表明西秦腔用梆子伴奏。最后一段唱腔前的舞台提示中出现"场上打锣鼓，乱弹"的字样。乾隆年间，苏州"园馆全兴梆子腔""腔传梆子乱弹多"②，苏州宝文堂刻印的《搬场拐妻》所收有【乱弹】并非偶然，表明【西秦腔】还含有【乱弹腔】。

五　一段简单而珍贵的"浪调"

吹腔与昆腔最明显的区别是：昆腔无过门，而吹腔有过门。《搬场拐妻》在【西秦腔】开唱前有舞台提示："贴唱，场上先浪调。"浪调，是音乐过门，用在开唱前，即前奏。这是全出戏中唯一的一段曲谱，甚为难得：

上 上、、合 四 上 四 上 尺 六 工 上 上 上、合 四 上、、上

这段工尺谱翻译成简谱就成为：

1 1 、、5̣ 6̣ 1 6̣ 1 2 5 3 1 1 1 5̣ 6̣ 1 、、1③

按：工尺谱、、表示流水板，实际上是可以不断反复的紧打慢唱，亦称为紧中缓、摇板。

奇妙的是，这段简单的浪调，蕴含着二黄、西皮两种元素。以胡琴伴奏，定弦为**5̣—2**，适合二黄腔使用；定弦改为**6̣—3**，则又与西

---

① 刘中柱《兼隐斋诗集》卷二（癸丑—丙辰），天津古籍出版社 2009 年版，第 29 页。

② 王德，清乾隆、嘉庆年间人，写有《虎丘竹枝词》："杂剧班班斗绣裳，繁华近日胜邗江。蒸声易动俗人听，园馆全兴梆子腔。"朱裳，清乾隆己亥举人，写有《送友之吴门竹枝辞》："各庙梨园赛绮罗，腔传梆子乱弹多。管弦日日游人醉，应逐吴侬白相过。"转引自丘良任、潘超、孙忠铨、丘进编《中华竹枝词全编》（三）"江苏卷"，北京出版社 2007 年版，第 459 页、第 518 页。

③ 《新订缀白裘六编文武双班合集》卷六"乐集"，清乾隆三十五年（1770）苏州宝仁堂刻本，第 47 页。

皮腔过门相似。

1.【西秦腔】"浪调"与宜黄腔

宜黄腔，清初产生于江西宜黄县。源自西秦腔的江西宜黄腔，俗称【二凡】，亦称【乱弹】，为二黄腔之前身。[①] 康熙初，【宜黄腔】流传到浙江绍兴。当地人徐沁（1626—1683）（号若耶野老）于康熙十七年（1678）以前问世的《香草吟》传奇第一出《纲目》眉批云：

> 作者惟恐入俗伶喉吻，遂堕恶劫，故以"请奏吴歈"
> 四字先之。殊不知是编惜墨如金，曲皆音多字少。若急板滚
> 唱，顷刻立尽。与宜黄诸腔大不相合。吾知免乎。[②]

《香草吟》传奇作者声明该剧"请奏吴歈"，写眉批者认为不必作此声明。该剧是昆腔剧本，属于曲牌体音乐，"与宜黄诸腔大不相合"。这意味宜黄诸腔不是曲牌体音乐，而是齐言体（七字句、十字句）的板腔体音乐，即乱弹腔，其唱腔为"急板滚唱"，又称滚板，即紧打慢唱，这是清代乱弹腔的显著特点，故与《香草吟》长短句的唱词格式"大不相合"。绍兴的地方戏绍剧，原名绍兴乱弹，有"宜路"之称。这"宜路"，即宜黄路，当是宜黄腔。

宜黄腔原由笛子伴奏的【平板】和唢呐伴奏的【二凡】构成，以【平板】为主，大约在乾隆初改用胡琴伴奏，后又大量吸收盛行于江西的梆子乱弹腔剧目。而梆子乱弹腔多用七字句、十字句唱词，宜黄腔【二凡】唱词也是七字句、十字句，都属于板腔体音乐体制，移植过来无须改动，甚为方便。改为【胡琴腔】后，【平板】逐渐减少使用。于是，【二凡】剧目日益增多，【平板】剧目越来越少，【平板】成为【二凡】中的一种板式，统称【二凡】。

刘国杰先生早年记录江西宜黄戏中的宜黄腔【滚板】（生腔），

---

① 参见流沙《宜黄诸腔源流探——清代戏曲声腔研究》（人民音乐出版社 1993 年版）和《清代梆子乱弹皮黄考》["国家出版社"（台北）2014 年版]对西秦腔、宜黄腔的源流做了较为全面的阐述，恕不赘述。

② 转引自叶德均《明代南戏五大腔调及其支流》，载《戏曲小说丛考》，中华书局1979 年版，第 57 页。

记录为散板样式，实际上是紧打慢唱，宜黄戏艺人称之为"紧中缓"。正好为前引《香草吟》眉批所记"宜黄诸腔"的"急板滚唱"做了妥帖的注释，其首句唱腔与【西秦腔】之前奏基本相同：

谱例1

宜黄腔 滚板（生腔）①

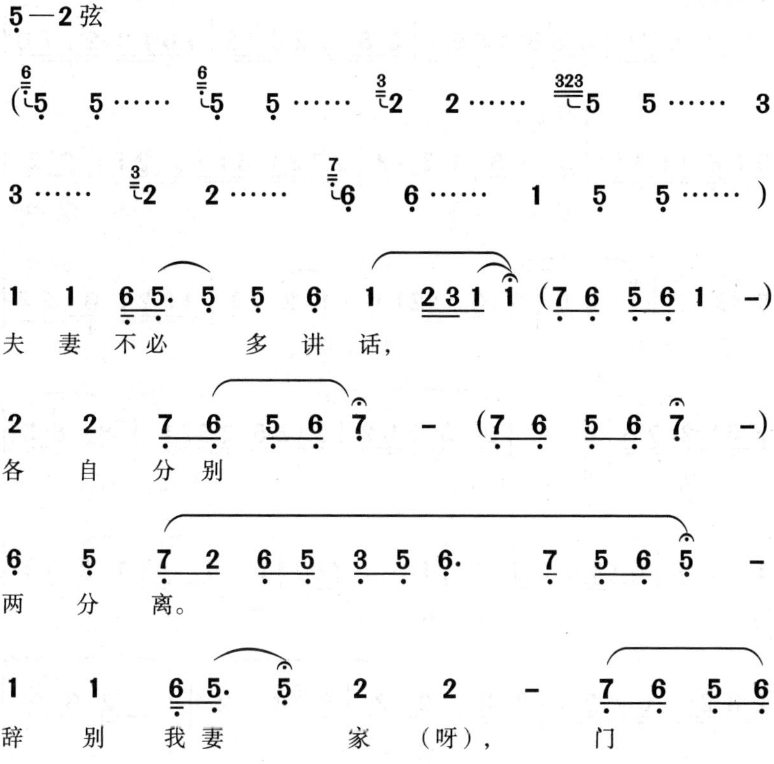

5—2弦

（曲谱）

夫 妻 不必 多 讲 话，

各 自 分 别

两 分 离。

辞 别 我 妻 家 （呀）， 门

宜黄戏【二凡平板】的过门与【西秦腔】过门很相似，但此时已改为胡琴伴奏，所以曲调花哨一些。如《奇双配》李奇（生角）

① 转引自刘国杰《西皮二黄音乐概论》，上海音乐出版社1989年版，第5页。

唱《不见女儿好心酸》：

谱例2

不见女儿好心酸

《奇双配》李奇［生］唱

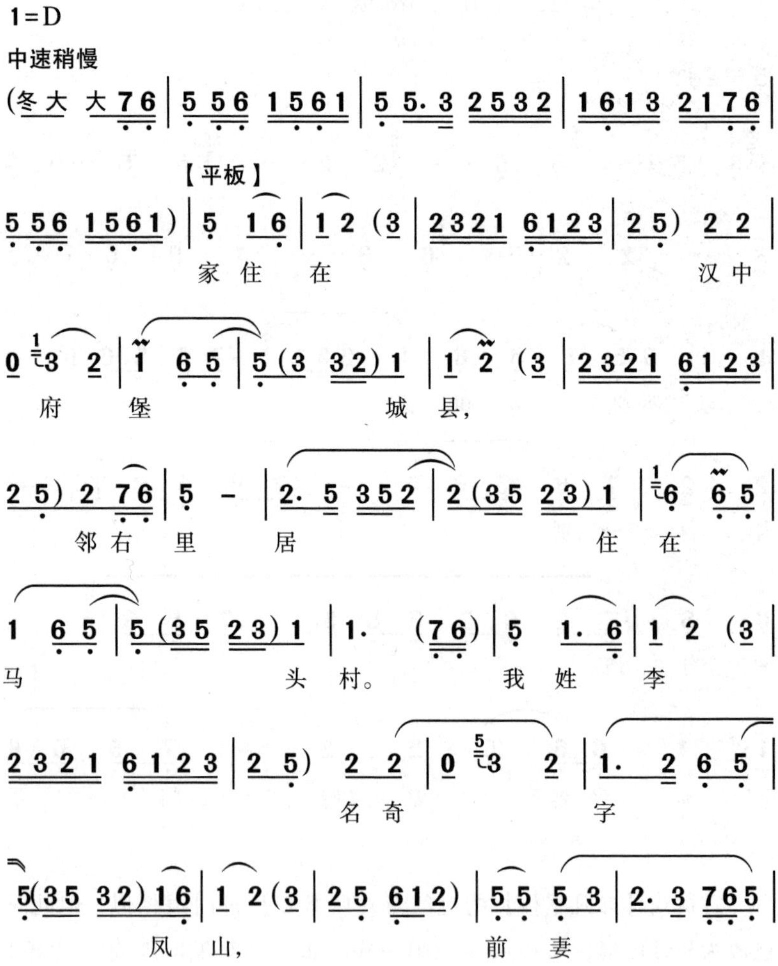

1 = D

中速稍慢

(冬大 大 7 6 | 5 5 6 1 5 6 1 | 5 5.3 2 5 3 2 | 1 6 1 3 2 1 7 6 |

【平板】

5 5 6 1 5 6 1) | 5̇ 1 6 | 1 2 (3 2 3 2 1 6 1 2 3 | 2 5) 2 2 |

家 住 在　　　　汉 中

0 3 2 | 1̇ 6 5 | 5 (3 3 2) 1 | 1 2 (3 | 2 3 2 1 6 1 2 3 |

府 堡　　城 县，

2 5) 2 7 6 | 5̇ — | 2.5 3 5 2 | 2 (3 5 2 3) 1 | 1̇ 6 6 5 |

邻 右 里 居　　　　住 在

1 6 5 | 5 (3 5 2 3) 1 | 1. (7 6) | 5 1.6 | 1 2 (3 |

马　　头 村。　我 姓 李

2 3 2 1 6 1 2 3 | 2 5) 2 2 0 3 2 | 1. 2 6 5 |

名 奇　　　字

5 (3 5 3 2) 1 6 | 1 2 (3 | 2 5 6 1 2) | 5 5 5 3 | 2.3 7 6 5 |

凤 山，　　　前 妻

现将【西秦腔】浪调与宜黄腔【滚板】、宜黄戏【平板】曲谱做一比照：

【西秦腔】 　　1 1　　　　5̣ 6 1 6̣ 1　　　　　2 5 3 1 1 1　5̣ 6 1

【宜黄腔滚板】 1 1 6 5̣·5̣ 5̣ 6̣ 1 6̣ 1 2̂3 1 1 (7̣ 6̣　5̣ 6̣ 1 −)

【宜黄戏平板】 0 7 6 | 5 5 6 1 5 6 1 | 5 5·3 2 5 3 2 | 1 6 1 3 2 1 7 6 | 5 5 6 1 5 6 1

以上三则谱例，曲调旋律基本相同，可以看出宜黄腔承传了西秦腔的遗音。

2. 宜黄腔由蜀伶带到北京

李调元（1734—1802）于乾隆四十年（1775）所作《剧话》说：

> 胡琴腔起于江右，今世盛传其音，专以胡琴为节奏，淫冶妖邪，如怨如诉，盖声之最淫者。又名二簧腔 。①

按：江西省古称"江右"。二簧腔，即二黄腔。宜黄腔在向外地流传的过程中讹传为"二黄"。因以胡琴伴奏，所以也叫【胡琴腔】。既然【胡琴腔】"今世盛传其音"，在李调元的家乡四川想必更是如此。川剧【胡琴腔】起初只有二黄腔，后来吸收襄阳腔，统称【胡琴腔】。云南滇剧仍称二黄腔为【胡琴腔】。乾隆五十年（1785）《燕兰小谱》卷五记载：

> 友人言：蜀伶新出琴腔，即甘肃调，名西秦腔。其器不用笙笛，以胡琴为主，月琴副之。工尺咿唔如话，旦色之无歌喉者，每借以藏拙焉。若高明官之演《小寡妇上坟》，寻音赴节，不闻一字。有如傀儡登场。昔人云："丝不如竹，竹不如肉。"口无歌韵，而借靡靡之音以相掩饰，乐技至此愈降愈下矣。②

---

① 李调元《剧话》，载中国戏曲研究院编《中国古典戏曲论著集成》（八），第47页。
② 吴长元《燕兰小谱》，载张次溪编纂《清代燕都梨园史料》（上），第46页。

《燕兰小谱》记"蜀伶新出琴腔，即甘肃调，名西秦腔"，蜀伶带到北京的"新出琴腔"即西秦腔，"其器不用笙笛，以胡琴为主，月琴副之"，应该就是李调元所记"起于江右"的【胡琴腔】，又名二黄腔，即宜黄腔。

张际亮《金台残泪记》卷三《杂记》记载：

> 《燕兰小谱》记甘肃调即【琴腔】，又名【西秦腔】。胡琴为主，月琴为副，工尺咿唔如语。此腔当时乾隆末始蜀伶，后徽伶尽习之。道光三年，御史奏禁。①

按：张际亮所谓（胡琴腔）"此腔当时乾隆末始蜀伶，后徽伶尽习之"，是指胡琴腔在北京的情况，先是蜀伶把胡琴腔带到北京，后来徽伶也唱胡琴腔。但实际上，【胡琴腔】"今世盛传其音"，胡琴腔由江西传入邻省安徽，更有地利之便。徽伶所唱【胡琴腔】，不一定是从蜀伶所学。

二黄腔，曲调平稳舒缓，长于表现叙事，也适合表现哀怨悲伤的情绪，如李调元所说"如怨如诉"。但李调元又称其"淫冶妖邪""盖声之最淫者"，亦如《燕兰小谱》所谓之"靡靡之音"。这恰好是二黄腔【平板】的特征：流利婉转，曲调抑扬顿挫，间以长短句，适于表现活泼自然的生活情趣，与吹腔、浙江乱弹多有相似之处。早期流传到外地的【宜黄腔】以【平板】为主，【二凡】为辅。流传到四川的【二黄腔】，也是如此。川剧著名演员张德成《川剧内影》记载川、京胡琴比较：

京剧	川剧	板别
（西皮部分略）		
二黄	二黄	
四平	四平	一板三眼
正板	瓜子金	一板三眼

---

① 张际亮《金台残泪记》，载张次溪编纂《清代燕都梨园史料》（上），第250页。

原板　　　　泥簧调

散板　　　　泥簧调滚①

川剧【泥黄调】，是四平调之原板，【泥黄调滚】，是四平调之散板，实际就是【滚板】，紧打慢唱。与宜黄戏之【滚板】（紧打慢唱）相似，见前文之谱例1。

按：四平调是后起的叫法，早年包括京剧在内的皮黄腔剧种都称之为【平板】。张德成所录【泥黄调】，归属于四平调类，那是因为当时京剧盛行重庆，遂使用了京剧的名称。不过后来川剧的音乐书籍还是称为【平板】。所谓"泥黄"，实即"宜黄"之音转。不但川剧早年称为"泥黄"，安徽梨簧戏，原名"泥簧"②，也保留了四平调、二黄。河南固始称为"宜黄戏"③，广州在清道光年间还把二黄称为"宜黄"。④

川剧沿用了李调元的记载，称"二黄腔"为"胡琴腔"。后来又称【二黄腔】，这是因为川剧大量吸收了汉剧的剧目和曲调（如【快三眼】等）。而宜黄腔成了川剧二黄腔的一种板式，即【平板】。正如江西宜黄戏后期只称【二凡】，【平板】只是【二凡】的一种板式。综上所述，乾隆四十年（1775）蜀伶在北京所唱曲调，除秦腔、吹腔外，还有西秦腔，即起源于江西的【胡琴腔】（二黄），并保留了【泥簧（宜黄）调】的旧称。嘉庆年间礼亲王昭梿《啸亭杂录》卷八"秦腔"条记载："近日有秦腔、宜黄腔、乱弹诸曲名，其词淫亵、猥鄙，皆街谈巷议之语。易入市人之耳。又其音靡靡可听，有时

---

① 转引自范正明录校《黄芝冈日记选录》（五）"一九四五年（重庆—南京），四月十日"，录张德成《川剧内影》稿，《艺海》2014年第4期，第30页。张德成（1888—1967），原四川省川剧院院长兼省川剧实验学校校长，对挖掘、研究川剧艺术有重大贡献。

② 参见《中国曲艺志·河南卷》"曲种·宜黄"，中国ISBN中心1995年版，第117页。

③ 余谊密等修，鲍宷纂《芜湖县志》卷八《地理志·风俗志》记载："又有所谓泥簧者，词甚里俗，杂以小曲，遂为盲女弹词者流。人有喜庆，辄招之，视为营业云。"民国八年（1919）石印本，第5页。

④ 参见苏子裕《粤剧梆黄源流新探》，《广东艺术》2000年第2期。

可以节忧，故趋附日众。虽屡经明旨禁之，而其调终不能止，亦一时习尚也。"① 此记载与李调元《剧话》所记"靡靡之音"【胡琴腔】（二黄腔）相似，但不言【二黄】，而记为【宜黄】，说明他知道【二黄】原名【宜黄】。

3.【西秦腔】"浪调"与西皮

如果像山西蒲州梆子、北路梆子，陕西同州梆子一样，胡琴用 $\underset{\cdot}{6}$—3 定弦，【西秦腔】浪调的主干部分只要稍作改动，就成了京剧常用的西皮原板过门：$\underset{\cdot\cdot\cdot}{\mathbf{6125}}\ \underline{\mathbf{3612}}$，其对应关系如下：

【西秦腔】 1 1　 $\underset{\cdot}{5}$ $\underset{\cdot}{6}$ 1 6 1 2 5 3 1 1 $\underset{\cdot}{5}$ $\underset{\cdot}{6}$ 1

【京剧西皮】 （过门）　 $\underset{\cdot}{6}$ 1 2 5 3 ($\underset{\cdot}{6}$) 1 (2) 1

【西秦腔】"浪调"的主干部分只增加了 $\underset{\cdot}{6}$、2 两个音符就成了京剧西皮的过门，这表明【西秦腔】含有【西皮腔】的基本元素。

张际亮《金台残泪记》卷三《杂记》云：

《燕兰小谱》记京班旧多高腔，自魏长生来，始变梆子腔，尽为淫靡。然当时犹有保和文部，专习昆曲。今则梆子腔衰，昆曲且变为乱弹矣。乱弹即弋阳腔，南方又谓"下江调"，谓甘肃腔曰"西皮调"。②

张际亮《金台残泪记》记录清道光初年京师"梆子腔衰"、皮黄腔兴盛的情况。"乱弹即弋阳腔，南方又谓'下江调'"这条记载，使人困惑：弋阳腔是高腔，怎么乱弹也是弋阳腔？笔者曾撰文予以考证，此"乱弹"指"弋阳乱弹"，是宜黄腔传入弋阳后衍变为"弋阳乱弹"，实即【二黄腔】。福建的"江西路"戏班所谓"下江调"即"二黄"。③ 张际亮的家乡福建建宁县至今还有"宜黄戏"演出。可

---

① 昭梿《啸亭杂录》卷八，中华书局 1980 年版，第 7 页。
② 张际亮《金台残泪记》，载张次溪编纂《清代燕都梨园史料》（上），第250 页。
③ 参见苏子裕《两种弋阳腔——高腔与乱弹》，《影剧新作》2001 年第 2 期。

见，清道光初北京既有来自江西的弋阳乱弹——【二黄腔】，也有源自甘肃的【西皮调】。

【西皮调】又名【甘肃腔】，应该是源自【西秦腔】。【二黄腔】也是源自【西秦腔】，二者是同源异流的关系。故而会出现前文所论述的情况：一段浪调，蕴含了二黄、西皮两腔的元素。但【二黄腔】见诸记载是在乾隆年间，而【西皮腔】见诸记载是在道光初。时间有先后。乾隆四十年（1775）蜀伶带到北京的是【二黄腔】，而不是【西皮腔】。

但张际亮的同乡长乐人谢章铤《赌棋山庄词话》在转述前引张际亮的两则记载时，任意删改、拼接，贻误后人，其云：

> 弋阳腔又曰乱弹。南方谓之下江调。甘肃腔即琴腔，又名西秦腔。胡琴为主，月琴为副，工尺咿唔如语。道光三年，御史奏禁。今所谓西皮调也。①

谢章铤所言，显然是把前引张际亮的两则文字做了删改、拼接，主要是把张文所记"道光三年，御史奏禁"蜀伶、徽伶带到北京的【胡琴腔】（二黄腔），移花接木，置换为【西皮调】。后人以谢章铤的记载为根据，误以为乾隆四十年（1775）魏长生等蜀伶带到北京去的【西秦腔】是【西皮调】，而不是【二黄腔】。这是必须辨讹订正的。

结　语

《搬场拐妻》虽是一出小戏，从中却可窥见清乾隆年间苏州地区西秦腔的情况：其一，西秦腔主要曲调有两种，一种是三、五、七，另一种是对偶的七字句，前者类同于现在浙江乱弹的【三五七】，后者即【西秦腔二犯】；其二，西秦腔传到南方有"陇东调"之名，即

---

① 谢章铤《赌棋山庄词话》卷九，清光绪十年（1884）刊本，载《续修四库全书》第 1735 册，上海古籍出版社 2002 年版，第 113 页。

吹腔；其三，西秦腔有【勾腔】；其四，西秦腔可插入【水底鱼】【字字双】等弋阳腔曲牌，故可称为梆子秧腔，或弋阳梆子秧腔；其五，西秦腔乐器有三弦，有"乱弹"之称，而有梆子腔之名，当有梆子伴奏；其六，《搬场拐妻》之"浪调"含有后来【二黄腔】【西皮腔】的音乐元素，可见【二黄腔】【西皮腔】源头是西秦腔。

以上关于西秦腔的基本情况，可为研究吹腔、拨子、浙江乱弹、江西宜黄腔寻源觅流提供参考，甚至可以进行综合考察。

（苏子裕　江西省艺术研究院研究员）

论古代戏曲批评
"线"类术语的指向

冯晓玲

　　古代戏曲批评有着从关注曲学到剧学的转变，这不仅于明末清初的戏曲论著中得到整体呈现，而且还体现于具体的戏曲批评术语的使用，如"线"及由"线"字而构成的术语就是此典型代表。在古代戏曲批评中，我们可以看到大量使用"线""线索""针线""一线""灰线""袜线""密线""矿中引线"等批评术语，进行戏曲的剧学观照。但"线"类术语作为中国古代重要的戏曲批评语汇，学界却至今未予以深入探讨，显然在一定程度上影响了对古代戏曲批评研究的深入与细化。今不揣浅陋，拟就掌握的批评史料探讨"线"类批评术语在实际批评中的具体指向，以就教于方家。

　　综观"线"类批评术语，可知其批评指向主要围绕戏曲文本叙事，同时还关注到戏曲舞台创作，具体而言表现在如下几个方面。

一 指向戏曲作品的结构

古代戏曲批评从曲学转向剧学最显著的就是开始特别关注戏曲作品的叙事结构，学界常常提到的就是清代的李渔，他首倡戏曲创作要"独先结构"，并提出结构戏曲作品的方法——"密针线"，他称：

> 编戏有如缝衣，其初则以完全者剪碎，其后又以剪碎者凑成。剪碎易，凑成难。凑成之工，全在针线紧密；一节偶疏，全篇之破绽出矣。每编一折，必须前顾数折，后顾数折。顾前者，欲其照映；顾后者，便于埋伏。照映、埋伏，不止照映一人、埋伏一事，凡是此剧中有名之人，关涉之事，与前此、后此所说之话，节节俱要想到。①

李渔在指出戏曲创作要明确主旨和情节求新之后，在此以缝衣比喻结构戏曲作品。不过这里的密针线并不是仅仅要求把戏曲作品的各节、各折连缀起来，犹如把裁剪之"碎布"用针线缝起来，还有着另外一层意思，那就是要把各部分进行精细布局，考虑到整部戏曲作品的所有细节——剧中有名之人，关涉之事，与前此、后此所说之话，节节俱要想到。正是立足于戏曲整体结构，故李渔称"观今日之传奇，事事皆逊元人，独于埋伏照映处，胜彼一筹"②。李渔之后，如梁廷枏批评《双珠记》是"通部细针密线，其穿穴照应处，如天衣无缝"③，韩锡胙批评《渔村记》是"细针密线，藕断丝连；妙理清词，水穷云起。或者欲删去一段，恐九连环正难措手耳"④，都是

---

① 李渔《闲情偶寄》，载中国戏曲研究院编《中国古典戏曲论著集成》（七），中国戏剧出版社 2020 年版，第 16 页。

② 李渔《闲情偶寄》，载中国戏曲研究院编《中国古典戏曲论著集成》（七），第 16 页。

③ 梁廷枏《曲话》，载中国戏曲研究院编《中国古典戏曲论著集成》（八），第277页。

④ 韩锡胙《渔村记凡例十则》，载郭英德、李志远纂笺《明清戏曲序跋纂笺》（五），人民文学出版社 2021 年版，第 2453 页。

从整部戏曲作品的结构出发来使用"细针密线",认为这些戏曲作品的结构做到了严丝合缝、删减其一而不可。

当然,这种立足于对戏曲结构的强调,在明代的戏曲批评中已经出现,如李贽称:"传奇第一关楗子,全在结构。结构活则节节活,结构死则节节死。一部死活,只系乎此。如《荆钗》之结构,今人所不及也,所称节节活者也。"① 袁宏道也称:"词家最忌逐出填去,漫无结构。"② 祁彪佳提出"作南传奇者,构局为难,曲白次之"③。凌濛初在《谭曲杂札》中明确提出"戏曲搭架,亦是要事,不妥则全传可憎矣"④。不过这里还只是强调了戏曲叙事结构的重要性,还没有提出具体的方法,而到了李渔手里,则提出了具体的"密针线"的戏曲结构叙事的方法。

同时,"线"类术语还被用来批评戏曲作品的局部结构,即某部分或某折是不是结构严谨、合乎叙事逻辑。如李渔批评《琵琶记·中秋赏月》时称:"同一月也,出于牛氏之口者,言言欢悦;出于伯喈之口者,字字凄凉。一座两情,两情一事,此其针线之最密者。"⑤ 冯梦龙自称为《永团圆》增加《江纳劝女》一折,"盖抚公揶婚,事出非常,先任夫人,岂能为揖让之事?必得亲父从中调停一番,助姑慰解,庶乎强可。且父女岳婿,借此先会一番,省得末折抖然毕聚、寒温许多不来。此针线最密处也"⑥。再如梁廷枏批评《长生殿》称,"如《定情》《絮阁》《窥浴》《密誓》数折,俱能细针密线"⑦,可

---

① 阙名《荆钗记总评》,载郭英德、李志远纂笺《明清戏曲序跋纂笺》(一),第 1 ~ 2 页。编者注此文当为李贽撰。

② 转引自《(玉茗堂传奇)集诸家评语》,明崇祯间沈际飞点次岑德亨刻本《独深居点次玉茗堂传奇》卷首。

③ 祁彪佳《远山堂曲品》,载中国戏曲研究院编《中国古典戏曲论著集成》(六),第 102 页。

④ 凌濛初《谭曲杂札》,载中国戏曲研究院编《中国古典戏曲论著集成》(四),第 258 页。

⑤ 李渔《闲情偶寄》,载中国戏曲研究院编《中国古典戏曲论著集成》(七),第 17 页。

⑥ 阙名《永团圆总评》,载郭英德、李志远纂笺《明清戏曲序跋纂笺》(三),第 1127 页。编者注此文当为冯梦龙撰。

⑦ 梁廷枏《曲话》,载中国戏曲研究院编《中国古典戏曲论著集成》(八),第 269 页。

以看出，他们都是针对作品的局部结构进行的批评，认为这些地方的结构做得比较严密、合理。

"线"类术语如"线索""针线"，在指向戏曲作品结构时，也会被用以评价戏曲结构是否似天然而成还是有人工痕迹。如徐复祚批评王骥德的《题红记》时称"独其结构如抟沙，开阖照应，了无线索"①。秦本桢批评《白头新》是"其结构也，灭裁缝之针线；其运用也，化朽腐为神奇"②。此两例"线"类术语，显然不再是针对戏曲结构方法，而是针对结构善否的评价语汇，认为有人为痕迹的戏曲结构才是好的戏曲结构。

二　指向戏曲叙事的通畅与情节的连贯

作为借助歌舞形式来演绎故事的艺术形式，从明中期起批评家已经开始看到戏曲艺术叙事的重要，并从之前关注曲文创作转向了故事的讲述，因而戏曲作品是否叙事连贯通畅成为了重要批评对象。批评家在自述或进行评价时，往往会联想到人体构造，用相应的部分以喻评戏曲的叙事，如屠隆《昙花记凡例》称，"博收杂出，颇尽天壤间奇事，然针线连络，血脉贯通"③，于此语境中可知"针线"就是指向《昙花记》的叙事，而且借助人体之"血脉贯通"来描述其叙事通畅。再如有人评陈烺《花月痕》称，"线索是传奇筋节，须要逼清，一处逗漏，全局皆散矣。传中千奇百变，不可端倪，而线索一一分明"④。此评直接以线索比作戏曲作品的"筋节"，要紧密相

---

① 徐复祚《曲论》，载中国戏曲研究院编《中国古典戏曲论著集成》（四），第238页。
② 秦本桢《白头新跋》，载王文章主编《傅惜华藏古典戏曲珍本丛刊》，影印清光绪十三年（1887）大同书局石印本，学苑出版社2010年版，第373页。
③ 阙名《昙花记凡例》，载郭英德、李志远纂笺《明清戏曲序跋纂笺》（二），第742页。编者注此文当为屠隆撰。
④ 陈烺《花月痕评辞》，载俞为民、孙蓉蓉编《历代曲话汇编：新编中国古典戏曲论著集成·清代编》第三集，黄山书社2008年版，第21~22页。

连不可有一处"逗漏",否则就"全局皆散",同时作品中"千奇百变"还要叙述、交代清楚,如此才能算是完成了戏曲叙事任务。

当"针线""线索"等"线"类术语成了戏曲作品的"筋节""血脉",因而也就天然地成为戏曲叙事批评的重要语汇,称赞戏曲作品叙事比较优秀的,则是"线索始为贯串"①,"处处着力,处处针线,正如天马行空,神龙戏海,无从而睹其踪迹也"②,"其穿插起伏,极离奇变化,而针线不差毫忽"③,"过接分明,针线细密"④;批评戏曲情节不够连贯的,则是"似缺针线""言言袜线,不成科段"⑤。于此可见,在对戏曲叙事及情节串联时,"线"之有无关系甚大:就戏曲作品内在而言,要"每篇段中,纩中引线,草里眠蛇",令每篇段"变幻断续,倏然博换,倏然掩映,令人观其奇情,不可捉摹"⑥,要"于百余回中,虽丝缕丛杂,而条析分明,如针引线,毫厘不紊"⑦;就戏曲作品外在而言,则是让观众或读者看来若天然自成,而非人工刻意为之,是"呼吸应变,一线无痕"⑧,"忽合忽离,接凑则天衣无缝,关照则灰线无痕"⑨,"慧心盘肠,蜿纡屈曲,全在

① 阙名《人兽关总评》,明末刻《墨憨斋重定传奇五种》本《墨憨斋重定人兽关》卷首。
② 徐复祚《南北词广韵选批语》,载俞为民、孙蓉蓉编《历代曲话汇编:新编中国古典戏曲论著集成·明代编》第二集,第354页。
③ 钟英琬《蟾宫操传奇评林》,载《古本戏曲丛刊五集》,影印清康熙四十九年(1710)刻本《蟾宫操传奇》卷末,上海古籍出版社1985年版,第7页。
④ 左潢《〈兰桂仙传奇〉凡例》,载郭英德、李志远纂笺《明清戏曲序跋纂笺》(七),第3189页。
⑤ 王骥德著,陈多、叶长海注释《曲律注释》,上海古籍出版社2012年版,第312页、第315页。
⑥ 阙名《玩西厢记评》,载郭英德、李志远纂笺《明清戏曲序跋纂笺》(一),第200页。编者注此文当为徐奋鹏撰。
⑦ 采荷老人《三星圆乩序》,载郭英德、李志远纂笺《明清戏曲序跋纂笺》(七),第3472页。
⑧ 墨禅居士《盐梅记小引》,载郭英德、李志远纂笺《明清戏曲序跋纂笺》(三),第1551页。
⑨ 陈汇芳《花萼吟赠言》,载郭英德、李志远纂笺《明清戏曲序跋纂笺》(五),第2134页。

筋转脉摇处，别有马迹蛛丝、草蛇灰线之妙"①，"前后线索，冷语带挑，水影相涵"②。

不过，尽管在对戏曲批评时强调戏曲作品叙事内在要存在连贯的线索、针线，同时又赞誉戏曲作品外在看不出线索、针线之痕。但一些戏曲批评家却又要求读者不要忽略戏曲作品所蕴藏的巧妙叙事针线，如毛宗岗就称《琵琶记》是"极闲处都有针线"，因而"读者勿忽为闲笔，而不寻其针线之所伏也"③，有人称《芙蓉孽》是"原因结果，伏线埋根，作者固有心贯串，阅者幸勿泛眼相加"④。这种要求读者注意戏曲叙事针线的批评，与清代兴起借助戏曲叙事以学习文法创作的风气有关，最具代表性的人物是张雍敬，他称："作文之法，其妙悉寓于传奇。生、旦，其题旨也；外、末、丑、净，其陪衬也。劈空结撰，文心巧也；点缀附会，援引博也。关目布置，炼局势也；折数断续，明层次也。而且埋伏有根，照应有法，线索必贯，收拾必完。既曲尽行文之妙，而其音律宫调之严，则又如传注之不可或背，先民之不可不程。"⑤ 张雍敬认识到戏曲作品的"线索必贯"，故而要以之为"程"教后生学习作文之法。

正是因为对戏曲叙事情节连贯的要求，一些戏曲作品在创作时就会特别注意叙事线的连贯，如《鸳水仙缘》的创作就是遵守"一字一句，亦必各有线索照应，不可增一句，不可减一句"⑥，黄振创作

① 韦佩居士《燕子笺序》，载郭英德、李志远纂笺《明清戏曲序跋纂笺》（三），第1080页。
② 阙名《啸台偶著词例数则》，载《古本戏曲丛刊五集》，影印清顺治九年（1652）壬辰序刻本《赤松游传奇》卷首，第3页。
③ 毛宗岗《〈第七才子书〉参论》，载郭英德、李志远纂笺《明清戏曲序跋纂笺》（一），第108页。
④ 阙名《〈芙蓉孽〉例言》，载郭英德、李志远纂笺《明清戏曲序跋纂笺》（九），第4276页。编者注此文当为洪炳文撰。
⑤ 张雍敬《醉高歌序》，清乾隆三年（1738）灵雀轩刻本《醉高歌传奇》卷首。
⑥ 阙名《〈鸳水仙缘〉偶拈》，载郭英德、李志远纂笺《明清戏曲序跋纂笺》（七），第3298页。编者注此文当为杨云璈撰。

《石榴记》更是"前后线索转湾承接处，必挑剔得如须眉毕露，不敢稍有模棱，致多沉晦"①。可以看出，无论是强调字、句的"线索照应"，还是力求"前后线索转湾承接处"的明了，都是在把"线"视作戏曲叙事情节的连贯与清晰。

三　指向戏曲事件的单纯和串联作用

"线"作为戏曲叙事批评的语汇，显然基于其具有的连缀作用。如许慎《说文解字》称"线，缕也"②，《周礼·天官》称释缝人之职是"掌王宫之缝线之事，以役女御，以缝王及后之衣服"③，可知线在商周时期就具有了连缀缝合作用。戏曲因要表演于舞台决定了其容量的有限，不易在作品中涉及过多的人和事。如冯梦龙就称，"凡传奇最忌支离"，并因此对《风流梦》的人物设置进行修改。他称，"一贴旦而又翻小姑姑，不赘甚乎？今改春香出家，即以代小姑姑，且为认真容张本，省却葛藤几许"④。李渔正是看到了这一点，才明确提出戏曲创作要"减头绪"："头绪繁多，传奇之大病也。《荆》《刘》《拜》《杀》之得传于后，止为一线到底，并无旁见、侧出之情。"⑤ 在此，他以四部能够流传下来的戏曲作品为例，证明戏曲作品一定要减头绪，每部作品都应该是"一线到底"。这里的"一线"，就是戏曲着力讲述一个单纯的核心事件、核心人物，其他事件、人物都是围绕着此核心展开，并且叙事是一种单向性的。应该说戏曲的这种叙事特点，不仅在戏曲批评中受到肯定，而且所使用的"线"类

---

① 黄振《石榴记凡例》，清乾隆三十七年（1772）柴湾村舍刻本《石榴记》卷首。
② 段玉裁《说文解字注》，中华书局 2013 年版，第 662 页。
③ 李学勤主编《十三经注疏·周礼注疏》，北京大学出版社 1999 年版，第 208 页。
④ 冯梦龙《风流梦总评》，载《古本戏曲丛刊初集》，影印明墨憨斋刊本《墨憨斋重定三会亲风流梦》卷首，商务印书馆 1954 年版。
⑤ 李渔《闲情偶寄》，载中国戏曲研究院编《中国古典戏曲论著集成》（七），第 18 页。

术语，多是"一线"，如有人称，"古今曲本，皆取一时一事，一线穿成"①，在此可谓是再次重复强调了李渔的观点，同时也表明对戏曲叙事"一线"的认同。而有人在批评《重光记》时称，"新制《重光记》，只十三出，自《庐情》至《焚黄》，一线至底"②，史松泉自称其戏曲作品《施公案新传》是"事迹虽繁，前后贯成一线，情理通顺，章句分明，使登者可以尽文武之技艺，坐听者可以见果报之循环"③。无论是"一线至底"，还是"前后贯成一线"，都可以看出是强调戏曲叙事要围绕着一事的发展逻辑进行，自始至终，无旁枝斜出，亦不能前后颠倒。关于此，我们也可从如下论述中得到验证，如有人称，"乃若传奇之曲，与散套异。传奇有答白，可以转换，而清曲则一线到底"④，此所言的"一线"，可以说是较为直观地说明了该术语所蕴藏的固常与稳定。

戏曲作为叙事文学，其叙事线不仅是聚焦于一事一人上，还要具有一定的长度把其他的人和事串联，以实现戏曲作品的叙事主旨。正因戏曲叙事需要把一个个次要人物、事件串联起来，使得戏曲批评较多地使用了"线"，如金兆燕自称其《旗亭记》是"全本三十六出，起伏回环，一线串成"⑤。同时，对戏曲事件的串联不仅包括事件，还包括人物，如王蓂绪、吴穆分别对孔尚任《桃花扇》批评称：

> 东塘曲阜圣裔，学博才高，偶有感于前明南渡后一岁之
> 兴亡，乃以商丘名士侯朝宗、金陵名妓李香君为线，而一岁

---

① 阙名《红楼梦凡例》，清道光十五年（1835）广州汗青斋刻本《红楼梦传奇》卷首。

② 阙名《分演全琵琶重光记目次开场说》，载郭英德、李志远纂笺《明清戏曲序跋纂笺》（六），第2870页。编者注此文当为蔡应龙撰。

③ 史松泉《〈施公案新传〉原序》，载郭英德、李志远纂笺《明清戏曲序跋纂笺》（九），第4578页。

④ 阙名《附〈衡曲麈谭〉》，载郭英德、李志远纂笺《明清戏曲序跋纂笺》（十二），第5900页。编者注此文当为张琦撰。

⑤ 阙名《旗亭记凡例》，载郭英德、李志远纂笺《明清戏曲序跋纂笺》（五），第2490页。编者注此文当为金兆燕撰。

中君臣政事，始终存亡，皆自此一线串成。①

《桃花扇》者，孔稼部东塘先生所编之传奇也……其中以东京才子侯朝宗、南京名妓李香君，作一部针线……②

可以看出，王蓂绪和吴穆都看到了《桃花扇》是以侯方域、李香君爱情的悲欢离合为"线"，串联起了家国兴亡的事件。同样借人物为线索串联事件的还有《风流梦》，如冯梦龙批评旧版《风流梦》称："李全原非正戏，借作线索，又添金主，不更赘乎?"③ 借李全这一人物为线索之所以会受到冯梦龙的批评，主要是其偏离了剧作的主线，需要增加人物，明显违背了戏曲创作的"一线到底"的原则。

四 指向戏曲舞台创作

毋庸置疑，"线"类术语更多地指向戏曲的文本叙事，即便是讲到人物、事件的多少也主要是就文本而言。但同时戏曲毕竟是要搬演于舞台的艺术，即便是对戏曲文本的批评也不得不虑及其所具有的舞台性，如上述所言的"传奇最忌支离""减头绪"就在一定程度上受到了戏曲舞台性的影响。

细读"线"类术语可以发现，他们也因戏曲的案头场上双具的特性而注意到了戏曲舞台创作，如黄图珌就有称：

曲调可犯，而词调不可犯。词就本旨，而曲可旁求。然曲可犯而词不能创，词可创而不可犯，则知词律不若曲律之严——细于毫发，密于针线，一字不稳，一音不圆，便歪歌

---

① 王蓂绪《桃花扇序》，载郭英德、李志远纂笺《明清戏曲序跋纂笺》（四），第1844～1845页。

② 吴穆《桃花扇后序》，载郭英德、李志远纂笺《明清戏曲序跋纂笺》（四），第1831页。

③ 冯梦龙《风流梦总评》，载《古本戏曲丛刊初集》，影印明墨憨斋刊本《墨憨斋重定三会亲风流梦》卷首。

者之口。①

此处所言之"针线",显然不是指结构,而是指曲之音律必须严守格律搭配要求,如果格律的"针线"不密,就会令所歌唱之字音不准、音韵不圆,歌唱者也难以成功歌唱,要不就会颠腔倒字,要不就要拗舌捩嗓。

另如徐大椿称:

能归韵,则虽十转百转,而本音始终一线,听者即从出字之后,骤聆其音,亦凿凿然知为某字也。

凡出字之后,必始终一音,则腔虽数转,听者仍知为即此一字。不但五音四呼,不可互易,并不可忽阴忽阳,忽重忽轻,忽清忽浊,忽高忽低,方为纯粹。凡犯此病者,或因沙涩之喉,不能一线到底;或因随口转换,漫不经心。以致一字之头、腹、尾,往往互异,不但听者不清,即丝竹亦难合和。故必平日先将喉咙,洗剔清明,使声出一线,则随其字之清浊高下,俱不至一字数声矣。②

这两段是分别论"归韵"和"出音必纯"的,虽然分作两处,其实内里是同一问题,那就是歌唱时对字之音韵一定要立足本音"一线"到底,无论中间声之高低、腔之变化,都必须是不能脱离字的本音,否则就会令听众不知所唱何字、所唱何义。显然,这里的"一线",与对戏曲文本叙事的"一线到底",具有明显不同的指向。

再如左潢述其《兰桂仙曲谱》时称:

有同一曲牌,而此出中用赠板,彼出中无赠板者,则视其曲之或为开场数支,或为收场数支,或为承上起下之支,

① 黄图珌《看山阁集闲笔》,载中国戏曲研究院编《中国古典戏曲论著集成》(七),第 141 页。
② 徐大椿《乐府传声》,载中国戏曲研究院编《中国古典戏曲论著集成》(七),第169 页、第 180 页。

审其来线去脉，以定本支之节拍。①

这是左潢为其剧作《兰桂仙》制谱的阐释，同一曲牌是否用赠板，他称要"审其来线去脉"以确定，这里的"线"当是指曲牌在套曲中的位置及曲情，并由此来决定同一曲牌在舞台搬演时用赠板否。

古代戏曲批评中存在着数量较多的"线"类术语，"线"类术语的存在形态与生成方式，或许有助于探寻批评术语的一些发展规律。大体上，"线"类术语构成以"线"为中心、以"针线""线索""一线""灰线"等为基本形态，以"密针线""一线到底""一线穿成""一线无痕""草蛇灰线""铎音灰线""细针密线""密于针线"等为组合表达的多元形态。从命名方式看，它们存在一定的关联性，即都有"线"，其表征含义也存在交叉性、相似性或相关性。从词汇发展规律看，"线"类术语遵循由单言名言（单音节词"线"）到合体名言（"针线""线索""一线""灰线""细针密线"等）发展的规律，显示出古人对于文学艺术的认知日益精细化，这应当是古代文论批评术语的发展规律之一。

中国戏曲的结构"是一种自由时空的线状结构形态"，"戏曲的分场结构，以人物的上下场为单位，在人物的线状流动中形成"，"戏曲的空间（点），就在人物的流动（线）中，不断地变化着"②，戏曲的文学结构"从纵的方面，就是分析剧情的发展线"③。"线"类术语正吻合戏曲叙事文学线状结构的内在要求，并且能够显现出戏曲作者的才华。当然，通过对"线"类术语的批评指向解读，我们也看到了同一术语的多义性，必须立足于具体的批评文本才能更好地阐释其具体所指。这一点，对我们正确认知丰富的古代戏曲批评术语具有重要的借鉴意义。

（冯晓玲　河北大学文学院讲师）

---

① 左潢《兰桂仙曲谱凡例》，清嘉庆八年（1803）癸亥刻、藤花书坊藏板《兰桂仙曲谱》卷首。
② 张庚、郭汉城主编《中国戏曲通论》，文化艺术出版社 2014 年版，第 236 页。
③ 郭英德《明清文人传奇研究》，北京师范大学出版社 1992 年版，第 265 页。

《铁冠图》版本考述

王一诺

  《铁冠图》传奇是中国古代历史悲剧名作，主要讲述明朝甲申年亡国之事。一直以来，"铁冠图"之名含义混杂，模糊地指代了多种戏曲文本，似乎成为描写李自成起义和明代灭亡这一题材剧作的通用名称。本文意在梳理《铁冠图》的版本，讨论《铁冠图》故事的传承脉络及文本流变，在厘清版本的基础上，进一步发掘《铁冠图》这一书写"明王朝覆亡"的剧作所蕴含的政治内涵。

一 《铁冠图》传奇系统的版本梳理

  《铁冠图》传奇最早出现在清朝初年，但这一《铁冠图》的早期版本已散佚，仅《曲海总目提要》中保留有一段剧情概括。清初《铁冠图》盛演之后又出现了同题材的两部作品，一是康熙中叶曹寅所作的《表忠记》，又名《虎口余生》；二是乾隆初年遗民外史的

《虎口余生》。这三部传奇题材相同，后人往往将它们笼统地冠以《铁冠图》之名，在流传过程中多有混淆。现今所保留下来的《铁冠图》传奇，实则是由多部同类题材作品的演出关目和情节内容糅合而成。

（一）清初《铁冠图》与《湖上观剧》诗

此版本《铁冠图》今已失传，作者、年代均无记载，只能推断大概出现于清朝初年，剧情梗概见于《曲海总目提要》（卷三十三）。刘致中《〈铁冠图〉为李渔所作考》提出这部传奇出现于清代顺治年间，因为方文有一首写于顺治年间的《湖上观剧》诗提及了《铁冠图》的演出情况。① 程宗骏《关于〈表忠记〉与〈铁冠图〉》一文亦将无名氏《铁冠图》与方文诗中提及的《铁冠图》等而视之。② 《湖上观剧》一诗出自方文《嵞山集》续集《徐杭游草》：

> 谁谱新词忌讳无？优伶传播到西湖。
> 惊心最是张方伯，不敢重看《铁冠图》。③

此诗作于顺治十六年（1659），剧作者则不可考。柏英杰先生认为诗中的"张方伯"应为张缙彦，因为降清的张缙彦在剧中形象极不光彩，所以有"不敢重看《铁冠图》"之说。④ 然则据《曲海总目提要》所录《铁冠图》之内容，并无只字片语提及张缙彦其人，作者还指责剧作者胡编乱造，将兵部尚书张缙彦改作范景文"淆惑视听"："按范景文初为南京兵部尚书……彼时兵部尚书乃张缙彦也。剧大误。""剧又屡言兵部尚书范景文。景文时在内阁。本兵张缙

---

① 参见刘致中《〈铁冠图〉为李渔所作考》，《文学遗产》1989 年第 2 期，第 90 页。
② 参见程宗骏《关于〈表忠记〉与〈铁冠图〉》，《艺术百家》1992 年第 3 期，第 111 页。
③ 方文《嵞山集》，载顾廷龙主编《续修四库全书》编纂委员会编《续修四库全书·一四〇〇·集部·别集类》，上海古籍出版社 2002 年版，第 172 页。
④ 参见柏英杰《历史记忆的连续与变迁：明末清初"铁冠图"传说考论》，《戏曲艺术》2019 年第 4 期，第 32 页。

彦……剧硬坐景文。何也。"①从《曲海总目提要》可见，这个版本的《铁冠图》文本与张缙彦的"不光彩"事迹其实无涉。刘致中曾援引蒋芷侪《都门识小录》中的一段材料来解释张缙彦为何"不敢重看"《铁冠图》：

> 甲申之变，大司马某，迎降闯贼。后入本朝，官浙中。偶赴宴西湖，伶人演《铁冠图》即闯贼入京，手执朝笏，蒲伏道旁大呼："臣兵部尚书吴年齿（无廉耻）迎接圣驾。"某惭沮，不终席而去。②

刘致中指出，虽然《铁冠图》一剧原本并未提及张缙彦，但伶人临场发挥，故意改词讽刺，致使张缙彦羞惭而去。然而西湖伶人演的《铁冠图》具体内容已不得而知，无法与《曲海总目提要》中所录剧情相互印证，就此将诗中的《铁冠图》与《曲海总目提要》的《铁冠图》画上等号似乎证据不足。《湖上观剧》一诗表明了顺治年间已有名为"铁冠图"的剧作演出。但此剧与《曲海总目提要》所辑录的《铁冠图》是否为同一剧目，还不能下定论。

严敦易《〈铁冠图〉考》③一文对《曲海总目提要》所录《铁冠图》的剧情加以概括：第一，有铁冠道人张净，留下画图三幅，由白猿传语库神现形引崇祯视库。第二，崇祯曾夜至周奎家，周宴饮作乐，拒绝不纳。击钟召百官，无一人应，唯李国祯与杜秋亨来见。第三，山西巡抚蔡懋德畏芯（葸）遁往平阳（蔡本死节）。第四，周遇吉守宁武关，贼诳入城，令遇吉妻上城招降，妻抗言被杀，遇吉战死。第五，费宫人作韩宫人，所刺为李岩。第六，李国祯是全剧重要的忠勇人物，似乎即以之贯串全书。范景文以丑扮。李建泰易名曹

---

① 董康著，北婴补编《曲海总目提要（附补编）》，人民文学出版社2014年版，第1559~1560页。

② 转引自刘致中《〈铁冠图〉为李渔所作考》，《文学遗产》1989年第2期，第91页。

③ 严敦易《〈铁冠图〉考》，载《元明清戏曲论集》，中州书画社1982年版，第189页。

春。孙传庭改为孙旷。第七，周后自刎先殉，崇祯自缢煤山，王承恩从缢等场面全是有的（后亦实为自经）。国祯曾请于自成，得杜勋，杜秋亨杀之，并戕帝后然后自杀。自成拷掠众官索饷。第八，以崇祯召见诸大臣措置军饷起，吴三桂入关，自成逃往陕西，铁冠道人与刘基说明画图三幅之故为收束。

因《曲海总目提要》意在对《铁冠图》内容不合史实之处加以批驳，并非按情节发展概括全剧，所以无法确定是否还有《曲海总目提要》未曾提及的剧情。但由上述提要可以看出，《曲海总目提要》所收录的《铁冠图》与流传至今的《铁冠图》剧情颇有相似处，铁冠道人留图、周遇吉战死宁武关、崇祯自缢煤山、李自成刑拷众官、宫女刺杀等重要情节都有体现。但《铁冠图》相关题材的剧作中，只有清初版本是以崇祯为主角的。《铁冠图》相关题材剧目不少，却一致回避甲申之变的核心人物，其背后原因引人深思。

（二）《表忠记》与《虎口余生》

《曲海总目提要》卷四十六另有一条"表忠记"，此剧亦为明末甲申之变题材的传奇：

> 一名《虎口余生》，近时人作。闻出织造通政使曹寅手，未知是否。演明末李自成之乱，本朝大兵声讨。小丑殄灭，死难忠魂，俱得升天，故曰《表忠记》。其端则自米脂县令边大绶掘闯贼祖父坟茔，后为贼击几死。皇师讨贼，大绶获全，且得邀恩至显官。其自述有《虎口余生记》，故又谓之《虎口余生》也。①

《表忠记》一剧现已不传，较为详细的剧情内容仅见《曲海总目提要》。焦循《剧说》载："曹银台子清撰《表忠记》。载明季忠烈及卑污诸臣极详备。填词五十余出，游戏皆示劝惩。以边长白大绶为终

---

① 董康著，北婴补编《曲海总目提要（附补编）》，第 2090 页。

始，开场即演掘闯贼祖坟。"① 现一般认为此剧作者为曹寅，当作于清康熙年间。严敦易《〈铁冠图〉考》亦对《曲海总目提要》的《表忠记》情节进行概括：第一，以边大绶为全书的主人公，归结首尾。开始叙他发掘李闯祖坟事。第二，无铁冠道人画图三幅的一节预言神话。第三，出力写孙传庭的战绩，蔡懋德的死节，李建泰的纳款。李国祯地位极不重要，仅与范景文等众官一同殉难而已。第四，周遇吉曾擒李自成养子李洪基，自成献贿求释，不允，后退保宁武关，阁室自焚，遇吉力战中箭自刎。他的母亲是特别提出的贤明的人物。第五，杜勋是在王承恩守宫门时所杀。第六，崇祯手刃公主，走缢煤山，周后、袁妃皆自尽，承恩闻之，急赴亭上缢于旁。第七，费宫人刺一只虎李过。第八，牛金星对百官拷掠索金，恣意淫乐。清兵入关，自成败死于九宫山。第九，边大绶被擒得脱，清廷授以山西巡抚。第十，以诸尽节者忠魂不散，玉帝使真武、伏魔二帝收录，随怀宗升天作结。

概要的第三条言"出力写孙传庭的战绩，蔡懋德的死节，李建泰的纳款"似有不实，李建泰在《曲海总目提要》的"铁冠图"条目下略有提及，但"表忠记"条下基本没有他的戏份。《曲海总目提要》所载《表忠记》以边大绶为主人公贯穿首尾，也没有"铁冠道人留图"这一标志性情节，显然与同书辑录的《铁冠图》是两种不同的作品。但因为《表忠记》亦有"虎口余生"的别名，早年常有人将曹寅之《表忠记》与另一种遗民外史所作《虎口余生》传奇混为一谈。

遗民外史《虎口余生》现有清乾隆抄本藏于云南大学图书馆，《古本戏曲丛刊五集》有收录。原书叶心高 19.2 厘米，宽 13.2 厘米，卷首有遗民外史自题《虎口余生叙》。全剧共四十四出，分别是：《家门》《询墓》《寇岇》《伐冢》《朝议》《嘱别》《去官》《夜岘》

---

① 焦循《剧说》，古典文学出版社 1957 年版，第 55 页。

《营哄》《大战》《败回》《堕计》《挽留》《演阵》《赚城》《尽节》《烧宫》《借饷》《观图》《上朝》《出师》《步战》《拜恳》《别母》《自刎》《设计》《通寇》《献城》《守门》《清宫》《刺贼》《刑拷》《被逮》《魂游》《颁诏》《起兵》《夜乐》《上路》《追剿》《脱逃》《灭寇》《复宫》《录忠》《升天》。

遗民外史《虎口余生》的情节与《表忠记》极为相似，主人公也是边大绶。青木正儿《中国近世戏曲史》云："今日流行于世之《虎口余生传奇》有四十四出，署曰'遗民外史著'。其关目情节正与《传奇汇考》所谓《表忠记》一名《虎口余生》相符，盖即其本也。"① 但遗民外史自题《虎口余生叙》中有言："国朝定鼎以来，海宇奠安，迄有百岁……暇日就旅邸中，取逸史所载边君事，证以父老传闻，填词四十四折。"② 曹寅卒于康熙五十一年（1712），此时清朝开国七十余年，和遗民外史所言"国朝定鼎迄有百岁"尚有差距。且《虎口余生》四十四出，《表忠记》据焦循所言有五十余出。遗民外史《虎口余生》中《烧宫》《观图》二出剧情与《表忠记》无关，反而和《曲海总目提要》所录《铁冠图》相关情节如出一辙。而石巃奏言被斥，大学士李建泰自请督师出征，最后降闯献城等情节，旧本《铁冠图》和曹寅本《虎口余生》均无。遗民外史所作《虎口余生》应在曹寅《表忠记》之后，主体沿用了《表忠记》的情节，又掺杂进少量《铁冠图》的内容进行了新编。

除云南大学图书馆藏《虎口余生》抄本外，还有两种《虎口余生》传奇，一收录于《绥中吴氏藏抄本稿本戏曲丛刊》，一藏于广西师范大学图书馆。

《绥中吴氏藏抄本稿本戏曲丛刊》中有《虎口余生》传奇残本，

---

① ［日］青木正儿著，王古鲁译《中国近世戏曲史》，作家出版社1958年版，第426页。
② 遗民外史《虎口余生》，载《古本戏曲丛刊》委员会编《古本戏曲丛刊五集》第二十九册，国家图书馆出版社2016年版。

无作者署名，无序，首页题"虎口余生传奇""旧钞残本""直翁臧阅"。① 此版本出目不全，抄写较为潦草随意，常有字句讹误，部分唱词旁注有工尺谱。绥中吴氏藏抄本《虎口余生》共二十四出，分别是《开场》《物色》《寇衅》《掘墓》《朝议》《启剿》《解组》《探路》《发兵》《误擒》《验胎》《劫营》《挽留密议》《演阵》《赚城》《改号》《尽节》《焚厂》《借饷》《天旨》《图现》《步战》《赎子》《别母》。

绥中吴氏本《虎口余生》关目、情节内容与遗民外史《虎口余生》基本相同，唯第十九出《借饷》不同于遗民外史本由李国桢先上场，而是与《缀白裘》等戏曲选本一致，删去了开头部分李国桢的剧情，由王承恩开场。绥中吴氏本《虎口余生》的遣词用语较遗民外史本《虎口余生》更为浅显，多有如"伐冢"改为"掘墓"，"孺人"改为"夫人"之类的变动，应为后人据遗民外史《虎口余生》传奇删改而成。

广西师范大学图书馆藏《虎口余生》传奇为清代乐善堂满汉双语本，每页正面为抄本《虎口余生》，背面为明代类书《天忠记》。② 笔者未能得见乐善堂本原书，广西师范大学的杜海军、王琼有论文详细介绍该版本。③ 据杜海军《新发现〈虎口余生〉满汉双语本考论》，乐善堂本共二十出，一题"虎口余生头本目录"，包括《起闯》《金殿》《春宴》《分宫》《大战》《离宫》《定计》《煤山》《搜宫》《清宫》；二题"紫气东来二本目录"，包括《刺虎》《劝降》《拿杜》《祭灵》《刑拷》《问探》《请兵》《发兵》《偏殿》《败寇》等。乐善堂本独树一帜以李自成为主角，与遗民外史本内容大为不同，反而部分情节与清初《铁冠图》相近。

---

① 参见佚名《虎口余生》残本，载吴书荫主编《绥中吴氏藏抄本稿本戏曲丛刊》，学苑出版社 2004 年版，第 79～232 页。

② 参见杜海军《新发现〈虎口余生〉满汉双语本考论》，《戏曲艺术》2020 年第 2 期，第 42 页。

③ 参见王琼《新见抄本〈虎口余生〉考论》，《古籍保护研究》2020 年第 1 期，第 51 页。

二 各戏曲选本选录《铁冠图》情况

收录有《铁冠图》题材折子戏的戏曲选本主要有以下几种：

1. 《新刻精选南北时尚昆弋雅调》

江湖知音者汇选，共"风""花""雪""月"四集。有清初刻本收录于陈志勇编《明清孤本戏曲选本丛刊》，该刻本版框高20厘米，宽11.2厘米，四周单栏，花口。正文分上、中、下三层，上、下两层收戏曲散出，中层收各地趣闻、酒令、笑话。上栏十行，每行九字，下栏九行，每行十五字。《铁冠图·白氏尽节》①见《风集》下层，且该出目前仅见于《新刻精选南北时尚昆弋雅调》。

2. 《缀白裘》

《缀白裘》为钱德苍编选的戏曲散出选本，中华书局出版由汪协如以四教堂为底本点校的《缀白裘》，目前较为通行。在研究《铁冠图》的论文中，一般提到《缀白裘》所选折子都笼统概括为"收有十出"，这应是据汪校《缀白裘》而言的，实则《缀白裘》的不同版本中所收《铁冠图》折子的数目、编排顺序有删改、调整，并非一致。钱德苍所编《缀白裘》的刊印时间跨度长达十余年，其间恰逢清代乾隆年间"查禁戏曲"相关政令频出，《缀白裘》的增删改定亦不免受到朝廷政策的影响。《铁冠图》作为以明朝亡国之事为题材的作品，无疑会是审查的"重点剧目"。

宝仁堂自乾隆二十九年（1764）开始刊行《时新雅调缀白裘新集》，乾隆三十五年（1770）校订重镌，分为《风调雨顺》《海晏河澄》《祥麟献瑞》《彩凤和鸣》《清歌妙舞》《共乐升平》六集。《铁冠图》见于第四编《彩凤和鸣》，收《别母》《乱箭》《借饷》《刺

---

① 参见江湖知音者汇选《新刻精选南北时尚昆弋雅调》，清初刻本，载陈志勇编《明清孤本戏曲选本丛刊》第一辑第十三册，国家图书馆出版社2017年版，第436～440页。

虎》四出。①

乾隆四十五年（1780）四教堂本《缀白裘》②收录的《铁冠图》折子最多，有十出：《守门》《杀监》（二集二卷），《别母》《乱箭》《借饷》《刺虎》（四集一卷），《探营》《询图》《观图》《夜乐》（七集四卷）。同年皇帝下达了《乙酉谕军机大臣等令》："前令各省将违碍字句书籍，实力查缴，解京销毁。现据各督抚等，陆续解到者甚多。因思演戏曲本内，亦未必无违碍之处，如明季国初之事，有关涉本朝字句，自当一体饬查。"③

乾隆四十七年（1782）学耕堂《缀白裘新集合编》④中本该在四编《彩楼记》之后的《铁冠图》不见踪影，审查者将"有关涉本朝字句"的《铁冠图》完全删去，一折不留。此后嘉庆十五年（1810）五柳居本《缀白裘新集合编》⑤又再次出现了《铁冠图》剧目，所收剧目与四教堂本同，但排列顺序不一致，《二集》中原本靠前的《守门》《杀监》两出被后移至卷末。

3. 《纳书楹曲谱》

叶堂订谱，乾隆五十七年壬子（1792）至五十九年甲寅（1794）刻成全书，不记科白说介，为清唱宫谱，旁注工尺。台湾学生书局《善本戏曲丛刊》据乾隆原刻本影印，共收《铁冠图》三出：《询图》《夜岘》《刺虎》，见外集卷二。⑥

---

① 参见钱德苍编选《缀白裘新集合编六集二十四卷》，清乾隆二十九年（1764）金阊宝仁堂刻本，载陈志勇《明清孤本戏曲选本丛刊》第一辑第十九至二十五册，《铁冠图》见第十三册第 79～118 页。

② 参见钱德苍编选，汪协如点校《缀白裘》，中华书局 2005 年版。

③ 清高宗《谕》，载《清实录·高宗纯皇帝实录》第 22 册，中华书局 1986 年版，第 939 页。

④ 钱德苍编选《缀白裘新集合编十二集四十八卷》，清乾隆四十七年（1782）学耕堂刻本，载陈志勇《明清孤本戏曲选本丛刊》，第一辑第二十六至三十六册。

⑤ 钱德苍编选《缀白裘新集合编十二集四十八卷》，清嘉庆十五年（1810）五柳居刻本，载陈志勇编《明清孤本戏曲选本丛刊》，第一辑第三十七至四十六册。

⑥ 参见叶堂《纳书楹外集》，清道光戊申（1848）春镌本，载《善本戏曲丛刊》第六辑，台湾学生书局 1987 年版。

4. 《审音鉴古录》

昆曲演出剧目选本，编者未署名。主要流传版本为道光十四年
（1834）王继善补刻本，台湾学生书局《善本戏曲丛刊》、学苑出版
社《审音鉴古录》均据此本影印。本书收录有《铁冠图》六折，正
编《借饷》《别母》《乱箭》《守宫》，续选《煤山》《刺虎》。① 《审
音鉴古录》不仅收录曲词念白，还记载了每出戏的穿关、科介，在戏
曲选本中较为特别，如《铁冠图·煤山》一折所载崇祯奔逃煤山的
表演提示就非常详尽。

5. 《六也曲谱》

清末苏州曲家殷溎深原稿，怡庵主人编，苏州振新书社出版。花
栏，白口，单鱼尾，每页三栏，便于标注工尺。初集收有《询图》
《观图》《守门》《杀监》四折。②

6. 《昆曲粹存》

昆山国学保存会编校，1919 年上海朝记书庄出版，收有《铁冠
图》十八出：《询图》《探山》《营哄》《捉闯》《借饷》《观图》《对
刀》《拜恳》《别母》《乱箭》《撞钟》《分宫》《守门》《归位》《杀
监》《刺虎》《夜乐》《刑拷》，旁注工尺谱。③

7. 《集成曲谱》

王季烈、刘富梁辑，1924 年由商务印书馆出版，分为金、声、
玉、振四集。《铁冠图》收录于玉集卷六，有《探山》《别母》《乱
箭》《守门》《刺虎》五出，曲白皆录，旁注工尺。④

8. 《昆剧手抄剧本一百册》

苏州曲家张紫东于清末民初时整理抄录的昆曲工尺谱，2009 年

---

① 参见佚名《审音鉴古录》，学苑出版社 2003 年版。
② 参见殷溎深著，怡庵主人编《六也曲谱》，苏州振新书社清光绪三十四年（1908）
印行。
③ 参见昆山国学保存会编校《昆曲粹存》，上海朝记书庄 1919 年石印版。
④ 参见王季烈、刘富梁辑《集成曲谱玉集》，山西人民出版社 2018 年版，第 253～
308 页。

广陵书社影印出版。收录《铁冠图》折子有：《询图》《探营》《营哄》《捉闯》《缴令》《借饷》《观图》《对刀》《步战》《拜恳》《别母》《乱箭》《撞钟》《分宫》《守门》《杀监》《煤山》《归位》《刺虎》《刑拷》《夜乐》，共二十一出。[①]《昆剧手抄剧本一百册》所收出目数量虽然最多，但只是把部分折子一分为二，并没有其他选本未收的新内容。

三　《铁冠图》故事的流变与定型

清初《铁冠图》与曹寅《表忠记》分别开创了以崇祯为中心和以边大绶为中心的两种叙事模式，遗民外史《虎口余生》则以《表忠记》故事为主体进行改写，中间插入了来自清初《铁冠图》的《烧宫》《观图》两折。将各戏曲选本所选的《铁冠图》折子戏内容进行比较，可以发现大部分都与遗民外史《虎口余生》的内容一脉相承。虽然各选本都题名为"铁冠图"，但实则与《虎口余生》却更为相近。

（一）询图：《铁冠图》因何而名

《铁冠图》之"图"指的是描绘明朝灭亡之事的图画，然则"铁冠"二字从何而来？各戏曲选本所选录的折子，其关目内容明明与《虎口余生》更为接近，又为何整齐划一地以"铁冠图"为名？

《铁冠图》相关题材的小说《新世鸿勋》第十回中记载了一则亡国图谶传说：刘伯温在皇宫中设有一密室，叮嘱后人国有大变，方可开视。崇祯十六年（1643），明朝局势危急，崇祯帝打开密室取出三幅图画。第一幅图画文武百官手执朝冠，披发乱走，谶兆为官多法乱。第二幅画兵将倒戈弃甲，平民四散奔逃，谶兆为军民背叛。第三

---

① 参见张紫东《昆剧手抄剧本一百册》，《铁冠图》见第六十六册、第六十七册，广陵书社 2009 年版。

幅画崇祯帝身穿白背褡，跣右足，披发中悬。①《明朝小史》《明季北略》等书中相关传说与《新世鸿勋》大致相同。《新世鸿勋》是较早提及明末亡国图谶传说的文本，这个版本的传说与"铁冠"无关，但三幅图画预示明朝灭亡、崇祯上吊而死的内容与后来《铁冠图》传奇已颇有相似之处。

《曲海总目提要》所载《铁冠图》传奇中，提及铁冠道人张净留下三幅图画，白猿传语库神，库神引崇祯观图。剧末铁冠道人与刘基说明三幅图画作为结尾。这本传奇的"铁冠"之名，显然指铁冠道人张净，但是图画的内容以及铁冠道人的具体戏份不详。遗民外史《虎口余生》没有《询图》一折，但有与谶图相关的第十九出《观图》。通积库库神奉天官旨意引崇祯至库中打开木匣，观看铁冠仙师留下的画图。画图分三层，上层为君臣朝见；中层画一片焦山、一株枯树，一人披发覆面；下层则是许多兵将手执大旗。崇祯看完画图不知所云，又原样放回。此本中仅提到铁冠仙师，没有刘基，更无白猿。《虎口余生》整本戏中崇祯仅出场这一次，前后均无呼应，畸零一折，不伦不类。曹寅《表忠记》并无谶图相关内容，遗民外史可能听过或见过清初《铁冠图》的相关剧情，加以改动后糅合进《虎口余生》的主线中。其后各选本中的《观图》没有大变化，只将天官传语库神改为库神直接去引崇祯观图，更为简洁。

现存最早的《询图》一折出自四教堂本《缀白裘》。《询图》极短，一般放在《铁冠图》的卷首作为开篇。《询图》中的铁冠道人不再只是库神在台词中提及的仙师，而是由老生装扮上场。铁冠道人感叹历代兴衰，并断言明朝气数已尽，吩咐库神引崇祯观看二百年前的图画："明家基业今已矣，好发图中秘。成败总由天，劫数难回避。指日间承大统，自有那英明帝。"② 遗民外史《虎口余生》相关内容

---

① 参见蓬蒿子《新世鸿勋》，载《古本小说集成》编委会编《古本小说集成》第一辑第八册，上海古籍出版社1994年版。

② 钱德苍编选，汪协如点校《缀白裘》第四册，第198页。

只言明朝国运已不可维系，《缀白裘》则非常直接地颂起了"成天大统英明主"。《缀白裘》中的《询图》并无清初《铁冠图》的白猿传语一说，结合其颂圣之言，推断是后人结合"铁冠图"传说为《铁冠图》传奇写的开篇词。此后除仅选曲的《纳书楹曲谱》外，其他选本所收《询图》基本相同。《纳书楹曲谱》的《询图》只有一支【大红袍】，本该在卷首的【浪淘沙】未曾收录。【浪淘沙】曲云："岁月大江流，逝水悠悠。皇图霸业等浮沤。唯有明月清风依旧也，任我遨游。"①

从清初《铁冠图》到诸戏曲选本中凡涉及"图谶"的情节，都有提到"铁冠道人""铁冠仙师"，传奇《铁冠图》题目中的"铁冠"应该就是指铁冠道人。统观各戏曲选本所收折子，《询图》《观图》被收录的次数相当多。这些选本所收《铁冠图》虽然更多的关目情节来自《表忠记》或《虎口余生》的系统，但是既然其中吸收了"铁冠道人图谶"的相关内容，题为"铁冠图"似乎也无不可。

（二）撞钟、分宫、吊煤山：缺位的崇祯

《撞钟》《分宫》《煤山》三折，都是崇祯皇帝的重头戏。《撞钟》写李自成大军逼近，崇祯去国丈周奎家托孤，请他送走太子，周奎却只顾饮宴，闭门不纳。崇祯不得不敲响景阳钟召集群臣，仅有两人奉召前来。崇祯又怒又怕，知道无力回天，内心绝望。接下来是《分宫》——帝后二人相对而哭，恨臣子不忠心，恨妖魔施强暴，不能理解十七年来宵衣旰食却要面对亡国的命运。其后皇后自刎，崇祯手刃公主。《煤山》写崇祯来到煤山准备自缢，一路上跌跌撞撞、精神恍惚。他深信"朕非亡国主，误国是奸谗"，然而事已至此，无可奈何，最终以发覆面、自缢而死。

《撞钟》一出的情节在清初《铁冠图》传奇里就出现了，《分宫》中的"手刃公主"事亦见于曹寅的《表忠记》。然而直到清朝末年，

---

① 钱德苍编选，汪协如点校《缀白裘》第四册，第196页。

才有《撞钟》《分宫》两折出现于戏曲选集中。崇祯自缢于煤山、王承恩从缢的情节清初《铁冠图》和《表忠记》都有，但仅有《审音鉴古录》将《煤山》收入续编，清末才被多种选集收录。《煤山》唱词不多，是一出十分重做工的戏，演员要通过跌跤、抛冠、脱靴等技巧展现出崇祯皇帝穷途末路时的仓皇狼狈。《审音鉴古录》所收《煤山》一折注有详细的动作指示、穿关提要，显然在被收录之时已经是一出经过长期舞台打磨的成熟之作，然而它却鲜见于选本，与实际的演出情况并不相符。

按照情节顺序排列，《煤山》应当与选本的《守门》《杀监》《归位》三出合为一个整体，是为《守门》《杀监》《煤山》《归位》。实际上这四出都是遗民外史《虎口余生·守门》里的情节，只是"崇祯帝吊死煤山"的内容在遗民外史笔下仅草草带过，作者没有让崇祯正面出场，一个小太监报丧就将这段情节揭过，开始下面王承恩的"哭丧"戏。这种安排显然丧失了极大的冲突，与一般剧作的写法相悖。

《缀白裘》有《守门》《杀监》两出，"煤山"处亦是一笔带过。不过《缀白裘》的《杀监》一折中，王承恩哭悼崇祯帝时比《虎口余生》多了一句台词颂扬他自尽仍不忘写下的绝命书："只看他到死时，尚兀自留书，切切的爱护着赤子黔黎。"① 然而崇祯写下绝笔的情节是在详细描写他穷途末路的《煤山》一折才有的，《缀白裘》的《杀监》中出现了《煤山》的情节，让人猜想是否编者手中的《铁冠图》其实本有《煤山》，只是编者并未将其选入。

自清初至清末，以崇祯为主人公的出目在选录本中极为少见。如果选本的收录情况与实际的舞台演出情况相符，即《撞钟》《分宫》《煤山》等出目长时间绝迹于舞台，到清末突然出现这几种题材十分成熟的戏剧，显然不符合常理。实际这几出戏可能一直传承于戏台之

---

① 钱德苍编选，汪协如点校《缀白裘》第一册，第80页。

上，但是出于种种政治原因，并未被戏曲选本收录。

结 语

《铁冠图》传奇最早出现于清朝初年，以崇祯为核心人物展现明朝惨烈的覆灭。康熙年间，曹寅作《表忠记》，从降清的明朝旧臣边大绶视角展开叙事，维护清廷的正统。其后乾隆年间的遗民外史将《表忠记》的主体情节与少量清初《铁冠图》的内容熔于一炉，创作了《虎口余生》，奠定了现今"铁冠图"故事的基调。此后《铁冠图》一剧多以折子戏的形式流传，并因清廷对前朝历史书写的态度变化而屡遭删改，部分与崇祯皇帝直接相关的折出鲜见于文字记载，但在民间演出中仍有留存。直至清末，各戏曲选本中才重现了较为完整的《铁冠图》故事。对《铁冠图》文本的研究，在版本学的意义之外，也为我们理解当时的社会、历史提供了重要的帮助。

（王一诺　中国艺术研究院研究生院硕士研究生）

新见冯叔鸾戏曲创作考论*

刘于锋

冯叔鸾（1884—1942），原名远翔，署名马二先生、马二等，号啸虹轩主人，是晚清民国时期在戏剧创作和研究方面较有特色的作家，"以文学鸣于时""以评剧见知于社会"①。冯叔鸾的剧评有《啸虹轩剧谈》《冯步鸾剧话》《戏学讲义》等，对戏剧改良、新剧与旧剧的关系有独到的见解，近年学界对冯叔鸾的研究主要集中在对其戏

———————————

* 本文为国家社会科学基金中国文学一般项目"中国近现代报刊载板腔体新剧综录、整理与研究"（项目编号：23BZW138）、山西省教学改革项目"基于一流课程建设的《戏曲鉴赏》教学改革研究"（项目编号：J20230586）阶段性成果。

① 赵苕狂《冯叔鸾传》，载芮和师、范伯群、郑学弢、徐斯年、袁沧洲编《中国文学史资料全编现代卷·鸳鸯蝴蝶派文学资料》（上），知识产权出版社2010年版，第307页。

晚清民国时期的重要地位，认为其戏剧批评"显露出超越那个时代的具有现代学术气质的治学精神"②。冯叔鸾的戏剧创作有话剧和京调戏曲，学界对冯叔鸾戏剧创作方面的考察也取得新的成果，但在其剧目的考索方面仍有很大的待开拓空间，如冯叔鸾在《新闻报》刊载的 20 种剧作尚未得到充分重视，也影响到对其戏曲成就的全面考察。

对冯叔鸾戏剧创作的研究方面，目前已考知冯叔鸾创作剧目 18 种，姚赟契《冯叔鸾戏剧创作及演出考述》（《戏曲研究》第 99 辑）一文，考知冯叔鸾剧目 14 种，其中包括戏曲作品 7 种，话剧 7 种，并介绍冯叔鸾创作和演出情况，但此文未涉及《新闻报》所载冯叔鸾剧作。李永《冯叔鸾红楼戏补遗及考论》（《红楼梦学刊》2021 年第 6 辑）一文，考察出《新闻报》所载 4 部新见红楼题材戏曲作品，但此文仅限于对红楼戏的考察，并未提及《新闻报》刊载的其他剧作。笔者在前人已知剧目的基础上，在《新闻报》新考冯叔鸾戏曲作品 16 种。本文即从冯叔鸾剧作的刊载情况、体制特征、题材新选择、艺术创新等角度来讨论，有利于全面把握冯叔鸾戏剧创作概貌及

---

① 冯叔鸾剧学和戏剧评论方面的成果，有刘神生《试论冯叔鸾〈啸虹轩剧谈〉和〈戏学讲义〉中的戏剧美学思想》，《内蒙古农业大学学报》（社会科学版）2011 年第 5 期；赵兴勤、赵韡《冯叔鸾"戏学"的丰富内蕴及文化旨归——民国时期戏曲研究学谱之二十》，《中国矿业大学学报》（社会科学版）2014 年第 4 期；赵兴勤、赵韡《冯叔鸾生平考述及其戏曲研究的学术价值——民国时期戏曲研究学谱之十九》，《社会科学论坛》2015 年第 3 期；赵海霞《冯叔鸾报刊剧评的理论价值与批评特点》，《南京师范大学文学院学报》2017 年第 1 期；简贵灯、陈俊佳《鸳鸯蝴蝶派作家冯叔鸾的京剧批评》，《艺术百家》2022 年第 1 期；信安娜《亦新亦旧、亦中亦西：冯叔鸾剧评研究》，硕士学位论文，北京外国语大学 2017 年。以上成果主要结合冯叔鸾生平来讨论其剧评的特点和成就。冯叔鸾生平史实研究方面的成果，有任荣《冯叔鸾生平史实考论——以新发现的中国第二历史档案馆藏冯叔鸾档案为中心》，《戏曲艺术》2020 年第 4 期；简贵灯、陈俊佳《戏剧家冯叔鸾籍贯、生卒、婚娶考》，《福建艺术》2020 年第 9 期。这两篇文章则注重从文献角度考察冯叔鸾生平史实中有争议之处。

② 赵兴勤、赵韡《冯叔鸾生平考述及其戏曲研究的学术价值——民国时期戏曲研究学谱之十九》，《社会科学论坛》2015 年第 3 期，第 194 页。

其艺术成就，丰富对晚清民国时期戏曲的深入研究。

一 《新闻报》刊载冯叔鸾剧目与体制特征

目前已知冯叔鸾创作剧目 18 种，姚赟契《冯叔鸾戏剧创作及演出考述》（《戏曲研究》第 99 辑）一文考察冯叔鸾剧作 14 种，包括《鸳鸯剑》《风月宝鉴》《爱情之试验》《陈七奶奶》《美发娘》《夏金桂自焚记》《姊妹花》《戏叔送酒》《搜园：探春怒打王婆子》《金屋梦》《郁轮袍》《复辟纪念：割辫代首》《荣辱》《真假财主》，并考察冯叔鸾的演剧活动。① 李永《冯叔鸾红楼戏补遗及考论》（《红楼梦学刊》2021 年第 6 辑）一文，新考证出冯叔鸾刊载于《新闻报》的4 种红楼戏《潇湘探病》《梅花络》《题园试玉》《春灯传虎记》。② 刘衍青《〈红楼梦〉戏剧研究》根据《京剧传统剧本汇编》等考述郝晓莲藏本《梅花络》《潇湘探病》，根据《京剧剧目初探》考述《风月宝鉴》，然并未考证剧目作者情况。③

（一）刊载情况

冯叔鸾在《新闻报》副刊"快活林"以"马二先生"之名发表的剧作，除了 4 种红楼戏之外，另外有 16 种剧作皆未见各戏曲目录著录，亦未见相关研究。这 16 种剧作具体刊载情况见下表：

新见《新闻报》刊载冯叔鸾剧目

剧名	剧作类型	场次	刊载期刊及时间	栏目
殡凤记	时事歌剧	2	《新闻报》1916 年 11 月 19—21 日	第 13 版"快活林"剧本栏

---

① 参见姚赟契《冯叔鸾戏剧创作及演出考述》，《戏曲研究》第 99 辑，文化艺术出版社 2016 年版，第 144～163 页。

② 参见李永《冯叔鸾红楼戏补遗及考论》，《红楼梦学刊》2021 年第 6 辑，第 265～278 页。

③ 参见刘衍青《〈红楼梦〉戏剧研究》，中国社会科学出版社 2018 年版，第 33 页。

（续表）

剧名	剧作类型	场次	刊载期刊及时间	栏目
蔡锷	爱国歌剧	4	《新闻报》1916年11月25—30日，12月1—10日	第13版"快活林"剧本栏
送龙袍	滑稽歌剧	1	《新闻报》1916年12月5日	第13版"快活林"剧本栏
议员大决斗（代公堂）	滑稽时事歌剧	1	《新闻报》1916年12月15—17日、31日	第13版"快活林"剧本栏
借债过年	滑稽警世新剧	1	《新闻报》1917年1月5—7日	第13版"快活林"剧本栏
财神托兆	新年歌剧	1	《新闻报》1917年1月26日	第13版"快活林"剧本栏
灶神过关	游戏歌剧	1	《新闻报》1917年1月29日	第13版"快活林"剧本栏
安喜县	三国歌剧	1	《新闻报》1917年1月31日、2月1—3日	第13版"快活林"剧本栏
七宝刀	三国歌剧	1	《新闻报》1917年2月4—6日	第13版"快活林"剧本栏
乌金荡	清史歌剧	1	《新闻报》1917年2月7—10日	第13版"快活林"剧本栏
争国教	时事歌剧	1	《新闻报》1917年2月18日	第13版"快活林"剧本栏
真假名士	清史歌剧	1	《新闻报》1917年2月22—25日	第13版"快活林"剧本栏
耒阳县	三国歌剧	1	《新闻报》1917年3月3—6日	第13版"快活林"剧本栏
截江报	清史歌剧	1	《新闻报》1917年3月7—12日（未完，未见续载）	第13版"快活林"剧本栏
新拾金	讽世歌剧	1	《新闻报》1917年3月31日	第13版"快活林"剧本栏
龙华道	滑稽歌剧	1	《新闻报》1917年4月17日	第13版"快活林"剧本栏

这样一来，冯叔鸾剧作品总量就达到 34 种，其中《新闻报》刊载者共 20 种。《新闻报》于光绪十九年正月初一（1893 年 2 月 17 日）在上海创刊，日报，主笔有蔡尔康、郁岱生、袁翔实等。至 1949 年 6 月，改名为《新闻日报》。《新闻报》是上海四大报纸之一（另三家为《申报》《时报》《时事新报》），是"商业界有广泛影响的著名报纸"①。《新闻报》副刊"快活林"栏目有"谐著""小说""剧本""弹词""笔记""杂俎"等。"快活林"刊载的戏剧作品体制多样，包括传奇杂剧、板腔体文人新剧和话剧。

从冯叔鸾戏曲创作经历来看，其于 1913 年至上海，开始任《大共和日报》编辑，"癸丑春，应《大共和日报》主者之召，来沪主持笔政"②。此后亦主持《图画剧报》《俳优杂志》等，亦在《神州日报》《晶报》《大共和画报》《国闻周报》《大公报》《时报》《时事新报》等报刊发表大量剧评和观剧记录。冯叔鸾的戏剧创作也是集中于主持报刊笔政和创作剧评的这一阶段，其《鸳鸯剑》《风月宝鉴》等开创红楼题材剧作，"上海之有《红楼梦》戏，实作俑于余。忆当癸丑之冬，郑正秋在谋得利办新民社，余为编演《鸳鸯剑》一节……正秋因《鸳鸯剑》叫座，乃复嘱编《红楼梦》戏，续有《风月宝鉴》之作，春柳社开幕亦演"③。在《新闻报》发表这 16 种剧作的 1916—1917 年间，正是冯叔鸾在上海为各报刊笔政之时，他已完成《啸虹轩剧谈》等剧评，形成较为成熟的戏剧观，戏剧创作也进入高产时期，内容也从红楼题材为主到向其他方面拓展。

（二）以旧体写新题的文人新剧

冯叔鸾的戏曲作品虽然是以板腔体的京调来创作，但从所表现的主题和精神来说，仍是新剧的范畴，因此其戏曲作品可以看作板腔体

---

① 史和、姚福申、叶翠娣编《中国近代报刊名录》，福建人民出版社 1991 年版，第 346 页。

② 冯叔鸾《啸虹轩剧谈》，中华图书馆 1914 年版，自序页。

③ 马二先生《〈红楼梦〉戏之经过谈》，《晶报》1919 年 4 月 27 日第 2 版。

文人新剧。

《新闻报》刊载冯叔鸾剧作，皆用脚色扮演，并标有板式，但冯叔鸾并非因为这些特点而将其作为"旧剧"，而是以"新剧"看待。冯叔鸾在《怎样分别戏的新旧》一文中，认为可以从形式、性质和习惯三个角度来分别："（一）形式上的分别，歌剧是旧，白话剧是新。（二）性质上的分别，供娱乐的是旧，有主义的是新。（三）习惯上的分别，从前有的是旧，现时编的是新。"[①] 并认为："只能从主义上说，不能从形式上说……戏剧的目的是希望他不但供人娱乐，并且希望他要有通俗教育充分能力的。"[②] 所以冯叔鸾的戏曲作品，从体制上属于"旧"，然从表达的主题看，仍是具有时代精神的板腔体文人新剧。

冯叔鸾在对其作品的定位中，创作的话剧如《荣辱》题"未来派新剧本"，《美发娘》题"侦探新剧"。而板腔体京调戏曲也有新剧、旧剧之分。其京调作品自称有"旧剧"和"新剧"两种类型，第一种是称为旧剧的红楼题材戏曲作品，如冯叔鸾于 1915 年在《大共和画报》上刊载的"新编红楼旧剧之一"《戏叔送酒》、"红楼梦旧剧第二种"《搜园：探春怒打王婆子》和"红楼梦旧剧第三种"《金屋梦》。第二种是京剧声腔的文人题材新剧作品，即新见刊载于《新闻报》的剧作，皆为板腔体京调作品，冯叔鸾多称之为"歌剧""新剧"。从新见剧作的类型看，包括"爱国歌剧""滑稽歌剧""时事歌剧""滑稽警世新剧""新年歌剧""游戏歌剧""三国歌剧""清史歌剧""讽世歌剧"等。这些作品中虽然只有《借债过年》称为"滑稽警世新剧"，其他剧作皆称为"歌剧"，但性质是一样的，都是板腔体的京调戏曲，不管是时事题材、历史题材还是寓言题材，都有表现时事、借古喻今或讽刺现实的精神，表达新剧的"主义"，具有

---

① 马二先生《怎样分别戏的新旧》，《时报》1920 年 4 月 15 日第 12 版。

② 马二先生《怎样分别戏的新旧》，《时报》1920 年 4 月 15 日第 12 版。

"新剧"的精神。

（三）体制变革与群体选择

冯叔鸾不仅创作板腔体京调戏曲，也创作话剧。同是板腔体体制，不同题材称呼也不同，如"时事歌剧""清史歌剧"等，或直写时事，或通过写历史题材反映现实，可以理解为文人创作的"板腔体新剧"。冯叔鸾的剧作代表了近代戏曲创作在体制与题材方面的转折，也是当时戏曲家的群体选择。

近代戏曲体制既包括传奇杂剧也包括板腔体戏曲，其中板腔体戏曲从作家角度来说又有地方戏板腔体戏曲与文人板腔体新剧。冯叔鸾的戏曲创作代表的是文人剧作家的板腔体新剧。这里的"新剧"，从体制上是相对明清以来的传奇杂剧而言，而从题材上又是相对于帝王将相、才子佳人题材为主的"旧戏"而言，更多地体现了剧作的时事性色彩。需要说明的是，板腔体新剧与早期话剧有体制的区别，早期话剧也称为"新剧"，甚至有的话剧也带有唱的成分。如郑正秋曾提出偶用唱来增加话剧效果："新剧不唱，主张者多……我尝插极浅近之伤心歌于各戏……正秋外，竟未尝有一人造新腔、唱新词以醒世者耳。"[①] 但"加唱"的话剧，本质仍是话剧，与文人板腔体新剧属于不同的体制。

采用板腔体戏曲进行创作，不仅仅是冯叔鸾个人的创作现象，更是当时文人剧作家的群体选择。晚清民国时期出现了大批文人板腔体新剧作家，甚至大量传奇杂剧作家也同时创作板腔体新剧，体现了创作的体制选择。如梁启超、吴梅、洪炳文、吴趼人、冯绪承、黄世仲、陈家鼎、感惺等，也创作反映时事的板腔体新剧，这类剧作与传统的帝王将相或才子佳人故事有很大区别。如梁启超传奇有《劫灰梦》《新罗马》《侠情记》，新剧有《班定远平西域》，而这部新剧也

---

① 正秋《新剧经验谈（二）》，周剑云《鞠部丛刊》，载傅谨主编《京剧历史文献汇编·民国卷》第 3 册，凤凰出版社 2019 年版，第 277 页。

开启了文人时事题材板腔体新剧的大量创作。吴梅有传奇杂剧《风洞山》《双泪碑》等，也创作新剧《袁大化杀贼》。吴趼人传奇有《曾芳四传奇》，也创作新剧《邹烈士殉路》等。从戏曲家个体角度可以看到戏曲创作的群体转向，意味着传奇杂剧作家对新兴文体样式的尝试和接纳，反映了时代特征在戏曲创作中产生影响，是戏曲文体变革的集中体现，更是戏曲发展史上具有重要转折性意义的变化。

二　题材类型与主题表达

关于剧本的题材问题，冯叔鸾在《戏之基本观念》中认为大概有历史材料、小说杂述材料和时事材料三种，"夫脚本之取材，凡分三类，一曰历史的材料，二曰小说的材料，三曰时事的材料"①，并认为这三种题材各有所长："以一时激刺言，取材时事，捷于历史；以永久观感论，则历史又较小说为耐人寻味。是故欲对时症而下针砭，非演时事戏不可；欲为一种社会谋改革，非取材于小说不可；而演述兴亡，指点当局，更非历史戏不为功。由此而言，三者皆有所长，未容偏废。"② 据新见冯叔鸾剧作的主题和内容，其题材大致分为时事题材、三国题材、清史题材和游戏题材，总体反映出冯叔鸾在1916—1917年创作的主要内容，也反映其在这一时期的创作动态。

（一）时事题材与现实情怀主题

时事类题材剧作中，以袁世凯称帝及其失败为背景的剧作有《蔡锷》《殒凤记》《送龙袍》，其中《蔡锷》与《殒凤记》分别写蔡锷与筱凤仙的故事，但在内容上有连贯性。《蔡锷》共四出，包括《智出北京》《云南起义》《行军失途》《福冈星陨》，叙蔡锷反对袁世凯称帝而被人监视，后在宋信仁、筱凤仙的帮助下逃出罗网。蔡锷

---

① 冯叔鸾《啸虹轩剧谈》，第8页。
② 冯叔鸾《啸虹轩剧谈》，第9页。

在云南组织护国军，誓师大会痛斥袁世凯改帝制。蔡锷在蜀道行军途中迷失道路，众人誓死相随。蔡锷临终前嘱托蒋方震，欲救亡图存需万众一心，并安排后事一切从俭，言毕而逝。此剧反映出蔡锷重要的人生轨迹。《殡凤记》包括《闻耗》《哭祭》二场，剧叙蔡锷因积劳成疾，筱凤仙忧思不止，得知蔡锷凶信后伤心欲绝，哭祭蔡锷并自刎而死。剧前"说明"称筱凤仙："能巨眼识英雄，以视红拂之从李靖，殆有过之。爰编歌剧一出，以彰其人。"①《送龙袍》叙张将军原本为袁世凯登基准备龙袍一件，然袁世凯一命归阴，张将军命护卫张得胜将龙袍送给名伶刘鸿声以备其唱《斩黄袍》所用。张将军本以为会得到不菲报酬，然未得到刘鸿声赏钱，才知皇帝一死连龙袍也不值钱。

以议员斗争为题材的时事剧作有《议员大决斗（代公堂）》《争国教》。《议员大决斗（代公堂）》叙六名激烈派议员因宪法问题与四名斯文派议员意见不合，在议会将四人痛打。斯文派议员不接受调停，拟定电报发往全国以痛诉六人罪状，激烈派六人在法庭上痛打法官。《争国教》叙议长带领议员讨论国教问题，尊孔议员认为中国注重儒教应该将其列入宪法，却被其他议员嘲笑，尊孔议员终作揖求饶。剧前有说明："国教问题，五花八门，演出若干笑谈，是不可不述之，以为他日尊孔者之纪念。爰编此剧，达意而止，不求形似也。"②

直接讽刺现实时事的剧作有《龙华道》。《龙华道》叙大少驾汽车到龙华道游赏，一乞儿向其乞讨，其命车夫将乞儿推倒。乞儿称自己当年也像大少一样在花街柳巷挥霍称豪，最后落到如今地步，大少却在乞儿面前依然表现得心骄气傲。此时老二、老五前来寻找大少回去处理未了之事，大少气焰顿消，只得随两人而去。此剧即讽刺大少

① 马二先生《殡凤记》，《新闻报》1916 年 11 月 19 日第 13 版。
② 马二先生《争国教》，《新闻报》1917 年 2 月 18 日第 13 版。

挥霍青春，本想在乞儿面前称豪，又被打回原形之尴尬情态。

（二）历史题材与传统文人主题

冯叔鸾历史题材剧作包括"三国歌剧"和"清史歌剧"，"三国歌剧"取材于小说《三国演义》，借古写今，相关剧作有《安喜县》《七宝刀》《耒阳县》三种，"清史歌剧"有《真假名士》《截江报》《乌金荡》三种，侧重文人际遇等传统文人主题。

"三国歌剧"分别选取张飞鞭打督邮、曹操献刀、庞统治理耒阳县之事。《安喜县》叙刘备被授予安喜县县尉之职，督邮到县要求刘备等人迎接，且暗中捏造罪状，张飞忍无可忍痛打督邮，刘备等人辞官奔走他乡。此剧据《三国演义》第二回张飞鞭打督邮情节改编，以表达贤者不得其位、不肖者弄权之主题。《七宝刀》叙司徒王允因痛恨董卓专权，以自己寿辰名义邀请百官聚晤。宴间王允与众臣痛哭，曹操起身大笑称痛哭实在无益，愿借献刀之名以杀董卓。曹操行刺失败，乃谎称献刀，驰马出城而去。《耒阳县》写刘备因荆州初定未有闲职，安排庞统为耒阳县令。庞统感职务屈才，到任后并不审理案件。张飞责问其饮酒误事，庞统则将所积压案件瞬时审判完结，张飞方知庞统非靠人情投谒之辈，决定向刘备保荐。

"三国歌剧"虽为"历史"题材，实际取材于《三国演义》。《安喜县》剧前有"说明"："国家纪纲败坏，总由于赏罚不明。贤者不得其位，不肖者窃踞弄权。因思《三国演义》中张翼德怒鞭督邮，真是快人快事。演之今日，必能博得大多数人之拍掌，当代名伶，或亦有取于此乎？"[1]《安喜县》在历史题材剧作中批评时事。张飞不愿刘备迎接督邮，称"做官的身分越高，要钱越利害"[2]，更借督邮本人所称："做官不把良心坏，富贵功名那里来？"[3] 不仅是针对督邮，更是用以讽刺时事。《耒阳县》主要写怀才不遇者，剧前有"说明"：

---

① 马二先生《安喜县》，《新闻报》1917年1月31日第13版。
② 马二先生《安喜县》，《新闻报》1917年1月31日第13版。
③ 马二先生《安喜县》，《新闻报》1917年2月2日第13版。

"庞士元治耒阳，贪酒不理政事。先主使张飞往观，则百余日积案，一旦了之，然后知士元非百里才。而世之怀才不遇者，乃往往有托而逃也。"①

冯叔鸾剧作中标明"清史歌剧"的《真假名士》《截江报》《乌金荡》是取材清代的作品。《真假名士》写郑板桥被骗取墨宝事，剧叙盐商宋小泉托人以重金求郑板桥墨宝被拒，其师爷贾明诗扮作隐士，骗取郑板桥信任而获得墨宝。《截江报》叙太平天国运动时期，乔玉英与丈夫周立本被官兵冲散，欲求船家夫妇载其渡江，却被船家献与端王。乔氏设计逃出，其子留于船家。周立本投军后，在船家见子，报之主帅，将船家治罪，最终一家团圆。剧前"说明"称"事见《夜雨秋灯录》第六卷"②。《乌金荡》叙年羹尧闻听主上有疑忌之意，怕日后牵连他人，欲将价值百万乌金手铐赠予西席王好古，以借口将其戴上手铐解回宝应原籍。王好古不知其情，行至宝应地界担心囚服手铐返乡难以面对乡人，央求解差打开手铐并投入湖荡中。

（三）游戏题材与警世主题

冯叔鸾剧作中的游戏题材剧作，与直写时事题材或历史题材不同，是以虚构剧情和游戏之笔讽刺现实的剧作。《借债过年》叙中州人氏张我华幼承祖荫，因东邻西舍引诱族中不孝子弟自相偷盗，其族人以争讼花费、出洋花费和借外债花费而让其出资，张我华面对众人相逼气愤而亡。此剧的创作目的，是体现重利借债对于家、国之害。《财神托兆》叙中华五路总财神赵公明见外方资财流入中国，于是托梦在庙中许愿者，做官不应志在温饱，青年人应以事业为重，革命家也不应为金钱斤斤计较，而商人更应守财有道。被托梦诸人醒来按照财神所嘱分头向同胞宣传。此剧表面托兆，实际针砭时事。《灶神过关》叙灶王在旧历腊月照例要到天庭汇报人间事项，却被南天门神

---

① 马二先生《耒阳县》，《新闻报》1917年3月4日第13版。

② 马二先生《截江报》，《新闻报》1917年3月7日第13版。

挡住去路，称需要照会文书方能通过，这是天庭新章程。灶王因未带照会文书，被告知只要缴纳银钱一百八亦可通过。灶王感慨天庭也学人间苛税之例，不得已将冥钞献上才得以过关。此剧为作者游戏之笔，讽刺变相苛税之事。《新拾金》叙中华败子现世宝以乞讨为生，外出捡到一块金子，打算造洋房、买汽车、讨姨太太、建造游戏场，最后打算用金子贿赂，当选议员以名利双收。此剧通过现世宝的发财梦讽刺社会现实。

从创作目的和主题看，《借债过年》题"滑稽警世新剧"，剧末有"说明"："以重利折扣抵借之钱，而东西要索，大众群欲染指，施之于家，家必破，行之于国，国且亡，此本剧之寓意也。结尾以厮打了之，是明其结局之终不了也。"① 《灶神过关》题"游戏歌剧"，剧中南天门神挡住灶神，称"天府新把章程发，叫声灶王你听根芽。诸神朝天须照会，无有照会不能放他。大神照会二百四，小神减收一百八。你今上天奉好事，也须照会一百八"②，游戏之中带有谐谑讽刺的特色。另《财神托兆》题"新年歌剧"，《新拾金》题"讽世歌剧"，这四部作品都具有一定的讽刺和警世目的。

冯叔鸾是清末民初红楼题材戏曲的开创者之一，学界已知其7部红楼题材戏曲和3部红楼题材话剧。但《新闻报》刊载的剧作题材多样，以时事剧为主，即使是三国题材或者清史题材的剧作，也是借历史人物之境遇来表现现实。相对于红楼题材，《新闻报》刊载的冯叔鸾剧作大大丰富了其剧作类型，也可以由此看出其戏曲创作的总体成就。

三 虚实处理与脚色安排的艺术创新

冯叔鸾具有丰富的舞台经验与创作经验，在对冯叔鸾戏曲创作的

---

① 马二先生《借债过年》，《新闻报》1917年1月7日第13版。
② 马二先生《灶神过关》，《新闻报》1917年1月29日第13版。

研究中，姚赟契《冯叔鸾戏剧创作及演出考述》强调冯叔鸾"对于当时戏剧的编演、舞美、艺人、剧场、改良等各个领域均提出过极为客观精准的批评，其中不乏极具可行性之意见，而非仅为纸上谈兵"①，即认为冯叔鸾是经验丰富的"内行"剧作家。而通过冯叔鸾剧作的虚实处理和脚色的创新处理，尤能看出其创作的舞台化倾向。

（一）戏曲虚实的处理

冯叔鸾在戏曲创作中，特别注重虚实的处理，要求虚实结合："若竟杜撰情节，则万不能厌观者之望，亦且有唐突时贤之嫌。若竟照事实直行编演，又是一种活动写真，而不合于戏之体裁。"② 既不能完全杜撰，又不能完全据实而写，需要符合戏的体制特点。

其一，"专从空虚着想"的以虚写实。冯叔鸾在时事剧的创作中，所表达的对象多为重要人物，以实写实则不免穿凿，故注重从虚写实，以突出人物的精神为主，能做到空中描写，不落痕迹。其《蔡锷》一剧是以虚写实的代表作。《蔡锷》第一出《智出北京》附"说明"："近日沪上新剧馆争演滇南首义伟人蔡公之剧，彰先烈之事实，扬爱国之思想，讵曰非宜？然窃以为演时事之剧，其关系人物，大多生存，未至盖棺，焉能论定？故涉笔易招怨尤。拙作此剧，专从空虚着想，盖剧中情节，原不必处处求实，转嫌穿凿，但能得蔡公之精神传出斯可矣。"③ 第二出"附说明"："滇南起义，惟《誓师》一节可演剧，仍是空中描写，不落迹象，余之宗旨如是也。"④ 正是因为蔡锷为当时名人，从实处落笔，不免会有穿凿之嫌，而冯叔鸾专从虚处来写，主要体现蔡锷的经历与精神，是冯叔鸾戏剧虚实处理的重要特点。

其二，以虚化具体人物的"寓言"劝讽。与实人实事的时事剧

---

① 姚赟契《冯叔鸾戏剧创作及演出考述》，《戏曲研究》第 99 辑，第 163 页。
② 马二先生《脚本之构造》，《时事新报》1917 年 7 月 26 日第 12 版。
③ 马二先生《蔡锷》，《新闻报》1916 年 11 月 25 日第 13 版。
④ 马二先生《蔡锷》，《新闻报》1916 年 12 月 4 日第 13 版。

不同，冯叔鸾的部分剧作通过虚化具体人物，而不指名道姓，突出要讽刺的具体时事，达到讽刺现实的目的。《议员大决斗（代公堂）》创作的目的，剧前有说明，指出此剧以"寓言"达到"劝讽"的目的，不求实人实事。"说明"称："剧主讽劝，故多寓言。方今人物，熏莸同器。演入政界，遂呈离奇之象。反对者藉为口实，有心人思之欲哭。偶触近事，涉笔成篇，岂敢旁观嘲笑，亦当长歌当哭之意尔。至于事实名氏，初不必求其吻合，镜花水月，空中楼阁，是非得失，初无成见也。"① 此剧通过斯文派议员贾斯文之口，诉说议员平时所做并无实际贡献："自那年，开国会，两下反对。从此后，做议员，便算倒霉。每日中，在院内，议事开会。无非是，瞎争闹，捣乱一回。"② 所讽刺的事实是具体的，而剧中人物"贾斯文""王伯旦""庄文明"则是虚化处理，但其讽刺意义反而更具有普遍性。

对于虚实处理，冯叔鸾认为："凡作文最不宜多用正笔，惟演戏则更不可不知此意。最妙莫如用旁敲侧击之笔，使观者常觉出于意想之外，有弦外之音、不尽之味。"③ 其写时事名人蔡锷时从虚处落笔，突出其精神；写讽刺题材剧则虚化具体人物，达到讽刺的目的。

（二）戏曲脚色的创新安排

在脚色安排上，冯叔鸾能根据剧中人物的特点和剧作表达的主题，对人物所属的脚色行当进行改动，不拘常格。首先，"翻案"之意的脚色改动。在《七宝刀》的脚色安排上，生扮演曹操，外扮王允，净扮董卓，小生扮吕布，丑扮李儒。此剧据《三国演义》第四回《废汉帝陈留践位 谋董贼孟德献刀》中曹操行刺故事改编，表现曹操行刺董卓的胆识和谋略。剧前有"说明"："戏中之曹孟德，多扮白面奸雄，只演其奸恶处。然孟德虽奸雄，亦正有其可爱之处。刺董卓一举，尤觉其忠义奋发，权变百出，因为编《七宝刀》一戏，

① 马二先生《议员大决斗（代公堂）》，《新闻报》1916 年 12 月 15 日第 13 版。
② 马二先生《议员大决斗（代公堂）》，《新闻报》1916 年 12 月 17 日第 13 版。
③ 马二先生《脚本之构造》，《时事新报》1917 年 7 月 26 日第 12 版。

使生角演曹孟德，聊为阿瞒一吐气也。"①把曹操由"净"改为"生"，"生"虽然不是舞台常见的饰演曹操的行当，但剧情中的曹操却符合生行应工，具有合理性。

其次，突出形象的"创例"安排。在《耒阳县》中，对庞统的脚色安排由传统的净行改为生行，具有创新性。此剧生扮庞统，其余人物刘备、张飞、孙乾，并未标明脚色情况。冯叔鸾认为其对庞统的脚色安排与常见安排不同，突出其"创例"："戏中庞统多作净角，以其貌陋故也。此则作生角，盖我之创例，惟不妨勾脸。如《斩黄袍》之宋艺祖也。"② 将庞统由净扮改为生扮，一方面是因为庞统是此剧主角，另一方面所要表现的是庞统怀才不遇的状态，符合人物的形象特征。

最后，以"类别"为脚色的灵活处理。《议员大决斗（代公堂）》由于出场人物众多，故脚色安排与一般剧作不同，以类别分脚色，如激烈派六人分别称甲、乙、丙、丁、戊、己，斯文派四人称子、丑、寅、卯，中立派二人称天、地，而四法官则以春、夏、秋、冬称之。这也是冯叔鸾对众多人物对应脚色的创新安排。

冯叔鸾剧作中的创作特点实际是其戏剧观的体现，而在戏曲的虚实处理和脚色的创新安排等方面的特色更体现出其作为"内行"剧作家的特点，是其编剧实践的具体体现。

结　语

文人板腔体"新剧"相对于传统题材板腔体"旧戏"的差异，主要反映在剧作内容的时代精神上，或直接取材时事，或取材历史以反映现实，凸显出剧作的文人性特征，这是晚清民国时期在戏曲创作

---

① 马二先生《七宝刀》，《新闻报》1917 年 2 月 4 日第 13 版。
② 马二先生《耒阳县》，《新闻报》1917 年 3 月 3 日第 13 版。

方面的新变化，而冯叔鸾的新剧创作正是这种创作倾向的体现。《新闻报》所载冯叔鸾剧目的发现，在戏曲文学、戏曲文献等方面都具有重要的价值。其一，丰富冯叔鸾戏曲创作的数量。剧作涉及时事剧、历史剧和寓言剧，内容丰富，题材多样，突破了学界所知冯叔鸾原有创作以红楼题材剧作为主的范畴，有利于全面评价冯叔鸾的戏剧成就。其二，冯叔鸾剧作的新发现，为晚清民国时期戏曲提供了重要的剧目文献基础。其三，冯叔鸾戏曲创作的题材和文体选择，在晚清民国转折时期具有代表性，在戏曲创作的观念和文体变革方面也具有重要研究价值。

（刘于锋　山西师范大学戏剧与影视学院副教授）

《锁麟囊》本事新说与民初戏曲改良书写

曹菲璐

　　自 1940 年 4 月 29 日程砚秋首演《锁麟囊》于上海黄金戏院始，中间虽经波折，但《锁麟囊》作为程派经典、票房妙药的灿烂光华一直影响至今。学界对于《锁麟囊》中深入人心的传统美德与精妙绝伦的表演艺术之研究亦颇丰。但在这些光环之下，《锁麟囊》诞生之前的本事沿革、搬演经历却如同一个个破碎的瓷片亟待挖掘、辨识和补遗。程毅中先生率先整理、辑录了《锁麟囊》古代本事沿革基本的文本材料①，但对文本增删之间与后世舞台的关联的发覆，却不在程先生关注范围之内，留下了极大的研究空间。近年付立松先生的研究述及 1913 年杨曼青所撰京话小说《绣囊佳话》、1919 年《春柳》杂志中出现的通俗教育研究会所编《绣囊记》，以及《绣囊记》与

---

① 参见程毅中《清代轶事小说中纪实与虚构的消长》，《明清小说研究》1998 年第 1 期，第 39～44 页。

《锁麟囊》之间的一段公案，提供了关注民国时期本事沿革、搬演情况的新视角。[①] 但付立松先生的研究重点在于阐发京旗文人的思想嬗变，省略了非京旗文人的创作枝蔓，且通俗教育研究会戏曲股相关文献长期缺乏挖掘，故只能略作提及。

沿着北京通俗教育研究会戏曲股的改良活动再次向更深处漫溯可以发现，实际上从清代到民国，以"绣囊"为线索的这一"佳话"不仅一直在文学领域不断被演绎，更曾以昆曲、文明新戏、秦腔等多种形式被搬上舞台。《锁麟囊》民初时期的叙事基础是一段随着"现代中国"的展开而同频共振的历史，早在《锁麟囊》问世之前就已深入人心。通俗教育研究会不仅在其中扮演了重要的角色，还勾连着众多民初戏曲改良活动的陈迹。当"高台教化""改良社会"的迫促话语不再强势地介入戏曲创作与观演环节，太平盛世中"今生"的《锁麟囊》已越来越凝成圆融唯美、玉汝于成的面相，但《锁麟囊》的"前世"——那些在民初风云变幻、众声喧哗的戏曲改良活动里不断地被社会智识阶层重写、修补、增删的版本和或许并不那么完美甚至有些面貌迥异却难以抹去的生命记忆，也同样编织、形塑了《锁麟囊》经典化之路的经纬与质地。

一 剧本意识与创编公案：《锁麟囊》上演前演后的两段风波

1940 年春，就在程砚秋正式在黄金戏院演出之前，铺天盖地的媒体报道就已经分别从程砚秋的品格、风度、剧艺等方面开始大肆宣传，连带着对黄金戏院的选角水准也大为赞赏。剧评界更称"他无论演新戏老戏，都是引人入胜，百听不厌的，他的新腔至今流行于歌台曲院间，成为一种最时髦最曼妙的声调"[②]。在宣传时，黄金戏院

① 参见付立松《〈绣囊佳话〉与〈锁麟囊〉：北京旗人命运之隐形书写》，《中国现代文学研究丛刊》2020 年第 5 期，第 97 页、第 101 页。
② 蒋九公《欢迎程砚秋》，《力报》1940 年 4 月 4 日第 4 版。

会同纸媒并未对真正的编剧翁偶虹作正面宣传，而是以惯用商业手段将《锁麟囊》包装成一个"王瑶卿老供奉所授南府秘本"①"旧戏锁麟囊"，将剧作来源神秘化作为噱头来吸引眼球，吊足了上海观众的胃口。

此次"黄金之旅"看似鲜花着锦，但重新追溯这段历史，却可以看到在 1940 年 4 月 29 日《锁麟囊》首演前一周，程砚秋在黄金戏院的演出并不顺利，口碑急转直下，饱受争议。4 月 23 日，即《锁麟囊》开演前一周，《碧玉簪》一剧被当时的媒体批评为："在传统的皮黄剧编制下，没有一些新的内容，无非仍旧是一贯儿女私情的作风。"② 与前文"无论演新戏老戏，都是引人入胜"的评论两相对比稍显讽刺。4 月 25 日，莫莫在《小说日报》发文称，"这几天，有好几家同业，对于程砚秋的此番在黄金演《春闺梦》表示不满，更迁怒于黄金"③。《新闻报》的一篇文章也谈道，"程砚秋这次在黄金卖艺，因公演《春闺梦》一剧，内容以反战为主体，于是舆论方面大为不满"④，可佐证当时的事态。在种种争议中，使话题走向深入，也最苛刻的批评乃是剧目的"意识问题"：莫莫以梅兰芳为例谈道，"梅兰芳有出《娘子军》，无论他演出的成绩如何不好，而观众对他的印象却很好，就是因这剧本的意识，能在'娘子军'三个字上感动人"。反观当时程砚秋的新剧，如《柳迎春》《六月雪》则"逃不开惯用套路，节奏温吞、情节俗套"，以至于观众对程砚秋的印象也开始大打折扣。⑤

---

① 莫莫《关于程砚秋的"春闺梦"问题》，《小说日报（1939—1941）》1940 年 4 月 25 日第 3 版。

② 沈琪《看程砚秋〈碧玉簪〉后》，《小说日报（1939—1941）》1940 年 4 月 23 日第 3 版。

③ 莫莫《关于程砚秋的"春闺梦"问题》，《小说日报（1939—1941）》1940 年 4 月 25 日第 3 版。

④ 沈琪《记〈锁麟囊〉》，《新闻报》1940 年 5 月 5 日第 15 版。

⑤ 参见莫莫《关于程砚秋的"春闺梦"问题》，《小说日报（1939—1941）》1940 年 4 月 25 日第 3 版。

在这种紧张的氛围之下,《力报》与《小说日报》此时对《锁麟囊》的宣传则显得多了些转移舆论注意力的迫切感。二者均在 25 日、27 日登载文章介绍《锁麟囊》,对比几份稿件,可以看出是戏院与纸媒合作有计划地推进《锁麟囊》的宣传的:两家报纸皆于 25 日放送该剧创新之处,再同时于 27 日刊登剧情介绍。各种稿件都加大宣传程砚秋对于新腔的编创,如"【二六】里加【哭头】""集程腔之大成"等语,似乎回应着日前剧评中"没有一些新内容"的评价。鉴于舆论攻击,接下来程砚秋为避免政治敏感也决意不唱《荒山泪》,而改唱且首秀一出新编戏《牡丹劫》(《锁麟囊》旧名,后因剧评不满又改回《锁麟囊》),媒体评论道:"但还不知这出新戏意识如何。"① 尽管当时的舆论保留了"拭目以待"的话语,但仍难以掩盖唱衰的内在心理。没有了《荒山泪》的铺垫,尽管程砚秋已经打算此番黄金之旅演出《锁麟囊》,但也无疑是打破了原计划、将新作品面世的时间仓促提前了。在口味求新的上海,《锁麟囊》的命运已不是夹在成熟的剧目之中试水的锦上添花之作,对于程砚秋团队来说是一部救场之作、押宝之作,在舆论看来是"谢罪之作"(《新闻报》沈琪语),这段风波多年来一直被掩盖在《锁麟囊》的光环之下。

同样不太顺利的是,1940 年 10 月,距离首演近半年后,程砚秋携红透沪上的《锁麟囊》回京于长安戏院连演两场,但北京的剧评界却不太相信《锁麟囊》的编创神话,在上海被忽略的剧本沿革问题,却在北京被一再质疑。10 月底,柏正文在《立言画刊》同一版面比邻翁偶虹的《脸谱勾奇》一文对其公开喊话,意在说明昆曲、京剧剧目都有自己的本事来源,既然要大家将《锁麟囊》当作一个一蹴而就、横空出世的好故事,是否也要说明其中的巧思。② 两个月

---

① 莫莫《关于程砚秋的"春闺梦"问题》,《小说日报(1939—1941)》1940 年 4 月 25 日第 3 版。

② 参见柏正文《功? 过?:由〈锁麟囊〉谈到戏料》,《立言画刊》1940 年第 109 期,第 12 页。

后，柏正文再发《〈锁麟囊〉与〈绣囊记〉》一文①，在文章中对比了刊载于《春柳》杂志1919年第8期由通俗教育研究会所编的《绣囊记》剧本与《锁麟囊》的剧情概述、结构、词采、格局后，认为《锁麟囊》的确水准更高，但与《绣囊记》多处相近的事实亦确凿，要求翁偶虹公开说明如何编创了《锁麟囊》、对《绣囊记》是否有所借鉴。但缺乏说服力的是，《春柳》杂志只出完《绣囊记》上半部分就停刊了，故柏君的商榷只能依据剧本开头对该剧情节的描述来判断，不能以剧本具体词句而论，翁偶虹也未作正面回应，这件事很快不了了之。

第二年，又有人登报指明"现在程砚秋所演的《锁麟囊》，就是当初秦凤云常演的《绣囊记》"②。秦凤云（1902—1982）是"戏剧革命急先锋"杨韵谱领导的梆子女班奎德社旗下名旦，《绣囊记》是其1921—1929年在奎德社常演的剧目③，说明早在《锁麟囊》问世之前，《绣囊记》的确已经被完整地搬演，这是否影响了《锁麟囊》的创编呢？剧评家丁秉鐩（1916—1980，笔名燕京散人）亦持"民国二十九年初，翁偶虹（麟声）根据《只麈谈》笔记，和《绣囊记》剧本，参考些韩君（韩补庵，杨韵谱奎德社御用编剧）原著词句"④的说法。但从《只麈谈》笔记到通俗教育研究会《绣囊记》、奎德社《绣囊记》到《锁麟囊》，时间跨度并不小的四者之间又如何相勾连，成为一个等待解决的疑团，使《锁麟囊》本事沿革的历史现场更加扑朔迷离。

翁偶虹先生晚年在回忆与程砚秋先生的交游时对于编创《锁麟囊》的历程又给出一个不甚明朗的答案。翁老只谈到《锁麟囊》的

---

① 柏正文《〈锁麟囊〉与〈绣囊记〉》，《新民报半月刊》第2卷第24期，1940年12月25日，第49～50页。

② 清逸客《告诉你》，《新天津画报》第8卷第17期，1941年8月17日，第2页。

③ 参见中国戏曲志编辑委员会编《中国戏曲志·天津卷》，文化艺术出版社1990年版，第474页。

④ 丁秉鐩《菊坛旧闻录》，中国戏剧出版社1995年版，第210页。

编剧材料是程砚秋先生推荐的《剧说》中转载的《只麈谈》"赠囊"故事。翁先生匆匆看完，答以可为。又恰逢山东好友探访，问其山东婚嫁礼俗，获得了"贵子袋"的说法，翁先生由此化用成"锁麟囊"。翁老还详细讲述了如何立意、如何为人物命名、采用何种手法编剧才有了经典《锁麟囊》。① 但为什么翁偶虹先生如此刻意地追问婚嫁礼俗？为何一定要为"绣囊"重新安置一个名字，是在回避什么问题？从《剧说》到通俗教育研究会《绣囊记》（作者潘志蓉，以下简称潘志蓉《绣囊记》），到奎德社《绣囊记》，再到《锁麟囊》，这长达百年的沿革过程如何嬗变、前世今生又是何等样貌，还要在剧本内证中继续寻找答案。

二 被发现的"绣囊故事"：从小说《荷包记》
到戏剧《绣囊记》

先搁置前文提及的公案，深入叙事结构的关节，可以看出翁偶虹先生别出心裁地对《剧说》中的这一故事做了"取反"的巨大改动：主线从"贫女的受赠、发迹、报恩"改为"富女的骄纵、落难、重生"，赋予了剧本新的活力，甚至《剧说》中的"火灾"也改为了"水灾"。在细节上，地点、相遇之处、相遇缘由、婚期等信息也实现了"从无到有"，而且脚色行当俱全，十分可观。但上述情节的改变并非一蹴而就，实则经历了漫长的沿革过程，在《锁麟囊》诞生之前已然拥有坚实的叙事基础。早在清代，就已有人发现"绣囊故事"的劝世色彩，从乾隆年间到清末一直流传于民间，也有被搬上舞台的记载。该故事在清代递嬗的版本与重要改动略说如下。

---

① 参见翁偶虹《翁偶虹文集·回忆录卷》，百花文艺出版社2013年版，第151～155页。《锁麟囊》的选材问题，翁老另一说法是"一时很难答应程先生的请求，约定仔细研究素材之后，是否胜任，再作决定"。参见中国戏曲家协会北京分会程派艺术研究小组编《秋声集 程派艺术研究专集》，北京出版社1983年版，第115页。

1. 乾隆年间胡承谱的《只麈谈》卷四《荷包记》一文是目前发现的最早来源。《只麈谈》原刻本四卷，有作者乾隆戊申（五十三年，1788）自序。①

2. 嘉庆年间，焦循将该篇笔记转载于《剧说》第三卷，对原文删削颇多，亦无《荷包记》之名，并保留了原书朱青川的点评："此事若付洪昉思、孔云亭诸君，佐以曲子宾白，竟是一本绝好传奇矣。"② 可以推测直到嘉庆年间，该故事还未见搬演。

3. 道光年间梁恭辰的《劝戒三录》卷二有《贫女报恩》一篇，增饰了重要的细节，首次出现吉日、大雨、"雨过天晴各自散去"相似的语句，奠定了后世这一故事的诸多重要场面。

4. 与《贫女报恩》差不多同时期，汤用中的《翼駉稗编》卷三有《侠报》一文，记载了同一故事，情节大同小异，但《侠报》中首次明确地点在扬州，贫富二女及其夫婿也拥有了姓名。

5. 光绪三年（1877）刊行的宣鼎的《夜雨秋灯录》卷二有《闺侠》一篇，是根据邗江戏园所演《绣囊记》（邗江地处扬州，或为昆曲）编就，与《侠报》情节相似但更为曲折、增饰颇多。

以上五个版本之间的全部递嬗过程颇为烦琐，故笔者只撮述其中对后世创作影响较大的变化进行分析，为说明传承脉络则会加入一些民国时期的创作，由后文详述。

（一）相遇缘由、避雨情节、朱楼禁令：《贫女报恩》的逻辑修补与情节创造

《只麈谈》的《荷包记》只是提供了一个大致的"绣囊佳话""贫女报恩"的概念，但二人避雨于一处方衍生出后续故事，富女误打误撞、担惊受怕地发现锁麟囊两个充满戏剧冲突的节点都出于

_____

① 参见程毅中《清代轶事小说中纪实与虚构的消长》，《明清小说研究》1998年第1期，第39页。
② 焦循《剧说》卷三，载中国戏曲研究院编《中国古典戏曲论著集成》（八），中国戏剧出版社1960年版，第139页。

《贫女报恩》的创造，后世对这一故事的敷衍的"妙笔之处"实际都因袭了《贫女报恩》的情节设置。

第一，《贫女报恩》合理化了贫富二女相遇的缘由，首次在开篇写道："凡人烟辐辏之区，遇吉日，嫁娶恒十余起。一日，两家俱嫁女，一巨富，一极贫。"这样一来，贫富二女的相遇便带上了更多的现实主义色彩，反差如此之大的新嫁娘相遇、权宜挤在一处避雨变得情有可原，"吉日""嫁娶人多"由此也成了后世做戏的一个环节。民初小说《绣囊佳话》中，轿夫头儿领了钱，催着伙计们抬轿就跑："因为那天是个好日子，还有六伙没抬哪。"潘志蓉《绣囊记》媒婆白："老爷吓，那天可真是好日子，办喜事的人家多着哪，那天我媒婆子道喜都赶不过来。"《锁麟囊》少侯相讲："明天是十八了，是个好日子，娶媳妇的多，我们当侯相的，可就忙了。"

第二，避雨之处从《贫女报恩》首次出现避雨于邮亭后，后世各种版本对相遇地点一直有所微调，如《侠报》的街亭、《闺侠》的茶亭、《锁麟囊》的春秋亭。一场大雨使二人相遇的情境更加紧张、巧妙，慌乱之下，富女的前呼后拥与贫女的势单力孤形成更加鲜明的对比，使贫女的哭泣增添了新的层次。亦是因为这场大雨，"适雨霁，舆夫全集，两两分路去"（语出《贫女报恩》）的忙乱合理化了来不及问清楚恩人姓名的情节，也作为日后贫女与富女相认的一条证据。

第三，"神秘化供奉绣囊的小楼"也滥觞于《贫女报恩》。《只麈谈》中对贫女如何感念恩人的描写是平铺直叙的，"于宅后起楼三间，中设神龛，供奉香火，敬奉荷包，以志不忘"，却并未屏退下人严禁靠近。富女发现当年的绣囊是因为抱着孩子前去礼拜，好奇龛中红幔所盖为何，"急抱儿叩首毕，轻揭窥之"，这里可以看出作为下人的富女是没有恐惧感的。而到了《贫女报恩》一文发生了转变：

> 媪来时，诸婢仆指示屋后楼三楹云："每清晨主母盥洗
> 毕，即捧香屏从人诣其上。汝慎勿登，违则必不恕也。"问
> 何故，众言我辈来此有十余年者，皆不知；但谨守条约

而已。

对比《锁麟囊》中赵守贞：

> 啊，薛妈，你带领公子，花园到处俱可玩耍，唯有东角
> 朱楼，不能乱闯！若违我命，定责不贷！

比对后世材料，从《贫女报恩》到《锁麟囊》一直保留着对供奉荷囊的小楼的神秘化叙述，虽然地点、由何人宣之于口有变，但之后的一系列"违禁—误会—剖白"等事件的戏剧冲突皆由"朱楼禁令"引发，《贫女报恩》奠定的叙事基础功不可没。《剧说》成书于嘉庆年间，且对《只麈谈》删节颇多，也就是说，无论《锁麟囊》直接取法于《剧说》或是《只麈谈》的说法皆无法解释"朱楼禁令"出现在《贫女报恩》之后的《锁麟囊》中，另有参照一说具有更大的可能性。

（二）双线结构的定型：《闺侠》奠定的叙事基础

宣鼎《夜雨秋灯录》卷二所载《闺侠》，据邗江戏园所演《绣囊记》编就，与《侠报》情节大同小异，但曲折更甚、增饰颇多[1]，其奠定的叙事基础对民国时期各种小说、剧本产生了巨大影响。《闺侠》相当于一部昆曲《绣囊记》的剧情梗概，生旦团圆的结构已经十分清晰，也留下了颇多对剧情的忠实记录。《闺侠》的主角依然是贫女，但双线结构已经非常完善：贫女一线经历了母亲悔婚、解星解围、哭嫁受赠、丈夫中举、寻找乳母、发现恩人、助其团圆等情节；富女一线经历了茶亭赠金、登对婚配、盗贼劫掠、携女乞讨、得入范府、登楼哭囊、认为义女、洞房相认等情节。其中仍能发现转述演剧情形的描写，如"腰际""装满""以香囊掷生"等动作细节，可以一窥《绣囊记》被搬演的痕迹。

《闺侠》将贫女夫妇发迹的方式从以富女所赠为本金做生意发

---

[1] 宣鼎明确交代："邗江戏园曾演《绣囊记》，欲笔之于书未果，而《翼駉稗编》已载入。风雨良宵，偶与客话及此事，重为编就，竟大同小异。"参见宣鼎《夜雨秋灯录》卷一，清光绪申报馆丛书本，第2页左。

家，改为：添加了范希琼以所得利润赴秋闱中举一事，并拓展了富女丈夫陈钰被劫匪掳走后以智勇平匪乱、官拜参将等情节。但贫女从《只麈谈》以来善于经营治家的女"陶朱公"摇身一变成了范老爷身后的官夫人，连她如何发家也只是一带而过，其能动性弱化了很多。除了赠金时的自我选择，富女在后期一直是被动接受命运安排的，对"闺侠"的刻画实际上背离了初衷，远不如剧中两位丈夫的奋斗出彩。但陈钰的"弃商从宦"却带有一重自新的性质，为富一方转头成空后，如何开始建功立业、确立新的人生价值实际上潜藏着后世改编的隐微书写，这一条脉络最终转化成了《锁麟囊》中薛湘灵的兰因之悟。

三　作为社会教育材料的《绣囊记》：京沪两地不同的改编路径与认知底色

如果说清代各种改编文本只是在剧本内部进行逻辑修补、增饰，那么进入民国，《绣囊记》这一故事又经历了丰富的编演之旅，为戏剧改良时期众声喧哗的时代背景注入不同的基因。以往各种文本突出强调贫女受赠、发迹、报恩之人性光辉来寄托以传统伦理道德劝世的美好愿望，鼎革后的各种文本则发现了富女身上"骄矜、落难、重生"所蕴含的戏剧张力，贫富二女的性情、形象、境遇得到了比以往更深入的刻画。尽管关注同一文本，京沪两地对《锁麟囊》问世后的批评相异的关注点——"剧本意识"与"沿革体系"早在民初对改编"绣囊故事"路径的隔空交锋中就已呈现出来。

（一）上海小说、文明新戏中的《绣囊记》：富女主体性的政治书写

1913年2月15日，许瘦蝶（1881—1948）在《申报》上发表短篇小说《绣囊记》①，第二天，《申报》在同一专栏补充说明此故事转载于《夜雨秋灯录》（其中的《闺侠》）②，也是在这篇小说里首次将故事发生地置于山东（《锁麟囊》故事发生于山东登州）。许瘦蝶砍掉了《闺侠》中双线结构的其他枝蔓，将重点集中于"二女贫富异位"这一矛盾，去掉了因遭遇天灾人祸而改写人生的偶然性，富女的形象也大相径庭——从遭遇水盗抄家的被动败落改为耽于风月、奢侈败家导致的阶层跌落：富女十指不沾阳春水，夫婿是个翩翩佳公子，二人不善治生，财产所托非人，又骄奢淫逸，纸醉金迷，家产逐渐挥霍一空。这样的表述实际上加入了很多民初市民生活的描绘，折射出当时耽于享乐导致家庭破产、阶层跌落的状况，讽刺政潮变化下风俗之颓靡。

许瘦蝶原名许泰，江苏太仓人，擅诗词、小说、弹词创作，郑逸梅称其"文坛耆宿""驰誉文坛数十年"。辛亥革命前期，吴趼人等提出"此道德沦亡之时会，亦思所以挽此浇风耶，则当自小说始"③。这种主张得到了诸多文人响应，扩大了现代小说的阅读群体。许瘦蝶也在此风潮中骂世劝世，自觉担负起"仗支秃笔，唤醒痴迷，挽回末俗"之责任。④《绣囊记》能够被其发现、改写，亦说明其中独特的社会教育价值。

同样的笔法，短篇小说《绣囊报恩》也描写了一位骄奢淫逸败落家产的富女形象，并且也将故事置于山东。⑤《绣囊报恩》除了同样赋予富女观察视角外，也在许瘦蝶《绣囊记》对贫女克勤克俭、不假手于人的基础上扩写了贫女一家"夫妇皆夙兴夜寐、克勤克俭、门庭整肃，相其家业，大有蒸蒸日上之风"，而富女"犹自悔恨当年

---

① 瘦蝶《绣囊记》，《申报》1913年2月15日第10版。
② 参见浮座客《异丐》文后附，《申报》1913年2月16日第10版。
③ 《月月小说序》，《月月小说》第一号，1906年11月1日。
④ 参见许霆《被遗忘的民国文人许瘦蝶》，《苏州日报》2020年7月11日A11版。
⑤ 参见《绣囊报恩》，《少年》第2卷第10期，1913年5月6日，第16~19页。

不善持家以致遗产不保，门庭冷落至今饥寒作仆"的自省情节。无论是许瘦蝶的《绣囊记》还是《绣囊报恩》都是民初讽刺"老大帝国"沉酣旧梦而无意识"堕落"的醒世寓言，以贫富转化的现实境遇来影射国运焦虑。与此等情节不乏相似的《锁麟囊》中，"孤岛"时期的上海，这份焦虑借重薛湘灵之口幽幽唱出"免娇嗔，且自新，改性情，休恋逝水，苦海回身"。

几年后，民国著名小说家俞天愤又将《绣囊记》敷衍成5.1万字、12章的民间小说，1917年3月由小说丛报社发行。值得注意的是，在俞天愤的《绣囊记》中不仅更加深了对富女恃财傲物、富而娇骄性格的描写，还首次极尽铺陈嫁妆丰厚之能事，暂举一例，或许可以说明后来对《锁麟囊》的影响：

> 所以一切妆奁无一件不精益求精，别的不要说，就在女儿上轿的时候，装在身上的也不亚三千金，手指上戴着金戒，手腕上戴了金钏珠钏，脚上也套着金钏珠钏。颈项上也套了金练，头上戴了金珠首饰，那额珠更是大而且大，圆而且圆。坐到轿子里，两手当胸捧着金宝瓶，瓶中插着吉祥如意草，左手袖子管里藏着礼芳夫妇给的"坠袖"，都是用大红丝棉包的金子。[1]

就在小说领域不断扩写《绣囊记》的同时，文明新戏《绣囊记》也在上海及其周边不断搬演，直指社会教育。1914年4月，新民社将《绣囊记》搬上大舞台，邀请马二先生（冯叔鸾）前来客串。[2] 8月20日，杭州第一舞台也贴出广告"新排文明新剧 全本绣囊记"[3]，22日，似乎觉得不够响亮，又贴出"新排改良文明全本正剧绣囊记"

---

[1] 俞天愤《绣囊记》，上海小说丛报社1917年3月初版，第55页。句读为笔者所加。该小说1936年11月由上海中原书局再版。

[2] 参见《申报》1914年4月2日第12版广告。

[3] 《申报》1914年8月20日第9版广告。

的广告。1915 年 1 月，民鸣社也上演了《绣囊记》。① 民鸣社 1916 年的演出戏单称《绣囊记》为马二先生（冯叔鸾）所编，"情节具悲欢离合之妙中又激昂慷慨，带有历史性质、政治意见"，是"一出有益于世道人心，非常有趣之家庭戏"，"郑正秋不愿此好戏默默无闻，特请怜影、无我、翠翠、燕士、鹢鸰、秋声以及各位名人等聚精会神以演之"。② 通过戏单中特地指出当家演员陈大悲（饰演江凤卿）、查天影（饰演陈钰）饰演富女夫妇而不提贫女一线可以判断，不仅民鸣社依据的编戏材料仍为《闺侠》，而且将《绣囊记》搬上舞台时，已经浓缩于富女一线，通过对其身世浮沉的阐发编织进历史观念与政治意识，令其承载教育世道人心的重任。1917 年 3 月，苏州振市新剧社组织欧阳予倩、朱孤雁、查天影等人也上演了《绣囊记》。③ 1917 年 5 月，民鸣社仍在演出《绣囊记》④，虽然现已不知当时上演的情形，但"男女合演"、与《淫毒养媳妇》一剧的并置似乎已能说明其迎合市民趣味的变质趋向。

图 1　1917 年 5 月 6 日民鸣社演出广告

① 参见《申报》1915 年 1 月 29 日第 12 版广告。
② 参见《申报》1916 年 9 月 27 日第 16 版广告。
③ 参见《申报》1917 年 3 月 15 日第 13 版广告。
④ 参见《申报》1917 年 5 月 6 日第 16 版广告。

（二）沿袭传统与"细腻革命"：北京及其周边《绣囊记》改写的别样底色

许瘦蝶在《申报》发表短篇小说《绣囊记》的同年10月，京旗作家杨曼青也将《闺侠》演绎成长篇小说《杂碎录·绣囊佳话》，由群强报馆印行。南北之间关于《绣囊记》的改编似乎形成了风格迥异的"双城记"：一边是更具精英意识、先锋激进且旗帜鲜明的改编和提炼，一边则是较为保守细腻的、不改变双线结构与正面形象，在传统体制内重新阐发伦理意义的尝试。

1913年的长篇小说《绣囊佳话》取材于《闺侠》，杂糅了诸多老北京旗人民间习俗、口语语料，可以从中一窥京话小说的文风，以大量人情冷暖描写浇旗人之块垒①，在戏谑直白的对话中化身底层老百姓来言说对世态的民间评判。比如两嫁娘同在茶亭避雨时，使女对贫女耿湘莲拈酸刻薄、插科打诨的场景对后世的剧本创作影响很深，使女问贫女为何哭泣："姑娘何必如此恸哭，凡事做姑娘的出门子，就是活白了毛，也脱不开这件事情。"使女敷衍贫女探问恩人姓名："傻姐姐这是遇巧了避雨，一会儿雨住，您朝东我们朝西，您就打听明白了，上了日记本儿，还当得了一条儿新闻吗""满打知道我们小姐的姓氏，谁还指望人给供个长生禄位牌吗"等。通俗教育研究会潘志蓉所编《绣囊记》配角插科打诨之处的设置已经十分接近《锁麟囊》，比如同在古庙躲雨时，轿夫拌嘴：

耿湘莲：（在轿内哭介）（白）苦呀（哭介）。

张轿夫：（白）伙计什么煮呀煮呀，八成要煮热汤面，请大伙儿
　　　　吃吧。

李轿夫：（白）你不要挨骂咧！那是人家哭苦咧！你老想着吃。

富女赠金时：

---

① 但《绣囊佳话》在原来双线结构的框架上又扩写了大量贫女之夫在任时期处理的公案，却并未将前后"两张皮"捏合在一起，情节絮烦，荒诞不经。

丫环：（白）我家小姐，真是善心人，拿钱简直不当什么。一锭
　　　　金子，就随便送人。

富女丫环见江凤英看见绣囊后哭泣，刻薄道：

丫环："原来是奶妈子。（背介）我想自从那个奶妈子一进了门，
　　　太太把她十分宠爱，我们都被他压下去了。现在他带了小
　　　少爷上楼，还在那里啼哭。"（于是向老爷夫人告状）

丫环：你听听，没有的事，奶妈子出嫁还有绣囊压妆。

　　1915 年 9 月，教育部社会教育司下设通俗教育研究会，置戏曲、
小说、演讲三股，指导民初的通俗教育工作。本着"戏剧一道，至关
风化。良者则教忠教孝，不良则诲淫诲盗"① 的观念，戏曲股用向清宫
南府借抄、向正乐育化会及其他演唱机关征集、由本股会员实地调查
等方法搜集旧剧脚本，修改、编创、查禁了一批戏曲剧本。1916 年，
该会会员、清末民初著名皮黄编剧潘志蓉②也编成《绣囊记》（分前
后本）③，即前文所言柏正文与翁偶虹商榷的《春柳》杂志中的半本
《绣囊记》。1920 年，《通俗教育丛刊》④ 第 5—6 辑连载了剧本全文。

① 《改良戏剧议案》，载《通俗教育研究会第一次报告书》中《议案》专栏。
② 潘志蓉（1876—1928），又名潘净源，字镜芙，江苏吴县人。据吉水《近百年来皮
黄剧本作家》一文（《剧学月刊》三卷十期 1934 年 10 月）载，"潘作剧之名，虽
不甚著，入民国以来，凡沉酒斯道者，当以潘为最先。潘撰小说，曰《梨园外
史》，未成。与王瑶青颇相识，恒往来其家。今所演《哭秦庭》《齐姜醉遣》皆出
其手，《木兰从军》虽经改窜，实潘创造"。潘志蓉与王瑶卿的密切交往在此文中
有详细记载，潘每作剧即与王瑶卿讨论，那么在程砚秋多次往来于王瑶卿家为
《锁麟囊》编腔时，保留在王瑶卿记忆中属于潘本《绣囊记》的记忆是否会影响
《锁麟囊》的修改，或许是某种有益的线索联系。在通俗教育研究会四次报告书
中，潘志蓉所编写、建议修改的剧本亦极多。
③ 《会议新编剧稿及奖励白话新剧议案》，载《通俗教育研究会第三次报告书·股员
会议事录二》。1917 年，《绣囊记》编成大鼓版本，交由通俗教育研究会下辖词曲
研究社排演，详见《通俗教育研究会第四次报告书》。
④ 通俗教育研究会四次报告书分别辑录了该会 1915 年 8—12 月、1916 年 1—12 月、
1917 年 1—12 月、1918 年 1—12 月的各种收发文牍、办事章程、会议记录等内容，
从 1919 年始发行季刊《通俗教育丛刊》（1919 年 5 月—1925 年 5 月），不仅上述
内容信息公开，还刊发新编小说、剧本，并选登大量国内外关于通俗教育的理论
文章。

图 2　《绣囊记》在《通俗教育丛刊》第 5—6 辑连载目录

潘志蓉并未提及据何材料编成，经笔者比对剧本，尽管人物名字、地点有微调，通过市侩媒婆、智叟解星、好色商贾、水盗抄家的保留，可以确定潘志蓉本《绣囊记》取材的上限仍为《闺侠》，但对比其删削增补的内容，即可发现其极强的教育民众、启迪民智的目的。在代表着通俗教育、规范风化的这版《绣囊记》中，剧本结构、人物语言、情节设置的确更加整饬规范，潜移默化地编织进了大量的具有教育意味的话语和场景，我们也能一窥其"试探、协商"性的写作口吻和不愿流于直白说教的某种克制。

潘志蓉《绣囊记》共二十五场，对《闺侠》的改动之处可分为两类，一是删除恶俗成例、民间陋习与神鬼迷信，如《闺侠》中富女街头乞讨，想要将女儿卖个好人家，贫女夫妇之子喜官与富女夫妇之女紫袖神人托梦的一段姻缘，以及富女夫妇由贫女丈夫做媒误打误撞洞房相认等荒诞不经的情节。二是加强了人物的性情描写进行道德规训。开场维扬盐商江父嘉许女儿江凤英读《烈女传》，期望其能做贤妇"相夫宜家",而江凤英因母亲早丧决定"守女贞,事亲为上";贫女首次被确定为"书香人家的女儿",父耿邦贤早亡,母亲马氏听媒婆谗言想要与寒门范家悔婚,贫女珍视名节,宁愿自戕也不肯悔婚。丈夫被水盗掳走,流落街头乞讨的江凤英对自己言讲:"奴家不难寻一死",但却思虑女儿该怎么办,突出江凤英面对困境的坚韧。富女的丈夫陈钰在《闺侠》中已经是富商之子,并未展现出特殊才能,最后却能杀水寇、官至参将,确是一处逻辑硬伤,在潘本《绣囊记》中,陈钰被改成武举,被赋予强烈的尚武精神与报国情怀:"可叹近来世乱年荒,各处盗贼蜂起,茫茫天下,不知何日才得太平也。"唱:"中原地、何曾有、片土干净,恨当局、多尸位、盗贼成群,俺本是、好男儿,空抱血愤。辜负那、匣中剑、夜作龙吟。""我一榜武举,不能与国杀贼立功。""原想把刘青海刺死为国家除一大害。"传统的伦理信念成为乱世之中的救世之方,无论男性、女性的行为都被引向对社会、家国、时局的热忱,而非继续麻木腐朽、愚昧淫靡。

潘志蓉《绣囊记》对《锁麟囊》的影响不仅仅表现在贫女丫鬟对富女的刻薄:潘志蓉《绣囊记》首次在开场时展开富女父女的对话,《锁麟囊》开场选妆安排了薛母与女儿对话,杨曼青《绣囊佳话》将婚期定在六月,潘志蓉将婚期定在八月十三,《锁麟囊》将婚期定在六月十八等不一而足。最重要的是如今口口相传的"慈善因果"剧本观念,和富女流露出的忏悔和罪己的意识,正是起于潘志蓉的剧本。潘志蓉不事神鬼迷信却笃信佛道轮回,也是在这个版本中,他在潜意识中削弱了"闺侠"的能动性,而留下"一施还一报"的轮回果报的表述。潘志蓉《绣囊记》结尾有:正是绣囊一线把缘牵,离合悲欢岂偶然。今日一施还一报,方知头上有青天。

不过尽管通俗教育研究会为这部戏提供了相对完备的双线剧本框架,又精心删改了诸多荒诞不经、有伤风化的情节,但仍关目甚多,人物繁杂,表演起来还不够紧凑。虽然已经尽力克制说教的口吻,但仍避免不了以情节讽喻当下而影射过多社会众生相。无论如何不可否认的是潘本《绣囊记》确是民国以来《锁麟囊》叙事基础中最完备、整饬、可考的剧本。

1918 年,《绣囊记》由通俗教育研究会发交奎德社排演,并函警察厅监督其上演。① 奎德社与通俗教育研究会一直多有合作,并多次受到褒奖,将《绣囊记》这种讲述女性故事的剧本交由女班奎德社,更多了一重规范风教的意味。奎德社班主杨韵谱(1882—1957,梆子旦角,艺名"还阳草")将《绣囊记》置于清末,以时装戏的形式上演于文明园,大受欢迎。② 但戏曲股对于奎德社的自作主张、变动过大的改编却不甚满意,戏曲股主任黄中垲认为,"编此剧时原定为古装剧,此次演唱乃均作时装,神情态度诸多不合,而词句亦有唱错者,安放切末处所尚欠研究,如将轿子二顶径放台之前方自属不合"③。在后来的《锁麟囊》表演中,不仅实现了穿古装,也将实体的轿子改成了红色绣花帐,不仅有别于梆子《绣囊记》的表演方式,也算完成了初创者未竟的心愿。

当时《绣囊记》的表演者即奎德社头牌主演鲜灵芝、张小仙。④ 1911 年 6 月,鲜灵芝向班主杨韵谱推荐了秦凤云加入奎德社,在鲜灵芝、张小仙相继脱离奎德社后,秦凤云继任为主演,并接演了二人的全部剧目。⑤ 韩补庵是杨韵谱的御用编剧,二人合作编演了大量剧作,丁秉鐩提及翁偶虹参考韩君词句,应为此版本。也刚好是 1940 年,秦凤云再次暂别舞台,京城剧界扼腕叹息"从此梨园中又少一能语花焉"⑥,后人所称"《锁麟囊》即是秦凤云所演的《绣囊记》"

---

① 参见《函京师警察厅送本会发交奎德社排演〈绣囊记〉剧本清查照文(八月十三日)》,载《通俗教育研究会第四次报告书·文牍二》。
② 参见河北省历史文化研究发展促进会编《燕赵梨园百家》,河北人民出版社 2011 年版,第 265 页。
③ 戏曲股第五十八次会议《会议改良评书方法并议禁花鼓等戏》(12 月 13 日),载《通俗教育研究会第四次报告书》。
④ 参见柳遗《东篱轩谈剧》,《申报》1919 年 3 月 7 日第 14 版。
⑤ 参见中国戏曲志编辑委员会《中国戏曲志·天津卷》,第 474 页。
⑥ 走《秦凤云绝迹舞榭》,《立言画刊》第 87 期,1940 年 5 月 25 日,第 12 页。

便是出于这段缘故，为此也就不难理解京城观《锁麟囊》之后的附会和怀想。

同样在民初戏剧改良脉络上，1922 年，戏曲改良的重要力量——陕西易俗社又将卢缙青改编的《绣囊记》搬上秦腔舞台，由易俗社乙丙两班合演于易俗街①，但应只是在戏班内部排演。易俗社也与通俗教育研究会关系密切，1917 年教育部社会教育司司长高步瀛在戏曲股会议上提出："部视学赵次原、杨莘耜二君由陕西视察归，言及该省现组织一易俗社，社中编有新剧多种，颇受社会欢迎。为新剧又能受社会欢迎，似即与本会奖励章程相符，应用如何奖励之法，可以研究。"② 1919 年，戏曲股第五十八次会议有记载易俗社曾向通俗教育研究会戏曲股申领剧本③，其中大概就有《绣囊记》。或许是考虑到并非易俗社原创，各版易俗社剧本辑选也都未收入卢缙青本《绣囊记》。1920 年，《绣囊记》已被北京师范学校、朝阳大学、莆田戏剧改良会排演，也出现在旅美访问的戏曲股股员陈绂卿拟向美国市场翻译的中国剧本名单中。也是在这一年，美国哥伦比亚大学图书馆来函征求《通俗教育丛刊》及相关资料，戏曲股提供的七部剧本中亦有《绣囊记》。④

另外，有"文明戏里的梅兰芳"之美誉的旗人张笑影（1900—1938）从 1924 年登台直至去世的演出历史中，《绣囊记》亦是他一

---

① 参见郭红军主编《民国时期西安秦腔班社戏报汇编 易俗社卷》（上），上海书店出版社 2016 年版，第 66 页。易俗社此剧目前尚未留下改动的记载，只能看到 1958 年 9 月长安书店出版的秦腔版《绣囊记》剧本，双线结构，唱白并重，有些词句与《锁麟囊》相似，但无法推定其编剧时间是在《锁麟囊》之前，抑或是受《锁麟囊》影响重新编写，故本文目前不做定论。

② 戏曲股第四十一次会议《会议发表应奖各剧并改正戏剧奖励章程及发给褒状手续》，载《通俗教育研究会第三次报告书·股员会议事录二》，第 18 页、第 31 页。

③ 参见戏曲股第五十八次会议《会议改良评书方法并议禁花鼓等戏》（1918 年 12 月 13 日），载《通俗教育研究会第四次报告书》。

④ 参见《通俗教育研究会 1920 年终大会记》之《戏曲股主任黄芷涵先生报告》，载《通俗教育丛刊》（第十辑）第 18 页右 、19 页左。

出拿手好戏。① 粤剧也曾搬演过《绣囊记》，中国艺术研究院图书馆藏有抄本《剧选》二集，其中有一稀见曲本，卷端题"绣囊记原本"，半叶六行十八字，叙李秀娴与母黄氏贫寒度日，后得赠锦囊，并因此得美满姻缘事。曲本宾白中含广东广府方言，如黄氏语"你接埋晒个衫都好同人洗左佢啦"等，科介中则有"撞点""埋位"等，当为戏班脚本文献。② 1933 年，广东音乐会来到北京春和戏院献艺亦贴此剧，可见粤剧《绣囊记》也一直在演出。③ 所以《锁麟囊》问世之前，相关故事、剧本不仅已经在民间流传已久，彼此缠绕因袭，而且与戏剧改良时期有着密不可分的关系。

余论　对《锁麟囊》的再认识与新的研究空间

在翁偶虹的回忆中，构思《锁麟囊》之初便想到富、贫二女"她们的基本性格，当然有富而骄娇，贫而卑悲的不同"④。这虽是一句闲笔，却透露出漫长本事沿革中留下的文化辙痕——《剧说》中的材料并未赋予二女任何性情描写，一直到清末对二女故事的改写里，都赋予了二女"为女亦侠"的古道热肠。翁老如此简单地或者潜意识地将二女划分出对立的阵营，正是鼎革以来不断赋予富女一线新的文本张力和劝世意图，在小说中灌注性情血肉，在戏剧里拔节出

---

① 参见中国戏曲志编辑委员会编《中国戏曲志·天津卷》，文化艺术出版社 1990 年版，第 465 页。

② 参见丁春华《中国艺术研究院图书馆藏抄本〈剧选〉考论》，《海南师范大学学报》（社会科学版）2014 年第 12 期。

③ 参见《大公报（天津版）》（1933 年 9 月 1 日第 13 版）刊载《粤剧即将在春和出演》："迩来津埠百艺杂陈，而粤剧则独付阙如，其所以能独树一帜、使各界保存粤剧之印象者，厥惟广东音乐会是赖焉。该会往年每次彩唱，均有人满之患、良以各会员俱为有职业之士，因职务关系，不克时常公演耳。近闻该会将于九月五六两日，露演于春和。剧目有《胭脂虎》《绣囊记》等，由重要会员如徐俊韬、吴曦华、刘回雪、鲍玉书、欧震海、陈康民、林瑞华诸君分饰之。"

④ 翁偶虹《知音八曲寄秋声》，载《翁偶虹文集·回忆录卷》，第 151 页。

骨骼，并在《锁麟囊》中砍掉多余枝蔓、浓缩于富女一线、美化了腔词、重新安置了人物功能去芜存菁才得以完成经典化历程的结果。尽管南北之间改编路径与认知底色的差异在一定程度上影响了两地的戏剧实践，但以《绣囊记》的"双城记"为视点，我们也可以看到民初小说、文明新戏、改良戏曲之间比我们想象中更紧密地联动。

《锁麟囊》在沪首演前，程砚秋遭遇的以"剧本意识"为中心的诘难如果放置在"孤岛"时期的文艺创作环境中，似乎能够给予我们一种"声画对位"的解答——大量使用"春秋笔法"的历史片《貂蝉》《武则天》《秦良玉》《木兰从军》涌入市场，从国族资源、历史兴亡中重新阐发伦理价值，以达到振奋人心的目的，由此塑造了一批集智慧、忠勇、侠义于一身，在别无选择的境地中用斗争改变命运，带有一定"男性化身"的女性群像。相较之下，《春闺梦》《荒山泪》的上演，与《娘子军》相比显得那样手无缚鸡之力，所以《锁麟囊》的成功并非仅仅因为喜剧题材与腔词妙笔，更在于薛湘灵的自省与重生。时钟向前拨二十余年，同样的社会教育议题随着现代中国的展开而显像——鼎革以来社会启蒙、再造新人的紧迫议题之下，再造"新女性"实际成为智识界潜意识中再造"新人"中的前置操作，由此产生了时代焦虑转嫁之下智勇双全、忠义节烈的又一批"女侠"群像。通俗教育研究会作为官方机构所编写的一系列新戏中，《绣囊记》《木兰从军》《童女斩蛇》《缇萦救父》《曹娥碑》等剧目都是上述问题意识下的意图更纯粹、明显的结晶。这些剧本尽管带有高度个人化写作、不太实用于舞台呈现、需经演员班底重编的问题（如《绣囊记》由翁偶虹重编，《木兰从军》《童女斩蛇》由梅兰芳团队重编），但这些并不完美的试验也是当时的改良活动迎着诸多迫切的议题能够给出的珍贵的答案。

民国时期（尤其是与通俗教育研究会相关）的新材料、新视角的发现向我们展示了一个个和既定描述的《锁麟囊》不尽相同的历史场景，赋予了我们更有纵深感地审视这部经典剧作的可能：同一题材在小说、文明新戏、不同戏曲剧种的跨媒介演绎和互动交织而成的共生图景仿佛提醒我们那段历史远超想象的复杂紧密。几代人对"绣囊佳话"的感动与"现代中国"的展开同行，与时代思潮、社会舆论深度扭合，最终在治愈一次次社会阵痛中抽出新芽，并日益盘结成某种难以明确阐释的"情感结构"。在新旧之交、南北之间，《锁麟囊》就这样以前世今生为胶片，在百年的漂流与冲洗中显像出时代思潮交锋、历史现场叠印、文化市场嬗变的光影，向我们呈现了一个现代戏曲发展进程中众声喧哗、丰富驳杂的景深之处，而这也在提醒我们：历史的延长线上，《锁麟囊》还经历了怎样的"再经典化"历程，或许又是一个留待仔细梳理、淘沥的新故事了。

（曹菲璐　梅兰芳纪念馆研究实习员）

《申报》中的川剧史料及其价值*

戏曲研究

李文洁

　　《申报》创刊于 1872 年 4 月 30 日，停刊于 1949 年 5 月 27 日[①]，经营近八十年，共出刊两万多期。它作为中国近代史上发行时间最久、社会影响最广的综合性报刊，较为详细地记录了我国晚清民国时期政治、经济、文化等各方面的情况，"堪称研究我国近现代史的'百科全书'"[②]。《申报》上刊载了无数有关戏曲的新闻、广告、评论等图文信息，内容涉及戏曲演员、表演艺术、演出活动、演出场所、戏曲理论等多个层面，它们是研究中国近代戏曲史论不可或缺的珍贵史料。

*　本文得到北京故宫文物保护基金会和万科公益基金会专项经费资助。

①　《申报》创刊于清同治十一年（1872）农历三月二十三，本文记录的《申报》日期均为阳历。

②　姜小玲《30 卷本〈申报索引〉出版》，载焦扬主编《传递书香：2008 年上海书展综览》，上海人民出版社 2009 年版，第 211 页。按：该文原载于《解放日报》2008 年 8 月 16 日。

川剧约形成于清康熙、雍正年间，并在晚清民国时期蓬勃发展，是一种以高腔为主体的多声腔剧种①，广泛流传于四川、重庆及与之毗邻的贵州、云南、西藏等地区。民国时期一些川剧班社或艺人更是远赴上海、江西、甘肃等地进行演出，将川剧带到了全国各地。《申报》刊载了不少有关川剧的信息，其内容涉及川剧历史、川剧理论、川剧班社及演员等。笔者查阅现存《申报》，共辑录整理出 144 条川剧的相关史料。鉴于这些史料对研究川剧在民国时期的发展和传播具有重要的参考价值，以前很少有人对其进行细致考察，本文在收集梳理《申报》所载川剧史料的基础上，对其基本情况及价值加以分析研究。

一

《申报》关于川剧的记载，最早的是 1926 年 2 月 19 日在栏目"团体消息"中所刊载的《旅沪川学生今日举行同乐会》，该文记载："……为教厚乡谊，联络感情起见，特定于今日下午一时假西门陆家浜中华职工教育馆举行同乐大会……除京曲、昆曲、新剧及该会留沪川女生跳舞及川剧外，并请名人演讲云。"② 文中并未涉及川剧演出的细节，仅提及当日有川剧演出。可见，在异地表演川剧成为川籍乡人沟通联络，纾解思乡情绪的方式之一。

此后直至《申报》停刊，该报间歇性地刊载了百余条关于川剧

① 参见杜建华《川剧高腔在剧种形成发展中的标志意义及主体地位》，载《中华戏曲》第 37 辑，文化艺术出版社 2008 年版，第 290～302 页。杜建华老师认为：川剧是以高腔为主体的多声腔剧种，川剧高腔的形成标志着剧种的形成，川剧高腔形成于清康熙、清雍正年间。文章详细论述了为何川剧高腔的形成标志了川剧剧种的形成，并借鉴京剧、越剧以标志性事件作为剧种诞生的方法，提出雍正二年（1724），高腔庆华班在成都驻扎并招生一事，可以作为川剧诞生的标志性事件和时间。

② 《旅沪川学生今日举行同乐会》，《申报》1926 年 2 月 19 日第 17 版。

的图文信息。这些信息包含各类新闻消息中的川剧信息、广告中的川剧信息、散文及其他小品文中所提及的川剧信息等。

（一）各类新闻消息中的川剧信息

从题材看，这类川剧信息主要存在于时事新闻、文教新闻及社会生活新闻中。时事新闻中的川剧信息一般以只言片语的形式存在，川剧仅作为新闻中政事接待活动的助兴项目，这类新闻对川剧并不做细致的描写。如1937年4月，邓汉祥在成都百花亭宴请吴鼎昌，"宴后并演川剧助兴"①。1939年1月，西康省府会议因刘文辉病而延期。省委厅干部在宴请中央委员罗桑坚赞与各民众团体代表时安排演出"川剧《蛮女歌舞》及龙灯游行等，景况盛大"②。又如1948年4月杨子惠自贵州调往重庆，贵州"各界欢送杨主席惠公荣升大会，定期十日午后假杨氏精心擘刻兴建落成不久之市体育馆举行，有隆重仪式，有京、川戏剧⋯⋯"③等。可见，《申报》虽是上海本地报纸，但也报道全国各地政事活动。从上述新闻中可以看到，川剧在当时的西南地区是政事接待活动的主要娱乐项目之一。

文教新闻中的川剧信息一般与宣传抗战和旧戏改良有关，这与时局有较大关系，如1939年教育部发布的征求抗战剧本的信息，虽不特指川剧，但也指出"宜于平剧或川剧演出者，亦得应征"④。随后，在第三届全国教育会议中，戴季陶又提道："略谓社会教育与民族生存、国家存亡、社会治乱有关，希望全国教育家起而领导实行，个人生活与社会连带关系，即区区一件衣服往往将牵连及全世界，社会教育之重要者，厥有四端⋯⋯（三）表示一国之门面、建筑之富丽，可称戏院。中国向以戏剧为移风易俗之教育工具。川戏以说白为主，

---

① 《刘湘欢宴吴鼎昌：吴表示以川人资格　愿努力助川省开发》，《申报》1937年4月3日第4版。
② 《西康省府会议延期举行》，《申报》1939年1月5日第4版。
③ 《额手称庆：黔人出任主席》，《申报》1948年4月13日第2版。
④ 《教部征求抗战剧本》，《申报》1939年1月20日第11版。

故与白话剧无异。"① 在 1941 年教育部推动戏剧教育时，又在改良旧剧方面明确提出"改进汉剧、川剧、秦腔、粤剧、桂剧等"②；1946年的简讯中则有四川省教厅"为改良川剧起见，举办川剧人员训练班。由刘厅长兼班主任，蒋益明任教育长，每日授课时间均为上午七时至十一时，预计三月结业"③ 等。川剧"以说白为主""与白话剧无异"的特点，暗合戏剧家李渔曾提出的"戏文做与读书人与不读书人同看，又与不读书之妇人小儿同看，故贵浅不贵深"④ 的道理，这也让川剧在动乱的时局中更易发挥戏曲宣传教育的功能，从而起到"移风易俗"的作用，成为抗战的主要宣传方式之一。

社会生活新闻中的川剧信息涵盖内容十分丰富，有时甚至对同一件事情有多篇或连载报道。有联欢活动中以川剧助兴的，如上文提及旅沪川籍学生在年初举行同乐会，未及两日《申报》便对此事有更为详细的报道。⑤ 又有以川剧庆贺公所、会馆等落成的，最为典型的是 1936 年蜀商公所落成典礼，特请"胜利灌音公司在成都请来灌音之三庆园名票十余人，在大礼堂清唱川剧四出，计白玉群之《活捉王魁》及《抚琴会客》、黄佩莲之《将相楼》及《祁山打围》等，文词典雅，声调清晰，别饶一番风味云"⑥；又如在浦东同乡会新会所落成纪念礼的游艺会中有演川剧⑦等。还有涉及诉讼官司的，如上海申曲歌剧研究会控告《川剧特刊》"妨害名誉诽谤罪，起诉意旨称：八月五日，《川剧特刊》发行之第一日特刊中，所载有四川戏剧都不涉荒诞、不露淫荡，决不像时下申曲、滩簧之迎合一般社会心

---

① 《第三届全国教育会议详记》（五续），《申报》1939 年 3 月 27 日第 7 版。

② 《教部积极推动戏剧教育》，《申报》1941 年 3 月 25 日第 9 版。

③ 《简报》，《申报》1946 年 6 月 2 日第 5 版。

④ 李渔《闲情偶寄》，载中国戏曲研究院编《中国古典戏曲论著集成》（七），中国戏剧出版社 1959 年版，第 28 页。

⑤ 参见《旅沪川学生同乐记会》，《申报》1926 年 2 月 21 日第 19 版。

⑥ 《蜀商公所行落成典礼》，《申报》1936 年 2 月 1 日第 17 版。

⑦ 参见《浦东同乡会昨日新会所落成纪念礼并开第五届大会》，《申报》1936 年 11 月 22 日第 12 版。

理，而忘了戏剧教育使命。申曲歌剧研究会各会员认（为）《川剧特刊》有意侮辱诽谤，妨害全体申曲界之名誉……"① 后来，《申报》还追踪刊发该诉讼官司的判决结果及后续发展。②

有一类社会生活新闻中的川剧信息具有广告性质，如成渝川剧促进社初到上海时，《申报》载《成渝川剧促进社特别启事》，曰："谨启者：敝社此次来沪献演川剧，承蒙海上各界多方襄助，指导一切，浓情盛意，至深纫感。惟敝社开演在即，未能亲冀各界，一一拜候，不周之处，务祈原宥是幸、是盼。此启。"③ 另又刊消息："据闻此次来有川剧名伶多人，如名旦薛艳秋、白玉琼、杨云凤等皆蜀中特出之材。此次到沪，特制簇新布景，及添置行头不下二万余金，并闻今夜及明后诸夜所排各剧，皆系名角拿手杰作，故座位已预定不少。想开场时，定有一番盛况也。"④ 这类新闻还有如《四川戏剧将在沪播音》《四川舞台将献演：以薛艳秋为台柱》⑤ 等。

（二）与川剧相关的广告信息

《申报》中有关川剧的广告主要分为四类，一是川剧唱片广告；二是在广告中宣称有川剧播音；三是提及川剧文章或书籍的广告；四是川剧演出广告。关于川剧唱片的广告多伴随川剧播音，主要为1936年上海亚尔西爱胜利公司聘请四川三庆会多名演员赴沪灌制唱片⑥，并于2月17日开始发行售卖，后该公司曾在报上多次为川剧唱

① 《〈川剧特刊〉被控妨害名誉》，《申报》1936年8月29日第14版。
② 参见《申曲会控诉〈川剧特刊〉判决》《〈川剧特刊〉孙家瑜与申曲界联欢》，分别见于《申报》1936年9月3日第16版、9月24日第13版。
③ 《成渝川剧促进社特别启事》，《申报》1936年8月5日第6版。
④ 《新光今晚表演川剧》，《申报》1936年8月5日第13版。
⑤ 参见《四川戏剧将在沪播音》《四川舞台将献演：以薛艳秋为台柱》，分别见于《申报》1936年2月9日第15版、10月17日第14版。
⑥ 这并非川剧艺人首次灌制唱片。自1934年起，便有川剧艺人开始灌制唱片。1935年秋，上海百代公司曾派专人入川至重庆，特请生旦名伶收音灌片。（参见琅琅《川剧将来上海表演》，《晶报》1936年5月18日第3版；《中国戏曲志·四川卷》，中国ISBN中心1995年版，第695~700页）

片发布广告（图1）。① 商家在广告中宣称有川剧播音的广告，大致又可细分为两种，一种是四川商店广告中的川剧播音信息，另一种是其他商家广告中的川剧播音信息。在四川商店的川剧播音广告中，会对川剧历史、特征、剧目等作简要介绍，并为有收音机者印赠川剧唱词，如1936年2月13日的广告（图2）等②，而在其他商家广告中的川剧播音信息仅说明川剧播音剧目和演员，更甚者只说有四川戏，如中西大药房和三友实业的广告等。③ 可以看到，四川商店广告中的川剧播音信息内容更详细，服务更周到，对川剧传播更具推广性，而其他商家广告中的川剧播音是广告中播音节目的一小部分。

图1　唱片广告中的四川琴音与川剧（《申报》1936年4月30日第13版）

图2　四川商店的广告（《申报》1936年2月13日第12版）

---

① 参见《亚尔西爱胜利公司四川唱片现已发行》，《申报》1936年2月17日第13版；《胜利最新唱片·实音电机收制（南腔北调·应有尽有）》，《申报》1936年4月30日第13版；《新式胜利实音唱片》，《申报》1936年9月6日第14版；等等。

② 参见《四川戏剧定期播音》《四川戏剧今日起播音》，分别见于《申报》1936年2月13日第12版、2月14日第13版。

③ 参见《蒋委员长五秩寿辰播音恭祝》《三友实业社为增进新春兴趣播送特别节目三天》，分别见于《申报》1936年10月28日第5版、1939年2月18日第12版等。

《申报》中提及川剧文章和书籍的广告非常少，目前仅见杂志《新认识》的创刊广告中提及凌鹤所撰《漫谈蹦蹦戏和四川戏》①一文和文通书局在新书广告中提及阎金锷所著《川剧序论》，售价2000元。②

还有一类广告是川剧演出的广告，即成渝川剧促进社在上海演出期间刊登的所有演出广告。从广告刊登内容可以详细了解成渝川剧促进社在沪期间演出人员、演出剧目、演出场所以及个中所呈现的经营等情况，具有更进一步深入研究的学术价值。③

（三）散文及小品文中的川剧信息

这类文章中包含的川剧信息较为复杂。从篇幅看，有对川剧及相关信息仅提只言片语的，如《川行散记·纪难》记"川戏多为秦声，行腔高吭（亢），激越凄楚，江东人听之索然无味"④。也有提及自贡自流井"有个川戏院，票价五角，天天客满，经常演的《新南华堂》《白蛇传》等。有钱的太太小姐们需要看《南华堂》田氏思春、《白蛇传》的白娘娘船舟□情……"⑤；还有如"……还有川剧，差不多十出有六七出要唱高腔……"⑥等。也有对川剧说得较为详细的，如《记平剧座谈会》谈及川剧表演中某一角色的脸谱，载曰："潘子农谈起川剧脸谱也很有趣，他说川剧青蛇本是一个男子，所以扮作男角。在饮雄黄酒时，有'变脸'的表演。散会后，我向沫若说，这倒有一点像英国史梯文生所写的'季基尔博士与海德先生'。"⑦又有

---

① 这篇文章发表于杂志《新认识》1936年第1期，这也是《新认识》杂志的创刊号。参见《申报》1936年9月5日第2版中所刊《新认识》杂志广告。

② 参见《文通书局最近新书》，《申报》1947年3月19日第5版。

③ 限于篇幅，本文讨论中心为《申报》中的川剧史料，有关成渝川剧促进社在沪期间的活动，另文讨论。

④ 《川行散记·纪难》，《申报》1936年3月16日第9版。

⑤ 吴雪《四川第一大盐场——抗战热潮中的自流井》，《申报》1939年1月12日第2版。

⑥ 庚雅《田汉畅谈戏剧及其他》，《申报》1939年3月1日第2版。

⑦ 赵景深《记平剧座谈会》，《申报》1946年10月20日第10版。"季基尔博士与海德先生"是指英国作家史蒂文生小说《化身博士》（又译作《杰基尔医生与海德先生奇案》），主要讲述受人尊敬的科学家杰基尔医生喝下一种试验药剂，在晚上化身为海德先生四处作恶的故事。

如张恨水谈"川戏在梨园行中，亦独树一帜，词句侧重字面典雅。一览其剧本，饾饤满纸，与粤剧同。唯在台上搬演时，唱者由脚色自由行腔，无丝索配音。至煞尾一句，往往金石丝竹，哗然并奏。乐场十余人，大声疾呼，同音相和，苟非习闻，颇觉毛戴，此所谓下里巴人和者寡欤？至表演细腻，亦有皮簧所未及者。大抵悲剧则声泪俱下，喜剧则亵荡备至，剧中人出色当行，均肯极情描写，旅客或有川剧之嗜，决非有求于歌唱，乃可断言"①。还有如《成都散步》中"本地戏很多，即是'川戏'。我觉得唱川戏的还按照其传统，规规矩矩的唱，不十分的'乱来'。贾培芝是川戏中演员中的翘楚，他是有名的红生，我特别去看他的关公。川戏在动作上和中国所有的旧戏完全相同，而唱句则是低沉而柔□，低尖的声音很多，调子上缺乏变化，是用几种单音，反复地回旋，而最后稍拖长音的唱法。乐器和唱白常常离开，而只在唱句的最后加以配音，用别调补充唱白的间歇，在一度激越的唱句之后，后台人加以合唱，这在戏剧史上，可以说是一种古老的唱法"② 等。也有专论川剧的文章，但较少，如姚陈沙《四川菜和四川戏》③、又今《川剧话旧》④、陆丹林《记赵尧生》⑤ 等。

综合分析这些川剧信息，不难看出他们在刊发时间上既具集中性又具分散性。以1936年为间隔，《申报》上1936年之前有关川剧的信息非常少，仅3条，而在1936年里有关川剧的信息剧增，尤其是

---

① 张恨水《重庆旅感录》，《申报》1939年2月2日第6版。《申报》刊文的文字有湮灭，故以《旅行杂志》（1939年第1期）刊文佐之。
② 叶鼎洛《成都散步》，《申报》1947年5月2日第9版。
③ 分别见于姚陈沙《四川菜和四川戏》（一），连载于《申报》1936年11月22日第21版、11月29日第25版。
④ 又今《川剧话旧》，《申报》1948年6月25日第8版。
⑤ 陆丹林《记赵尧生》，《申报》1948年10月12日第8版。赵尧生即赵熙，是当时川中"五老七贤"之一，改编高腔传统剧目《焚香记》，《情探》一折为川剧名剧。

成渝川剧促进社在沪演出前后那段时间，几乎每天都有至少 1 条。其中，演出广告占了绝大多数。1936 年之后，《申报》几乎每年都或多或少有关于川剧的信息刊载，或只言片语，或专门作文。其中多受时局混乱，国民党决议迁都重庆①和《申报》转汉口、香港②等因素的影响，促使各界人士对川渝地区给予了更多的关注目光。从内容看，《申报》所刊载川剧信息涉及川剧历史与特征、演员、演出剧目、演出场所、编剧、观众等各个层面，范围十分广泛，但仅对川剧发展、主要特征等加以简短介绍。从书写群体看，《申报》中谈论川剧的文章作者虽不乏名人，如叶鼎洛、张恨水等，但缺乏专业的戏曲理论家深度介入，不似京剧、昆曲等剧种有吴下健儿、玄郎、瀛仙等剧评家、理论家高度关注，理论探讨较为系统且深入。

二

虽然《申报》中所刊载的川剧信息与现存其他川剧史料相比，连"一鳞半爪"都算不上，甚至可以说寥寥无几。可贵的是，对这些信息作观察与研究可以进一步补充相关史料的不足，加强对民国时期川剧发展历史面貌的认识，尤其是对成渝川剧促进社赴沪演出的认识，具有一定的戏曲史学价值。同时，《申报》中的川剧信息以各种形式呈现，不仅将川剧置于大历史环境下，而且间接反映了民国时期的政治、经济、军事与文化等各个层面的问题，有利于进一步探究当时的社会经济文化，具有一定的社

---

① 1937 年，卢沟桥事变发生后，日本大举入侵中国，南京国民政府形势非常危急。故蒋介石于 10 月 29 日在《国府迁渝与抗战前途》的讲话中明确提出迁都重庆。11 月，重庆正式担负起战时首都的职责。

② 1937 年 11 月上海沦陷后，《申报》曾在 12 月 14 日宣布停刊，并分别于 1938 年 1 月至 7 月在汉口、1938 年 3 月至 1939 年 7 月在香港复刊。由此，《申报》除上海版外，还有汉口版与香港版。

会学价值。

（一）补充和完善民国时期川剧发展历史信息，修正相关史论书籍的书写

《申报》对成渝川剧促进社赴沪演出的历史细节作了详细而真实的记录，对该社乃至民国时期川剧向外传播的历史信息作了补充和完善，可修正部分书籍的相关记载。

关于成渝川剧促进社，在《中国戏曲志·四川卷》及《重庆戏曲志》中均有简要记载①，但在其他相关史论书籍中鲜少谈及该社赴沪演出之具体情形。1940 年，著名戏曲史论家董每戡在《闲话川戏》中提到民国二十五年（1936）继任三庆会会长的唐广体在重庆亡故后，"从此三庆会分为二大流派：一派仍以三庆会名义由萧楷成、贾培芝等率领扶康柩回蓉，出演于现今仍存的悦来茶园；一派另组织所谓成渝川剧社，由薛艳秋、白玉琼等领衔到上海去远征，刚到沪的时候风头很盛，博得沪滨人士的好评。后来因角色不齐，便相率掩（偃）旗息鼓归川，于是这班社至于解体，社员们也各奔前程了"②。在《巴渝文史荟萃》中则将该社赴沪演出列为"川剧第一次出川"③。董每戡先生简单阐述了成渝川剧促进社的历史发展情况，"文史荟萃"则说明了该社赴沪演出的意义。

① 《重庆戏曲志》专列词条"成渝川剧促进社"，《中国戏曲志·四川卷》未对其进行专门的词条注解。两部大型戏曲志书为该社成员列了相关词条，如薛艳秋、白玉琼、赵瞎子等。
② 董每戡《闲话川戏》，载张志全编《抗战救亡与地方戏研究：抗战时期地方戏研究资料选辑》，中国戏剧出版社 2019 年版，第 118～119 页。该文最早刊发于《中央日报》（贵阳）1940 年 4 月 11 日第 4 版，后又刊于《经纬周刊》新 2 卷第 1 期，1946 年 7 月 28 日，文章名为《谈川戏》。
③ 余荣邦《情系川剧话兴衰》，载重庆市渝中区政协文史资料委员会编《巴渝文史荟萃》（第一卷），重庆印制四厂 1999 年版，第 254 页。

图 3　成渝川剧促进社 1936 年 8 月 1 日广告

257

在该社赴沪演出期间,《申报》几乎每日提前广告(如图 3)预告演出内容,包含演员、剧目、时间、地点、票价等基础信息,甚至贴心告知公众剧目剧情、演出特色以及戏园环境等。从广告中可以看到,该社在沪期间的经营、发展策略等内容。如该社在沪首演定于1936 年 8 月 5 日①,却在当年 7 月 20 日、30 日便提前刊载消息称该社将抵沪并在新光大戏院开演②,并于 8 月 1 日正式刊载演出广告③,8 月 2 日又在广告中特别说明《川剧特刊》将在次日出版(如图4)。④ 彼时,该社由川人卢翰丞、邓植夫等主持,至 9 月 5 日均在宁波路广西路口新光大戏院演出。10 月 16 日,该社发启事说明经理改

---

① 参见《成渝川剧促进社特别启事》《新光今晚表演川剧》《成渝川剧促进社全班名角破天荒第一次到沪献演四川名剧假座新光大戏院》,分别见于《申报》1936 年 8 月 5 日第 6 版、第 13 版、第 25 版广告。

② 参见《川剧团昨日抵沪,不日在新光公演》《川剧促进社宴新闻界》,分别见于《申报》1936 年 7 月 20 日第 14 版、7 月 30 日第 14 版。

③ 参见《四川大舞台假座(宁波路广西路口)新光大戏院:破天荒在上海献演川剧》,《申报》1936 年 8 月 1 日第 29 版。

④ 参见《四川大舞台成渝川剧促进社假座(宁波路广西路口)新光大戏院献演川剧》,《申报》1936 年 8 月 2 日第 18 版。

图 4　成渝川剧促进社 1936 年 8 月 2 日广告

为卢翰丞一人，在社名前加"翰记"以与前社相区别。① 10 月 24 日至 11 月 24 日，"翰记"在爱多亚路马霍路口大华舞厅屋顶演出。如果将成渝川剧促进社在沪演出分为两个阶段，显然在大华舞厅屋顶演出阶段营业并不乐观，甚至在后期营业表演中穿插国术团表演。② 除广告外，《申报》还刊载该社在沪期间各种消息，如前文提及涉诉讼官司、台柱薛艳秋生病无法登台③等。

　　《申报》对成渝川剧促进社在沪期间的大致情况做了较为真实的记录与还原，也证明一个戏曲班社或者说一个剧种的向外发展之路并不容易。虽然成渝川剧促进社赴沪演出的结果并不如意，但不可否认该社对川剧向外传播发展所作的努力和价值。同时，仔细观察《申报》对成渝川剧促进社的信息记载，可修正现今志书中的部分表述。如《中国戏曲志·四川卷》中记该社"先后在四川大舞台、新兴大戏院、大华舞厅演出……"④ 显然，该社在沪期间是在新光大戏院和大华舞厅屋顶两处营业演出，而四川大舞台并非该社在沪期间的演出场所，而是广告中用以标识该班及其表演是四川戏班进行的川剧演出。

　　（二）提供了丰富的川剧剧目资料，集中反映民国时期川剧舞台演出剧目情况

　　川剧剧目丰富多彩，俗语有"唐三千，宋八百，演不完的三列

---

① 参见《本社启事（二）》，《申报》1936 年 10 月 16 日第 22 版。
② 参见《四川大舞台》，《申报》1936 年 11 月 21 日第 27 版广告。
③ 参见《薛艳秋启事》，《申报》1936 年 10 月 23 日第 16 版。
④ 《中国戏曲志·四川卷》，中国 ISBN 中心 1995 年版，第 29 页。

国"之说，如大型川剧剧目工具书《川剧剧目辞典》便收有5892个川剧剧目（含存目与1950年以后创作的剧目）。① 经整理，《申报》约载有川剧剧目233个②，这些剧目在《川剧剧目辞典》《川剧传统剧目集成》等文献中多有著录。从数量看，《申报》所载川剧剧目是非常少的，但从剧目声腔、题材以及体裁看，它们体现了民国时期川剧演出的剧目选择以及演出情况。

川剧虽然是一个多声腔剧种，但在其舞台演出中少有多声腔并行演出的现象，这在《申报》所载川剧剧目中也有体现。在《申报》所载川剧剧目中，有高腔剧目113个，胡琴剧目47个，弹戏剧目25个，昆腔剧目5个，灯戏6个，吹腔剧目1个，多声腔剧目3个，2个剧目昆腔、高腔皆唱，5个剧目高腔、胡琴均唱，1个剧目高腔和弹戏均唱，1个剧目胡琴和吹腔皆唱，其余剧目声腔不详。③《申报》所载川剧各声腔剧目数量比例，也符合川剧以高腔为主体，融合昆腔、胡琴、弹戏、灯调等腔调的多声腔剧种特征。从题材看，《申报》所载川剧剧目绝大部分为传统剧目，涉及了高腔四大本、弹戏四大本、五袍、四柱、江湖十八本、三国戏、列国戏、东窗戏、水浒戏、封神戏、西游戏、隋唐戏、包公戏、聊斋戏等诸多类型，内容非常丰富。这些剧目也是民国时期川剧的常演剧目。除了大量的传统剧目外，还有少量新编剧目，如从京剧移植的高腔古装戏《嫦娥上天》、时装戏《纺棉花》、滑稽新戏《明杀活人》等，恰证明了川剧在发展过程中融合、移植、创新的艺术发展规律。从形式看，《申报》所载川剧剧目以折子戏为主，还有大幕戏和中型戏，形式十分灵活。

① 四川省川剧艺术研究院、四川省川剧学校、四川省川剧院《川剧剧目辞典》，四川辞书出版社1999年版。

② 笔者在整理《申报》所载川剧剧目时，对重复出现的剧名，只计1；在辨别一剧多名的基础上，只计1；对报中讹字等情况予以辨别。

③ 对《申报》所载川剧剧目的声腔判断，笔者主要参考《川剧剧目辞典》《川剧剧目选考》等书。

可以看到,《申报》所载川剧剧目在现存川剧剧目中具有典型性和代表性,直接反映了民国时期川剧舞台流行的演出内容;而剧目题材的丰富性和演出形式的灵活性为民国时期的川剧观众提供了较多的选择,反映了川剧在民国时期的旺盛生命力。

(三) 真实反映民国时期川剧发展情况

虽然有关成渝川剧促进社的记载占了《申报》上川剧信息的绝大多数,但从其他信息中依稀可以窥见川剧在当时的传播发展情况。在今天看来,成渝川剧促进社在沪的营业演出并不算成功,但从川剧发展史的角度看该社赴沪演出却是民国时期川剧蓬勃发展的有力证据。与此同时,在沪川籍人员相互聚会,通过演出、观摩川剧以慰藉思乡情绪,联络同乡,如在沪的四川学生和四川学界同人在同乐会中均有川剧演出活动等①,这不仅说明川剧是在外四川人重要的情感寄托,也说明在成渝川剧促进社赴沪演出前,川剧已然小范围传入上海。

从《申报》中可以看到在自贡、重庆、康定、贵州等地有专门的川剧戏园②,川剧在西南地区是被人们认可、接受的戏曲剧种。虽然外省人士对川剧的印象是唱词精辟,表演细腻,有"'听'平戏'看'川戏"③ 之说;但受方言限制和大锣大鼓等因素的影响,大部分外省人对川剧的态度是"偶或去瞧个热闹"④,并非真正接受川剧艺术。这一点在成渝川剧促进社赴沪演出的经营状况和某活动以川剧

---

① 参见《旅沪川学生今日举行同乐会》,《申报》1926 年 2 月 19 日第 17 版;《四川学界同志会昨开同乐会》,《申报》1926 年 4 月 12 日第 15 版。

② 参见吴雪《四川第一大盐场——抗战热潮中的自流井》,《申报》1939 年 1 月 12 日第 2 版;《推进后方建设中:今日之贵阳 (续)》,《申报》1939 年 2 月 12 日第 6 版;星《康定近况》,《申报》1939 年 11 月 19 日第 16 版;《重庆各界欢迎日反战团体:到二千余人,郭沫若主席、鹿地亘等报告工作经过》,《申报》1940 年 5 月 13 日第 4 版;卜少夫《忆重庆》,《申报》1946 年 5 月 5 日第 11 版;等等。

③ 泽夫《四川戏》,《申报》1942 年 1 月 24 日第 6 版。

④ 小齐《行都游艺界近状》,《申报》1940 年 5 月 9 日第 12 版。

助兴却将川剧表演安排在午夜十二时，而京剧却是从晚八时起开演[1]也可以得到证明。可以看到，民国时期的川剧受众主要是西南地区人员，外省人士对川剧的接受程度并不高。

（四）反映动荡的社会时局，体现社会经济文化

《教部征求抗战剧本》《拯救短小剧本的饥荒》《第三届全国教育会议详记》[2] 等文体现了在抗战年代，以戏剧作为抗战宣传工具的需要。需要注意的是，这些文章的措辞一般会将川剧与平剧同时提及，如"宜于平剧或川剧演出者……"这并不能说明当时川剧已成为如京剧一般的"国剧"，多是受抗战后方建在西南地区的影响。而反战活动在川戏院举行，如"渝各团体、各区镇，十二日下午假新川戏院欢迎日本人民反战革命同盟西南支会巡周工作团，到各界二千人……"[3] 又号召青年加入青年军，在介绍军中娱乐生活时，说"有话剧、平剧、川剧……"[4] 则说明反日战争成为当时中国人民的一致行动，日本侵略战争不仅受到中国人民的反抗，连日本人民也有持反对态度的。不仅如此，战争给人民带去灾害，为求生存发展，沦陷区人民大量迁入重庆等地，但西南地区仍旧受到日军威胁，如1940年6月27日，重庆各类公共设施被炸毁，其中包含学校、公路、川戏院等。[5] 凡此种种，均可看出当时社会之动荡，人民生活受到严重破坏。

同时，《申报》所刊载的川剧史料直接或间接地体现了当时的社

---

[1] 参见《浦东同乡会昨日新会所落成纪念礼并开第五届大会》，《申报》1936年11月22日第12版。

[2] 分别见于《申报》1939年1月20日第11版、3月26日第14版、3月27日第7版。

[3] 《重庆各界欢迎日反战团体：到二千余人，郭沫若主席、鹿地亘等报告工作经过》，《申报》1940年5月13日第4版。

[4] 王公瀚《苏北失学失业青年福音——青年军招致青年》，《申报》1946年12月30日第3版。

[5] 参见《日机百余架轰炸渝学校区：中大被炸毁一部，日机被击落一架》，《申报》1940年6月28日第4版。

会娱乐方式以及社会思潮观念的变化。如在上海沦陷前，看戏是上海民众普遍的娱乐生活方式。当时的上海商务繁盛，"为各省人士荟萃之区。一切戏剧娱乐，如粤剧、平剧甚至北方杂曲，无不俱备"，连因为路途遥远，"从未来过"的川剧也赴沪灌制唱片，并组班演出。①在日本大举发动侵华战争时，抗战成为全国人民的一致选择，戏剧成为宣传抗战的主要工具。同时，在各类活动中，川剧常被作为助兴节目，如前所述同乐会、政界宴会等。可以看到，近代中国虽有影戏等娱乐方式从西方传入，但戏曲艺术仍然是中国民众乐于接受的主要娱乐方式。川剧被川渝地区及与之毗邻的贵州等地人民接受，也证明了地域在地方戏形成发展中的引导作用。

结　语

《申报》中的川剧史料虽然不多，但集中反映了成渝川剧促进社在沪发展的基本情况，对其进行分析、研究可在一定程度上还原该社乃至民国时期川剧向外传播发展的本来面貌。除成渝川剧促进社相关信息外，《申报》所载其他川剧信息虽然稀少、零散，但在一定程度上也能反映民国时期川剧的部分发展状况。与此同时，《申报》所载川剧信息是将川剧置于时代背景之下，从侧面显现当时社会的各个层面，因此，对《申报》上的川剧史料进行整理、分析，具有一定的戏曲史学价值与社会学价值。

戏曲史料的搜集、整理与研究为历代学者所重视，前辈学者张庚更是提出"收集资料—编辑志书—写史—作论"的学术研究路径②，可见收集资料是戏曲研究的基础性工作并发挥着重要作用。戏曲史料

---

① 《四川戏剧将在沪播音》，《申报》1936年2月9日第15版。

② 参见张庚《关于艺术研究的体系——在全国艺术研究工作座谈会上的发言》，载《张庚文录》第五卷，湖南文艺出版社2003年版，第330~341页。该文原载于中国艺术研究院《科研动态》1990年第4期。

的搜集是一个长期的过程，并非一时或一个阶段就能网罗殆尽。从剧种的层面而言，京剧和昆曲作为大剧种，其史料的搜集已有大成，如《昆曲艺术大典》在 2016 年已然问世，"京剧艺术大典"即将出版，而有关地方戏史料的搜集整理仍有进一步拓展空间。川剧史料或者说各地方戏史料可能散落于不同的角落，研究者或可在有意无意间有所发现。换言之，戏曲史料尤其是地方戏史料的搜集、整理与研究仍需当代学者同心协力，所谓涓涓细流汇江海，各类地方戏史料随着时间的推移自可得到新的补充，相关研究也可得到进一步的发展。

（李文洁　故宫博物院在站博士后、馆员）

国泰越剧院经营个案研究（1946—1949）[*]

廖 亮 贾梦楠

国泰越剧院[①]（以下简称"国泰"）位于西藏中路四五一号[②]，是 20 世纪 40 年代后期，上海重要的越剧演出场地。该剧院于 1946

---

[*] 本文为教育部人文社会科学项目"性别视域下的越剧现代化研究"（项目编号：20YJA760043）阶段性成果。

[①] 国泰越剧院在设立登记档案中为"国泰越剧大戏院"，但在广告及时人的新闻报道中往往简称为"国泰越剧院"，本文叙述中即采用"国泰越剧院"这一约定俗成的称呼。此外需要指出的是，在越剧史的一些论著中，如：卢时俊、高义龙主编《上海越剧志》，中国戏剧出版社 1997 年版，第 255 页；钱宏主编《中国越剧大典》，浙江文艺出版社 2006 年版，第 61 页，提及"国泰越剧院"时都称其为"国泰大戏院"。实际上民国时期"国泰大戏院"是由旅沪英籍广东人卢根集资筹建，1932 年开业的电影院，英文名为 CATHAY THEATRE，地址在霞飞路迈尔西爱路转角。这家名为"国泰大戏院"的高档电影院正是今天淮海中路与茂名南路路口的国泰电影院。由于"国泰大戏院"与"国泰越剧大戏院"两个名称非常接近，日常口语表达时常常都被简称为"国泰"，因此在时人的表述中出现了混淆，也导致后人的一些误读。在此首先加以厘清，以免造成史实的混乱。

[②] 为统一起见，本文中所有路名均使用 1945 年抗战胜利后修改的民国时期道路名称。

年 8 月 21 日开业至 1949 年 10 月 11 日止①，正式演出时间有三年多②，其间先后有丹桂剧团、云华剧团、玉兰剧团、少壮剧团等多个女子越剧班社在此登台。国泰越剧院是上海最早有冷气设施的越剧演出场所，是最早利用楼上电台开启越剧现场转播的剧场，也是抗战胜利后新开设的，明确以"越剧"命名进入市场的剧院。1947 年 1 月 27 日《沪报》说："去年的越剧界虽然蓬勃异常，可是十九亏本，只有'国泰'一家可以赚钱。"③ 开业仅一年后，国泰已与明星、龙门这两家老牌戏院并列为上海"甲级越剧院"④，也是其中唯一一家只演越剧的剧场。异军突起的国泰在民国后期的上海越剧演出市场上，无疑是具有代表性的。本文将从国泰这一个案入手，结合档案材料、演出广告及相关报刊史料，尝试从剧院经营角度对越剧史研究进行补充。

一 剧场选址与内部改造

1. 都市空间的聚集效应

　　1946 年 8 月 18 日的《越剧报》上一则题为《国泰越剧院廿一日隆重揭幕》的报道称："国泰大戏院是一九四六年最新颖最伟大的越剧乐府，它矗立在西藏中路（南京路北首），耗资整亿，建筑伟大，的确可以称得起睥睨海上。"⑤ 结合《老上海百业指南——道路机构

---

① 《申报》与《新闻报》上国泰越剧院的正式演出日期皆为 1946 年 8 月 21 日，报纸上出现的最后一次演出广告登载在《大公报（上海）》1949 年 10 月 11 日第 6 版。
② 1950 年后国泰越剧院改为西藏书场，1965 年该场地被皇宫人戏院占用做门面和观众休息室，直到 1993 年时与皇宫大戏院一同被拆除。参见李声凤《在时代震荡的缝隙中生长》，上海远东出版社 2019 年版，第 213 ~ 214 页。
③ 越客《徐玉兰脱离国泰说》，《沪报》1947 年 1 月 27 日第 4 版。
④ 1947 年《上海市社会局劳资纠纷和解笔录劳（36）和字第 44 号》中附有《本市各越剧院等级及琴师、厢房工资规定表》，其中国泰越剧院与明星大戏院、龙门大戏院同为甲级越剧院。参见《上海市社会局关于越剧业之工资、复业纠纷的文件》，上海市档案馆藏，档案编号：Q6-8-3173。
⑤ 《国泰越剧院廿一日隆重揭幕》，《越剧报》1946 年 8 月 18 日第 1 版。

厂商住宅分布图》，笔者尝试还原这家号称"最新颖最伟大的越剧乐府"当时所处的地理位置及空间场域。

图1圆圈处即为民国时期的国泰越剧院①，可以看到该剧场位于西藏中路在南京路与凤阳路之间的路段。这里曾是租界的中心地带，也是上海的金融、经济与购物中心所在，是名副其实的黄金地段。

图1　民国时期国泰越剧院位置示意图

黄金地段的首要优势就是交通便利，位置显眼，俗称"市口好"。无论是马路对面的宁波老乡（国泰对面恰好是宁波同乡会），还是"轧马路"的上海市民，到国泰看场戏是非常方便的。黄金地段的第二大优势则是周边基础设施完善，人流量大。国泰越剧院周边首饰店、酒行、食品商店、咖啡馆等消费场所几乎应有尽有，医院、学校、银行等公共设施也都一应俱全。值得注意的是，国泰越剧院东侧依次分布有大新、新新、先施等百货公司（如图2）②。这些大型百货公司楼顶都建有游乐场——大新游乐城、新新花园、先施乐园皆是民国时期重要的娱乐场所。"一般而言，百货公司的服务对象主要是中上阶层……游戏场的经营却反其道而行，低廉的门票使一般的劳工

---

① 参见承载、吴健熙编选《老上海百业指南——道路机构厂商住宅分布图》上册一，上海社会科学院出版社2016年版，第十四图之一。
② 图2圆圈处为国泰越剧院，方框处为周围的百货公司。参见承载、吴健熙编选《老上海百业指南——道路机构厂商住宅分布图》上册一，第十二图。

阶级也能够开开洋荤……"① 以上可供我们想象，彼时国泰越剧院周边各色人等聚集，人头攒动的热闹场景，应当说国泰处于一个都市与传统、摩登与乡土并存的空间场域。

图 2　国泰越剧院及周边百货公司示意图

国泰位于黄金地段的优势更在于它恰好处在"西藏中路剧场圈"②。"以当年大马路（今南京东路）、静安寺路（今南京西路）和虞洽卿路（现西藏中路）为中轴的戏院，构成了旧上海剧场的黄金十字线，其规模、形制和伦敦西区及纽约百老汇很相似。"③ 西藏中路上，比邻国泰越剧院就分布有：国联大戏院、大上海大戏院、红宝剧场、皇后剧场、皇后大戏院、天宫大戏院、大中华越剧场等七家演出场地（如图3）④，其中最远的大中华越剧场离国泰也不过一千米左右。在较短的距离内密集分布了多家剧场，势必形成一个"你方唱

---

① 连玲玲《打造消费天堂——百货公司与近代上海城市文化》，社会科学文献出版社2018年版，第167页。
② 参见贤骥清《民国时期上海剧场研究（1912—1949）》，博士学位论文，上海戏剧学院2014年，第53~54页。
③ 路云亭、乔冉编著《浮世梦影：上海剧场往事》，文汇出版社2015年版，第5页。
④ 图3圆圈处为国泰越剧院，方框处为附近剧场。其中图3右最下方为天宫大戏院，是笔者根据卢时俊、高义龙主编《上海越剧志》（中国戏剧出版社1997年版）第262页内容作出的大致定位。此外，现有地图中国泰越剧院的最南侧至汉口路结束，皇后大戏院以及大中华越剧场位于汉口路再往南，图中未能显示。参见承载、吴健熙编选《老上海百业指南——道路机构厂商住宅分布图》上册一，第十二图、第十四图之一。

罢我登场"的娱乐场域,国泰越剧院敢于在此以"越剧"为号召进行演出,并且三年里保持了近900天的越剧演出纪录,必然得益于这种聚集效应滋养下的演出市场。

图3　国泰越剧院及周边剧场示意图

2. 豪华装修的摩登标识

国泰越剧院是由国泰舞厅改建而成的剧场,整体装修据说花费一亿余元①,在开演前的宣传中还自诩为"海上最高越剧之宫 第一流戏院! 第一流设备!"②虽然广告含有夸大的成分,但为了与剧院所在黄金地段匹配,剧场的内部空间改造也实实在在地下了功夫。

首先是座位,剧场"立体门面,庄严美观,内部四面,髹漆全新,草绿血牙两色,色彩调和,艳美无比,全部座椅,草绿色沙法,弹簧坐垫,柔软舒适"③。国泰越剧院的座位分为三个等级:最贵的座位为"特厅",共计361个;次之为"优厅",有168个;再次为

---

① 参见《国泰越剧院廿一日隆重揭幕》,《越剧报》1946年8月18日第1版。
② 《新闻报》,1946年8月13日第7版,国泰越剧院广告。
③ 《国泰越剧院廿一日隆重揭幕》,《越剧报》1946年8月18日第1版。

"正厅"，有 166 个；整个剧院共计有 695 个座位。① 由舞厅改建而来的剧场排布近 700 个座位，其实是略显拥挤的。《联合晚报》的报道中就写道"座位排得很紧"，但好在"沙发的坐垫和靠背总是够舒服的"。②

其次是舞台，"舞台建造为最新型立体式，富丽堂皇，装潢得美轮美奂"③。从当时上海建立新式剧场的情况来看，此处的"最新型立体式"舞台应为更明亮宽敞的镜框式舞台。为了保证演出准时，舞台旁还专门安装了一只"两尺直径的电钟"，于是"开幕不准时势必是不可能的了"。④ 值得注意的是，国泰还对演出功能性区域进行了改造。

> 一般越剧院子的乐师，都在台口伴奏，"国泰"把乐师的位置搬到了台的两侧，还用木板的栏子圈了起来，这一个设计很别致，从生意着眼，位置可以多设几排，同演员在台上唱的当儿，声音也不致被丝弦盖罩，平常越剧观众都以听不清楚唱词为憾事，"国泰"把乐师的座位放在台口两侧，不知道是否根据这一点设计的。⑤

沙发座椅、新式舞台、开演钟声、台侧伴奏，国泰越剧院的这些设施、设计都体现出向城市戏剧的靠拢。上海观众受到各种新兴文化的熏陶，追求更好的演剧效果与审美体验，剧院经营者必须回应这些需求。

此外，国泰越剧院还是第一个配备冷气的越剧剧场。为了给观众提供一个舒适的观看环境，剧院不仅装置了自来水、抽水马桶等卫生设备以保证环境的干净整洁，甚至还配备了冷气、电扇、热水汀等制

---

① 参见《上海市社会局关于国泰越剧大戏院设立登记事文件》，上海市档案馆藏，档案编号：Q6-13-106。
② 罗林《国泰这时髦的越剧院》，《联合晚报》1946 年 9 月 25 日第 2 版。
③ 《国泰越剧院廿一日隆重揭幕》，《越剧报》1946 年 8 月 18 日第 1 版。
④ 罗林《国泰这时髦的越剧院》，《联合晚报》1946 年 9 月 25 日第 2 版。
⑤ 罗林《国泰这时髦的越剧院》，《联合晚报》1946 年 9 月 25 日第 2 版。

冷和取暖设备。① 尤其是冷气设备"为越剧之首创"②，以至于"越剧的观众们不管他们是否喜欢筱丹桂徐玉兰的戏，他们也要到'国泰'去看一场戏，他们要观光观光这个有冷气设备的戏院"③。这些制冷和取暖设备不仅成了剧场的一大卖点，更在事实上拓展了可用于演出的时间。在夏季炎热时，演出广告中就曾接连一个月打出"空气充足 座位舒适 风扇密布 凉风阵阵"④ 的宣传语以吸引观众。

以上我们看到，国泰越剧院从地理位置的选择，到内部空间的改造，乃至剧院设施的更新，无一不呈现出向都市摩登的靠拢，可以说，这正是国泰在越剧经营上的策略选择。但战后的上海并非一片乐土，社会动荡不安，各种势力纵横交错；物价飞涨，货币制度频繁更迭，在这样的大环境下，国泰又是如何进行经营的呢？

二 运营关系与经营模式

1. 前后台合一的公司制运营

1946 年 10 月 1 日，上海市社会局派出调查员，对开业一个多月的国泰越剧院进行检查，并填写了《上海市社会局戏院调查表》。调查表上"创办人"一栏包括"自然人"和"法人"两部分，其中自然人由从事戏院业的张春帆（浙江嵊县人）、富春霖（浙江萧山人）和从事酒菜业的郁信根（浙江宁波人）三人组成（三人合股，投入资金为法币三千万元），法人则是泰山公司。⑤

在调查表的右下角盖有一个清晰的椭圆形公章印，印章外圈上部

---

① 参见《上海市社会局关于国泰越剧大戏院设立登记事文件》，上海市档案馆藏，档案编号：Q6－13－106。

② 《国泰越剧院廿一日隆重揭幕》，《越剧报》1946 年 8 月 18 日第 4 版。

③ 罗林《国泰这时髦的越剧院》，《联合晚报》1946 年 9 月 25 日第 2 版。

④ 《新闻报》，1947 年 7 月 6 日第 9 版国泰越剧院广告。

⑤ 参见《上海市社会局关于国泰越剧大戏院设立登记事文件》，上海市档案馆藏，档案编号：Q6－13－106。

为"泰山公司"，下部为"西藏中路四五一号"，印章中间自右向左排列"国泰越剧大戏院"七个字。① 参照笔者查阅的同时期上海其他越剧演出场地的登记档案，我们可以大致推知，泰山公司即是国泰越剧院的运营公司。当时上海的越剧场地及演出以公司形式运营的还有如：九星大戏院的法人是联益公司②；红星越剧场的法人是振业公司③；明星大戏院的法人是昌友公司，登记表上的公司印章更是清楚地刻着"昌友公司承营明星大戏院"④。泰山公司作为国泰越剧院的运营公司，是只有经营权，还是同时也包括了其他各项处置权甚至是产权呢？1947 年《戏报》上《张春帆正式出盘"国泰"内幕》⑤ 一文中，出现了国泰越剧院的"大房东"。

> 兹经记者探悉："国泰"越剧场张春帆决定出盘，惟此事系秘密进行，外界知晓内情者不多，深恐大房东周一星晓得，将有麻烦阻挠，因当初双方合同上订明，不得私相出盘于任何人也。现"国泰"正式出番于沈益涛、富春霖，及一周某，三股东性质，张春帆由其发妻出面，代理签字盖章，盘费不详，对外声明"改组"，其实是出盘，此真拿周一星大房东当做大洋盘也。⑥

可见，"大房东"即是将剧场承包给泰山公司运营的甲方，双方

---

① 参见《上海市社会局关于国泰越剧大戏院设立登记事文件》，上海市档案馆藏，档案编号：Q6 - 13 - 106。

② 参见《上海市社会局关于九星戏院设立登记事文件》，上海市档案馆藏，档案编号：Q6 - 13 - 135。

③ 参见《上海市社会局关于红星剧场设立登记事文件》，上海市档案馆藏，档案编号：Q6 - 13 - 76。

④ 参见《上海市社会局关于明星大戏院设立登记事文件》，上海市档案馆藏，档案编号：Q6 - 13 - 126。

⑤ 1947 年 10 月筱丹桂自杀事件后，张春帆面临牢狱之灾，为免因张之入狱导致国泰演出停顿经营受损，当年年底张春帆曾将他在国泰的股份出盘给明星大戏院的沈益涛，张出狱后又将股份要回。

⑥ 瘦长记者《张春帆正式出盘"国泰"内幕》，《戏报（1946—1948）》1947 年 12 月 9 日第 4 版。

通过合同约定合作经营关系，且在合同约定期内是不允许承接方擅自变更的。事实上，周一星①个人并非这重经营关系中的甲方，真正的甲方是"国泰舞厅股份有限公司"。1946年8月，国泰舞厅股份有限公司委托大信法律会计事务所，向上海市社会局提交了关于招募设立股份有限公司的申请。在这份申请文件中，作为9位招股发起人之一的周一星认购的股份最多，招股章程第十三条也清楚显示"本公司筹备处设于西藏中路四五一号"②，正是国泰越剧院所在。

以上我们看到，在国泰越剧院的经营关系中有委托和承营两方，双方都以公司形式（而非个人）进行业务往来。国泰舞厅股份有限公司通过合约，将西藏中路四五一号交给泰山公司运营，因此泰山公司只有国泰越剧院的经营权。民国后期的上海越剧演出市场上，像这样委托和承营的甲乙双方都以公司为主体的并不是当时越剧演出场所唯一的经营样式。但综合各类报纸、档案等材料来看，这种情况一般出现在大型、高端剧院，中低端剧场则还是以个人独资或合伙经营为主。

越剧经营中素有前台老板、后台老板之分。一般而言，"前台老板"是场地经营者，"后台老板"是剧团经营者。泰山公司三个合股人中，富春霖曾是大来、老闸、浙东的戏院经理，这些剧院都是女子越剧1938年入沪后的主要演出场所，显然他在这个行业有着丰富的从业经验。1947年《上海地方法院检察处关于国泰越剧院侵占案》中出面应诉的也是富春霖。③ 可见，他应是国泰越剧院负责剧场事务的前台老板。

---

① 19世纪40年代，上海鸿运酒楼、立德尔舞厅、国泰舞厅、人和药行均由周一星担任经理。参见《工商人物志·事业界新人周一星（上）》，《东方日报》1942年12月14日第1版。

② 参见《上海市社会局关于国泰舞厅股份有限公司登记问题与经济部的来往文书》，上海市档案馆藏，档案编号：Q6-1-5226。

③ 参见《上海地方法院检察处关于国泰越剧院侵占案》，上海市档案馆藏，档案编号：Q186-2-13731。

郁信根是金谷饭店（比邻国泰越剧院）协理，同时还承包了南京东路沙利文饭店经营①，从餐饮业转而再投戏院业在当时的上海并不新鲜。可能是认为戏院业有利可图，郁信根于1948年年初又与人一同盘下林森中路的恩派亚大戏院用于越剧演出，同年3月郁信根因经营不善负债累累，最终服毒自杀。② 在《上海地方法院检察处关于郁信根服毒自杀案》档案中，明确记录郁信根是"国泰恩派亚两戏院后台老板"③。

郁信根在剧团事务方面是个新手，而三人中的张春帆则混迹越剧界多年。1940年5月他顶下高升舞台，鼓动当时在浙江的筱丹桂回沪演出，筱丹桂一炮而红，张春帆从此垄断了其在上海的演出。④ 早在1942年高升舞台于浙东大戏院演出时，张春帆就是"总务"，"不论前后台都要他调度，而对于每一部新戏的开出，也须张先生的过目，计划"⑤。1946年国泰越剧院开业后，筱丹桂领衔的丹桂剧团⑥便一直在此演出。以张春帆在越剧界的资历和他对筱丹桂的控制，当时国泰的阵容组织、剧目决策等方面的话语权大半还是在张春帆手中。

综上，张春帆、富春霖、郁信根三人合股的泰山公司（乙方），承接了国泰舞厅股份有限公司（甲方）位于西藏中路四五一号的房产，将其作为越剧剧场进行经营，同时张春帆以二百万元独资创办的

---

① 参见《沙利文职工呼吁——辛勤所得遭剥削　背信弃义郁信根》，《中华时报》1946年8月23日第3版。

② 参见《郁信根服毒自杀》，《大公报（上海）》1948年3月13日第4版。

③ 《上海地方法院检察处关于郁信根服毒自杀案》，上海市档案馆藏，档案编号：Q186-2-51970。

④ 参见《命运悲惨的一代红伶——筱丹桂》，载钱永林编著《越剧红伶传记》，内蒙古人民出版社2006年版，第170页。

⑤ 《越国人物志"浙东"张春帆先生》，《上海越剧报》1942年第113期，第3页。

⑥ 丹桂剧团成立于1942年，先后在浙东大戏院、恩派亚大戏院、老闸大戏院、国际大戏院、天宫大戏院、大来剧场等剧院演出。1946年该剧团入驻国泰越剧院，演至1947年8月1日。后因筱丹桂去世，剧团解散。

丹桂剧团①便在此驻场演出。尽管委托和承营双方都以公司为主体在当时的上海越剧演出市场并非个案，但如国泰这样同时控制了剧场和剧团，即前后台合一的公司制运营却也是少数。

那么，委托和承营的甲乙双方在剧场运营中的利益关系又是如何呢？

2. 分账制的经营模式

民国时期小报上刊载的有关越剧经营方面的信息很少，且多数隐藏在娱乐报道中。笔者通过《民国时期期刊全文数据库（1911～1949）》所能掌握的有关国泰越剧院经营的资料非常零散，目前仅能了解的信息例如：后台老板负责发包银，一般每月农历初一与十五分两次给演职人员发放②；经营公司要负责演员、班底的组织③；剧团演出新戏时的置景费用也由经营公司负责④等。而有关泰山公司与"大房东"国泰舞厅股份有限公司双方的利益关系则在现有的报刊资料中几乎无法查证。好在"大房东"一词不仅在国泰相关报道中出现，也在明星大戏院的报道中出现。

1948年1月《戏报》上《傅全香范瑞娟继续出演明星》一文报道范瑞娟因不满傅全香为头牌，故欲拆挡之事，文中说：

> 因此范瑞娟决定与傅全香拆挡，另找别角，在此局面之下前台当局另动脑筋，计划预备由尹桂芳傅全香徐天红头牌东山再起，后经大房东张石川之反对，合同上订明傅全香范瑞娟出演，倘若掉动他角，合同从新订过，条件规则等当然再谈，手续方面困难，故将预定计划告吹……⑤

---

① 参见《上海市社会局关于雷声、丹桂剧团设立登记事文件》，上海档案馆藏，档案编号：Q6-13-665。
② 参见《郁信根服毒自杀》，《大公报（上海）》1948年3月13日第4版。
③ 参见《万花筒》，《戏报（1946—1948）》1948年1月19日第4版。
④ 参见微声《郁信根自杀之内幕》，《铁报》1948年3月18日第2版。
⑤ 徐小凤《傅全香范瑞娟继续出演明星》，《戏报（1946—1948）》1948年1月19日第4版。

其实明星大戏院的"大房东"也不是张石川个人，而是以他作为代表人的友义股份有限公司。笔者在上海市档案馆查到一份签署于 1946 年 7 月 20 日的《上海友义股份有限公司昌友公司合同》① 的复印件，甲方为友义股份有限公司，代表人张石川；乙方为昌友公司，代表人刘香贤。合同开头即说明"甲方将坐落上海黄河路三〇一号明星大戏院供给乙方表演越剧，双方议定合作营业条件列后"，这份包含二十二项条款的合同，让我们得以窥见甲方"大房东"与乙方承营者之间的合作关系、利益分配、责任义务等。笔者现将这份合同的重点总结如下：

（1）经济责任方面：

第一，实行票房分账制。剧院每天的票房收入（除去娱乐捐、营业税、印花税），15% 归甲方，85% 归乙方，每天夜场结束即算清。同时甲方设立了每月所得分账的保底数额，若月分账未达到此数，乙方必须补足。

第二，戏院房租地租由甲方承担；娱乐捐、营业税、印花税、所得税，包括政府将来新颁的一切捐税，统统由乙方承担；其他如房捐、税捐、照会、广告、员役薪金、印刷水电、交际应酬、自来火、特别灯光什项以及前后台一切费用，也全部由乙方负担。戏院前台员役之薪金津贴及结账时之花红，统归乙方负担。合同期内票价增加时或生活指数增加时，员役之薪津也要随之增加。

第三，剧场在法律层面的责任人是甲方，因此一切税费、行政报备等事务均由甲方承担。（但税费是乙方交给甲方，甲方负责缴纳）

第四，乙方对外只可用其公司或剧团名义，不得用明星大戏院名义替人作保、设定债务或作其他任何行为。

---

① 参见《上海地方法院关于上海市财政局诉明星大戏院违反筵席及娱乐税法案的文件》，上海市档案馆藏，档案编号：Q185－2－46199。

（2）演出要求方面：

第一，乙方在合同期内不能变更公司合伙人或转让给第三者。

第二，乙方管理的雪声剧团由袁雪芬、范瑞娟领导表演越剧外，不得换演其他任何戏剧。

第三，乙方剧团应多排新戏，每部新戏的演出时间以三星期为限，如果乙方演出有一天票房不足甲方分账的保底金额时，乙方第二天就必须更换演出剧目。

在这份合同中，作为甲方的"大房东"几乎不承担任何经营风险，尽管在法律层面剧院的责任人依然是甲方，税费缴纳、行政检查、演出报备等一切对外事务都以甲方名义进行，但甲方将由此而产生的一切经济成本都转嫁给了乙方。而乙方愿意承营是因为甲方占据了优质场地（相距很近的西藏中路四五一号国泰越剧院和黄河路三〇一号明星大戏院都位于"西藏中路剧场圈"的核心位置），甲方看重乙方的则是其演出资源（如昌友当时负责雪声剧团，而泰山手里握有丹桂剧团），因此甲方也不允许乙方在经营期间更换演出剧种和主要演员。甲方认为排演新戏是获得票房保障的方式，因此要求乙方多排新戏，但甲方并不愿意为创作负担可能的试错成本，为了保证经济收益，只要出现票房低于分账保底数，乙方翌日必须更换演出剧目，当时越剧演出的票房压力之大可以想见。

尽管没有找到国泰越剧院的此类合同，但同时代、同样运作方式的两家剧院，想来甲乙双方约定原则上应相差无多。与甲方（大房东）进行票房分账应是国泰越剧院的经营模式，在分账比例上国泰占据主动，但由于甲方通过票房分账（有保底数）以及转嫁几乎所有经济成本来实现低风险、高收益，此时乙方自然要在经营上竭尽所能地压缩成本、扩大市场。接下来，我们考察国泰较为突出的经营手段——电台。

三 电台：基于大众传播的经营手段

1. 贯穿三年的电台合作

国泰越剧院刊登在报纸上的宣传广告一般都附有当天的电台播音情况，梳理所有广告信息后发现，国泰三年间合作电台共九家，表1统计的是国泰与电台合作的播音情况。

国泰的播音节目分为三种：第一种是每天有固定时间的节目（即常规节目），听众可以打电话去点唱，这种方式很受听众欢迎。第二种是对越剧剧场演出实况进行转播（即转播节目），这种方式根据笔者目前掌握的资料，国泰是首家。第三种是特别节目，用于为新剧团或者新戏演出造势，所有在国泰入驻过的剧团在正式演出前无一例外都安排有特别节目。

常规节目一般为两小时左右，特别节目的时长则远远超过此限，有的从中午12点持续到晚间新戏上演之前，也有的一直持续到夜戏结束后。大多数情况下，特别节目宣传的剧团全员都会上电台，或单人或双人唱一支自己拿手的曲子，听众也可以在节目期间打电话点唱。如果是为了宣传即将要演出的新剧目，那么听众还能在电台听到新剧目的唱词，如1946年8月丹桂剧团在《此恨绵绵》演出前，就通过金都电台播送了该剧的全部唱词；12月1日上演的新戏《路柳墙花》提前半个月，11月14日就开始每天通过电台节目进行预告宣传。这种让观众早于剧场演出就获知剧情、了解唱词的做法在增加新戏的接受度方面起到了十分有效的作用。

表1　国泰越剧院合作电台播音情况简表①

序号	电台及周率	地址	起止时间	演出团体	播音类别
1	金都 820KC	中正中路（今延安中路）580号	1946. 8. 18—8. 25	丹桂剧团	常规节目 特别节目
			1949. 9. 27—9. 28	少壮剧团	常规节目
2	新运 980KC	四马路（今福州路）万寿山酒楼	1946. 9. 1—9. 30	丹桂剧团	常规节目
3	大中国 1310KC	直隶路（今石潭弄）250号	1946. 10. 1—11. 7	丹桂剧团	常规节目
4	华美 1060KC	西藏路（今西藏中路）120号	1946. 10. 12—10. 22	丹桂剧团	常规节目
5	东方② 1060KC 1016KC	西藏路（今西藏中路）120号	1946. 10. 23—11. 7	丹桂剧团	常规节目
6	军政 1030KC	西藏中路国泰越剧院楼上	1946. 11. 8—1947. 1. 9	丹桂剧团	常规节目 转播节目
7	铁风 1040KC	南京西路一号新世界旅社	1947. 5. 5—5. 25③	丹桂剧团	转播节目
			1947. 6. 19—7. 31	丹桂剧团	转播节目
			1949. 1. 27	少壮剧团	特别节目

① 本表根据《新闻报》《大公报（上海）》中的广告信息，《胜利无线电》《大声：无线电半月刊》等杂志，以及《旧中国的上海广播事业》（刘光清、郭镇之等编选，档案出版社、中国广播电视出版社1985年版）中相关信息整理而成。

② 东方电台在报纸上出现过两个周率即1060KC和1016KC，笔者考证后对此暂存疑。

③ 1947年5月26日至6月17日，由于国泰越剧院房顶坍塌，剧院装修，演出暂停，此间无电台广告。

序号	电台及周率	地址	起止时间	演出团体	播音类别
8	远征 1020KC	西藏中路 451 号国泰戏院三楼	1947.6.17—7.31	丹桂剧团	转播节目
			1947.8.15—9.14	张茵、林一枝	转播节目
			1947.9.18—10.24	云华剧团	常规节目 转播节目 特别节目
			1947.11.2—1948.9.8①	王艳霞、周宝奎、姚素贞等；玉兰剧团；玉牡丹、金月楼	常规节目 转播节目 特别节目
			1948.12.18—1949.1.17	王杏芳、陈兰芳、陈佩卿等	常规节目 转播节目
			1949.2.2—4.21	少壮剧团	常规节目 转播节目 特别节目
9	新闻 1200KC	芝罘路 64 号天然饭店 4 楼	1947.8.12—9.14	张茵、林一枝	常规节目

　　多种形式的播音节目基本贯穿了国泰经营的三年时间，甚至有时候同时与多家电台进行合作播音，可见与电台合作是国泰运营上的策略选择，而非一时之举。结合民国后期上海电台的经营方式以及国泰演出广告来看，剧院与电台之间的商业关系大体上不外乎两种方式：一种是剧院/剧团、电台之间以演出和时段作为资源置换，但广告归电台②；另一种则是国泰购买电台时段，但可以通过在节目中为商家

---

① 1948 年 1 月 3 日至 2 月 5 日，封箱无演出。

② 参见姜进《诗与政治：20 世纪上海公共文化中的女子越剧》，社会科学文献出版社 2015 年版，第 183 页。

做广告来获利。无论是哪一种合作方式，都从侧面反映出国泰的越剧演出拥有足以吸引广告商的观众基数，而剧院在这样的长期合作中不仅进行了有效的演出宣传，也可以获得良好的经济收益。

2. 地利之便带来的转播优势

梳理国泰越剧院三年间合作的九家电台信息时，我们发现了一个有趣的现象——国泰更换的合作电台距离剧场越来越近，而 1946 年开始合作的军政、远征两家电台则直接位于剧场楼上。

1946 年 11 月 7 日《军政电台转播国泰越剧院越剧》的报道称："'军政'方面为适合环境，迎合潮流起见，特于西藏中路国泰越剧院楼上，辟为第二播音台……原除有军政方面报导之节目外，并就地利之便，特于每日下午二—五时，以及晚上八—十一时，转播国泰越剧院之越剧。"① 当时转播剧场演出，"电台便会派出工作人员携带广播设备，或在剧场的楼上，或在舞台的一侧，对演出现场进行收声，并将收录的声音经过预先架设好的专线传输至电台总部，电台再利用无线电信号发射装置将其传播开去"②。军政电台就在国泰楼上，自然日夜两场实况转播便有了充分的"地利之便"了。而从目前笔者掌握的资料来看，这也是关于越剧通过电台进行剧场演出实况转播最早的报道。③

自合作电台搬到剧场楼上起，转播节目就成为国泰在电台播音的重要内容。剧场演出的实况转播弥补了观众不能亲到现场的遗憾，但转播节目能长期存在的必要条件，须是电台转播与剧场票房之间不能

---

① 台探《军政电台转播国泰越剧院越剧》，《泰山》1946 年革新第 9 期，第 12 页。
② 赵哲群《民国时期戏曲广播史研究（1923—1949）》，博士学位论文，中国艺术研究院 2023 年，第 58 页。
③ 松浦恒雄在《说明书、无线电和越剧戏考》一文中根据《胜利无线电》1946 年 6 月至 1947 年 5 月的《节目分类表》梳理后，亦指出"更需要注意的是，从这时期开始有了剧场转播节目。从第 8 开始国泰转播，从（第）9 期开始九星转播"。参见松浦恒雄《说明书、无线电和越剧戏考》，《戏曲研究》第 113 辑，文化艺术出版社 2020 年版，第 18~19 页。

形成冲突。1947年尹桂芳在《"转播"有感》一文中写道：

> 去冬起，沪上各戏院，大都配上了转播器，藉电台之便，将院内所演之戏，转播于无线电听众之前。……其实，这是个利人利己的事。因为当人家听得出神而没有见到我们的舞台上表情为憾时，他（或她）一定需要买票入座看一次才能过瘾的。当然，届时已听过转播的先生小姐们，果然驾轻就熟，比较易懂；而我们也藉转播的号召，凭空吸引了很多观众……①

可见，自1946年国泰开越剧剧场转播风气之先以后，各大戏院跟进，电台转播非但没有与剧场票房冲突，反而渐成潮流。不仅观众听转播，演员也通过转播关注剧院演出。徐玉兰在国泰演出时，有一次因病无法上场，于是"打开收音机一听实况转播，原来我的角色临时叫二肩小生来顶替，她戏不熟，有人在布景后面给她提词"②。除了军政、远征两家在国泰楼上的电台外，1947年国泰同时合作的还有铁风电台。这家电台位于南京西路一号新世界旅社中，距离国泰亦不到百米。国泰越剧院1947年天花板塌陷事故发生时，铁风电台正在进行夜场演出转播，"故此案发生时，最早得讯者，竟为无线电听众"③。1947年9月《时事新报晚刊》上的消息显示，电台转播戏院演出已成一种热点现象，其中转播越剧演出的占到三分之一。④

松浦恒雄在分析20世纪40年代初越剧播音时间远少于申曲、滑稽戏的原因时，认为"越剧剧场多，一天昼夜两场演出，拘束演员的

---

① 尹桂芳《"转播"有感》，载《芳华剧刊：尹桂芳专集》，芳华剧团出版部1947年版，第75页。
② 徐玉兰《舞台生活往事》，载《文化娱乐》编辑部《越剧艺术家回忆录》，浙江人民出版社1982年版，第52页。
③ 《无线电播出怪声广告"妙文"成谶语 剧院坍顶压伤众客》，《申报》1947年5月26日第4版。
④ 参见《电台转播热》，《时事新报晚刊》1947年9月21日第3版。

时间长，影响到演员很难配合电台播唱时间"①。而自从国泰与合作电台之间有了地利之便后，不仅增加了转播节目这一重要的播音形式，也同时解决了演员没有时间唱电台的问题。国泰日戏开演一般在下午两点或两点半，夜戏在晚上七点半或八点，因此原先演员只能在上午去电台播唱，但自从与军政、远征这两家"楼上电台"合作后，演员上楼即可播唱，于是国泰的电台播音时间有了明显增加。其中军政电台每日上午 12 时 40 分至下午 14 时、晚上 18 时 40 分至 20 时为丹桂剧团的常规节目，同时还有夜场演出的实况转播；远征电台除了日夜两场实况转播外，每天中午 12 时至下午 14 时是国泰的固定节目时间；1949 年少壮剧团演出时，夜戏结束后还有陆锦花的播唱节目。

借地利之便的电台合作不仅丰富了国泰的播音形式，延长了国泰的播音时间，也扩大了国泰在听众市场中的影响力；在当时，这种基于大众传播获得的影响力又会通过剧场与电台之间的票务关系，反哺到剧院经营中。

3. 电台预售成为优质的售票渠道

国泰越剧院的售票方式有两种，一是当日票，二是预售票。其中预售票又分为账房间预售（即剧场预售）和电台预售。如前文所述，国泰与电台合作开设了诸多形式的播音节目，电台为其宣传新戏提供了极大的方便。根据报纸演出广告来看，国泰新戏开演前短至 3 天，长至半月即登出预告，预告除有剧名、编创人员外，还留有电台电话以供观众拨打。电台提前一周即可为观众预订座位，为了防止一座两卖发生纠纷，被订购的座位须用有色铅笔在对号单（即各售票渠道用于核对实际售票数的座位单）上做标记，电台如未售完再归剧院当日门售。②

在《上海地方法院检察处关于国泰越剧院侵占案》这份档案中，

---

① 松浦恒雄《说明书、无线电和越剧戏考》，《戏曲研究》第 113 辑，第 15 页。
② 参见《上海地方法院检察处关于国泰越剧院侵占案》，上海市档案馆藏，档案编号：Q186 - 2 - 13731。

存有国泰越剧院1947年的几份对号单。其中2月16日的对号单上显示预售票卖出"日戏239张，夜戏127张"，当天剧院售出戏票"日夜共卖出621张"①，也就是说预售票比当日票多卖出111张。从档案材料来看，预售多于当日门售的情况并非特例，20世纪40年代后期观众更多选择预售应已较为普遍。

在当时，随着电话和收音机的普及，电台预售不仅已成为售票的常规途径，而且覆盖了消费能力最强的一批观众。国泰越剧院委托给电台预售的座位区间是特厅第一至九排，这个区间也是观众认为最好的座位。根据20世纪40年代经常去剧院看戏的越剧观众回忆，买票"那是买最前面的，最好的……我们看是喜欢买六排到十排中间，这个是最好的"②。作为国泰等级最高的座位，特厅当时票价为4000元，其他座位依次为优厅3000元，正厅2000元。特厅每排约20个座位，九排则有180个座位，而特厅共计座位361个，因此国泰是将一半的特厅座位都划归电台预售。③可见通过电台预订更容易售出价格高的戏票，除去电台代销的提成外，剧院依然能有较大获利。

四　结论

从1923年第一副女班兴办到20世纪40年代女子越剧在上海迅速崛起，艺术与商业始终是女子越剧从发生到发展过程中不可分割、互为因果的一体两面。赵晓亮在其博士学位论文中详细讨论了从

---

① 《上海地方法院检察处关于国泰越剧院侵占案》，上海市档案馆藏，档案编号：Q186-2-13731。

② 李声凤编著《舞台下的身影：二十世纪四五十年代上海越剧观众访谈录》，上海远东出版社2015年版，第71页。

③ 参见《上海市社会局关于国泰越剧大戏院设立登记事文件》，上海市档案馆藏，档案编号：Q6-13-106。

1923 年第一副女班开办到 20 世纪 40 年代初，科班（戏班）模式①对于女子越剧迅速兴起的重要作用，但这种商业运营模式在 40 年代中后期已难以为继，更大更复杂的演出市场需要与之相适应的经营模式。民国后期的上海越剧演出市场上，国泰越剧院不是最大的越剧剧场，但却是少数真正前后台合一的公司制运营剧场，它连续三年只演越剧的演出纪录，与九家电台贯穿三年的合作播音，以及从筱丹桂自杀所引发的经营危机中迅速恢复的事实等，都使得国泰成为一个具有典型意义的研究对象。

通过对国泰越剧院这一个案的研究，我们看到公司制经营下市场规律对于越剧发展的规范作用进一步凸显。公司制的本质是打破了熟人社会以血缘、家庭为纽带的利益连接方式，尽管在当时的社会背景下，帮派势力、地方势力的纠葛不可避免，但公司作为经营主体依然在一定程度上实现了更适应现代商业社会的分工合作，以及甲乙双方在商业利益上的角力与平衡。20 世纪 40 年代中后期越剧演出剧目、创作方式的转变很大程度上与此也不无关联。

泰山公司运营国泰的三年间，另一个突出的特点是与电台的合作。以往研究中人们往往从大众传播角度关注电台与越剧发展之间的关系，但无线电广播在彼时的上海是传播媒介，更是一种商业手段。贯穿三年的电台合作，表明经营者充分认识到了新传播媒介的影响力，同时也与甲方"大房东"保底分账所带来的巨大票房压力有关，剧院运营方要保证新戏一上就卖座，则必然要在前期造势上加大投入。此外因篇幅限制，本文未及展开筱丹桂自杀丹桂剧团解散后，泰山公司通过压缩演出成本（如演职人员薪资、舞美置景等），打通产业链条（如运营多家剧团或剧场等）来迅速复苏国泰的经营事实。

---

① "科班（戏班）模式"是指 20 世纪 30 年代中期，女子越剧形成的一种基于契约和分工协作的班团组织（合股制和老板制）和"教学演同步""科班戏班一体制"的培养和商业演出运作模式。详见赵晓亮《上海女子越剧的时代转型（1917—1949）》，博士学位论文，中国传媒大学 2020 年，第 272 页。

需要说明的是，演出市场是一个分层的多级市场，国泰越剧院只是众多越剧剧场中的一家，在较大程度上代表的是 20 世纪 40 年代中后期高端剧院的经营情况。但国泰这一个案仍然让我们看到在"女子越剧为何、如何在上海崛起"这一问题上，从"商业运营"入手是一个有开掘空间并值得深入讨论的角度。

（廖亮　上海大学上海电影学院副教授
贾梦楠　上海大学上海电影学院硕士研究生）

"梨园周边人"郑子褒戏曲活动钩沉 *

刘梓秋

引　言

　　郑子褒（1898—1955），笔名梅花馆主、书带草堂主人。关注郑氏，始自其以梅花馆主雅号所办的《半月戏剧》——这份存续时间长达十二年的刊物，不仅是民国戏曲期刊中第一长寿者，更是 20 世纪 40 年代"沦陷区"中硕果仅存的戏剧期刊。究竟是一个怎样的人，才会在战争期间维系一份"无用"的戏曲刊物？是爱好使然，还是利益相关？他和梨园行究竟有何渊源？

　　翻检材料可见，郑子褒虽不在梨园行，却堪称资深的"梨园周边人"：他看戏、评戏、捧角、票戏、组堂会、邀角灌唱片、办戏曲

＊　本文为国家社会科学基金艺术学重大项目"百年戏曲演出史及其发展高峰研究"（项目编号：21ZD15）阶段性成果。

刊物、收藏戏照、搜集梨园旧事、掌故、剧本……梨园事业门门精通，"凡是固定的梨园行人，票界人士，顾曲周郎，对于梅花馆主这位先生，大都熟耳能详"①。梨园行外，他更是人脉广阔，与文坛名士、商界大佬、帮会巨头乃至政府要员都交情匪浅。遍数民国沪上名人，少见如郑子褒这样，三教九流皆能涉猎，交际网络如此复杂，又与梨园行接触如此深入者。

有鉴于此，本文拟对郑氏戏曲活动予以相对完整、全面的钩沉，选取其不同面向的戏曲活动分别叙述，再汇总观之。这不仅是为了识读郑子褒其人与梨园行的渊源，以解本文开端之惑；更是期待能以这样一位勾连上下、网罗八方的人物为引，回到具体的历史现场，管窥民国时期的梨园生态。

一 报界名流的"梨园情结"

郑子褒背景复杂，但抽丝剥茧，立身之本还在报刊业。郑少年旅沪，1917年前后就在《大世界》报做编辑和记者，此后活跃上海报界文坛三十余年，留下了大量剧评和《半月戏剧》等多份戏曲刊物。早在1920年辻听花的《中国剧》就将其列入"上海重要剧评家"，时人对郑介绍所用最多的也是"名剧评家"这一头衔。即便郑后来投身唱片业，也自称是"从报界跳到商界"②，可见对自己的"报人"身份非常认可。

民国报人与当时的大众文化、都市娱乐业关系密切，但大多兴趣广泛，凡消闲娱乐活动如小说、电影、新剧、旧剧皆能涉猎，而郑子褒却有着专一的"梨园情结"：郑最早为《大世界》执笔时，"写捧

---

① 秋柳《梨园通：梅花馆主》，台湾《联合报》1955年6月1日第6版。
② 梅花馆主《我与唱片的关系》，《金刚钻报十二周纪念增刊》1935年10月18日第2版。

金少梅的文章最多最力"①；1927 年年底开办自己的第一份小报《翡翠》，内容也以谈论京昆戏剧及捧坤伶为主；1930 年接连开办的《金刚画报》《正气报》二报，也都延续了追踪京沪名伶近况的偏好，且郑在报上发表的文字，全都是剧评及梨园掌故文章。不仅自家刊物，他为上海其他大小报刊如《时报》《新闻报》《福尔摩斯》《心声》《戏剧月刊》等提供的稿件，也大都不脱剧评、剧谈范畴。20 世纪 30 年代中期，随着戏曲刊物热的兴起，郑更是如鱼得水，陆续主持或参办了《戏剧半月刊》《半月戏剧》《戏剧画报》等戏曲专刊，还担任《生报》副刊《戏场》、《锡报》副刊《戏包袱》等戏曲副刊的主编。对梨园事务、名伶动态的特别关切，甚至成为郑有别于一般报人的个性标签，可谓身在报界，心系梨园。

郑氏剧评、办刊的特色与成就，拙文《民国"剧坛达人"郑子褒的剧评、办刊事业》已有所论述。② 但戏曲活动可供观测的不仅是见诸纸面的戏曲评论、报刊，更包括这些剧评、报刊的运作、生成过程，以及郑子褒以报人身份与梨园行开展的更直接的交往，等等。当视线投向文本之外，便容易发现，郑的活动轨迹往往都不是单独出现，而是交织进一批同样热衷戏曲的"报界名流"的共同行动之中。也可以说，拥有"梨园情结"的报人并非郑子褒个人，而是包括他在内的一个群体，他们共同组成了一个以报刊业为背景的特殊的"戏迷圈"。

郑子褒加入这个圈子的时间是比较早的，几乎与其旅沪进入报刊业同时。民初时候，郑才"弱冠年代，即以书画文章接纳士林中人。与他莫逆的知交，有海上漱石、林屋山人、天台山农、天虚我生等名

---

① 姚吉光、俞逸芬《上海的小报》（续），载中国社会科学院新闻研究所《新闻研究资料》第 4 辑，新华出版社 1981 年版，第 286 页。
② 参见刘梓秋《民国"剧坛达人"郑子褒的剧评、办刊事业》，《文化遗产》2021 年第 4 期。

家"①。海上漱石"孙玉声是上海最早的报人之一，主编过《新闻报》，后又参编过《申报》《舆论时事报》等，自办的《采风报》《笑林报》《新世界报》《金刚钻报》等都是当时颇有声势的小报；"林屋山人"步凤藻是清末举人，后独办《大报》十年，在报界也负有盛名；"天台山农"刘山农以书艺闻名海上；"天虚我生"陈栩园曾任《申报·自由谈》的主编，更和孙玉声都是鸳鸯蝴蝶派文人中行辈较高的人物。这些在清末民初上海报坛、文坛风云一时的人物，更有其共性便是，众人无一不是当时的戏园老饕、票房名宿，而郑跻身其间，"有'小弟弟'之目"②，自然也受这些前辈提携，得以参与这个报界戏迷群体的活动。事实上，郑在进入唱片业以前可考的戏曲活动，最多的正是与众前辈一道出入戏园、票房的记录，其20世纪20年代写作过许多观戏记、顾曲记。

郑子褒早期这些看戏、谈戏、写剧评的活动，固然补充了民国报人参与梨园生态的某种微观视角，不过这种作为后生晚辈的"敲边鼓"式的参与，还很少触及两个行业交往的核心事务，直到20世纪30年代，老一辈报人渐次退场，郑成为"报界戏迷圈"新的领头人物之一，其与友人组建的"小圈子"才真正有了作为报刊业与梨园行互动主导者的能力与资格，而与郑相关的戏曲活动也才呈现出更丰富的内容。

1930年，郑子褒发起组织了一个名为"国剧研究社"的社团，后因社名"稍显浮泛"③，且同名社团太多，改名为"国剧净友社"。关注该社不在于其规模组织多么壮大，或其在当时众票房、社团中地位多么重要，相反，这只是一个小型的私人团体，并不向外公开招募，活动也很松散，更像是郑及其友人聚会的副产物。但特殊性在于，参与该社的成员都是当时有名的报人和剧评家，也正是所谓

① 秋柳《梨园通：梅花馆主》，台湾《联合报》1955年6月1日第6版。
② 秋柳《梨园通：梅花馆主》，台湾《联合报》1955年6月1日第6版。
③ 净净《评剧家的新结合》，《正气报》1931年2月4日第2版。

"报界戏迷圈"的核心人物：与郑一同建社的有苏少卿、徐慕云、徐筱汀、杨怀白、舒舍予、刘豁公、丁慕琴、鄂吕弓、郑过宜、尤半狂，流动社员还有冯叔鸾、刘公鲁、吴笑林等。因此该社活动经常能邀请到杨宝森、王砚芳等名伶友情出席，而除了社员轮流做东组织聚会、票戏、谈戏，活动也直接关涉到戏曲报刊事务的组织运作。

譬如 1931 年杨小楼莅沪演出，《戏剧月刊》特别出版"杨小楼号"，就是国剧净友社策划的。郑子褒在日记中披露："（社团）主张杨小楼来沪时，表示相当之欢迎，豁公自告奋勇，拟将下期《戏剧月刊》改出杨小楼特号，当请在座诸社友，一致拥护，担任撰稿。众皆首肯。"①《戏剧月刊》的主编是刘豁公，但"杨小楼号"却并非刘独力策划，而是众人在聚会活动中集体讨论的结果。特刊的具体运作中，郑不仅在聚会时参与策划，更担任了组织刊物的理事编辑一职，是该刊的直接经手人。查《戏剧月刊》1931 年第三卷第五期"杨小楼号"，刊物稿件多数正是由国剧净友社众友提供，郑在编辑事务外，也撰写了两篇谈杨小楼及其搭档新艳秋的剧谈文章，同时刊中所登杨小楼便装照和《连环套》戏照，也是郑凭私交得杨亲赠，而专门提供出来以充实版面的②，可见郑对刊物的贡献。

国剧净友社及"杨小楼号"的运作，颇为典型地折射出郑子褒所在这一"报界戏迷圈"同气连枝的紧密关系，以及这种关系对当时戏曲报刊事务的干预和影响。就如"杨小楼号"的共同策划与合力供稿，郑自己主持或参编的各种戏曲刊物上，也频繁可见众友的身影：有些是合作编辑，如《戏剧半月刊》与苏少卿合办，《戏剧画报》和郑过宜合办，《戏剧月刊》"杨小楼号"以外，从第三卷起至终刊郑也一直是刘豁公稳定的合作者；更多的是以稿件支持，如郑倾力最多的《半月戏剧》，尤其是在战争年间的艰难存续时期，多赖旧

---

① 梅花馆主《二十年日记》（四），《正气报》1931 年 1 月 16 日第 2 版。
② 参见梅花馆主《二十年日记》（七），《正气报》1931 年 1 月 25 日第 2 版。

友的稿件支撑版面。可以说，众人合力、互相支持，成为民国时期戏曲刊物一种相对稳定的运作模式，这种模式下生产的戏曲刊物，风格大都趋同，其传递的声音，除主编者个人理念外，也自然投射出一种群体性的旨趣与共识。如上述诸刊，选题策划多以梨园新事为卖点，文章取深入浅出、雅俗共赏，并以图文并重的模式受大众读者追捧，共同引领"民国戏剧的'读图时代'"①。其中最为坚韧的《半月戏剧》，从 20 世纪 30 年代刊物中"保存平剧""复兴国剧"② 口号的此起彼伏，演变至 20 世纪 40 年代"集成为一座戏剧历史图书馆"③ 的严肃宗旨，所发生的变动，也不仅是由郑这位主编的办刊态度引导，而反映出"报界戏迷圈"共同的剧学理念的深化。

　　总结郑子褒以报人身份开展的戏曲活动，从其个人经历来看，高频地观戏顾曲、参加票房等活动及办刊发文的"梨园情结"，都可见郑对戏曲的热衷，但更引人注意的或许是郑从中显现的交际能力：无论是以弱冠年纪与老一辈报人、文人成忘年交，获得接触梨园的"入场券"；还是 20 世纪三四十年代与新一代的"报界名流"维系长期的友谊与合作关系，组织起一个在报刊业和梨园行都有号召力的"报界戏迷圈"。这样强大的交际能力，在下文郑的其他面向的戏曲活动中，仍然发挥着重要作用。并且，正因郑不是一位"独行侠"，上述郑参与其中的戏曲活动，也才更反映出民国报刊业与梨园行互动生态一斑：民国报刊尤其是文艺消闲类小报上之所以有丰富的剧评、剧谈文章，不仅因为戏曲是当时流行的娱乐形式，是社会生活的重要部分，更与报人的个人趣味息息相关。报人本身就是戏迷，才会在看戏、票戏活动中积攒起对戏曲与梨园行的认识和看法，也才热衷了为梨园行写文章、办刊物。而当拥有"梨园情结"的报人结成群体，

①　谷曙光《一份特立独行的民国戏剧期刊——略论"身许菊国"的张古愚和他创办的〈戏剧旬刊〉》，《戏剧艺术》2014 年第 4 期。
②　禅翁《编辑者言》，《半月戏剧》第 1 卷第 2 期，1937 年 6 月 25 日。
③　周信芳《剧史剧照剧评的重要》，《半月戏剧》第 6 卷第 1 期，1946 年 11 月 1 日。

同声相应，其呈现出来的自然也就是戏曲报刊及报刊上戏曲文章的繁荣，以及众人合力形成的不易忽视的影响力。

二 "八面玲珑"的唱片经理

郑子褒友人曾为之编弹词道："能将事业生平化，京剧长哼（把）唱片传。（那公司）就是长城为字号，声音清晰曲俱全。"[1] 说的就是郑在唱片业的活动，及其中最为人所知的一笔——担任长城唱片公司经理。事实上，长城以外，郑还先后供职于胜利、高亭、蓓开唱片公司，自办过北海唱片公司。民国唱片公司拢共不过十数家，而郑之唱片业履历，横跨 20 世纪 20—40 年代，所经历者无不是当时的"头部公司"。不同于郑其他面向的戏曲活动，他的唱片业经历或许是今人比较熟悉的，罗亮生《戏曲唱片史话》（下称《史话》）、吴小如《戏曲唱片史话订补》（下称《订补》）对郑都多有提及。但尽管如此，相关叙述往往也只是一带而过，细节上更是多有参差。今人对郑之唱片业活动的掌握和研究程度，与其在民国唱片业的重要程度，仍不甚相称。

郑子褒初涉唱片业大约在 1921 年，"当初是客串性质。以后对于此道略有心得，便慢慢跨进了唱片的一行"[2]。最早这次灌音的具体情况已不可考，只能根据民国各唱片公司的经营时间，及郑与胜利公司中方经理徐乾麟、徐小麟父子的关系[3]推测，是为胜利重组前的早期唱片收音。此后胜利、高亭公司又分别在 1924 年、1925 年举行过两次大规模收音，则是徐小麟、罗亮生、郑子褒三人共同主持。《史

---

① 倪高风《倪高风开篇集》，上海新莲花出版馆 1934 年版，第 233 页。
② 梅花馆主《我与唱片的关系》，《金刚钻报十二周纪念增刊》1935 年 10 月 18 日第 2 版。
③ 郑子褒与徐乾麟、徐小麟父子都是余姚同乡，同时郑与徐小麟还是少年结拜的盟兄弟，与之一同结拜的还有袁克文、步林屋、谭小培等，参见素心《送梅花馆主序》，《正气报》1932 年 7 月 4 日第 3 版。

话》中对两家公司的来历和收音经过所记甚详，也与郑的自述相符。① 罗所述"在上海灌制而非徐小麟经手的"② 胜利唱片，说法甚委婉，其实就是郑负责。郑在胜利、高亭唱片仍属"客串性质"，并非专任，当时郑是徐氏父子的得力助手，徐家其他产业如模范工厂、心心照相馆、心声唱机公司、《心声》杂志等，多有郑的参与。

今人只晓郑子褒长城经理身份，却不知蓓开唱片才是郑真正"跨进唱片行"的公司，郑对蓓开也是以"乳母之与婴孩"③ 视之。

蓓开的创办时间，《史话》《订补》有分歧，据郑子褒回忆："民国十七年秋，乡友田天放先生创蓓开唱片公司，邀丁老画师慕琴与余二人襄理其事。"④ 即 1928 年秋创办公司，郑提到的蓓开另一主事者丁慕琴（丁悚）的记述可与之印证。⑤ 蓓开创办之时，郑早已在报界成名，参与胜利、高亭的几次灌音工作也使其在唱片界建立起声望，田是专聘郑来主持大局的，故而待遇甚厚。郑也算是倾力以报，"由收音而至于发行，虽不敢以'一手造成'自夸，然亦不愿以'毫无功绩'自谦"⑥。《史话》也道："他们（蓓开）对录音对象选择精当，颇具声势。"⑦

自 1928 年蓓开创立起，郑子褒就一直为其主持事务，直至 1931

---

① 1924 年胜利收音事参见梅花馆主《致步、刘二公书》，《金刚钻报》1924 年 9 月 30 日第 3 版；1925 年高亭收音事参见梅花馆主《荀慧生灌音记》，《新闻报》1925 年 11 月 4 日第 17 版、《高亭公司收音记》，《新闻报》1925 年 11 月 27 日第 17 版。

② 罗亮生《戏曲唱片史话》，载中国戏曲志上海卷编辑部编《上海戏曲史料荟萃》第 1 集，上海艺术研究所 1986 年版，第 102 页。

③ 梅花馆主《二十年日记》（五十九），《正气报》1931 年 9 月 13 日第 2 版。

④ 梅花馆主《记民国十七年程砚秋灌音事》，《半月戏剧》第 1 卷第 12 期，1938 年 11 月 5 日。

⑤ 参见丁悚《唱片新谈》，《申报》1929 年 4 月 24 日第 19 版："去年春，友人有蓓开公司组织，托老友刘君同嘉介绍来征我同意，并坚欲我去担任收音一部份的事宜。我平时既感俗务太冗，无暇与问他事，继恐力不胜任，固辞不获，遂添邀郑君子褒襄助，开始筹备，直至冬月实行收音，幸不辱命，结果之佳，出于意外。"

⑥ 梅花馆主《二十年日记》（五十九），《正气报》1931 年 9 月 16 日第 2 版。

⑦ 罗亮生《戏曲唱片史话》，第 106 页。

年秋离职，离职缘由恰恰起自长城的筹办。郑的《二十年日记》记道："八月三十日，长城公司假华格臬路张宅举行发起人会议，余亦被邀出席。"① 这是目前所见记录长城唱片公司筹办时间最早的一条材料。郑参与新唱片公司的行为，引发了蓓开公司外资方的强烈不满，中方"买办"田天放斡旋无果，郑被迫辞去职务。②

郑离职蓓开因由，以当时唱片业的生态来看，并非寻常。民国时唱片业初兴，"圈子"本就狭窄，专业人员流动或身兼多职都是常事，如徐小麟是高亭经理，1931 年 5 月蓓开北上收音，却也与田、郑同行。③ 可见当时并无类似"同行竞业条款"一类的思想，反而同为唱片行人士，是以互相扶持为先。郑参与长城事务招致忌惮，或因长城为华资筹办，与其他公司的外资背景有别，且参与一家全新公司的组织，与"客串"参与灌音工作到底性质不同。但即便如此，郑对此事仍耿耿于怀，记道："蓓开主人，西人也，蓓开唱片，西人之企业也，以西人设立之公司，而欲与之共终始，实为一不可能之事。惟余与蓓开唱片发生之关系较深，今忽突然分离，不无恋恋于心耳。"④

从蓓开离职以后，郑子褒便全心投入"纯粹华资"的长城公司，自筹建、灌音、经营，至 1942 年秋因战争无法维系而将长城全盘卖给日商为止⑤，终于实现了与公司"共始终"的愿望。郑任职长城期间，主持灌录了大量戏曲唱片，其中就包括最为后人称道的"四大名旦"合灌之《四五花洞》唱片。此外，郑主持梅兰芳、杨小楼合灌的六张《霸王别姬》，也是戏曲唱片史上的珍品，当时郑还与梅、杨在录音棚内合影，记录下这一珍贵唱片灌制的历史瞬间。

---

① 梅花馆主《二十年日记》（五十七），《正气报》1931 年 9 月 4 日第 2 版。
② 参见梅花馆主《二十年日记》（五十九），《正气报》1931 年 9 月 13 日第 2 版。
③ 参见梅花馆主《二十年日记》（三十八），《正气报》1931 年 6 月 22 日第 2 版。同行者还有苏少卿。
④ 梅花馆主《二十年日记》（五十九），《正气报》1931 年 9 月 16 日第 2 版。
⑤ 参见《申报》1942 年 10 月 16 日第 3 版公告。

长城闭业后，1943 年郑子褒个人创办过一间北海唱片公司①，当时报刊材料有北海公司邀童芷苓灌片的新闻："评剧家梅花馆主郑子褒先生，有声文坛，近主持北海灌音公司，罗致南北名伶名票，灌制唱片，品类繁多，精彩纷呈。业来唱片业，盖久已无此伟大贡献，顾曲者乃叹耳福不浅也。"② 可见北海唱片亦是战争时期唱片行中"一枝独秀"者。不过北海来历，还牵涉一桩官司。1946 年张厚载披露，北海系郑子褒借汪伪政要之势，接手胜利公司改组而成，战后原胜利公司方欲收回产权，要与郑对簿公堂。但日军侵华战争时期，胜利公司已为日方势力强制征收，即便张厚载所言为实，郑子褒趁机接手的，应该也是日控后的胜利，因此倒不涉谋夺"老东家"产业之嫌。《订补》说北海唱片是战争胜利后"昙花一现"的公司，则或许是记忆偏差，将北海与胜利打官司的时间记成了创办时间。

以上梳理了郑子褒在唱片业的活动轨迹。进一步的问题是，郑在民国戏曲唱片的灌制发行中究竟扮演了怎样的角色？

所谓"术业有专攻"，唱片公司有资金、技术，却不一定懂戏曲，灌录戏曲唱片请梨园行的"熟面孔"作中介提调，是"郑子褒们"的主职，但他人多是偶一为之，像郑这样彻底投身入行的反而罕见。郑在唱片业的长期活动，除了本人兴趣驱使，从唱片公司的角度，或有两方面考虑：作为名剧评家，郑熟谙梨园，眼力独到，对市场风向有足够的把控力和引导力，能给唱片公司提供选角灌片的艺术指导和市场意见参考；同时，从前文郑在报刊业的广阔人脉已足见其交际手段，而为人"八面玲珑"者，也显然更适合做在唱片公司与名伶团队间斡旋沟通的"中间人"。

之于前者，在唱片灌录环节中，像郑子褒这样的"中间人"更多时候才是实际意义上的决策者，特别是由其主事的蓓开、长城唱

① 参见《来函照登》，《戏剧春秋》第 6 期，1943 年 7 月 22 日。
② 芮鸿初《童芷苓北海灌唱片》，《社会日报》1943 年 7 月 17 日第 2 版。

片，郑说话的分量也自然更重。如周信芳 1930 年首次灌片，系与蓓开合作，此番合作就是由郑提议并促成的。当时周虽声名日盛，但其嗓音独特，唱片公司及周本人都对灌片多所顾虑，是郑一面向公司力荐，一面向周担保灌音一定顺利，反复周旋，才最终实现合作。①

如果将唱片的灌成留存视作唱段经典化的重要环节，也可见郑的决策在其中的作用。考察郑谈唱片的文字，同时可见"销量"与"艺术"两个关键词，尤其是评点唱片优劣或为新片广而告之，除了艺术上的讨论外，还常常以"销量惊人""大受欢迎"为卖点，折射出民国时期唱片选灌乃至戏曲生态中商业因素的强烈存在感。资本为营利而来，这无可厚非，但以郑为"提调"，更关键的作用便在，凭借郑的眼力，把控唱片的艺术质量，实现市场化与艺术性的平衡。据郑回忆，1930 年周信芳这期唱片初发行时销路并不好，公司方多有怨辞，但酒香不怕巷子深，好东西总有人识货。这批周的唱片终因选段独辟蹊径，质量精良，渐为顾曲人追捧，其中《路遥知马力》一片，被评道："这张唱片，嗓子虽然是哑，其实哑得有味，腔和过门，比较别唱片来得准确。"② 唱片销量转而大增，"几乎家家争摇（留声机），人人购备"③，正是唱片艺术性与商业性兼容的实例，也足见郑眼力之精准。

之于后者，唱片公司与名伶团队在合作中摩擦冲突都是常事，因此"中间人"的人选，非兼具圆熟处事手段和与伶人熟稔关系者，不能胜任。郑子褒在唱片业二十余年，主持灌录唱片数以百计，如余叔岩"十八张半"唱片有十张都由其经手，灌片经历丰富的同时，处理冲突的经历也不少。从郑的记述可见，这些冲突有因伶人而起，如余叔岩以嗓音状态为由要求半夜录音④、灌《四五花洞》唱片时梅、程、

---

① 参见梅花馆主《麒麟童灌音追记》（上），《晶报》1938 年 9 月 17 日第 3 版。
② 方善泽《麒派唱片的销路》，《梨园公报》1931 年 2 月 14 日第 2 版。
③ 梅花馆主《麒麟童灌音追记》（下），《晶报》1938 年 9 月 19 日第 3 版。
④ 参见梅花馆主《余叔岩灌片详记》，《半月戏剧》第 4 卷第 11 期，1943 年 8 月 1 日。

尚三位皆大幅迟到以致录音时间紧张①；有因唱片公司而起，如荀慧生、程砚秋、周信芳等名伶都遭遇过唱片公司临时更换曲目或要求"加量不加价"多灌唱片的"霸王条款"②；还有因伶人同行团队而起，如齐如山陪梅兰芳为胜利灌《廉锦枫》唱片，听到佳处竟突然在录音室中大声叫好，惹怒负责收音的外国工程师。③ 种种矛盾，不一而足，但合作最终都能成功，多赖郑居中安抚斡旋。换言之，如果没有郑的调和，上述合作及其产生的珍贵唱片，或许便都有无法面世之虞。

此外值得一提的是，郑兼报行与唱片行人士之便利，主编《大戏考》一书。该书为民国时市面流行的各大公司唱片唱词汇集，最初是徐小麟请苏少卿主编，至1934年第七版起改由郑接手，才正式更名《大戏考》。郑将旧版收录唱词由三百多种增补至六百余种，翻了将近一倍，至1937年4月出至第十三版时，又再随时增补，加印续编一册、索引一册，索引内容包括各版本的《大戏考》序言、京剧名伶小传、检戏表和剧目说明等，使该书成为当时最权威的唱片唱词参考本。此书到1948年时，共出到十九版之多，在文学作品中也出现此书身影：张爱玲笔下曹七巧就曾捧着《大戏考》，对着无线电听戏，足见当时此书之盛行，也可推想，《大戏考》的发行，极大地助力了戏曲唱片及唱段的流行与普及。

总体来说，郑子褒是民国唱片业举足轻重的一位人物，以此而论，或也更易理解，为何郑其他方面的戏曲活动都尘封历史，但学界谈戏曲唱片仍多绕不开梅花馆主之名。

---

① 参见梅花馆主《"四大名旦"专名词成功之由来》，《上海生活》第5卷第3期，1941年3月17日。

② 参见梅花馆主《关于荀慧生的种种》，《上海生活》第4卷第11期，1940年11月17日；梅花馆主《记民国十七年程砚秋灌音事》，《半月戏剧》第1卷第12期，1938年11月5日；梅花馆主《麒麟童灌音追记》（上），《晶报》1938年9月17日第3版。

③ 参见梅花馆主《梅兰芳之戏德与其对于艺事之认真》，《上海生活》第4卷第12期，1940年12月17日。

三　郑子褒的"梨园朋友圈"

报刊和唱片两行，都与梨园行交集颇多，郑子褒横跨两行，又是一位极擅交游之人，不仅社会面的人脉广阔，与梨园中人关系也颇深。民国时期凡有名姓的梨园人士，几乎都与郑相识，上至陈德霖、孙菊仙、王瑶卿等老一辈伶工，下至四小名旦等后起之秀，至于四大名旦则更不必说，当时郑号称"梨园行中最结人缘的一位人物"①，此话绝非虚言。相较于身份相对单一、或交游面相对狭窄之人的梨园交往，郑之"梨园朋友圈"则呈现出一种更为立体的梨园内外的互动关系。

可试以郑子褒与四大名旦中梅兰芳、荀慧生二人的交往为样本，具体观之。郑与四大名旦皆有私谊，但与梅却应该相识最早。1924年梅在沪演出，曾多次往心心照相馆摄影，当时郑就是心心一员，郑还有《心心宴梅记》一文，记的就是1924年1月14日心心诸员宴请梅兰芳事，郑、梅共同参加了这场宴会。② 上海作为京剧演出的重要市场，历来为梨园所重视，名伶赴沪演出时除了登台献艺，也有大量的赴宴应酬等社会交际活动，"心心宴梅"正是一例。不过郑在这场宴会中并非主角，因此难说与梅有更深度的交往，但郑、梅后续的往来书信中，提及郑曾在1924年得梅私赠红梅扇面一页③，或也可知两人的交情，仍然延伸到了照相馆、饭局以外。

随着郑子褒社会身份与资历的增加，其与梅兰芳的交往活动也变得更加多样和深入。接触最多的事务仍数灌唱片，郑在胜利、高亭、蓓开、长城都为梅兰芳灌录过唱片，计有五期共二十二张④，灌片的

---

①　秋柳《梨园通：梅花馆主》，台湾《联合报》1955年6月1日第6版。

②　参见梅花馆主《心心宴梅记》，《金刚钻报》1924年1月15日第3版。

③　参见王文章主编《梅兰芳往来书信集》，文化艺术出版社2015年版，第168页。

④　参见梅花馆主《梅兰芳之戏德与其对于艺事之认真》，《上海生活》第4卷第12期，1940年12月17日。

日常中也有许多故事发生，如上节提过的梅灌《廉锦枫》、齐如山"闹事"等，郑的交际手腕多在其中发挥作用。而剧评家一面的郑、梅交往，则又复杂一些。郑当然写过不少关于梅的剧评文章，但既称交往，自然是有交集、来往才算是，剧评本属个人创作，若单方面批评而没有被批评方的回应，大概也不能算作交往活动。不过，郑做剧评家有"好好先生"之名，意指其固然遵循民国报刊剧评家中立客观的群体立场，却更擅长发掘伶人优长，甚至对一些无伤大雅的"捧角"请求也来者不拒，梅、郑正是由此产生了一些"功夫在诗外"的交往。

1930 年，梅兰芳内侄王少楼首次赴沪演出，梅专程致信郑子褒，托其照顾。所谓"赐予照拂"不过是社交辞令，实则欲借郑这一大剧评家先生之笔，为王在上海的演出"广为吹嘘"①。郑得信后自然闻弦歌而知雅意，不仅当即回复"力之所及，自当随时照料，予以臂助"②，更很快写就《谈初次来沪之王少楼》一文，赶在王正式开演前登报刊发。该文虽是"急就章"，却并非随意吹捧，评"少楼之嗓，老而不枯，甜而有味，学宗老谭，而归功于少余"，精到警策；又点出王最为郑满意的《连营寨》《琼林宴》《珠帘寨》《捉放曹》四出戏，为没听过王戏的新观众"指南"③，可见其用心。而大约也是梅的这次相托，实际上拉近了郑与王的关系，成为后续郑、王二人交往的重要铺垫，到次年郑为蓓开北上收音，就频繁登门访王或两人共同赴宴，关系非常亲近，王也在 1931 年先后为蓓开和长城灌录了两期二十一张唱片。

从事件的重要程度来说，这一段交往事件其实无甚可称道处：名伶演出前请人在报刊宣传，是民国梨园演出常见的商业手段，即便请托人是伶界大王梅兰芳，信件被公诸报刊，也只是更加说明这是当时

---

① 《来鸿去雁录》，《正气报》1930 年 10 月 1 日第 3 版。
② 《来鸿去雁录》，《正气报》1930 年 10 月 1 日第 3 版。
③ 梅花馆主《谈初次来沪之王少楼》，《正气报》1930 年 9 月 28 日第 3 版。

梨园演出之常态，而邀角灌片更是唱片行的分内之责。但换个角度，可观处也正在其"常"，梅、郑、王三人这一连串往来互动，正是民国时期梨园行内外相互依存的日常生态的体现，而比起孤立事件，它们又更完整且细节化地展示出了当时梨园行内外具体的互动连接方式，也使我们看到郑的多面身份在这一系列互动中的关键作用：正是集名剧评家与唱片经理于一身，郑才得以圆转地周旋于上述一系列的事件中，并成功将其剧评家身份产生的社会影响，落定为梅与郑、郑与王的私人交情，又进而转化为其在唱片行的工作关系。类似的交往与互动，显然不止于梅、王，而贯穿在郑的整个"梨园朋友圈"之中。

但总的来说，郑子褒与梅兰芳交往更多还是为梨园中事，如为专门的灌音、剧评等事务联络，而因与上海"白党"中坚舒舍予、沙游天等人的多年老友关系，郑对荀慧生更加熟悉，与其交往则呈现出更加私人化的一面。

如1931年4月到7月两人日记中一段丰富而生动的交往记事。首先是郑子褒北上收音，两人在京聚首：4月30日"七时至煤市街丰泽园，赴小留香馆主之宴，座有编剧名家陈墨香君，谈笑甚欢。余是日饮酒独多，约在三斤以上，归时酩酊大醉，竟不知所云云"①。随后不过月余，荀慧生南下演出，两人在沪重聚，频繁交往，活动既有专门的宴请：6月15日"与怀白同赴苏少卿、徐小麟大雅楼之宴，座有小楼、庆奎、小培父子及子褒诸人"；6月16日"偕舍予赴太平洋田天放、郑子褒之约"。也有私人性质的往来：6月25日"一时戏毕，偕舍予、卍庐、小汀回寓。子褒、怀白、泽丞先至，同饭，大吃白兰地，均有醉意，大说诙谐。三时始散……"6月26日"三时舍予、卍庐去，余将就寝，子褒偕潘雪艳、雪芳姐妹来访，乃以电话复招舍予来，谈笑风生，睡魔不驱自去"。从荀日记"大说诙谐""谈笑风生，睡魔不驱自去"等描述，可见宾主尽欢，郑、荀两人关系融

---

① 梅花馆主《二十年日记》（三十七），《正气报》1931年6月19日第2版。

洽，故而数日后的另一次宴会上，宴主人邀摄影留念，荀应是知郑有收藏戏照的癖好，全体合照后又和郑专门单摄一帧，以为留念。直到7月3日荀离沪返京，郑为之践行，这段交往才因地理阻隔而暂告歇止。①

可以看到，郑子褒与荀慧生的这段交往中，郑基本跳出了报人、剧评家或是唱片经理这样的工作身份，两人关系也远不止于戏迷追捧名伶，完全就是朋友间的往来，两人在饮酒、闲谈、摄影等生活场景与活动中展开互动，因而呈现出一种更为私人化、生活化的梨园交往关系。这样的关系远离舞台，又有其私密性，或许难于公共影响上有所建树，但却不代表没有观测价值。一方面，日常琐事的叠加才形成完整的梨园交往生态；另一方面，郑与梨园中人的交往，其实公事私谊是难以区隔清晰的。即如荀赴郑之宴，另一宴主人是田天放，这便赫然是蓓开当局，于是这样的宴席是为联络感情而设，还是为灌片公事而设，赴宴之人是赴蓓开之宴，还是赴友人之宴，其实都已无法分辨。且不只是荀，郑与名伶良好的私交，显然也对其事业多有助益，如众人聚会闲谈的梨园逸事，每每成其笔下掌故文章的灵感来源，成就其"熟谙掌故，如数家珍"②之名，而郑邀角灌片前后，更多赖与伶人的私谊进行接洽、联络、促成合作。

综上而观，所谓"立体"的梨园关系，并不是说郑子褒的梨园交往深入到了哪些重大历史进程，或是发生了什么影响深远的大事，而更多是指向其反映出某种梨园生活常态的日常面貌。郑之"梨园朋友圈"的种种交往，事多琐碎，虽不宏大，但某种程度上，却也为我们提供了一个切实可感的民国梨园日常生活史切面，更使人意识到，所谓梨园生态，不仅由舞台上、行内人构成，更涵括台上台下的方方面面。梨园事业既未局限在场上与业内，时时刻刻与周遭环境、

---

① 郑、荀1931年在沪往来资料，均参见荀慧生著，和宝堂编订《小留香馆日记》，中国戏剧出版社2019年版，第152~159页。

② 胡梯公《评坛四金刚》，《金刚画报》复刊号，1939年4月1日第2版。

社会、人群产生着千丝万缕的联系，梨园生态的运作，也就更依托于像郑子褒这样，能够串联起梨园与社会的"梨园周边人"。

结　语

郑子褒一生事业，无论是在报刊业办报撰稿，还是在唱片行提调灌片，大半皆与梨园行有关，工作以外的私人活动，看戏谈戏、组织票房、与名伶交往，种种事迹更可见其对戏曲的特别嗜好。换言之，郑对戏曲的爱好已经紧紧地与其事业缠绕在了一起，由此而回归本文开端之问，或也可说，《半月戏剧》的创刊与经营，大约既是情之所钟，也是利益所在。也确实只有这样一位既有对戏曲的热肠，又有足够维系刊物之能量的人物，才能也才愿苦心经营，办得出"长寿"的《半月戏剧》。

关于郑子褒的结局，其在1949年上海解放前夕，随国民党迁至台北。郑的台湾生活基本是上海时期的延续，直到1955年年底一次宴饮，郑醉后与人争执，不慎跌落楼梯身亡，可谓"做鬼也风流"①。或许因其复杂敏感的政治背景（与青帮、国民党甚至汪伪政府关系密切，而与"进步人士"几无往来），1949年后郑子褒留在大陆的旧友，述及郑之事迹大都一笔带过；而郑赴台不过数年就意外去世，他在上海滩纵横捭阖的故事，也未及在海峡的另一岸传开。时过境迁，当年齐名的周瘦鹃、郑逸梅、陈定山等人，至今仍被视为名士；梅花馆主郑子褒的名号，却已无人识，不得不使人叹一句时也、命也、运也。

谷曙光的《梨园文献与优伶演剧：京剧昆曲文献史料考论》一书及《从"滨文库"藏老戏单看民国梨园生态》等论文，多次谈及

---

① 锵锵《略记陈定山先生》，转引自蔡登山《洋场才子与小报文人》，金城出版社2012年版，第152页。

"梨园生态"。谷著认为："文献是基础，梨园是生态，优伶是主体，而演剧是研究的终极目标。"① 由此言之，郑子褒正属于民国梨园圈子中的一个周边人，以他为媒管窥梨园生态，视角新颖，面向多元。综观郑子褒的戏曲活动，我们看到他与同样热衷戏曲的"报界名流"共结社、同发声，以其掌握的报刊资源，施加着他们对梨园人事的干预与影响；看到他在唱片行业，成为决策灌片人选与剧目的重要话事人；看到他屡屡参与戏曲发展进程的大事件，搅动风云，也更看到其与梨园行互动更多细微、琐碎、日常的小事。更可见的是，郑介入梨园生态的身份和方式，带着明显的都市色彩：其名声所赖的报刊、唱片两行，都是近代以来依托城市新兴的行业；通过郑所串联起社会的各色人群，虽三教九流无所不涉，总体却也更多属于都市新兴的阶层与人群，尤其是商绅以及与"精英"学者或"新文化人士"不同的都市文人。社会身份与社会关系构成郑行走于世的背景与底色，也融汇在他与梨园行的种种交集之中。虽然说，文艺形式的发展、繁荣，讲究"上有所好，下必甚焉"，大人物的影响力颇为重要，但戏曲是大众艺术，其在民国时期的发展始终深深浸润着都市阶层的趣味偏好。从这个角度看，郑这位"梨园周边人"身上的都市色彩，恰恰成为我们考察其戏曲活动的价值和意义所在。总而言之，无论是郑子褒其人，还是他那复杂、丰富、多面向的戏曲活动，都不应就此被人忽略、遗忘。

（刘梓秋　中国人民大学国学院博士研究生）

---

① 谷曙光《梨园文献与优伶演剧：京剧昆曲文献史料考论》封底，中国社会科学出版社 2015 年版。

《阴阳河》的历史流变与当代改编论析[*]

汤　晖

　　《阴阳河》本为梆子剧目[①]，后成为京剧乾旦名角于连泉（艺名筱翠花）所创"筱派"的代表作。京剧、秦腔、豫剧、蒲剧、越剧等剧种均有同名剧目，多以折子戏的形式留存。本文试图考察《阴阳河》的流变历程，阐释政策语境和文化理念对该剧文本形态的影响，同时剖析新时期以来以习志淦改编的京剧版、奎生改编的广东汉剧版、徐棻改编的川剧版为代表的改编作品，借此探究传统戏曲剧目的当代改编路径。

---

[*] 本文受上海高校特聘教授（东方学者）岗位支持，为国家社会科学基金艺术学一般项目"20世纪戏曲艺术形态演进史"（项目编号：20BB029）阶段性成果。

[①] 参见翁偶虹著，张景山编《菊圃掇英录》，北京出版社2018年版，第333页。

一　早期版本与形态特征

　　《阴阳河》本事见于明代万历年间罗懋登所著神魔小说《三宝太监西洋记通俗演义》第八十七回《宝船撞进丰都国　王明遇着前生妻》，其书以郑和下西洋为原型。该回讲述航行途中，军士王明下船探访，误入酆都鬼城，偶遇十年前病亡的妻子刘氏，得知刘氏死后，判官崔珏贪慕其美色，在阎罗王面前谎称刘氏为错勾而来，要放她还魂，然而却私下强娶。王明欲与刘氏重温旧梦，遭其严词拒绝。崔判官回来后，刘氏谎称王明是其兄长，王明随着崔判官参观地府。

　　《阴阳河》的早期皮黄剧本有清车王府藏本。车王府本与小说《三宝太监西洋记通俗演义》对应情节相较，存在明显的区别：小说中的刘氏于十年前病亡，夫妻二人在地府不期而遇。而在车王府本中或为增加戏剧性，对前情大加改动：桑春莲与丈夫张伯昌在中秋之夜欢好，感染风寒而死。阎王以桑氏有冒犯天地神灵、污秽月光之罪，罚其日日在阴阳河担水。这也成为此后大部分《阴阳河》改本中继承的关键情节。

　　车王府本保留了故人相见意欲重温旧梦未果之举，然而女主角的态度却发生了转变。小说中的刘氏断然拒绝："刘氏晓得他的意思，明白告诉他，说道：'丈夫，我和你今日之间虽然相会，你却是阳世，我却是阴司，纵有私情，怕污了你的尊体。况兼我已事崔判官，则此身属崔判官之身，怎敢私自疏失？纵然崔判官不知，比阳世里你不知，还是何如？大抵为人在世，生前节义，死后也还忠良。'"[①]作者显然赞同刘氏当断则断、不事二夫的态度，"好个刘氏，做鬼也做个好鬼"，以至王明自觉失言，讪讪告辞。而在车王府本中，桑氏虽仍

---

① 罗懋登著，《古本小说集成》编委会编《古本小说集成》第五辑《三宝太监西洋记通俗演义》，明万历二十五年（1597）刊本，上海古籍出版社1995年版，第2360页。

对丈夫有情，但因每日挑水甚是受苦，嫁与地方鬼为外室，由此坦言实实对不起张伯昌。对于张伯昌的意图也是委婉拒绝："得了，你别闹了，你还闹哪。况且我是鬼你是人，如何使得哪？"① 此刻地方鬼返家，张伯昌这才作罢。车王府本中的女主角虽然少了果敢和决绝，但其对生前的丈夫留存的几分眷恋，似乎也并非常情不能理解。人物个性存有差异，在此无须一论高下。

在后续的改编中上述情节再未出现。据民国初年《戏考》收录的京剧《阴阳河》演出本②，从《戏考》本开始，夫妻二人之间的人物关系设置得更为情深意笃。《戏考》本中夫妻二人名为张茂深与李桂莲（后续改本中的人物姓名多出于此版），剧情大致相同，李桂莲因冲撞月宫在阴间担水，嫁与鬼头倪木。但女主角在阴间受罚有了期限，与车王府本"桑氏永世不得翻身、二人忍痛分别"的结局不同，女主角挑水百日之后便可还阳，夫妻团聚。

此外，《中国梆子戏剧目大辞典》提到了可能留存早期梆子风貌的《阴阳河》抄录本③，此本标注为同州梆子，现藏陕西省艺术研究院，由王德元（1908—1978）④ 口述。剧中夫妻二人名为张才和李桂莲，鬼头为李若。因冲撞月光菩萨，李桂莲被罚担水。二人在阴间重逢，张才并不相信李桂莲的遭遇，直至被变出的鬼脸吓死，随后二人也并未流露不舍之情。从这一点看，该剧剧情更贴近原本小说。该剧结尾处，李桂莲谎称张才是"娃他舅"，李若将其带回长安，于此出现了打通阴阳的道具"阴阳盒"。在《中国梆子戏剧目大辞典》中还提到梆子腔另有小戏《阴阳河》，剧写"李桂兰因灶前分娩，阎君问罪而

---

① 《阴阳河总讲》，载黄仕忠主编《清车王府藏戏曲全编》第十一册，广东人民出版社 2013 年版，第 65～66 页。

② 《阴阳河》，载《戏考大全》第 1 册，上海书店 1990 年版，第 445～451 页。

③ 参见山西、陕西、河南、河北、山东省艺术（戏剧）研究所合编《中国梆子戏剧目大辞典》，山西人民出版社 1991 年版，第 517 页。

④ 参见鱼讯主编，陕西省戏剧志编纂委员会编《陕西省戏剧志·省直卷》，三秦出版社 2000 年版，第 630 页。

死。罚其在阴阳河担水，其夫张才路过河边遇桂兰，邀至家中。适鬼夫李莫回家，桂兰以甥舅关系瞒李，李遂借办案之便，送张才一同返回长安"①。该剧有数种民国年间版本，虽然《辞典》编纂者认为这些剧本与明代故事戏《阴阳河》为"同目异本"，但因剧情实有诸多相似之处，也可视为《阴阳河》一剧在流变过程中的另一种改易。

上述早期剧本虽有差异，但关键情节均为夫妻二人于中秋之夜触怒神灵，男子无碍，女子坠入阴间领罚。如此编排，实则缘于教化民众（尤其是女性）的动机以及中国传统社会避讳谈性之习。"戏中以冥罚示警……所为是规戒世人。"② 此情节不仅在今日看来甚是牵强，民国年间已有人对此提出质疑，如"剧中精神确能博座客之欢迎，跌扑唱做有声有色，令人夺目异常。惟剧中情节太觉荒谬……种节以意度之，断无此理"③。"其实中秋俗称团圆节，酒酣耳热，两情缱绻，亦属恒情，若科以亵渎之罪，则是夕冒犯月宫者，不知有几许人，故此剧不但迷信，且不近人情。"④ 天津单弦艺人德寿山甚至编演了单弦《阴阳河》来批评该剧，戴愚庵（笔名娱园老人）评论其"头头是道，句句合理，将大戏《阴阳河》批评的一文不值"⑤。民国十八年（1929）《江东茂记书局图书目录》附录《大五曲目录》第134 册收有《驳阴阳河》⑥，作者假托天津社会教育总董林墨青之口，对《阴阳河》这出戏进行驳斥，可能与德寿山的单弦《阴阳河》为

---

① 山西、陕西、河南、河北、山东省艺术（戏剧）研究所合编《中国梆子戏剧目大辞典》，第 601 页。

② 冷佛《中秋节令戏》，《盛京时报》1930 年 10 月 6 日第 3 版。

③ 啸龙《剧语·赏中秋之剧情不通》，《越州公报》1918 年 9 月 19 日第 6 版。"荒"原作"谎"。

④ 《"中秋赏月"不近人情》，《汉口导报》1948 年 9 月 30 日第 3 版。"但"原作"旦"。

⑤ 娱园老人《谈德寿山编之〈阴阳河〉》，《游艺画刊》第 9 卷第 7 期，1944 年 10 月1 日，第 19 页。

⑥ 李豫、李雪梅、孙英芳等《中国鼓词总目》，山西古籍出版社 2006 年版，第 992页。原文误作"驮阴阳河"。

同一曲本或一脉相承。从车王府本到以《戏考》所录为代表的演出版本，虽然未对剧情做出修改，却在结尾时增添了"还阳团圆"的美好愿景，想必正是基于受众普遍对女主角遭遇不解和不满以及传统戏曲的团圆之趣。

《阴阳河》在清末至民国期间的演出记载涉及梆子、京剧等剧种，本戏与折子戏兼演，遍及全国各地。民国年间演出的《阴阳河》剧本应与《戏考》本相近，并在其基础上予以完善、丰富。1936 年《戏世界》刊文："惜近年演者，往往截头去尾，仅演挑水相逢一折，致使歌者不解其前因后果为憾也。新世界京剧场，于中秋（三十号）日场，贴演全本《阴阳河》。……全剧计分中秋赏月、五鬼活捉、挑水相会，并带还阳四折。"[1] 1943 年《上海日报》提及："小翠花之《阴阳河》，在故都夙负盛誉，且演必全本，自中秋赏月茂深别家起，至河边相会桂莲返魂止。"[2] 该剧还出现过"梆黄两下锅"的情形："赏月还阳唱二簧，活捉挑水歌秦腔。"[3] 甚至在同一折中，"惟小如意唱梆子，而林树森则唱京调，一瞬之间而数易胡索，为可异耳"[4]。

该剧亦有宫廷搬演记录，如光绪三十三年（1907）恩赏日记档中记载，十二月二十三日演出《阴阳合》[5]，光绪三十四年（1908）差事档中记载，该剧于六月二十五日上演，由杨得福演出，时长一刻五分。[6] 后又在宣统三年（1911）二月十七日[7]、五月初四[8]上演。与此同时，《阴阳河》还曾赴海外演出，如 1910 年，新加坡庆升平新舞台班主雷文光从厦门聘来花旦小翠玲等人，多演梆子戏全本《玉

---

① 唐明《纪全本阴阳河》，《戏世界》1936 年 10 月 6 日第 1 版。
② 太白《太白醉写》，《上海日报》1943 年 9 月 1 日第 3 版。
③ 唐明《纪全本阴阳河》，《戏世界》1936 年 10 月 6 日第 1 版。
④ 詹詹《梅畹华王凤卿之南下（续）》，《神州日报》1916 年 10 月 9 日第 12 版。
⑤ 参见《中国国家图书馆藏清宫昇平署档案集成》第 48 册，中华书局 2011 年版，第 25496 页。
⑥ 参见丁汝芹《清代内廷演戏史话》，紫禁城出版社 1999 年版，第 276 页。
⑦ 参见《中国国家图书馆藏清宫昇平署档案集成》第 48 册，第 25727 页。
⑧ 参见《中国国家图书馆藏清宫昇平署档案集成》第 48 册，第 25750 页。

堂春》《阴阳河》等。① 1926 年，京剧坤伶十三旦访日，于 6 月 11 日在神户聚乐馆上演包含《阴阳河》在内的折子戏专场，于 7 月 2 日至 26 日与歌舞伎联合演出包含《阴阳河》在内的五个剧目。②

民国年间，擅演李桂莲的梆子演员有小十三旦（贾碧云）、万盏灯（李子山）、小如意、粉菊花、筱金铃、刘荣鑫等，京剧演员包括路三宝（路玉珊）、小子和（冯春航）、朱琴心等。梅兰芳、程砚秋、筱翠花（于连泉）、戴绮霞、童芷苓等名角均演过《阴阳河》，乾旦与坤旦俱受青睐。此戏极考验旦角演员功力，"必须声色艺三者俱全，方能悦观者之心"③，"《紫霞宫》《红梅阁》里的诸般武艺，重见于斯"④。除了跷功、扑跌摔打、担子功和唱功，还有所涉关目要求的演员应呈现的风情旖旎。

民国年间多有对旦角演员表演《阴阳河》的评价。例如："花旦饰李桂莲，表情首推皮黄班小子和，功夫首推梆子班小如意，两全其美首推坤旦粉菊花。她扑帐子四张岔（意思从四只桌子拍一字落地），上软阑干，转担大圆场，前无古人，迄今尚无来者"⑤；"秦腔中，以余所见，当推女伶小菊芬为最佳。乱弹此戏，自然以当年路三宝、贾洪林合演为第一。贾碧云尚可"⑥；贾碧云"妩媚之态则驾小如意而上之，惜其跷功较小如意稍弱"⑦；周双林之子小金刚钻"肩挑水担，飞步疾行，两手离空，担不倾坠，非他伶之扭捏牵强者

---

① 参见北京市艺术研究所、上海艺术研究所编著《中国京剧史》（中），中国戏剧出版社 1999 年版，第 810~811 页。

② 参见李莉薇《20 世纪 20 年代梅兰芳访日公演后京剧与日本戏剧的交流》，载傅谨主编《梅兰芳与京剧的传播——第五届京剧学国际学术研讨会论文集》，文化艺术出版社 2015 年版，第 175 页。

③ 恨生《燕台歌舞——于紫仙之阴阳河》，《盛京时报》1919 年 12 月 3 日第 5 版。

④ 许黑珍《罪孽深重之阴阳河》，《半月戏剧》第 4 卷第 5 期，1942 年 9 月 1 日，第 6 页。

⑤ 朱瘦竹著，李世强编订《修竹庐剧话》，中国戏剧出版社 2015 年版，第 72 页。

⑥ 逝《说阴阳河后本》，《世界小报》1923 年 7 月 3 日第 3 版。

⑦ 陶陶《评大舞台夜戏五出》，《神州日报》1915 年 9 月 11 日第 12 版。

可比”[①]；赵美玉“挑水时手不抚担，竟能翻六个鹞子，翻身担不移动，身不摇摆，犹能疾走如飞，气不带喘，面不改色，唱句无声嘶之病，表白无气促之虞”[②]。演出中的舞台与道具也各有巧思。如粉菊花“挑水出场时，五色电光射之，煞是好看”[③]，“是夕遇夫一场，全场电炬悉減，由二楼射下绿色电光，辅以最新背景，颇合观众心理”[④]。据李洪春回忆筱翠花演时“水桶是特制的八楞形，里边点着蜡，下面垂着穗。在我追他时，他踩着跷，走〔花梆子〕，不但越走越快，而且身不摇、脚不乱、蜡光不晃、绦穗不动”[⑤]。

《阴阳河》作为集中展现旦角演艺综合素质的一出戏，在各剧种间的移植流衍呈现出凸显技艺、张扬活态传承的典型特征。如1914年4月京班女演员碧云霞在昆明演出《阴阳河》，竹八音在多次观摩后于年底参照京剧改为滇剧。[⑥] 再如，1935年京剧版被改编为越剧版，由姚水娟首演，后来成为筱丹桂擅演的剧目。[⑦]

《阴阳河》中为旦角配戏的男演员本归老生，以唱功和髯口功为主，后来不断添加技巧，以至于有评者云：“大约是老生鉴于旦角的武重于文，为了提高老生的地位，不肯示弱，照样硬装斧柄。吊毛抢背之外，竟有了走踝子与虎跳者。一言以蔽之，张茂生一角，除了早年夏月珊外，简直大都的做工老生做得过火。”[⑧] 此后这一角色亦由武生担当，愈加增强了表演的难度和可看性。“做工老生张茂生，是

---

① 漱《三十年来伶界之拿手戏：小金刚钻之阴阳河》，《图画日报》第304期，1910年5月18日，第6页。

② 梨依《赵美玉之阴阳河》，《新游戏》1914年1月1日第2版。

③ 佩《粉菊花应宝莲之阴阳河》，《申报》1924年9月26日第14版。

④ 飞燕《记粉菊花之阴阳河》，《锡报》1932年7月17日第4版。

⑤ 李洪春述，刘松岩整理《京剧长谈》，中国戏剧出版社1982年版，第173～174页。

⑥ 参见中国戏曲志编辑委员会《中国戏曲志·云南卷》，中国ISBN中心1995年版，第125页。

⑦ 参见孙世基编著《中国越剧戏目考》，宁波出版社2015年版，第78页。

⑧ 许黑珍《罪孽深重之阴阳河》，《半月戏剧》第4卷第5期，1942年9月1日，第6页。

夏月珊的红活儿,武生反串,赵如泉始作俑。赵如泉有一个人所不逮的绝招,随便谁,'挑水'那场换镶鞋,惟有他厚底靴到底,脚底下的功夫高随便谁一筹。"① 而小宝义"在挑水相遇时,上场门下场门两个抢背摔下后,起立对旦角一看,再摔两个僵尸,至二次相会,闻李鬼回家时,普通均上桌子,而小宝义则上栏干,作种种花样,可谓火爆极矣!"② 如此发展,模糊了行当之间的界限,但行当的融合、发展对艺术表现力的强化也是显在的。

二 "鬼戏"遭禁与文本流变

《阴阳河》取材于神魔小说,因而具有与生俱来的鬼神色彩、奇幻因素。作为一出鬼戏,无论是当局或是民间,一直以来不免存在对该戏所包含的封建迷信思想的否定。如1930年8月20日《梨园公报》刊发的茫茫《改良京剧之刍言》明言:"鬼怪戏如《阴阳河》《红梅阁》《补缸》类之剧,宜废之",1946年9月10日《铁报》刊发的欧阳恂《阴阳河》认为"这种迷信残酷的戏,总有一天要禁止淘汰的"。

民国时期有多条地方禁演《阴阳河》的记录。例如:1929年,《阴阳河》在武汉被列入禁演剧目③;1934年3月20日,河南省教育厅戏曲编审委员会第九次会议第一次审查禁演"过涉迷信者"《阴阳河》等5出剧目;④ 同年12月17日,西安也因"内容欠佳"令戏院禁演《阴阳河》等剧⑤,并于隔年4月7日发布《教厅审查各剧园戏剧》重申。

---

① 朱瘦竹著,李世强编订《修竹庐剧话》,第72页。
② 言不尽《知无不言斋戏谈3》,《上海日报》1940年11月6日第2版。
③ 参见墨蝶《武汉禁演之戏剧》,《海报》1929年3月6日第2版。
④ 参见中国戏曲志编辑委员会《中国戏曲志·河南卷》,文化艺术出版社1992年版,第40页。
⑤ 参见《戏剧审查会禁演〈阴会〉等剧》,《西京日报》1934年12月18日第7版。

新中国成立之后，《阴阳河》虽未被划入1950—1952年文化部禁演的26个传统剧目之列，但因为其鬼戏特质以及"戏改"的时代背景特别是关于《李慧娘》的论争，在各地也不免会遭遇演出的限制。如武汉市文化局在1950年的戏剧改革工作总结中记载："改编的主要任务是删改宣传鬼怪迷信、封建道德、色情和丑化劳动人民的部分。毒素大的剧本索性不改……改动大了观众不能接受"，而是根据中央戏改会和《人民日报》的指示，通过反复教育批评让剧团主动停演，"八九月间越剧上演《阴阳河》遭到批评而作了深刻检讨"。① 虽然《文化部关于开放"禁戏"问题的通知》已经于1957年5月下发，但上海市一些中小型越剧团于当年6—7月上演了包含《阴阳河》在内的"一些内容不健康的鬼戏"，仍然受到社会舆论的谴责。《解放日报》《新闻日报》分别以《一出坏戏》《〈阴阳河〉是毒草》为题，进行批评。② 这也从侧面反映出人们对鬼戏根深蒂固的思想认知以及政策贯彻执行的滞后性。

后来，包含《阴阳河》在内的鬼戏被中央明令禁演或受到《李慧娘》改编风波的牵累。中共中央1963年3月29日批转的文化部党组《关于停演"鬼戏"的请示报告》是继20世纪50年代初的禁戏令后出自中央最高层、有据可查的最重要的禁戏文件，也标志着禁令由"禁演某些具体的剧目"变更为"禁演某一类戏剧作品的上演"。③ 报告中提出对"主题思想比较健康但有鬼魂形象的剧目进行修改"，"去掉鬼魂形象和其他迷信成分以后，仍可继续演出"。④ 然而在有些

---

① 参见《武汉市文化局1950年戏剧改革工作总结》，武汉市档案馆藏，档案编号：69 - 1 - 35。

② 参见卢时俊、高义龙主编，《上海文化艺术志》编纂委员会、《上海越剧志》编纂委员会编《上海越剧志》，中国戏剧出版社1997年版，第29页。

③ 傅谨《近五十年"禁戏"略论》，载田黎明、刘祯主编，张之薇分册主编《二十世纪戏曲学研究论丛 当代戏曲研究卷》，安徽文艺出版社2015年版，第248页。

④ 《中央批转文化部党组"关于停演鬼戏的请示报告"》（1963年3月29日），载中共中央党校理论研究室编《历史的丰碑 中华人民共和国国史全鉴13 文化卷》，中共中央文献出版社2005年版，第227页。

地方，对这类戏的再次禁演也早已落地，如河南省文化局在当年二月的全省剧目会议上，就禁演了包含《阴阳河》在内的具有"严重毒素的'鬼戏'"①。

改革开放以后，依然有人对《阴阳河》持否定态度，如马少波在1991年的《与王季思教授谈〈车王府曲本〉函》谈道："《铁冠图》《刺虎》《阴阳河》《葡萄架》等宣扬封建、迷信、淫秽的剧目……应该淘汰。"②

如此，在人们根深蒂固的认知和文艺氛围的影响下，《阴阳河》的文本流传相对停滞，在改编过程中出现顺应时势、去除鬼神色彩的做法也不足为奇。如1946年刊发的现代剧本《新阴阳河》③，该剧套用了旧剧中的人物关系，将其改编成一出时装新戏。李涂氏因贩卖鸦片被判无期徒刑，关押在地方法院看守所服劳役，被所长袁伯轩看中，以早日出监、夫妻团圆诱之，上述情节与原剧中李桂莲被罚在阴阳河畔挑水、被迫嫁与鬼差遥相呼应。但该剧却给人物安排了悲剧性结局：李涂氏因珠胎暗结，服用堕胎药惨死。家属控告，验尸后真相大白，所长停职候讯，由此流露作者对人物命运的思索。直至1986年才出现了另一种消解鬼神色彩的改编版④：编剧姚锦玉同样将人物故事完全拉回至现实世界，但与原剧的剧情更加贴近，仅将霸占李桂莲的恶鬼改为由屠夫假扮，后来山西省戏校在舞台排演过程中，又经过任继龙等人的调整，将屠夫改为恶僧。经此改编，随着最后"恶鬼"的真实面目被揭穿，该剧被赋予了破除封建迷信的现实意味。

但是，文化语境的不断变迁对包含《阴阳河》在内的传统剧目的留存也产生过积极影响。以河北梆子为例，河北梆子《阴阳河》

---

① 《河南省文化局关于停演"鬼戏"的通知》（1963年4月22日），载中国戏曲志编辑委员会《中国戏曲志·河南卷》，第746页。

② 马少波《马少波文集》卷八《文艺论评》（五），北京出版社2008年版，第86页。

③ 梅花生《现代剧本：新阴阳河》，《星期六画报》第28期，1946年11月23日，第15页。

④ 参见赵尚文《梨园夜话》，山西人民出版社1993年版，第252页。

如今最早的剧本见于河北省戏曲研究室《河北梆子传统剧目汇编》第68集。① 河北省文化局、省剧目工作室于1956年9月组织人力普查全省戏曲剧目，并在1960年6月编制油印了《河北梆子传统剧目汇编》共计73册，收录剧本451部。② 这与1956年年初提出"破除清规戒律，扩大和丰富传统戏曲上演剧目"的第一次全国戏曲剧目工作会议的召开以及1957年5月17日文化部发布《文化部关于开放"禁戏"问题的通知》密切相关。

三 当代改编路径及演出样态新变

新时期以来陆续出现了多个《阴阳河》版本，例如：蒲剧（韩树荆、杨焕育、梁惠芳合作编导，1987年首演）、京剧（习志淦改编，曹骏麟、吴兴国导演，1991年首演）、广东汉剧（奎生改编，王小蓉导演，1993年首演）、川剧（徐棻改编，曹平、田蔓莎导演，1999年首演）等，均是值得关注的改编之作。在此，对上述文本进行比较剖析，进而探寻传统戏曲剧目的现代改编路径。

（一）合理化、人性化与同质化

前文提及的20世纪50年代末搜集整理的河北梆子《阴阳河》与早期剧本剧情相似，但又有差异。魏明远藏本《大阴阳河》中，田氏因冲怒太阴星君被拿来阴曹，在地方鬼威逼下嫁其为妻。李吉红、苗素珍口述本《阴阳河》中，也增加了倪木威逼利诱李桂莲的情节，即用钢刀威胁将其杀死和许诺若成亲则"担水一次全当十次"。如此改编强化了人物妥协的动机，使其再嫁更合乎情理。

---

① 山西、陕西、河南、河北，山东省艺术（戏剧）研究所合编《中国梆子戏剧目大辞典》第517页"阴阳河"词条称：该剧有"《河北梆子传统剧目汇集》第八集书录本"。经笔者查证，《河北梆子传统剧目汇集》第8集无此剧，第68集录有《大阴阳河》（魏明远藏本）及《阴阳河》（李吉红、苗素珍口述版）两种。

② 参见中国戏曲志编辑委员会、《中国戏曲志·河北卷》编辑委员会编《中国戏曲志·河北卷》，中国ISBN中心1993年版，第39~42页。

新时期以来，以习志淦改编的京剧版、奎生改编的广东汉剧版以及徐棻改编的川剧版为代表，再次出现了关键情节的调整，即在原本的夫妻之外增加了第三人，改动成丈夫离家期间女主角红杏出墙，使得女主角从"遭遇无妄之灾"变成了"事出有因"。至于女主角因何坠入阴间，京剧版保留了原有的情节，将其解释为冲撞嫦娥引其嫉妒，罚至幽冥，而后两种则改为女主角因羞愧悔恨而选择投河自尽，如此改动的意图自然也是更加合乎情理。值得一提的是，在京剧版的结尾中，夫妻俩回到了最初的中秋夜，二人下场回房后，嫦娥率众星宿上场歌舞，复唱"良辰美景鸳鸯偶，都是人间风流"，显出超脱和成全，这与此前版本中神仙高高在上的行为大相径庭，体现了编剧试图将神仙赋予人之常情的理念。

此外，车王府本、《戏考》本、两种河北梆子都沿用了小说中男主角在女主角改嫁的鬼差面前假称兄妹、一团和气的情节，只有在习志淦改编的京剧版中，或因剧本体量加大所需，此刻枝节再生，张茂深的身份被当场揭穿，引发了接下来众人被带至阎君面前的剧情。

在上述具有代表性的改编版之前也有探索之例。如1986年晋剧改本《阴阳盒》（高文博改编、临汾地区艺校演出）① 改动了李桂莲进入阴间的原因，一笔勾销了原剧的风月色调，将这个人物塑造成一个更为常见的无辜受害者形象。李桂莲在成婚前途经霸桥，遭恶少尹兀调戏，追逐中尹兀失足落水身亡，尹父为子报仇将李桂莲打死。尹兀死后花钱买下阴间的判官职位，罚李桂莲在奈何桥下担水受苦。如此改编将阴阳两世中的人物关系进一步拉紧，使剧情更为集中。此外编剧加入了道具：李桂莲的未婚夫张国良欲自尽时为土地神相救，并受赠能让人复生的阴阳盒，因此得以下阴间寻妻，这也体现了作者试图合理化张国良进入阴间以及二人还阳路径的诉求。同一诉求在1995年上海京剧院整理演出版（周长生改编，陈正柱导演）中也有

---

① 参见赵尚文《梨园夜话》，第252页。

体现："丈夫抢过倪木手中的'阴阳鞭',将刻有'阴阳界'的石碑打碎,救出李桂莲。"有人对此提出疑问:"这样结尾有点简单化。丈夫何来此神力?石碑又代表什么含义?都是疑问。"① 若观众能接受该剧蕴含神异色彩的前提,未必会在相关细节的合理程度上过于严苛。在1987年的蒲剧版中,编剧采用了常见的"父亲嫌贫爱富"情节作为李翠莲投水自尽的前因,她在阴间依然痴情不改,被罚担水,张茂盛趁夜赶来与其相会,却又被无情的判官强行拆散。

在上述几种改编版中,因为特定情境的转变和一些典型情节的加入,增添了枝蔓,在一定程度上消解了原剧的特质,甚至或多或少地呈现出同质化的倾向。例如:从"父亲嫌贫爱富"观众不难联想到薛平贵与王宝钏,从"夜半私会"可以看到张生与崔莺莺,一旦观众从舞台上看到了诸多更深入人心的人物的身影,原本的人物自然也随之面目模糊。此外,除了习志淦改编的京剧版,其余几种都删减了中秋节的特定情境以及触犯月宫的神幻色彩,自然也在一定程度上消解了《阴阳河》长久以来作为中秋节令戏上演的特征。

(二)人物形象的嬗变与现代理念的渗入

习志淦改编的京剧版、奎生改编的广东汉剧版和徐棻改编的川剧版虽然试图以"红杏出墙"合理化女主角遭受冥罚的原因,但如此改动本质上依然不免存在对女性人物形象的贬损。为了冲抵带来的负面影响,川剧版将其出轨的原因具象化为"独行独作三年整"、大病初愈设宴答谢大夫却一时醉酒认错人。广东汉剧版将人物设置为婚前,李桂莲与张茂才虽然相爱但并未成婚,在约定的三年即将期满时,被邻居尹成喜诱至花园饮酒铸成大错。虽然编剧都试图为女主角出轨寻找理由,降低由此带来的道德谴责,但从人物性格的塑造以及选择投河自尽的行为来看,这两种改编本中的女性人物形象依然是被动的。川剧版或囿于篇幅所限,并未对人物形象进行再次塑造,甚至

---

① 龚义江《陆义萍的〈阴阳河〉》,《中国戏剧》1995年第10期,第53页。

兰英在阴间挑水时的诉求仍然是具有依附性的——"勤挑阴阳河中水，可冲去我夫的怨恨与创伤。一旦夫君原谅我，便来接我去还阳。"① 由此该剧的导演、主演田曼莎将兰英定义为"一个温顺可怜、被男权社会异化了的少妇"②。

但是在广东汉剧版中，或许因为编剧抹去了人物的已婚身份，少了一层枷锁的李桂莲在幽冥之地担水时虽然仍有"洗净魂，心才安""情真定能感动天"的渴求，但当遇到来阴间寻她的张茂才时却生发出控诉："你若对我是真情，为何四川去做生意？看来你能舍弃我，只有银钱难舍弃。亏你生就是个男儿体，难解我心中曲。我纵有一朝错，难道说就应死？"③ 这不仅体现了女性意识的觉醒，而且也将负面人物从一味地悔恨和被批判的泥淖中解救出来，从多方面来反省成因，以及探讨犯错之后被原谅的可能，引发观众的怜悯和思考。

女性个体意识的觉醒在习志淦改编的京剧版中表现更甚。京剧版从四十分钟左右的折子戏扩充为大戏，给了编剧充分的施展空间。编剧试图以现代理念重新锻造这一出老戏中的传统人物，他"紧紧围绕封建社会中'贞烈观'之男女截然不同的双重标准，提出自己对情欲与道德间冲突实质之浅见，用一根无形之线把古代生活与现实社会联系起来，引起观众共鸣"④。在新编京剧版中，二人在阴阳河畔偶遇，李桂莲本来觉得"何颜相认"，坚决否认了自己的身份，结果发现张茂深误解了自己无意中落下的彩帕，后来一路追随竟然只因贪恋美色意欲调戏，她在用言语敲打不成后不由感慨："我只说自身失足罪难赦，未料想丈夫生性也荒淫。这都是苍天作报应，空负我阴曹

---

① 成都市文化局编《徐棻戏剧作品选》（下），四川人民出版社 2001 年版，第 985 页。

② 田曼莎《我的师长 我的领路人——徐棻老师带给我的幸运》，《中国戏剧》2010 年第 2 期，第 37 页。

③ 奎生《奎生戏曲剧作选集》，中国戏剧出版社 2012 年版，第 88 页。

④ 习志淦《以文常会友 唯德自成邻——与台湾京剧界合作》，《中国戏剧》1993 年第 6 期，第 62 页。

一片望夫情。"① 如此，夫妻二人都有了一时错念，被放置于势均力敌的地位，为之后二人的互相理解、冰释前嫌做了铺垫。

在新编京剧版中，李桂莲虽然是一个传统社会中的妇女形象，因被引诱而痛苦煎熬，对鬼差倪木以诚相待坚持守节，对其同意兄妹相处而万分感恩。但她却拥有对封建思想桎梏的抗争精神，所体现出的不仅是对自我行为的反省以及勇于承担后果，还有在婚姻生活中追求的平等，对丈夫的横加指责报以"官人适才在门外之言，便是奴家的答辩！"当她发现张茂深不仅行径轻浮，还把二两买来送她的宝镜说成二百两时，也未曾掩饰，语带讥讽，然而在阎君面前当丈夫替自己遭受刑罚，她依然奋不顾身，患难与共。由此可见，编剧通过不断建构戏剧情境试图将人物形象刻画得复杂多面，贴近现实。

除此以外，后两种改编本中的男性人物也突破了此前的符号化，变得有血有肉起来，他们面对妻子的遭遇而产生的懊悔与反省也为观众所见。在广东汉剧版中，编剧在阴阳河上设置了"金银桥"和"奈何桥"，作为对追李桂莲至阴间的张茂才和邻居尹成喜的考验，真爱才可过桥，若是有半点虚假，必掉下河去。过桥期间，张茂才也对自己长期在外经商、留李桂莲在家独守的行为进行了反思："我不该到四川去，害得你日夜盼归期。若能和你再相聚，不丢弃，长相依，永不离。"② 有趣的是，虽然在剧本中的结局是"尹成喜失去平衡掉下河去"③，但在该剧实际的演出中，似乎有所修改。"贾成喜（剧本中为尹成喜）显然也是爱李桂莲的，居然连滚带爬也过了，只是心术不正，一厢情愿而已。土地神接过了桂莲的扁担交给贾成喜继续在阴阳河挑水，而成就了一对新人的重生。"④ 虽然该剧呈现了三

---

① 习志淦《习志淦剧作选》，中国戏剧出版社 2013 年版，第 396 页。
② 奎生《奎生戏曲剧作选集》，第 88 页。
③ 奎生《奎生戏曲剧作选集》，第 89 页。
④ 嵇兵《浅谈广东汉剧小戏〈阴阳河〉表演构架与特点》，《戏剧之家》2018 年第 14 期，第 36 页。

个人的情感纠葛，但是并没有把善恶与真心一概论之。邻居诱骗李桂莲的行为有失偏颇，但其追至阴间并成功过桥的行为也能证明确有几分真情实意。在传统戏改编的小戏中依旧试图展现人物的复杂与多面，也不失为一种对人性的思考。

在习志淦改编的京剧版中，男主角形象更显丰满，剧中的张茂深虽然也一时迷失心窍拈花惹草，对妻子是否与鬼差倪木以兄妹相处将信将疑，但当他发现倪木确实是仁义君子时，不由"自比不如鬼"，当他看到妻子即将受刑时，不仅恳切求情，还深刻反思了封建社会中对男女贞节要求的不同，"做男子三妻四妾宿娼嫖院合理合法不为错，女人家偶一失足罪上加罪罚上加罚打入地狱苦折磨。都是人生父母养，一尊一卑却为何？"① 而后更是用了编剧擅长的一连串以"错"结尾的一字诀唱词，将这种反思推向高潮。比起此前只由受压迫的一方表达抗争，倘若既得利益者也能换位思考，认识到不公之处，站在弱势群体的角度为其发声，争取平权，才更难能可贵。

（三）舞台形式风格的新尝试

传统戏《阴阳河》在演出风格上可谓哀怨诡谲，而令人欣喜的是，新时期以来的改编本在舞台呈现上不乏具有新意的尝试。

就川剧版而言，徐棻将《阴阳河》改编为一出不到 20 分钟的独角戏，从头至尾只有女主角兰英一人出场，男主角的身影仅在兰英的唱词以及结尾的一句幕内声中浮现。全剧通篇只有唱段而彻底舍弃念白，如此便可以专注于挖掘女主角的心路历程，同时配以幕后帮腔烘托氛围，从而呈现出几分心理剧的意味。

而京剧改编本虽交由台湾当代传奇剧场演出，但编剧习志淦在创作过程中沿袭了以《徐九经升官记》为代表的"鄂派京剧"的喜剧意韵，使该剧庄谐并重，充满机趣。编剧依托原有关键情节进行了起承转合的重新架构。张茂深在阴阳河畔本想调戏美人，又是花钱接近

---

① 习志淦《习志淦剧作选》，第408页。

又是隔门下跪又是赠送汉代宝镜作为见面礼，结果却发现是自己的妻子，更是接二连三地得知李桂莲之所以堕入阴间是因为在凡间失节，如今更是已事鬼差。面对如此偷鸡不成蚀把米的讽刺场面，张茂深的反应也丝毫不加掩饰：语塞昏倒，醒来后立刻将彩帕扔还妻子，"早知道是你，我又何必花这么大的闲工夫啊！"[①]

小说中王明随着崔判官参观地府，新编京剧版中加入了张茂深跟随店家在阴间逛鬼市的情节，运用想象描摹出一个车水马龙、光怪陆离的阴间鬼市。在车王府本等版本中，店家仅仅作为一个置身事外的看客为过往的路人介绍阴阳界的情况，而在新编京剧版中，他却被赋予了鲜明生动的性格，不仅带着张茂深在鬼市上购买汉代宝镜、秦朝汤圆，还勾结小鬼怂恿张茂深花钱亲近挑水的美人并从中获取回扣。而这个看管受罚女鬼的贪财小鬼也是编剧加入的新角色，虽然看似是个无足轻重的小人物，却在阴差阳错之中推动了关键剧情的发展。他意图向张茂深收取讲话钱以及"越过阴阳界"的买路钱促成了夫妻二人在阴阳河畔的重逢，监督李桂莲是否对倪木忠诚导致了后来张茂深假装哥哥时被其揭穿，更是因为他的不依不饶使得众人被带至阎君面前对簿公堂，夫妻二人同遭劫难，才愈加认识到彼此的真心。

编剧习志淦沿袭了其一贯的创作理念，谨慎克制、恰如其分地使用了颇多当下词汇，比如店家让张茂深"逛夜市别忘记多带零花银"，将鬼卒称为"阴曹地府里的便衣警察"，小鬼的"捞外快"，审判完毕判官宣布"终审判决，不容违抗"……这些词语拉近了与当下观众的距离，使得该剧的演出现场妙趣横生，对年轻观众而言更具吸引力。台湾《申报》1991 年 12 月 26 日刊发公孙嬿《评〈阴阳河〉的演出》，文中对该剧的演出效果大加赞誉："《阴阳河》的演出很成功，起码它吸引了大批年轻观众，缩短了国剧与青年人之间的距离。戏词中用了许多'现代语'，年轻人能体会，看得有兴趣。……这种

---

① 习志淦《习志淦剧作选》，第 398 页。

古老式的调情，青年们觉得新鲜。戏情很热闹火炽，没有冷场。尤其是其中十八层地狱，阴界的市场，大小鬼的打闹，完全是海派的连台本戏的路子，观众易于接受。"①

该剧的结尾颇有哲思意蕴，在众多改编版中独树一帜。当阎君宣判将二人打入十八层地狱，张茂深甘愿顶替李桂莲之罪，于是，张生入地狱，李桂莲被遣返阳间。然而，当舞台上的灯光再次亮起，李桂莲却从睡梦中醒来，回到了最开始的中秋之夜，与风尘仆仆赶回家过节的丈夫相见。此时，与第一场装扮举止近乎相同的邻居何生持酒上场，欲与夫妻二人共同畅饮赏月。李桂莲一时惊慌，逃窜而下，之后何生打趣张茂深让其进房陪伴，不仅塑造了皆大欢喜、观众心领神会的喜剧情境，也传递了浮生若梦、珍惜当下的禅意。

2013 年，台湾戏曲学院京剧团将《阴阳河》改编为"创艺京剧"《暗河渡》（吴明伦编剧，谢东宁等导演），彰显了小剧场探索戏曲的实验意味。"迷障结界暗河渡，入得情关却难出"，开篇便将暗河渡口设置为"吸纳聚集了上古以来怨偶恨意"之地，使来到阴间寻妻的张茂深遇到了四处寻找杨贵妃的唐明皇和寻找项羽的虞姬。李桂莲在阴间一身缟素，甩开丈夫之后怅然坐下，此时张生再次上场，为桂莲簪上了一朵红花，再加上背景音乐的转折，立刻让时光回溯至二人于中秋夜调情的甜蜜时刻，充分体现了小剧场中时空流转的灵动和自由。该剧"结合西方歌剧的表现方式，从台湾传统民俗纸扎中寻找灵感进行舞美设计"②，还加入了希腊悲剧中的歌队，群众演员身着黑袍，头顶戴着白色面具，时而舞蹈歌唱，时而帮腔答话，时而成为布景道具，时而烘托氛围。

新时期以来，《阴阳河》在各剧种内的传承过程中依然由旦角演员发挥主导作用。例如：1986 年，山西举办戏曲剧目会演，鉴于新

---

① 公孙嬅《评〈阴阳河〉的演出》，台湾《申报》1991 年 12 月 26 日第 1 版。
② 参见新华社通讯，《中国艺术报》2014 年 3 月 31 日第 3 版。

绛县的田郁文（筱兰香）以旦角台步与担子功见长，临汾地区艺校便承接了改造《阴阳河》的任务。① 1987年4月，景雪变进京演出计划促成了蒲剧的改编，该剧1988年在西安演出期间被传给了传秦腔演员齐爱云，后来也成为其代表作之一。1993年，广东汉剧演员李仙花在中国戏曲学院进修时改编《阴阳河》，并在隔年凭借包含此剧在内的折子戏专场获得"梅花奖"。1998年，应田蔓莎之邀，徐棻根据传统剧目改编川剧小戏《阴阳河》，隔年与《三口岔》《马克白夫人》共同组成"梨园香径长徘徊——田蔓莎新戏专场"，在首届中国川剧艺术节上演。而在台湾地区，也正是因为对"《马寡妇开店》《盘丝洞》《阴阳河》等夸张旦角戏"② 开禁，促使戴绮霞返回台湾剧坛，台湾当代传奇剧场邀请习志淦整理改编《阴阳河》，由戴绮霞、吴兴国于1991年12月8日首演。2013年，台湾戏曲学院京剧团将《阴阳河》改编为《暗河渡》，由戴绮霞的弟子朱民玲饰演李桂莲。

由此可见，《阴阳河》一直以来都是旦角演员展示跷功、担子功等绝活儿的典型剧目，从而带动了剧本的润色嬗变。在有些剧种的改编排演过程中，除了对旦角功夫展现的聚焦，剧本的调整还兼顾净行以及小生的行当特征。如在山西演出姚锦玉改编版时："山西省戏曲学校金小毅扮演的假判官，其吐火、跳判等表演，也继承到家。"③此外，蒲剧、秦腔等剧种由小生扮演张茂深，运用了甩发功来展现张茂深在阴间的痛心疾首。比如广东汉剧中，张茂才过桥时，剧中"以'跪地走动连续甩战发'的技巧……体现了真爱之心"④。如此，使得该剧展示的表演技巧更为丰富。

戏曲传统剧目蔚为大观，剧目遗存与文化意蕴、演艺风采紧密关

---

① 赵尚文《梨园夜话》，第251页。
② 邱声鸣《京剧表演艺术家郭叔鹏与菊坛名家的交往》，载湖北省政协文史和学习委员会《湖北文史》2007年第2辑，湖北省政协2007年（内部印刷），第199页。
③ 参见赵尚文《梨园夜话》，第253页。
④ 嵇兵《浅谈广东汉剧小戏〈阴阳河〉表演构架与特点》，《戏剧之家》2018年第14期，第36页。

联，表征着中国文化思维和戏曲审美趣味的丰富多样。"保留传统戏曲剧目的精华部分，在原基础上加工发展"①，《阴阳河》改编的典型案例再次印证了这一理路的重要性。概而言之，对戏曲传统剧目的现代改编应在追索历史源流和升华人文品质方面同时着力，既珍视戏曲丰厚的历史文化积淀，又尊崇戏曲的艺术本体，勇于拓展融通古今的艺术表现张力。

（汤晔　上海戏剧学院戏剧文学系博士研究生、
湖北省艺术研究院三级编剧）

---

① 郭汉城《略谈十年来戏曲传统剧目的整理改编》，载《郭汉城文集》第一册，中国戏剧出版社 2004 年版，第 113 页。

曲牌体艺术的传播原理与昆曲的兴衰*
——从社会心理学与大众传播学视角分析

刘　芳　方　嘉

一　对昆曲兴衰原因的既有探讨

昆曲的发展、兴盛与衰落一直是古代戏曲研究中的重要课题。史料显示，在明代中后期，大量传奇作品涌现，昆曲舞台表演艺术也得到了迅速的发展，昆曲的创作、传播与演出逐渐走向高峰。无论是王骥德《曲律》所云："迩年以来，燕、赵之歌童、舞女，咸弃其桿

＊　本文为 2022 年教育部人文社会科学研究青年基金项目"昆曲曲牌主腔研究"（项目编号：22YJC760050）阶段性成果。

拨，尽效南声，而北词几废。"① 还是明末徐树丕在《识小录》中所云"四方歌曲必宗吴门"② 等记载，都证明昆曲在明代中后期得到了广泛的传播，产生了深远的影响，成为全国性的流行剧种。直至清代前期，昆曲在全国戏曲舞台上仍然有着压倒性的优势，如清徐珂在《清稗类钞》中记载："康熙朝，京师内聚班之演《长生殿》；乾隆时，淮商夏某家之演《桃花扇》，与明季南都《燕子笺》之盛，可相颉颃。淮商家豢（眷）名流，专门制曲，如蒋苕生辈，均尝涉足于此，故其时为昆曲最盛时代。"③

然而，风行全国、兴盛一时的昆曲发展到清代中叶以后，却迅速地走向了衰颓，甚至完全失去了民间观剧群体。如乾隆九年（1744）徐孝常为《梦中缘》传奇作序云："长安梨园称盛，管弦相应，远近不绝……而所好惟秦声啰弋，厌听吴骚，闻歌昆曲，辄哄然散去。"④ 再如前引徐珂《清稗类钞》续云："道光朝，京都剧场犹以昆剧、乱弹相互奏演，然唱昆曲时，观者辄出外小遗，故当时有以'车前子'讥昆剧者。"⑤

可以说，昆曲在清代中后期的传播是失败的。而对昆曲观众流失、日渐式微的原因，很多学者也做了深入的探讨。目前学界比较认可的昆曲衰落根源在于以下几个方面：1. 朝廷政策原因。清廷下令禁止官员养家班，断绝了昆曲演员的上层供养来源，以致"文人在社会群体中不足以支撑昆曲的持续发展"⑥。2. 昆曲雅化带来的"曲

---

① 王骥德《曲律》，载中国戏曲研究院编《中国古典戏曲论著集成》（四），中国戏剧出版社 1959 年版，第 56 页。
② 徐树丕《识小录》卷四"梁姬传"，载俞为民、孙蓉蓉编《历代曲话汇编：新编中国古典戏曲论著集成·清代编》第一集，黄山书社 2008 年版，第 433 页。
③ 徐珂《清稗类钞》第 37 册"戏剧"，商务印书馆 1918 年版，第 4 页。
④ 徐孝常《〈梦中缘〉序》，载吴毓华编著《中国古代戏曲序跋集》，中国戏剧出版社 1990 年版，第 542 页。
⑤ 徐珂《清稗类钞》第 37 册"戏剧"，第 5 页。
⑥ 项阳《从官养到民养：腔种间的博弈——乐籍制度解体后戏曲的区域、地方性选择》，《艺术百家》2012 年第 1 期，第 147 页。

高和寡"。文人群体推动昆曲在艺术上趋向过度雅化，极难于教学演习，远离了普通民众的欣赏趣味。3. 昆曲受到更贴近百姓审美的花部诸戏种冲击。"花部诸腔则在广大人民的喜爱和民间艺人的辛勤培育下，以新鲜和旺盛的生命力，不停地冲击和争夺着昆腔的剧坛地位。"① 4. 昆剧艺术品质降低，出现剧本数量、质量大幅下滑，缺少新鲜作品注入舞台生命力，演员歌唱、表演水平较低等现象。5. 剧场演出、剧团生存艰难。昆曲演出成本高、票房收入低，使得剧团的持续发展与演员的代际培养都难以为继。

在以上诸原因分析中，"雅"并不是导致昆曲兴衰的根本原因，精雅的文辞与文人化的审美情趣并不会导致昆曲传播的局限性。譬如在昆曲发展初期，正是梁辰鱼等文人以《浣纱记》等作品推动了昆曲文学性的提高，使它走上了更广阔的舞台。而"花部兴起"与"昆班衰落"事实上是昆曲传播失败的后果和现象，而并非昆曲本身失去吸引力与传播力的原因——如果昆曲艺术本身没有问题，也会在很长一段时间内与花部分庭抗礼。至于"朝廷政策"，也并不能必然导致昆曲在民间传播不利、失去市场的后果，因为皇室和官员并不是民间观剧的主体人群。我们研究昆曲的兴衰变迁，试图更好地阐释其在发展期迅速流播、在衰落期步履维艰的原因，不妨从传播学理论入手，探讨昆曲在受众群体中的传播性究竟是因为何种原因产生了变化，如此才能够对昆曲的传播现象进行更科学的分析，并为今天的昆曲传承发展提供参考。

二　曲牌体艺术的传播原理

所谓"曲牌"，又叫"牌子"，本质与"词牌"相同，是中国传统音乐文学中的一种典型形式，指一个独立的音乐文学结合体，其名

---

① 袁行霈主编《中国文学史》第四卷，高等教育出版社 2003 年版，第 445 页。

称、词式、格律、调性都基本保持固定，而固定的外在形式并不对曲牌的内容与文字风格进行太多限制。因此，我们可以在同一个曲牌下填入不同的文字，甚至用一支曲牌表达不同的情感。曲牌最初的文学创作方式是"倚声填词"，即根据音乐旋律填入字数与字声恰当的文辞。由于大多数文人不通音律，经过一段时间的发展后，曲牌创作方式变为"按谱填词"，即作者根据前人对比总结确定的文字格律谱来进行文辞创作。曲牌体在中国传统文学艺术中源远流长，具有重要的艺术史地位与极高的文化价值，这背后其实有着心理学、传播学角度的科学性解释。

1. 社会心理学中的曝光效应

曝光效应（the exposure effect），又叫多看效应、纯粹接触效应、简单暴露效应等。它是一种非常常见的心理现象——人类往往会偏好自己熟悉的事物。在社会心理学中，曝光效应又被称为"熟悉定律"。

曝光效应已经被很多西方学者，如罗伯特·扎伊翁茨（Robert Zajonc）、理查德·莫兰（Richard Moreland）和斯科特·比奇（Scott Beach）等经反复试验充分证明，即无论是音节、音乐还是汉字、几何图形甚至是人的面孔，只要多次在我们面前出现，就会增加我们的好感与喜爱。[①]

"曝光效应"从心理学角度出发，对大众传播理论也有着重要的影响。诺尔－纽曼（Noelle－Neumann）认为："大众传播媒介有三个特质——累积性（不断重复）、普及性（无远弗届，影响广泛）和共鸣性（报道的同一性）。"[②] 如果传播内容具有以上三个特性，就会产生巨大的舆论影响。在这里，"曝光效应"的理论与大众传播理论都指向同样一个结论：传播内容的重复有助于传播效果的提升，也能增

---

① 参见［美］戴维·迈尔斯著，黄珏苹译《迈尔斯直觉心理学》，浙江人民出版社2016年版，第40页。

② 转引自周葆华《效果研究：人类传受观念与行为的变迁》，复旦大学出版社2008年版，第205页。

强受众的接受与审美感知。

2. 曝光效应与音乐审美心理

曝光效应在大众传播中有巨大的实践价值，因此对音乐、戏曲的传播和发展有重要指导作用。从这一角度观察，很多音乐审美心理现象也能够得到更加合理的解释。

在欣赏音乐时，听众能够在一段旋律片段中迅速得到自身的审美体验：某些旋律听起来十分悦耳，令人享受；某些旋律听起来却使人不适或感觉怪异。这些或好或坏的听感的产生，本质上是源于这段音乐旋律是否与我们记忆深处的"旋律期待"相符。也就是说，我们内心对于"美"的音乐旋律是存在固有期待的。这就是音乐心理学中所谓的"图式性期待"，是一种根据音乐本体的信息"在内隐推断基础上的自动预测"①。这些"音乐图式性期待"正是来源于听众从自身长期的音乐欣赏过程中所积累的熟习旋律片段，心理专业术语称之为"通过曝光而习得的内隐知识库"②。这些储存在听者长时记忆中的音乐图式，是一种以音乐句法为核心、存在于非意识层面的乐句旋律规则知识库。也就是说，人们在自己长期的音乐欣赏过程中，会不知不觉地完成"内隐习得"，而这样的旋律积累又会在潜意识中影响人们对音乐的期待，进而影响人们的音乐偏好与审美倾向。③

简言之，从心理学、传播学、音乐心理学等理论出发，我们可以得到一个非常明确的结论：音乐旋律的重复传播，会构筑听众的内隐音乐心理图式，形成听众的音乐期待，促使听众对同一旋律产生欣赏偏好，在聆听时易产生愉悦的审美体验。

---

① 郑茂平《音乐审美期待的心理实质——迈尔期待理论及相关延展研究的心理学解释》，《中央音乐学院学报》2010 年第 3 期，第 128 页。

② 邓珏、叶一舵、陈言放《音乐句法的内隐习得及其对图式性期待的影响》，《心理科学进展》2018 年第 6 期，第 1012 页。

③ Zajonc R. B., Mere Exposure: A Gateway to the Subliminal, *Current Directions in Psychological Science*, 2001, 10 (6), pp. 224–228.

3. 曲牌体艺术的审美与历史渊源

由上述理论可推知，"曝光效应"带来的"重复性"和"熟悉性"是人类对音乐最初的审美需求。遍览古今中外的音乐，会发现利用"曝光效应"对旋律进行不断重复和强化以提升审美体验的实例比比皆是。甚至可以说，古今中外具有较强民间性的音乐，都必然存在"基本曲调的程式性"①。

这种源于人类本能审美心理的对于"重复"的音乐追求，在中国古代的音乐文学艺术中可谓贯穿始终。先秦时期的乐歌，如《诗经》《楚辞》等，从流传的文字来看，存在大量音乐旋律的重复演唱。如顾颉刚《论〈诗经〉所录全为乐歌》云："春秋时的徒歌是不分章段的，词句的复沓也是不整齐的；《诗经》不然，所以《诗经》是乐歌。凡是乐歌，因为乐调的复奏，容易把歌词铺张到多方面；《诗经》亦然，所以《诗经》是乐歌。"②《诗经》以后，汉魏六朝乐府、唐代声诗也都以同题多作的形式传承着民族音乐在审美方面的古老趣味，即反复采用同一段旋律配合不同的文辞。如敦煌曲子的"联章体"。在敦煌曲子中，有一千多首属于广义联章的范畴，亦有很多属于完全的"同曲异词"联章，任中敏称之为"定格联章"③，如【五更转】【十恩德】【十二时】之类。另，敦煌曲子有大量只存乐谱却无文字的曲牌，如【倾杯乐】【西江月】【心事子】【伊州】【水鼓子】等，说明敦煌曲确实是"定腔传辞""先乐后文"的形式。

唐曲子对"定格联章"和"同曲异词"的广泛运用也推动了"词牌"系统的成形。文人词牌最初与敦煌曲一样是"定腔传辞"的

---

① 董维松《民族音乐结构型态中的程式性与非程式性》，载于润洋主编《中央音乐学院音乐学系建系 35 周年（1956—1991）音乐学文集》，中央音乐学院学报社 1992 年版，第 29 页。

② 顾颉刚著，钱小柏编《顾颉刚民俗学论集》，上海文艺出版社 1998 年版，第 282 页。

③ 任中敏著，张之为、戴伟华校理《唐声诗》（上），商务印书馆 2020 年版，第 153 页。

作品。如北宋赵德麟《侯鲭录》载王安石云："古之歌者，皆先有词后有声。故曰：'诗言志，歌永言。声依永，律和声。'如今先撰腔子后填词，却是永依声也。"① 南宋之后，旧乐消亡、新乐兴起，词牌的创作渐渐成了纯案头文学，固定重复演唱的音乐已然不复存在，如此，词作为调牌体音乐文学的"重复性"也就消失了。此时，无论是民间还是上层社会，都亟须一些可以反复传唱、能够形成大众音乐心理图式的艺术形式来满足娱乐需求，采用新近流行曲调演唱的"曲牌"也就应运而兴了。

纵观古今中外的民间音乐兴衰，我们可以发现，任何一个历史阶段的具有民间性的"时代音乐文学"，几乎都是能够进行相同旋律反复歌唱的调牌体歌曲。它在先秦为"国风"，在汉魏六朝为"乐府"，在唐为"曲子"，在宋为"词"，至元明则为南北曲。这些调牌体音乐文学内在的审美逻辑和传播原理是统一的，就是符合社会心理学、大众传播学与音乐心理学的"重复曝光"带来的、与听众内在音乐图式预期互相激发而产生的审美享受。

三 "曲牌"本质的消解与昆曲的衰落

宋元的南北曲曲调，传承了此前音乐文学的传统创作模式。它在发展的最初阶段，也因"曝光效应"产生了很好的传播效果。然而，文人的参与创作却在事实上打碎了曲牌的固定旋律，导致曲牌在后期的传播中失去了"曝光度""重复性"，也影响了民间听众对曲牌音乐的审美感受。

1. 早期南北曲曲牌的广泛传播

从早期剧本考察，南北曲曲牌最初必然是"定腔传辞"的。在

---

① 赵令时《侯鲭诗话》，载王大鹏等编选《中国历代诗话选》（1），岳麓书社 1985 年版，第 258 页。

北方，北杂剧多处使用"幺篇"来进行同支北曲的重复演唱，如《汉宫秋》第四折用【白鹤子】【幺篇】【上小楼】【幺篇】等。① 从字句格看出，首曲与幺篇明显使用同样的旋律——旋律完全一致才能带来如此整齐划一的文式。有学者认为，北曲如晚期昆曲一样采用了"依字行腔"的唱法，但我们可以从大量元明时期的曲学论述中，发现北曲的音乐确实对文辞构成了句式和字音上的框定与限制。周德清《中原音韵》便指出：作家要按律填曲，演唱者才能按曲之定腔演唱，如云："平而仄，仄而平，上、去而去、上，去、上而上、去者，谚云'钮（扭）折嗓子'是也，其如歌姬之喉咽何？入声于句中不能歌者，不知入声作平声也；歌其字，音非其字者，合用阴而阳，阳而阴也。"② 像这样的材料在元明两代很多，都可证明北曲是"文从乐"，乐在文先。而大量的"幺篇"使用和相似套数曲调组合的使用，更是说明北曲是符合"曲调重复曝光"这一传播学原理的。

同样，最初流行于温州的民间南戏，也大量使用"前腔"来重复同样的旋律，并填入不同的文辞展开情节。如《张协状元》第五出唱【犯樱桃花】，随后连用五支【同前】，六支曲调句格完全一致。而整部《张协状元》中，有122处使用【同前】。这些事实说明南曲也同样符合"重复曝光"的传播学原则。

不断在舞台表演中重复的曲调，在当时的民间受众群体中积累了大量的音乐心理图式，观众建立了对南北曲曲调的熟悉与偏好。因此，南北曲能够在全国范围内引领音乐文学风潮。例如，明代在苏州虎丘举办的曲会中，一些曲牌甚至能引起全场的大合唱。一直到清代早期，南北曲仍然是民间广为流行的调牌体音乐文学形式，有"家家'收拾起'，户户'不提防'"之说。

---

① 参见白朴《破幽梦孤雁汉宫秋》，载王学奇主编《元曲选校注》第1册（上），河北教育出版社1994年版，第204页。

② 周德清《中原音韵》，载中国戏曲研究院编《中国古典戏曲论著集成》（一），第177页。

2. 从"文从乐"到"乐从文"的转变

"曲牌体"的创作方式以音乐旋律为依据，要求作者填入的文辞尽量配合音乐的长短格式和升降起伏，这样创作出的曲调旋律具有重复性、熟悉度，能够很好地迎合观众的音乐审美与音乐期待，但有一个极大的缺陷：对文学的创作发挥形成了严苛的束缚。通晓音律的文人尚能口内吟唱、笔下填词，以保证文乐和谐，而对广大不通音律的文人来说，只能仿照前人经典作品的字声或使用既定的文字格律谱填写。在格律谱中，曲调的字声为了配合旋律，必须严格区分平上去入，不可随意混用。文人作曲时每下一字都要考虑阴阳上去，这给作者发挥文采带来了相当的困难。如清杨恩寿在《续词余丛话》中所述："曲词一道，句之长短，字之多寡，声之平、上、去、入，韵之清浊、阴阳，皆有一定不移之格。"① 李渔亦论作曲之难道："调得平仄成文，又虑阴阳反覆；分得阴阳清楚，又与声韵乖张。令人搅断肺肠，烦苦欲绝。此等苛法，尽勾磨人。"②

在传奇作家苦于填曲严格的文字格律限制时，魏良辅与汤显祖二人分别从音乐旋律形成和文学角度给出了解决之道。魏良辅提出"五音以四声为主"③，将昆曲的腔格旋律由传承旧乐定腔变为根据文字随时调整。而汤显祖提出了"曲者，句字转声"④ 之说，认为音乐不过是由文字声音的转换起伏变化而成，文字才是文学作品的根本，音乐应当模仿文字声音形成旋律。故而他所填的曲调，同一支曲牌字声往往不同，譬如同是【玉交枝】第二句，《琵琶记》用"上平平平入去平"；《紫钗记》第六出却为"上平平上入平平"；《牡丹亭》第十二出则填"入平去平平去平"。

---

① 杨恩寿《续词余丛话》，载中国戏曲研究院编《中国古典戏曲论著集成》（九），第304页。
② 李渔《闲情偶寄》，载中国戏曲研究院编《中国古典戏曲论著集成》（七），第32页。
③ 魏良辅《曲律》，载中国戏曲研究院编《中国古典戏曲论著集成》（五），第5页。
④ 汤显祖《答凌初成》，载《玉茗堂尺牍》，上海远东出版社1996年版，第137页。

在魏良辅和汤显祖等人的提倡与推动下，昆曲曲牌完成了"文从乐"到"乐从文"的转变。自此，文人在填曲时不再关注既有旋律，甚至不再关注格律谱规范。如明张琦《衡曲麈谭·曲谱辨》云："善读书者，尽信不如其无，则九宫谱之谓矣。"① 文人摆脱了音乐旋律的限制，也挣脱了文字格律谱束缚，开始按照文学本身的规则安排字声。文字已定后，曲家才依据字声进行腔格的安排和调整，这等同于对每一支曲调重新谱曲。虽然一些曲师在拍曲订谱时还多少考虑原有旋律形态或原有腔格片段，即所谓"主腔"，但千变万化的文字字声，使得旧旋律不断被改写、重塑，昆曲曲牌的最初面貌就在这样的"依字行腔"中越来越模糊了。

3. "曲牌"的解构与花雅之争

如前所论，文人群体为了掌握创作的主动权，改变曲牌体音乐文学中文字对音乐的依附地位，大力推动"以文化乐"的"依字行腔"唱法。在这个过程中，曲牌体艺术的传播与审美根源——"相同旋律的反复传播曝光"被消解了。此后，昆曲中出现了大量的同名曲调旋律完全不一致的情况。如明沈宠绥《度曲须知·弦索题评》一节云："今之弦索，非古弦索也。古人弹格，有一成定谱，今则指法游移，而鲜可捉摸。"② 杨荫浏《中国古代音乐史稿》也根据同支曲调【沉醉东风】的腔格对比发现："随着曲牌在具体情况下所要求表达的内容之不同，随着词句的多少长短以及用字的四声阴阳之不同，对同一曲牌的音调上的变化，有着非常广阔的幅度。调性可不同……调式可变……节奏可变……更重要的，是旋律的变化，非常自由。同一曲牌，在其多个变异形式之间，差异如此之大，根据我们学习西洋音乐的经验或根据现代音乐家们普遍共有的经验来看，就不容易把它

---

① 张琦《衡曲麈谭》，载中国戏曲研究院编《中国古典戏曲论著集成》（四），第272页。
② 沈宠绥《度曲须知》，载中国戏曲研究院编《中国古典戏曲论著集成》（五），第203页。

视为同一乐曲了。"①

旋律的变异使得"曲牌"的原有旋律被解构,纵然有一些令听众感觉耳熟的"主腔片段",但音乐心理学研究表明,音乐的内隐性习得和期待图式的建立需要以"乐句"为基本单位。因此,乐句之间因字声产生的彼此差异,使得曲牌旋律不再具有"曝光效应",这样的一支支全新歌曲,在传播中就必然会输给更具有熟悉度和传播性的"时令小曲"了。

清代中后期,花部的兴起便是大量地利用了旋律的"重复性"和"熟悉性"来增强传播效果。如京剧使用的【西皮】与【二黄】,虽有板式变化,但乐句的旋律是反复循环、前后呼应一致的,而且同一板腔的旋律也是重复套唱字数固定的文辞。譬如,采用【西皮流水】的著名唱段,因此段旋律在各种剧目(《四郎探母》《武家坡》《三家店》等)中被重复演唱,即便是京剧已然不再如从前流行的今天,仍是脍炙人口。所以,从社会心理学、大众传播学的理论观察,花部的音乐旋律符合传播原理,更好地迎合了听众的审美期待,相较于抛弃了曲牌原有定腔的昆曲,显然更能赢得演出市场的青睐。

四 "曲牌"重构与现代昆曲传播路径

如前文所述,"曲牌体"艺术从社会心理学、大众传播学、音乐心理学角度观察,有着巨大的传播优势,易在民间引起流行。因此,曲牌体艺术在任何时代都能领一时之风气,成为当时具有最高水平的音乐文学艺术的载体。同时,如果一种音乐文学结合的艺术形式失去了"曲牌体"的重复性、曝光性、熟悉性,它也就失去了在社会中流传的根本优势,成为某个群体范围内、某个阶层内欣赏创作的"小众艺术"。文人词、昆曲便是如此。不过,相较于旋律在流行了

———————————

① 杨荫浏《中国古代音乐史稿》下册,人民音乐出版社1981年版,第626页。

一段时间以后近乎失传的乐府歌曲和唐宋词调而言，昆曲还是相当幸运的——因为虽然昆曲的"曲牌旋律"失去了重复曝光的性质，但是在舞台上反复上演的一出出著名折子戏，却客观造成了每一出戏内曲牌旋律的"重复曝光"。

1. 经典折子戏带来的"曲牌"重塑

创作剧本的文人事实上并不在乎一部剧的民间传播性，因为他们一般只从文学角度来评价曲文。然而，真正从事舞台表演的伶人乐工却对剧目的传播性极为敏感，因为这关系到他们的生计。所以，昆曲的实际演出者经常会采用一些方式来改变后期昆曲"重复率低""传播性不足"的弊病。譬如，民间乐工会将一折戏中由不同曲调连缀而成的套曲改为使用同一支曲调反复演唱，或引入民间流行小曲演唱。民国时卢前曾根据一些昆曲艺人的"钞本"（舞台演出本），分析出实际表演用曲和文人案头填曲的差异，云："有案头之曲焉，有场头之曲焉。""（钞本）套数之结构，决非一曲所能成，而钞本中有以【桂枝香】一支为一套者""牌调竟有不在六宫十一调内者：如【姑娘腔】【破窑】之类，必皆当时流行之小曲。"①

不过，在曲牌固定旋律消解后，实践中更多运用的、提升昆曲重复传播性的方式是：反复演出经过精心锤炼、观众认可接受、传唱度高的折子戏，让一折戏的整套曲调得到重复传播。大量史料显示，至清代中后期，折子戏占据了昆曲舞台的主要地位。陆萼庭《昆剧演出史稿》说道："昆剧后期近二百年的历史，基本上是折子戏演出方式的历史，新的剧目积累简直等于零……"②

折子戏的演出与流行，在艺术上确是"没有创新"，但在传播学角度却实实在在地挽救了昆曲。折子戏的反复演唱，使得戏中的每一支曲调在一次又一次的重复中为观众建立了昆曲的音乐期待图式，形

---

① 卢前《读曲小识》，岳麓书社 2012 年版，第 1～2 页。
② 陆萼庭《昆剧演出史稿》，上海文艺出版社 1980 年版，第 258 页。

成了具有"曝光效应"的一大批"名曲",典型者莫过于【皂罗袍】。当代的昆曲爱好者甚至可以大合唱【皂罗袍】,并称"【皂罗袍】是我们'昆曲王国'的'国歌'"①。近年吴新雷先生创作《黛玉葬花》用【皂罗袍】曲,演唱也全部遵循《牡丹亭·游园》之【皂罗袍】旋律。所以,一大批著名折子戏的反复上演,在昆曲曲牌定腔消解之后,却用"套曲重复"的方式,构建了很多具有强大传播力的新"定腔",成为昆曲中的流行曲牌。

2. 现代昆曲创作对传播的背离

令人惋惜的是,虽然昆曲舞台经过长时间的锤炼与淘汰,留下一批精品折子戏与观众熟悉的曲牌旋律,但是这些宝贵的资源并没有在现代昆曲创作中得到很好地利用起来。

古代传奇作家虽然渐渐不再从音乐旋律出发规范字声,对既定的文字格律谱也往往不甘束缚,但至少尊重文字声韵,谨遵"句内平仄交替、对句平仄相反"的近体诗律规则。这样创作出的曲文,不需要音乐,单只吟诵文字,就可以通过字声的跌宕起伏获得一种音乐美感。如果再有曲家能够"依字行腔"地拍曲定谱,那么这首曲调就会成为一支艺术性高、文乐搭配和谐的佳作。其缺憾仅在于:由于改变了旧有的曲调旋律,失去了在听众记忆深处的熟悉感,而导致传播性不强。

但是,在当代昆曲创作中,拍曲定谱的工作还存在着相当多的不规范。很多填曲者为了获得更加自由的文字创作空间,连字句格都未必严格遵守。例如北双调【沽美酒】一曲,元明作家都很常用。其句格也比较明晰,一般为:"三,三。三,三。七。四。六。"或者"三,三。三,三。七。五。六。"但是,新编昆剧剧本中的【沽美酒】,句格却突破了传统的形式。如《蔡文姬·墓梦》【沽美酒】:

> 痛当年,战火烧。中原劫,血泪浇。马边悬男头,马后

---

① 柯军、王晓映《说戏》,江苏凤凰美术出版社 2019 年版,第 316 页。

妇女号，人踪灭，土地焦，只留下白骨黄沙，荒烟衰草。①

填曲时最易遵守的字句格，创作者尚不愿意完全依从，更不用说字声规则、韵律等。而且，很多作曲家也并不能掌握昆曲字声与腔格的搭配规律。如此创作既没有传承昆曲最初的"定腔传辞"方式，同时也背离了昆曲改革后的"依字行腔"做法，纯粹如西方歌剧般，对每一支新歌重新谱曲，不断产出具有昆曲旋律特色的新鲜旋律线。但是，这些新昆剧歌曲本质上并不符合昆曲曲调艺术规范，既不利于传承，也不利于传播。这种创作现实，是值得我们反思的。

3. 从社会传播出发寻求昆曲复兴

马克在《对戏曲音乐的传统、程式和群众性的看法》一文中说："在过去中国的社会条件下，为使广大群众都能参与创作，采用基本曲调加以逐渐发展的办法是非常聪明，非常切合实际的。不采用基本曲调的办法就无法保证戏曲最大限度的普及。"② 这段话从群众路线的角度，阐述了曲牌的传播性和普及性。事实上，从社会科学的角度来看，以固定旋律的曲牌为基础进行创作，逐渐吸收和发展新的曲牌，也是戏曲艺术生存和发展的必由之路。

我们现在走的昆曲传承、昆曲复兴之路上，很多有益的改革与创新是从艺术角度入手的。例如，创作具有现代精神、符合现代观众欣赏需求的剧本；设置更加合理巧妙、引人入胜的情节；美化舞台的布置，采用简约、传统、写意的美学风格等。但是，昆曲终究是需要在观众群体中被传播的一种艺术，若是满足于停留在曲友圈子的互相欣赏，就脱离了昆曲作为大众舞台艺术、戏剧艺术的本质。因此，我们不妨从传播学的视角出发，在昆曲的兴衰历程中发现其真正能够获得大范围流行的传播学原因。通过上文分析，我们可以清晰地发现：昆

---

① 郑拾风改编《蔡文姬》，载胡世厚主编，胡世厚校理《三国戏曲集成》第8卷"当代卷"（下），复旦大学出版社2018年版，第641页。
② 马可《对戏曲音乐的传统、程式和群众性的看法》，载中国艺术研究院戏曲研究所编《中国戏曲理论研究文选》，上海文艺出版社1985年版，第493页。

曲在最盛时的流行，就如同先秦时期诗经、两汉魏晋时期乐府、唐宋时期词调的流行一样，凭借的是一批能够被重复演唱、在受众群体中能建立起音乐心理图式的固定曲牌。幸运的是，传统昆曲并不缺乏这样在听众记忆中熟悉、具有很高传唱度的曲牌。

我们应该利用好如【皂罗袍】（原来姹紫嫣红开遍）、【步步娇】（袅晴丝吹来闲庭院）这样一大批在艺术上已经达到极高水平、在观众群体中也有熟悉感的曲牌旋律，直接使用它们来进行剧目中曲调的创作，同时注意好字声和旋律的适配关系。这样的昆曲作品一方面可以更好地继承原汁原味的传世曲牌，一方面也便于昆曲的传授与学习，同时能够完美契合听众的音乐期待而获取最大的传播优势，重新恢复昆曲作为曲牌体音乐文学的"定腔传辞"本质。用昆曲最初获得成功传播的优势来复兴昆曲，不但能够传承其外在形式（曲牌体音乐文学）与具体内容（曲牌固定旋律），也传承了整个先秦以来中国古代音乐史的"曲牌重复演唱"传统，能够激发中国人的民族艺术集体记忆，更好地传承优秀的民族文化。

结　语

以往我们对于昆曲发展、兴盛与衰落原因的探索，基本集中在昆曲本身的艺术性质、作家曲家的创作表演活动以及朝廷政策、社会观剧好尚等方面，几乎没有研究从大众传播学或社会心理学的视角入手分析昆曲传播性前高后低的原因。事实上，这些理论中，存在具有实验数据支撑的、非常坚实的理论依据，可以为昆曲的兴衰现象提供合理的解释。在昆曲发展和兴盛的初期，曲调的实际演唱还能坚持"曲牌体艺术"的根本形式，即同一支曲牌使用固定的旋律反复套唱不同的文辞。这种定腔重复的表现形式，完全符合社会心理学对"曝光效应"的阐述，也符合大众传播的"累积性"原则，更加符合音乐心理学中论述的听众对于内隐习得的乐句旋律的"图式性期待"。同时，这种定腔重复的曲牌体艺术，已经在从先秦时期至清末的诗经、乐府、唐宋词、南北曲、时调小曲、板腔体戏曲的次第兴盛中得到了一次又一次的实践证明。而清中后期昆曲的式微，也正是因为"依字行腔"改革带来的旋律变异，使得昆曲在传播中失去了熟悉曲调的重复演唱，也就失去了最初的传播力。

现代昆曲的创作和传播，经历了很多有益的尝试与改革，但也抛弃了很多优秀传统。最为可惜的就是剧作家、作曲家在创作中对"曲牌"的忽略。相当多的填曲人和谱曲人并不能坚持曲牌的定腔格律，甚至连字句格都随意发挥。这使得当今昆曲的绝大多数曲调都成为一首全新的、以西方音乐作曲思维展开创作的、带有大量昆曲旋律片段的"昆味歌曲"。而且，这些旋律片段和字声腔格也并不能遵守"依字行腔"的规则进行和谐搭配。所以，如果我们想要更好地发扬传统昆曲艺术精华，不妨返本溯源，找到昆曲最初为天下所宗时的传播优势——"曲牌重复性曝光"，利用现存折子戏中一批已经获得观众熟悉、认可与喜爱的曲牌旋律进行创作，在一次又一次的演出中加固、重构观众记忆中的昆曲音乐期待，使昆曲获得其最初的旺盛生命力。当然，继承曲牌体并不代表胶柱鼓瑟、全无创新，我们完全可以在使用旧有精品曲牌的过程中加入符合昆曲"文乐和谐"规范的新曲牌——因为曲牌体音乐文学在古代也一直延续着吸纳民间新鲜流行歌曲的传统。这样在传承中创新，在创新中传承，以传统曲牌的传播力带动与创造新曲牌的传播力，才是新时代昆曲艺术的振兴之道。

（刘芳　南京师范大学中国文化与国际传播研究所副研究员

方嘉　南京大学新闻与传播学院博士研究生）

从"道"到"道情"*

——道情来源新议

陈　芳

引　言

　　俗文学研究中，"道情"被指为道教徒宣传道教教义时的说唱表演。有关道情的起源，主要分为两派，一派认为道情与道教相关，是道教募化时所唱歌曲，源于唐代的道曲或宋代的"步虚词"。李家瑞最早论及道情，他认为道情是道士化缘时所唱的一种歌曲，来源不可考。[①]陈汝衡则认为道情与唐高宗时乐工所制敬祀教主的"道调"有血缘关系。[②]叶德均进一步指出："道情本是道士所唱的宣传、歌颂道教或道家思想的乐曲。唐代已有'九真''承天'等道曲及募

---

*　本文为国家社会科学基金中国文学重点项目"道情艺术源流研究"（项目编号：22AZW012）、高校古委会项目"《道情鼓子词》整理研究"（2213）阶段性成果。

①　参见李家瑞《唱道情》，载王秋桂编《李家瑞先生通俗文学论文集》，台湾学生书局 1982 年版，第 55 页、第 56 页。
②　参见陈汝衡《说书史话》，作家出版社 1958 年版，第 245 页。

化的道情。"① 其后，不少研究者与叶氏持相同观点，如武艺民以为道情是从属于道教的艺术，为宣传教义和争取信众而作②；詹石窗认为道情来源于仙歌道曲，不同于一般道曲之处在于其可以离开道教的斋醮法事仪式，独立演唱。③ 日本学者泽田瑞穗则认为道情是以宋代"步虚词"为基础发展起来的。④ 另一派则认为道情大致产生于唐代，与道教并无确定关系，具体来源尚不清楚。如孙福轩《"道情"考释》指出道情的产生应以不同的类型体制为准则，作为一种说唱形式的曲辞道情应是从唐代开始的。⑤ 车锡伦认为唐代题为"道情"的文学作品都是诗歌且与道教无关，而唐代后的道情作品形式多样，很难用"道士传道和募化时所唱的歌曲"进行概括。⑥ 江玉祥则认为"就乐曲而言，道情上接道调，而道调又上承道曲，道曲又源于道乐"，但道情艺术则直接源于唐代道情诗。⑦

综上，探讨道情来源的关键在于"道情"一词的定义，即"道情"是否出现伊始即为道教专属概念？抑或是在发展过程中逐渐为道教吸纳，成为"道教"募化的重要方式？笔者以为，想要弄清楚这个问题，还需回到"道情"一词本源，并具体考察其衍变。

一 何谓"道"

"道"本义指行走的道路。《说文解字·辵部》载："道，所行道

---

① 叶德均《宋元明讲唱文学》，古典文学出版社1957年版，第24页。
② 参见武艺民《中国道情艺术概论》，山西古籍出版社1997年版，第15页。
③ 参见詹石窗《道情考论》，《宗教学研究》1996年第4期，第4页、第5页。
④ 参见［日］泽田瑞穗《关于道情》，《中国文学月报》1938年11月第44号，第117页。
⑤ 参见孙福轩《"道情"考释》，《中国道教》2005年第2期，第17页。
⑥ 参见车锡伦《"道情"考》，《戏曲研究》第70辑，文化艺术出版社2006年版，第219页。
⑦ 参见江玉祥《道曲、道情和道情艺术——"道情"说唱艺术探源》，《民间文化论坛》2011年第6期，第44页。

也。从辵，从首，一达谓之道。"① 引申义有"道义、正义"，也可指宇宙的本体及其规律，学术或宗教教义，如：

> 道可道，非常道。——《老子》②
>
> 得道多助，失道寡助。——《孟子·公孙丑下》③
>
> 修道而不贰，则天不能祸。——《荀子·天论》④

任何哲理性思想都可用"道"来描述。儒、释、道三教皆有其道，"皆不能离道以立言"⑤。

佛教初传，借用中原本土原有的"道"的概念，号为浮屠道。《后汉书·襄楷传》云："又闻宫中立黄老、浮屠之祠。此道清虚，贵尚无为，好生恶杀，省欲去奢。"⑥ 佛教的教义也用"道"来指称。《天圣广灯录》卷十五《汝州风穴山延昭禅师》引："梵志死去来，魂魄见阎老。读尽百王书，不兑（免）被搥拷。一称南无佛，皆以成佛道。"⑦《景德传灯录》卷六《越州大珠慧海禅师》："有源律师来问：'和尚修道，还用功否？'师曰：'用功。'"⑧ 其中的"道"指佛教真理正道。

道教之道与道家关联紧密。《道德经》第二十五章曰："有物混成，先天地生，寂兮寥兮，独立不改，周行而不殆，可以为天下母。吾不知其名，字之曰道，强为之名曰大。大曰逝，逝曰远，远曰反。故道大，天大，地大，王亦大。"⑨ 其道超然物外，包罗天地，与佛教之出世、儒家之践实有所不同。《魏书·释老志》曰："道家之原，

---

① 许慎《说文解字》，浙江古籍出版社 2016 年版，第 55 页。
② 王弼注，楼宇烈校释《老子道德经注校释》，中华书局 2008 年版，第 1 页。
③ 孟子著，杨伯峻、杨逢彬注释《孟子》，岳麓书社 2000 年版，第 61 页。
④ 荀子著，祝鸿杰校注《荀子》，浙江古籍出版社 1999 年版，第 153 页。
⑤ 傅勤家《中国道教史》，商务印书馆 2017 年版，第 22 页。
⑥ 范晔撰，李贤等注《后汉书》卷三〇下"襄楷传"，中华书局 1965 年版，第 1082 页。
⑦ 李遵勖辑，朱俊红点校《天圣广灯录》（点校本），海南出版社 2011 年版，第 227 页。
⑧ 道原著，顾宏义译注《景德传灯录译注》，上海书店 2010 年版，第 387 页。
⑨ 王弼注，楼宇烈校释《老子道德经注校释》，第 62~64 页。

出于老子。其自言也，先天地生，以资万类……及张陵受道于鹄鸣，因传天官章本千有二百，弟子相授，其事大行。斋祠跪拜，各成法道……"① 在道家思想的基础上，融合汉代的黄老之术，产生以追求不死不灭为目的的教派，如魏伯阳、葛洪等倡导的服丹炼气之道，寇谦之倡导的符箓之道等，并在后汉固定以"道教"称之。② 其流派众多，有天师道、太平道以及金元时期的全真道、真大道等。

"道"作为一个本土词汇，最初是指宇宙哲理，儒释道三教皆可用"道"来指称。不仅如此，由"道"发展出来的"道人""道士"，最初也并非专指道教徒，而是经历了较长时间的变化，才逐渐为道教徒专用。

"道人"一词，始见于《庄子·秋水》："道人不闻，至德不得。"③ 此处"道人"指有至德之人，与释道并无关系。《汉书》卷七十五《京房传》载："道人始去，寒，涌水为灾。"④ 后有颜师古注曰："道人，有道术之人也。"⑤ 其中的"道人"也并非僧人或道士。西汉董仲舒《春秋繁露》载："古之道士有言曰：将欲无陵，固守一德。"⑥ 此"道士"指有道之士，非僧非道。杨森《略谈佛教徒称"道人"和道教徒称"道人"》已经指出汉代"道人"一词所指"非僧非道"，"道士"则指"方士或有道之士"。⑦

汉末佛教传入，不仅自称浮屠道，也借用中原本土的"道士"，特别是"道人"一词，指称修道的教徒。南朝《高僧传》卷二《译

① 魏收《魏书》卷一一四"释老志"，中华书局1974年版，第3048页。
② 傅勤家指出佛法初传亦称浮屠道，东汉始有鬼道，太平道、天师道，后道士以"道"之名专为己有，谓之道教，儒佛二教亦起而鼎峙矣。参见傅勤家《中国道教史》，第180页。
③ 王先谦集解，方勇导读、整理《庄子》，上海古籍出版社2009年版，第158页。
④ 班固《汉书》卷七十五"京房传"，中华书局1962年版，第3164页。
⑤ 班固《汉书》卷七十五"京房传"，第3165页。
⑥ 苏舆撰，钟哲点校《春秋繁露义证》，中华书局1992年版，第452~453页。
⑦ 杨森《略谈佛教徒称"道人"和道教徒称"道人"》，载郑炳林主编《佛教艺术与文化国际学术研讨会论文集》，三秦出版社2009年版，第282~311页。

经中·鸠摩罗什》载吕光之言："道士之操，不逾先父，何可固辞。"① 此"道士"即鸠摩罗什，是以翻译佛经闻名于世的高僧。《高僧传》卷四《义解一》记载："又有无罗叉比丘，西域道士，稽古多学，乃手执梵本，叔兰译为晋文，称为《放光波若》……"② 其中的"西域道士"指从西域而来的佛教人士无罗叉比丘。《世说新语·假谲》："愍度道人始欲过江，与一伧道人为侣，谋曰：'用旧义在江东，恐不办得食。'便共立心无义。"③ 愍度道人即支愍度，晋代高僧，创"心无义"说。《南齐书·谢超宗传》："超宗元嘉末得还。与慧休道人来往……"④ 其中的慧休亦为僧人。这一时期及其后一段时间，有不少称僧徒为道人的例子，兹不赘述。

唐代宗密《盂兰盆经疏》言"佛教初传此方，呼僧为道士"⑤，宋人叶梦得《避暑录话》载："晋宋间佛学初行，其徒犹未有僧称，通曰道人……"⑥ 在佛教初传之际，借用在中土业已流行的泛指修道守德之人的"道人""道士"来称呼僧徒，确为事实。

钟少异认为"唐宋以后，道士、道人也就成了道家的专用名称"⑦，此说有不妥。唐代后，"道士"用于僧人的称呼逐渐减少，而"道人"用于称呼僧徒，唐以后仍未尽废。李白《送通禅师还南陵隐静寺》："道人制猛虎，振锡还孤峰。"⑧ 其中的"道人"指隐静寺通

---

① 释慧皎撰，汤用彤校注，汤一玄整理《高僧传》，中华书局1992年版，第50页。
② 释慧皎撰，汤用彤校注，汤一玄整理《高僧传》，第146页。
③ 刘义庆撰，刘孝标注《世说新语》卷下之下"假谲第二十七"，上海古籍出版社1982年版，第447页。
④ 萧子显《南齐书》卷三十六"谢超宗传"，中华书局1972年版，第635页。
⑤ 宗密述《盂兰盆经疏》，载《永乐北藏》第175册，线装书局2008年版，第82页。
⑥ 叶梦得撰，田松青、徐时仪校点《石林燕语　避暑录话》，上海古籍出版社2012年版，第155页。
⑦ 钟少异《道士、道人考》，《中国史研究》1995年第1期，第114页。
⑧ 李白《送通禅师还南陵隐静寺》，载中华书局编辑部点校《全唐诗（增订本）》卷一七七，中华书局1999年版，第1809页。

禅师。柳宗元《晨诣超师院读禅经》曰："道人庭宇静，苔色连深竹。"① 此"道人"即与柳宗元一起读禅经的超师。《宋史·王彦超传》记载："会明宗即位，继岌遇害，左右遁去，彦超乃依凤翔重云山僧舍晖道人为徒。"② 此处舍晖道人也是僧徒。《宋史·何时传》记载何时收复崇仁县兵败后"削发为僧，窜迹岭南，卖卜自给，变姓名，自号坚白道人"③。何时削发为僧，而自号坚白道人，可见宋时僧亦可称为道人。

直至清代，以道士、道人称呼僧徒仍偶有发生。清代昭梿《啸亭杂录·王树勋》载："松公故喜佛法，树勋投其意指，公大赏鉴，因命易装为道士。"④ 其中松公喜佛法，故易装为道士，亦即僧徒。⑤

由上，"道人""道士"不仅指道教徒，也可指佛教徒。因此，很难直接将"道情"中的"道"与道教或道教徒挂钩。在进一步翻检资料中，笔者发现"道情"一词，在产生初期，指不同于世俗的情感，并不专指道教哲理。⑥

---

① 柳宗元《晨诣超师院读禅经》，载中华书局编辑部点校《全唐诗（增订本）》卷三五一，第 3940 页。

② 脱脱等《宋史》卷二五五"王彦超传"，中华书局 1977 年版，第 8910 页。

③ 脱脱等《宋史》卷四五四"何时传"，第 13355～13356 页。

④ 昭梿撰，何英芳点校《啸亭杂录》卷八，中华书局 1997 年版，第 236 页。

⑤ 今天虽然一般人不会再称佛教徒为"道士"，但称"道人"的现象却依然存在。如南怀瑾的《彻夜读〈续指月录〉竟》："四百年来访道人，已无一法可留心。自从只履西归后，回首灵山云更深。"（参见南怀瑾著述《金粟轩纪年诗初集》，复旦大学出版社 2017 年版，第 156 页）此诗中的"道人"即指南怀瑾的老师袁焕仙居士。

⑥ "道情"一词，也可用作动宾结构，讲述情感之意。《三国志·魏书》卷一三"钟繇传"所附注释提及《魏略》记载钟繇回复太子的书信曰："臣同郡故司空荀爽言：'人当道情，爱我者一何可爱。憎我者一何可憎。'顾念孙权，了更妩媚。"（陈寿撰，陈乃乾校点《三国志》，中华书局 1964 年版，第 396 页）黄裳《澶州讲易序》："圣人以礼道法，以诗道情，以书道事。"（参见黄裳《演山先生文集》卷二十二，载四川大学古籍所编《宋集珍本丛刊》第 24 册，线装书局 2004 年版，第 800 页）其中的"道"当为动词，言、说之意。

二　从"道"到"道情"

"道情"一词，最早见于《汉书》卷六十七"杨胡朱梅云传"：
"且夫死者，终生之化，而物之归者也。归者得至，化者得变，是物
各反其真也。反真冥冥。亡形亡声，乃合道情。"① 此处杨王孙遗令
其子，欲行裸葬，遭到朋友及儿子的反对，故有此言。初看，很容易
将其理解为道义、情理②，但此传卷首有"杨王孙者，孝武时人也。
学黄老之术，家业千金，厚自奉养生，亡所不致"③，杨王孙信奉
"黄老之术"，其"道情"与黄老之道有关。

刘孝标注《世说新语》"汰法师云'六通''三明'同归，正异
名耳"条，引《安法师传》："竺法汰者，体器弘简，道情冥到。"④
当指汰法师精通佛理。顾齐之《一切藏经音义序》："上座明秀寺主
契元、都维那玄测，皆精悫真乘，护持圣典，文华璀璨，经论弘赡，
或道情深远，独得玄珠；或律行清高，孤标戒月。"⑤ 其中的"道情"
与佛教有关。谢灵运《述祖德诗二首》有"拯溺由道情，龛暴资神
理"⑥，此处化用《孟子·离娄章上》"天下溺，援之以道"⑦，"道
情"指儒家拯救苍生于水火的道德。

"道情"概念初始，兼指黄老、儒、释之道，并未偏指一隅。其
真正较为频繁出现，约在唐代。刘蓉认为道情在魏晋始产生，指与世
俗人情相对应的玄远脱俗之情，唐代后为道教徒专擅，成为道家弘道

---

① 班固《汉书》卷六十七"杨胡朱梅云传"，第 2908 页。
② 张正学在论及"道情"的研究中即作此解释。参见张正学《中国古代俗文学文体
　形态研究》，四川人民出版社 2017 年版，第 508 页。
③ 班固《汉书》卷六十七"杨胡朱梅云传"，第 2907 页。
④ 刘义庆撰，刘孝标注《世说新语》卷上之下"文学第四"，第 138 页。
⑤ 顾齐之《一切藏经音义序》，载释慧琳、释希麟《正续一切经音义附索引两种》
　第 1 册，上海古籍出版社 1986 年版，第 22 页。
⑥ 谢灵运著，殷石臞选注《谢灵运诗》，商务印书馆 1935 年版，第 3 页。
⑦ 孟子著，杨伯峻、杨逢彬注释《孟子》，第 129 页。

宣教的一种形式。① 其说有不妥，汉代已有"道情"，且"道情"在唐人笔下，并非特指道教内容，只要抒写人生见解、哲理情怀的，均可称为道情。

据笔者初步收集，唐宋时人诗文集中明确提及"道情"有140余处，其内涵主要涉及三个方面：普遍性的哲理情怀、佛教出世的向往以及道教修炼的倾慕。其中与佛教有关，表达浮生若幻、远离世俗的作品最多，有64篇。如刘眘虚《登庐山峰顶寺》："方首金门路，未遑参道情。"② 张祜《题润州鹤林寺》："古寺名僧多异时，道情虚遣俗情悲。"③ 此二诗或登临庐山峰顶寺有感，或题润州鹤林寺，所提"道情"与佛教哲理有关。不少佛教徒的诗作中常提及道情，如皎然《奉陪陆使君长源诸公游支硎寺》："尝览高逸传，山僧有遗踪。……灵境若可托，道情知所从。"④ 其中的支硎寺即支公学道处。宋尧峰山僧、释怀深《尧峰院山居十咏》之《清辉轩》："湛湛平湖浸月明，渔歌吹断晓风清。坏衣蒙顶跏趺坐，不称诗情称道情。"⑤ 其中的道情为佛教徒修炼之感悟。

此外，亦有直接题为"道情"之作，如白居易的《岁暮道情二首》：

壮日苦曾惊岁月，长年都不惜光阴。为学空门平等法，先齐老少死生心。

半故青衫半白头，雪风吹面上江楼。禅功自见无人觉，

---

① 参见刘蓉《德才性情之辨——兼论道情产生的思想渊源》，《延安大学学报》（社会科学版）2017年第5期，第34页。

② 刘眘虚《登庐山峰顶寺》，载中华书局编辑部点校《全唐诗（增订本）》卷二五六，第2862页。

③ 张祜《题润州鹤林寺》，载中华书局编辑部点校《全唐诗（增订本）》卷五一一，第5886页。

④ 皎然《奉陪陆使君长源诸公游支硎寺》，载中华书局编辑部点校《全唐诗（增订本）》卷八一七，第9282页。

⑤ 厉鹗辑撰《宋诗纪事》第4册，上海古籍出版社2013年版，第2238页。

合是愁时亦不愁。①

诗僧贯休也有题为"道情"的《道情偈》和《道情偈三首》：

草木亦有性，与我将不别。我若似草木，成道无时节。

世人不会道，向道却嗔道。伤嗟此辈人，宝山不得宝。②

崆峒老人专一一，黄梅真叟却无无。独坐松根石头上，

四溟无限月轮孤。

非色非空非不空，空中真色不玲珑。可怜卢大担柴者，

拾得骊珠橐籥中。

优钵罗花万劫春，频犁田地绝纤尘。道吾道者相招好，

不是香林采叶人。③

诗僧王梵志有诗："我昔未生时，冥冥无所知。天公强生我，生我复何为？无衣使我寒，无食使我饥。还你天公我，还我未生时。"④ 其诗通俗易懂，表达对"生"之厌恶，与道教追求长生恰好相反。皎然《诗式·骇俗》称梵志此诗为《道情诗》，并评价"其道如楚有接舆，鲁有原壤，外示惊俗之貌，内藏达人之度"⑤，皎然将王梵志的诗归为"道情诗"，当是唐人眼中抒发佛教超脱、尘世虚幻的道情之作即是道情诗。

与普遍性哲理情怀有关的诗作数量次之，有 48 篇，如唐人李频《长安书事寄所知》"帝里本无名，端居有道情"⑥，张籍《春日李舍

---

① 白居易《岁暮道情二首》，载中华书局编辑部点校《全唐诗（增订本）》卷四三八，第 4890 页。

② 贯休《道情偈》，载中华书局编辑部点校《全唐诗（增订本）》卷八二八，第 9418 页。

③ 贯休《道情偈三首》，载中华书局编辑部点校《全唐诗（增订本）》卷八三五，第 9486~9487 页。

④ 王梵志著，项楚校注《王梵志诗校注》，上海古籍出版社 1991 年版，第 729 页。

⑤ 释皎然著，周维德校注《诗式校注》，浙江古籍出版社 1993 年版，第 27 页。

⑥ 李频《长安书事寄所知》，载中华书局编辑部点校《全唐诗（增订本）》卷五八八，第 6879 页。

人宅见两省诸公唱和因书情即事》"官闲人事少，年长道情多"①，宋人徐集孙《月夜泛湖》中的"一襟风露清吟骨，四望湖山见道情"②等，皆传递出诗人淡泊名利，爱慕自然的乐道之情。

"道情"所指为道教修炼之道的作品相对较少，仅29篇。如刘得仁《赠敬晊助教二首》之一：

> 到来常听说清虚，手把玄元七字书。仙籍不知名姓有，
> 道情惟见往来疏。已能绝粒无饥色，早晚休官买隐居。便欲
> 去随为弟子，片云孤鹤可相于。③

韦应物《酬阎员外陟》：

> 寒夜阻良觌，丛竹想幽居。虎符予已误，金丹子何如。
> 宴集观农暇，笙歌听讼馀。虽蒙一言教，自愧道情疏。④

以上诗词中所提及之"道情"，多与道教之求仙问药、白日飞升关联密切，其所述之道可称为道教之道情。

敦煌所发现的斯坦因5648号文书中，有一首题为"道情"，如下：

> 鹤辞林去羽初成，休向人间取次鸣。透出碧霄云外叫，
> 直交天下总闻声。⑤

游佐昇认为这首诗前后写有佛教色彩很浓的诗篇，出于佛教徒之手更合理。⑥ 但诗中"鹤辞林去"当为王子乔成仙的典故，道教也常用

---

① 张籍《春日李舍人宅见两省诸公唱和因书情即事》，载中华书局编辑部点校《全唐诗（增订本）》卷三八四，第4329页。

② 徐集孙《月夜泛湖》，载北京大学古文献研究所编《全宋诗》卷三三九〇，北京大学出版社1998年版，第40341页。

③ 刘得仁《赠敬晊助教二首》，载中华书局编辑部点校《全唐诗（增订本）》卷五四五，第6350页。

④ 韦应物《酬阎员外陟》，载中华书局编辑部点校《全唐诗（增订本）》卷一九〇，第1960页。

⑤ 黄永武主编《敦煌宝藏》第44册，台湾新文丰出版股份有限公司1986年版，第166页。

⑥ ［日］游佐昇《道教和文学》，［日］福井康顺等监修，朱越利等译，耿欣校《道教》第2卷，上海古籍出版社1992年版，第289页。

"鹤"这一意象，故此诗当是较早以道情命名，且内容也与道教相关的诗作。

唐人论及诗歌类型的理论之作，已有对"道情"的阐释。皎然《诗式》卷一《诗有四离》："虽有道情，而离深僻。虽欲经史，而离书生。虽尚高逸，而离迂远。虽欲飞动，而离轻浮。"① 皎然是方外僧人，其中的"道情"与"深僻"相对应，联系皎然将王梵志诗称为"道情诗"，可见其"道情"当为佛理禅意，而非普通的世俗情感。释齐己《风骚诗格·诗有四十门》："一曰皇道 诗云：明堂坐天子，月朔朝诸侯。……六曰道情 诗云：谁来看山寺，自是扫松门。……十三曰世情 诗云：要路争先进，闲门肯暂过。……十六曰薄情 诗云：君恩秋后薄，日夕向人疏。"② "道情""世情""薄情"分列并举，而"道情"之代表为《居道林寺书怀》"谁来看山寺，自要扫松门"③，可知在作者眼中，与佛教相关的作品才能算"道情"之作，其中之道自然指佛教义理。

宋人论诗，亦提及"道情"。宋魏庆之《诗人玉屑》卷五归纳"十易"，其中有"气高而易怒，力劲而易露，情多而易暗，才赡而易疏，道情而易僻"④。"十易"中既指出"情多易暗"，又指出"道情易僻"，意在表明道情与一般的世俗情感有所不同。《百菊集谱》辑录前人咏菊之诗，其《续集句诗》收宋人史铸集前人诗句而成的咏菊诗，其中一联为"世人若觅长生药，百草枯时始见花"⑤，"世人若觅长生药"下注有"《古道情诗》，下句'只这灰心是大还'"，说明宋人眼中求仙问道之诗即为古人所言"道情诗"。

① 释皎然著，周维德校注《诗式校注》，第9页。
② 释齐己《风骚诗格·诗有四十门》，载丁福保辑《历代诗话续编》，中华书局1983年版，第108~109页。
③ 释齐己《居道林寺书怀》，载中华书局编辑部点校《全唐诗（增订本）》卷八三八，第9526页。
④ 魏庆之著，王仲闻点校《诗人玉屑》卷五，中华书局2007年版，第150页。
⑤ 史铸《百菊集谱》，中国书店2018年版，第285页。

由上，"道情"是一种广义的道义哲理，既指儒家之道义，亦可指释、道之情理，这与前文提到"道"可指儒释道各自之义理相契合。唐宋之际，"道情"逐渐成为文学创作的主题，出现了"道情"题材的"道情诗"，以抒发佛教超脱尘世的洒脱顿悟之感或对道教求丹飞升之倾慕为主要内容。此时的道情诗，尚非道教所独有，而是佛、道兼备。

三 唱导与唱道情

上文论述"道情"在唐宋诗作中兼指释道之情理，不仅如此，早在道教"唱道情"的活动盛行于大街小巷之时，佛教已有"唱道情""唱道歌"宣教的活动。

南北朝时期，佛教已有"唱导讲经"。梁慧皎（497—554）《高僧传》卷一三云："唱导者，盖以宣唱法理，开导众心也。昔佛法初传，于时齐集，止宣唱佛名，依文致礼。至中宵疲极，事资启悟，乃别请宿德，升座说法。或杂序因缘，或傍引譬喻。其后庐山释慧远，道业贞华，风才秀发。每至斋集，辄自升高座，躬为导首。先明三世因果，却辩一斋大意，后代传受，遂成永则。"[1]

"唱导"也作"唱道"，如敦煌文书之 P.3330《唱道文一本》、P.3334《声闻唱道文》、S.5660va《菩萨唱导文》、S.6417c《自恣唱道文》。[2]《大目乾连冥间救母变文》记阿鼻地狱云："一向须臾千过死，于时唱道却回生。"[3] 此时佛教之讲经，已称为"唱道"。敦煌变文《佛说观弥勒菩萨上生兜率天经讲经文》："此时天上解修行，盖为从前习性成。男见女时如见妹，女逢男处似逢兄。兔于花下生他

---

① 释慧皎撰，汤用彤校注，汤一玄整理《高僧传》，第521页。
② 参见李小荣《敦煌变文》，甘肃教育出版社2013年版，第89页。
③ 《大目乾连冥间救母变文》，载黄征、张涌泉校注《敦煌变文校注》，中华书局1997年版，第1033页。

意，唯向云间畅道情。欲乐既能无所染，自然知足得其名。"① 由"唱道"已然发展出"畅道情"，其"道情"必然更为通俗易懂。《宋高僧传》卷二二《大宋天台山智者禅院行满传十二》说："满多作偈颂以唱道焉。"② 可见行满所唱内容多为偈颂。

成书于北宋的《景德传灯录》明确以"唱道情"指称禅僧唱道讲经之活动，卷二十三《襄州洞山守初大师》传云："襄州洞山守初崇慧大师，初参云门，云门问：'近离什么处？'师曰：'楂度。'云门曰：'夏在甚处？'师曰：'湖南。'……问：'师登师子坐（座），请师唱道情。'师曰：'晴千开水道，无事设曹司。'曰：'恁么即谢师指示。'师曰：'卖鞋老婆脚趿趀。'"③《古尊宿语录》卷三十八《襄州洞山第二代初禅师语录》亦有僧问："师登文殊座，请师唱道情。"④ 可知在北宋以前，佛教就已有"唱道情"的讲经形式，并已载入佛教典籍，其形式较南北朝讲经唱导更为通俗易懂。

相较于"唱道情"的不断俗化，佛教徒行乞唱道歌的活动更为通俗，其面向受众以普通民众为主。《指月录》卷二记载唐天宝年间的懒残和尚有《乐道歌》曰：

> 兀然无事无改换，无事何须论一段。直心无散乱，他事不须断。过去已过去，未来犹莫算。兀然无事坐，何曾有人唤。向外觅工夫，总是痴顽汉。……饥来吃饭，困来即眠。愚人笑我，智乃知焉。不是痴钝，本体如然。要去即去，要住即住。身披一破衲，脚着娘生裤。多言复多语，由来反相误。⑤

既是"歌"体，当可随口歌唱，整首歌明白晓畅，传达出人生无常，

---

① 《佛说观弥勒菩萨上生兜率天经讲经文》，载黄征、张涌泉校注《敦煌变文校注》，第 963 页。
② 赞宁撰，范祥雍点校《宋高僧传》，上海古籍出版社 2014 年版，第 523 页。
③ 道原著，顾宏义译注《景德传灯录译注》，第 1741 页、第 1743 页。
④ 赜藏主编《古尊宿语录》，上海古籍出版社 1991 年版，第 447 页。
⑤ 瞿汝稷编撰，德贤、侯剑整理《指月录》（上），巴蜀书社 2017 年版，第 39 页。

毋为世俗财货所羁绊之感，与后世道徒"唱道情"所表达的意蕴相差无几。

"明州奉化县布袋和尚"也提及布袋和尚行乞时唱道歌，言："只个心心心是佛，十方世界最灵物。纵横妙用可怜生，一切不如心真实。腾腾自在无所为，闲闲究竟出家儿。若睹目前真大道，不见纤毫也大奇。……人能弘道道分明，无量清高称道情。"① 布袋和尚是唐末五代之人，其所唱之歌系宣扬佛教义理之作。这体现出佛教传教过程中不断俗化、向下渗透的发展趋势。其传教活动由讲经唱导/唱道—唱道情—唱道歌，这一过程所传递的教义也越发通俗易懂，更为普罗大众所认可。而佛教唱道歌的活动很可能直接为金元之际的全真教吸纳，成为道教徒唱道情的直接源头。②

金末至元中期形成的《自然集》（收入《道藏》）所收录的散曲里，有一首明确提及道士在街头寻求布施并唱道情：

> 撇了是和非，掉了争和斗，把俺这心猿意马牢收。我则待舞西风，两叶宽袍袖，看日月搬昏昼。千家饭足可求，百衲衣不害羞。问是么破设设遮着皮肉，傲人间伯子公侯。我则待闲遥遥唱个道情，醉醺醺的打个稽首，抄化圣汤仙酒，藜杖瓢钵，便是俺的行头。我则待今朝有酒今朝醉，明日无钱明日求，到大来散袒无忧。③

---

① 瞿汝稷编撰，德贤、侯剑整理《指月录》（上），第36页。

② 值得注意的是，在讲经变文中，四言与六言偈，以及"三、三、七、七、七"句式，都极为常见。（参见李小荣《敦煌变文》，第123页）而后世道情常用的【耍孩儿】曲即为"三、三、三、三、七、七、七、七、七"句式，以三言与七言组合而成。此外，燕南芝庵《唱论》："凡唱曲之门户，有：小唱、寸唱、慢唱、坛唱、步虚、道情、撒炼、带烦、瓢叫。"（参见中国戏曲研究院编《中国古典戏曲论著集成（一）》，第160页）可知"步虚"和"道情"当为两种不同的唱法，很难说"道情"由"步虚"发展而来。南北朝时，庾信曾作十首与道教相关的诗歌作品"步虚词"，多描述道徒修炼活动，传达出对问药飞升的向往，与后世俗文学中的道情相去甚远。

③ 《道藏》第25册，上海书店、文物出版社、天津古籍出版社1994年版，第496页。

行乞本不是道教创立初始的宗教习俗，《太平经》有"四毁之行"，其中一条就是"行为乞者"①。唱道情与道教密切地结合为一体的过程中，与全真教的云游行乞之风有密切关联。全真教建立初，为了吸纳道众，采用"三教合一"的思想，云游募化以扩大教众辐射面，增加经济收益。在云游之际，借鉴佛教徒已有的唱道歌之习，遂成一种风尚，并成为后世道徒及世俗唱道情之始，此问题笔者拟另作他文详述。

余　论

纵观"道"的起源，最初仅指广泛的哲理或情理，兼指儒、释、道三教之"道"。在"道"的基础上产生的"道情"，其首次出现与黄老之术有关，后为三教共有。隋唐时期，"道情"成为文人士大夫广泛吟咏的主题，且出现了直接以"道情"命名的诗作，这一时期的"道情诗"在内容上已接近后世文人道情。同时，我们也可以看到，"唱道情"最初并非道教专有，佛家讲经宣教之"唱导"亦称为"唱道"，在发展中，内容逐渐通俗，形式逐渐多样，至迟在北宋前夕已有称为"唱道情"的讲经活动。

正是因为"道情""唱道情"概念的多样性，才使得后人在讨论"道情"来源时产生诸多争议。作为一种广义的"道情"，最早起源于唐代的"道情诗"，其内容多抒发慕道之慨，也为后世说"唱道情"奠定了基调。作为说唱艺术的"唱道情"，最初也可用于指称佛教的讲经唱道活动，并非专指道教徒的唱道情，其与道教产生紧密联系是受到全真道的影响。

另外，宋代以来民间说唱道情沿着"唱道"和俗讲广泛流行的同时，也与文人、道士的道歌、道情诗、佛教的宝卷分道扬镳。民间

---

① 《道藏》第 24 册，第 588 页。

艺人或撂地做场，或沿门卖唱，演唱道教或世俗故事，为广大群众喜闻乐见。明代后期开始，随着戏曲的普及，道情也从曲艺蜕变为唱念当地方言的皮影戏或真人演出的戏剧，如太康道情戏、沾化渔鼓戏、蓝关戏、八仙戏、洪洞道情戏、晋北道情戏、环县道情皮影等。

（陈芳　中山大学中国语言文学系博士研究生）

戏舞雪域

——多元文化视野中的藏戏艺术推广研讨会纪要

王金武整理

2023 年 6 月 2 日上午，在北京中国工艺美术馆·中国非物质文化遗产馆举行"戏舞雪域——多元文化视野中的藏戏艺术推广研讨会"，研讨会是"遇见非遗"系列活动之一，也是中国艺术研究院基本科研业务费资助项目"藏戏艺术体系研究"的组成部分。中国艺术研究院戏曲研究所所长王馗研究员主持会议。娘热民间艺术团受邀在现场展演藏戏开场温巴顿、堆谐、囊玛等藏族艺术，西藏藏剧团副团长米玛普赤、娘热民间艺术团团长米玛详细介绍剧团发展和展演节目的相关情况，田青、苏发祥、干木滚、麻国钧、李悦、顾春芳、毛小雨等学者参加研讨会并发言。

王馗所长指出，藏戏是中国古典戏剧重要的组成内容，也是历史悠久的少数民族艺术，并于 2009 年列入人类非物质文化遗产代表作名录。在藏戏为世界所共享的今天，它的文化价值、艺术价值应在更高的平台上、更大的范围内得到推广。这些年来，中国艺术研究院戏曲研究所编撰了《民族瑰宝——中国少数民族戏曲优秀剧目百种》，汇集中国 30 多个少数民族剧种，选入新中国成立以来传承创作的 100种优秀剧目，以期在多元一体、和而不同的理念之下，在铸牢中华民族共同体意识的指导之下，推进中国少数民族戏曲的传承保护；同时戏曲研究所还开展了中国艺术研究院基本科研业务费资助项目"藏戏艺术体系研究"，期望荟萃西藏、青海、四川、甘肃等地的藏戏研究者，共同提振藏戏艺术的传承保护。今天从海拔 3650 米的雪域高原拉萨，迎来了久负盛名的娘热民间艺术团，它传承着历史悠久的藏戏艺术，以及囊玛、堆谐等国家级非物质文化遗产项目。通过他们的艺术展示以及嘉宾的学术互动，可以让我们更加了解这一神秘的戏剧和藏族的文化传统。

中国艺术研究院戏曲研究所李悦研究员介绍说，中国艺术研究院戏曲研究所对少数民族戏曲，尤其是藏族戏曲的研究是持之以恒的，特别是 21 世纪以后，做了很多工作。2003 年，中国艺术研究院与西藏自治区文化厅在拉萨主办的"2003 年全国藏戏发展学术研讨会"，是新世纪以来召开的首次全国藏戏学术研讨会，《西藏艺术研究》做了相关报道。2005 年，戏曲研究所组织编撰《中国当代戏曲史》，将以藏戏为首的少数民族戏曲纳入了史著。2007 年，由时任中国艺术研究院院长王文章担任主编，刘文峰、李悦担任副主编共同编撰了《中国少数民族戏曲剧种发展史》。该书集结了全国少数民族戏曲研究专家，系统介绍、研究了各省区的少数民族戏曲。2009 年，刘文峰、李悦接受中国艺术研究院委派，协同西藏自治区文化厅参与藏戏申报联合国教科文组织人类非物质文化遗产代表作，负责文本撰写、音频资料汇编等工作，最终藏戏"申遗"成功。2011 年，戏曲研究所编撰《中国近代戏曲史》，专章探讨了少数民族戏曲。近年来，戏曲研究所组织的《民族瑰宝——中国少数民族戏曲优秀剧目百种》

《藏戏艺术体系研究》等项目也在不断推进。

李悦认为，藏戏是一种比较特殊的少数民族戏曲。从时间上看，藏戏形成于 14 世纪至 15 世纪，是中国最古老的少数民族戏曲之一。从空间上看，藏戏流布于西藏、青海、甘肃、四川、云南五个省、自治区，是流布最为广泛的少数民族戏曲。从非物质文化遗产的角度说，藏戏是我国第一批纳入国家级非物质文化遗产的少数民族戏曲，也是唯一纳入人类非物质文化遗产代表作的少数民族戏曲。从剧团上来说，藏戏也是拥有专业剧团与业余剧团最多的少数民族戏曲。此外，藏戏还是在"全国少数民族文艺会演"和"中国少数民族戏剧会演"中参演、获奖最多的少数民族戏曲。他强调，藏戏固有的文化传统必须要坚守。藏戏是在藏族的歌舞、说唱艺术基础上发展而来的，藏族古老的历史、音乐、舞蹈、诗歌、说唱等文化因素都为藏戏所吸收、借鉴，成为藏戏艺术不可或缺的组成部分。比如藏戏戏师讲解剧情、演员轮流表演的形式受到了《格萨尔王传》集体说唱的影响；伴奏乐器一钹一鼓，则源于藏族的苯教和佛教；藏戏表演的唱、舞、韵、白、表、技六技是对传统艺术的归纳和总结。这些古老而独特、自由而规范的藏族传统艺术，既是藏戏传承经久不衰的宝贵文化遗产，也是其安身立命的根本大计。必须要坚持维护、发扬光大，而不能在创新的口号下，丢弃自己的本色，趋同于其他艺术品类。藏戏还需遵循特殊文化空间所给予的艺术规范。藏族是一个全民信奉藏传佛教的民族，藏族人民在演戏与观戏时，会表现出无限崇敬神佛的思想情感。在藏族观众看来，看戏具有娱乐与宗教的双重性质。参与民族和宗教活动是藏戏社会功能的体现，也是其生存的必经之路。

中央民族大学藏学研究院干木滚教授在发言中谈道，藏戏构成了自己家庭和民族的文化背景。父母曾对他讲，看藏戏不能玩耍交谈。藏戏不但要看，还要心静，心静才可以养生。中国是多民族国家，每个民族各有其特色和文化，藏戏便体现了藏族文化的鲜明特色。唐东杰布作为藏戏的祖师、发明者，贯穿于整个演出中，体现了藏戏的历代承传与对唐东杰布的景仰。唐东杰布有七个化身，无论是建桥还是行医，都将自己的一生奉献给了人民群众，这源于他高超的思想觉悟。娘热民间艺术团传承发展藏戏的历史让人感动，米玛团长三代人对藏戏的坚守，保存了国家与民族的优秀艺术。同时，也感谢中国艺术研究院戏曲研究所对藏戏申报"非遗"与学术研究的推动。

干木滚赞同李悦研究员的看法，藏戏独有的特色一定要继承。发展与继承两者并不矛盾。现在，藏戏发展也遇到了一些问题，如资金不足、人才匮乏等。藏戏中走姿、脚步等细微表演都体现了艺术的传承，要谨防失传。娘热民间艺术团的洛桑戏师一人掌握了"八大藏戏"，应考虑是否有继承人接续这一难度极高的角色。藏戏的理论研究和实践研究还需持续推进。藏戏现有153个剧团，但学术研究却比较欠缺，藏戏研究中的一些论题尚有待梳理。值得思考的是，国家层面的戏曲研究所与各地方研究机构、学者应如何协同合作，以共同发扬藏戏这一中华民族的优秀文化。

北京大学艺术学院顾春芳教授认为，唯有了解藏戏的根本美学特征与艺术本体，才能在不破坏的基础上加以保护。藏戏的美学特性表现为以下几个方面。第一是宗教性。除在欧洲中世纪盛行的宗教剧之外，藏戏是唯一一个与宗教关系如此长久而又密切的演剧体系，而且现在依然呈现出活态的演出形态。第二是地域性。目前藏戏的四大流派分布在不同地区，地域性显著。藏戏与20世纪出现的环境戏剧有相似之处，演出场所往往设在田间地头之类的自然环境中，这也构成了藏戏的独特性。第三是仪式性。这首先表现为藏戏艺术形式自身具有的仪式性。从藏戏史来看，其仪式性的独特之处还在于藏戏呈现了宗教剧古老质朴的神秘气息。藏戏体现了宗教、政治与人民的互动，具有质朴与神秘、庄严与自由相结合的演出风格。第四是全民性。藏戏演出依托于雪顿节之类的节日庆典，使宗教的仪式和世俗的仪式进一步融合。藏戏艺术与宗教寺庙关系密切，有着世俗和宗教结合、现实与超越并存的呈现形态。第五是人文性。藏戏虽然植根于宗教土壤，却在神圣仪式中体现出世俗性的追求，比如爱情、亲情、智慧、美德、正义与幸福等，使这一古老剧种拥有了人文品格。藏戏既是古老的，又是年轻的，它几乎诠释了20世纪以来，包括环境戏剧、生态戏剧在内的现代戏剧观念。

顾春芳指出，决定藏戏发展脉络的力量实际上是不确定的，藏戏处于国家、宗教、民间、个人以及商业经济等多种因素的互动结构中。藏戏最初诞生于民间，又依托于贵族、宗教，它的发展得益于社会的安定繁荣，在最艰难的危急时刻，又会有个人的坚守来延续薪火。总而言之，戏剧是国家气象的反映，现今国力是影响藏戏的绝对力量。商品经济与大众文化的越发强势，使人类非遗面临新的挑战。藏戏的传承发展也需注意一些问题。第一，传承保护藏戏不能将其从赖以生存的文化生态中抽离出来，文化生态是藏戏生存发展的土壤和根基，应着力培护，并保护藏戏宗教性的神圣品格。第二，藏戏不能迷失自身的美学特性。虽然藏戏起源之初便具有兼容并蓄的品质，始终在吸纳其他艺术样式，但多元吸收不能自我迷失。一个剧种被其他剧种同化之时，也是自身异化的开始。第三，要防止商业化破坏藏戏。现今藏戏演出会依托于商业形式的庆典活动，如何平衡协调经济发展和非遗保护，防止藏戏的彻底世俗化需要大智慧。文化发展需要守护好根基、培护好土壤，才能够开枝散叶、枝繁叶茂。她还指出，藏戏是中华民族乃至人类最宝贵的文化遗产，也是当今世界最为古老而仍具活力的戏剧形态，保护传承藏戏具有特殊意义。藏戏是民族团结、文化交流的结晶，保护好藏戏也即保护好民族团结的历史和文化记忆。传承和弘扬藏戏实质也即发扬一个文化内涵丰富的意义体系和价值体系。

中国艺术研究院戏曲研究所毛小雨研究员在发言中强调，藏戏与其他中华戏剧形式相同，都是中华民族这块土地上生长起来的民间艺术，但藏戏又有自己的特征。语言的学习应成为今后研究其他民族戏剧的一个突破口。如果长时间以来，我们只能通过汉语的简单介绍来了解藏戏艺术，而不能通过藏语与艺人交流、领会唱诵内容，藏戏研究可能永远浮于表面。比如藏戏中的"戏师"一词，印度戏剧中总领舞台演出的演员也有其特殊称谓，但因中国与印度仍存在文化上的差异，尚未找到妥帖的翻译。汉藏之间有着密切的文化交流，因此可用"戏师"来恰当表达。戏师存在于许多东方戏剧类型中，并且作用一致，他在演出时要介绍剧团演员，讲解演出内容，是集演员、导演、班主等职能于一身的核心人物。我们通过"戏师"这一特殊角色，便可加深对藏戏的了解与研究。

毛小雨指出，藏戏启发我们对跨文化戏剧交流的思考。学界通常认为杂剧之类的戏剧形式，是中华民族土生土长的产物。但其实跨境、边境地区许多戏剧发展的细节应加大研究力度。在新疆地区发现的戏剧文物，便证明了域外戏剧与中华戏剧存在交流。探讨中国与域外文化的相互交流，是戏剧起源研究的一个重要论题，这对维护国家安全、铸牢中华民族共同体意识等方面也大有裨益。他认为，民族戏剧保护是一项重大任务。西藏和平解放、民族自治之后，中央政府高度关心西藏的经济、文化发展，邀请了大量青年学子赴藏学习。但这种支持也存在一些问题。有些戏剧工作者对民族戏剧缺乏深入了解，使其发展受汉族传统戏剧影响颇深。比如，云南西双版纳地区的说唱型戏剧章哈是坐唱的表演形式，表演与唱念由不同的演员承担。但京剧导演的参与，使汉族传统戏剧的艺术思维削弱了章哈自身的民族特色。非遗保护若要实现对民族地域文化的尊重，应从两个方面着手。一方面要原汁原味地保护传统，保存民族文化的特征，如藏戏、昆曲这种世界级的非遗项目，国家应给予大力保护。另一方面也要走市场道路，要创造出新的藏戏形式，或在传统基础上提升藏戏的艺术质量。联合国教科文组织 2001 年引入"非物质文化遗产"概念，至今已有 20 多年，人们在实践中意识到保护与发展皆不可或缺，提出保护遗产与培育创新两种举措。如藏戏要从广场走向舞台，便需创造出新型的藏戏剧目。从世界大势来看，也是如此。比如传统歌剧在西方

361

国家式微，便出现了作曲家安德鲁·韦伯，创作出《歌剧魅影》《贝隆夫人》《猫》等音乐剧，吸引了大量观众，在百老汇一年有三百多万观众观看音乐剧，这是传统歌剧所不能比拟的。

中央戏剧学院麻国钧教授认为藏戏是中华民族文化的重要组成部分。内地人对于西藏的文化艺术，如藏剧、羌姆等，都极有兴趣。藏戏虽然是西藏人民创造出的民族艺术，但它与大中华众多传统戏剧，有着高层次、整体上的相似之处。比如中华民族的戏剧样式大都将歌舞表演综合一处，利用多样的艺术手段表现故事、塑造人物，这便与藏戏歌舞一体的综合性相契合。就此而观，藏戏无疑与大中华戏剧形态整体的艺术风貌相一致。他举例说明，藏戏对面具的使用，反映了东亚戏剧对民族文化心理的共同表达。东亚主要指中、日、韩三国，因中国有些文化现象或深或浅地受印度影响，因此在观照东亚时，也需留意到印度。整体来看，东方各民族的传统艺术无不存在着各式各样的面具。其中深藏着东方人相一致的民族文化心理，即在戏剧表演中将面具作为由"我"化为"非我"的必要工具。通过面具将"我"化为神灵、先烈、鬼怪等各种"他者"，以此敷演故事。因此，面具不再仅是物质性的存在，而是承载了共同的民族文化心理。

麻国钧还指出，藏戏演出不能脱离其原有的文化空间。藏戏、傩戏等在祭祀礼仪中演出的民间祭祀戏剧，是镶嵌于礼仪过程中的组成部分。现今此类戏剧形式也开始走向舞台，成为剧场艺术，演出文化空间的缺失消损了其自身独特的文化信号。与此同时，初入剧场的祭祀戏剧在某些方面又无法同生长于剧场的戏曲剧种相比较，走入剧场也便成为祭祀戏剧的失败尝试。藏戏演出则仍在其原初的文化空间中，如在晒佛节之类的节日中穿插演出，令人欣喜。同时，藏戏也不妨编演新创剧目，但新编戏也需避免脱离其原本的文化空间而完全剧场化。

中央民族大学藏学研究院院长苏发祥教授首先感谢戏曲研究所邀请娘热民间艺术团进京展演，使大家在北京也能享受到藏戏艺术的盛宴。他认为本次研讨会也是铸牢中华民族共同体意识，推进各民族交流的实践活动，颇有意义。同时，也感谢米玛普赤与米玛两位团长将娘热民间艺术团带到北京，让大家领略了藏戏的精彩表演。他指出，娘热民间艺术团所依托的娘热乡位于拉萨北郊，历史文化底蕴丰厚，是拉萨通向外界的交通要道，改革开放以来，娘热乡的经济得到长足发展，加之米玛团长三代人的努力，才有了今天面貌良好的娘热民间艺术团。藏戏是中华民族优秀传统戏剧文化的重要组成部分，是藏族传统文化中特点十分鲜明的文化事项，也是西藏乃至中国的文化名片。在国内外的藏学研究中，藏戏都是较受青睐的话题，有不少研究的题目。

苏发祥认为藏戏是唯美的艺术。第一是起源之美。相传唐东杰布为造桥，组织了七位姑娘演出募捐，促进了藏戏的形成，这是一个美好的故事。第二是内容之美。"八大藏戏"的旨归在于劝人向善向美，对民众有很高的教育价值。第三是舞蹈之美。藏戏演出自始至终都伴随着优美的舞蹈。第四是唱腔之美。藏戏的唱腔优雅、高亢、嘹亮，反映了青藏高原自然朴素的美。第五是服饰之美。藏戏的服饰十分精美，演员的饰品、服装、面具，处处都是美的体现。第六是音乐之美。藏戏的伴奏乐器为一鼓一钹，看似简单，实际有其内在的规律。总之，藏戏技艺多样，体现了多种艺术之美，在中国戏剧文化中占有重要位置。近年来，藏戏的研究发展有几个现象较为突出。第一，藏戏受到国家重视，发展迅速。尤其是非遗项目展开后，国家给予了更多支持。日前召开的"2023·中国西藏发展论坛"也展演了藏戏，据与会专家介绍，现今藏戏剧团已有 300 多个，说明藏戏基础深厚。第二，藏戏在内地的推广普及尚需提升，内地观众较少能现场观看藏戏。希望藏戏有更多走向内地、走向世界的机会。第三，藏戏研究也应大力推进。藏戏的基本材料并不难搜集，20 世纪 60 年代，中央民族大学已将"八大藏戏"译成汉文。虽然近年也不乏青年学者参与研究，但总体而言，相比于汉族戏曲，藏戏研究还十分薄弱。

其中主要的瓶颈，即是语言不通。

中国艺术研究院研究员、中央文史馆馆员田青先生发言时提出，非遗的保护和创新，在具体实践中应互相区别而共同进行。这一问题在 20 年前展开非遗保护工作时便被提出，至今仍未得到良好解决。非遗保护工作往往不尽如人意。非遗要活态传承，发展是题中应有之义。非遗传承人不愿墨守成规，社会思潮呼吁推陈出新，也是"创新"成为非遗发展必然趋向的重要原因。但非遗发展也存在问题。比如，藏戏生态空间与宗教性的流失；再如，中国现有的 300 多个戏曲剧种，小戏京剧化、京剧歌剧化的同化现象十分严重。原因即在于发展非遗时，没有做到很好保护。所谓"保守"，保的是文化遗产，守的是精神家园。文旅部非遗司与艺术司的工作需各有偏重，非遗司要致力于保护传承，创新发展的任务则应由艺术司承担。

田青认为，恢复传统文化需要遵守传统文化的规律。比如中国传统匾额是从右往左书写，"五四"之后才有了从左往右写的方式。某省博物馆造了一块仿古匾额，匾文却从左往右书写，20 年来无人发现问题。星云大师也曾讲过一个趣事：他首次来大陆时，见大陆发展迅速，十分欣喜，却忽然看到一块写有"吃小和尚"的牌匾，颇感惊异。后有人告诉他，现在大陆的匾额多从左往右书写，实际应为"尚和小吃"。学习、保护传统文化不可弯道超车，而应层层接连。昆曲等了年轻人 600 年，不在乎再等 30 年，这 30 年不是等年轻人慢慢变老，而是给年轻人 30 年的工夫学习传统文化，经此才能进入昆曲。总体来看，当下的社会环境并不利于非遗保护，传统文化与非遗难以渗入社会生活中去，使民众接纳、维护。人们缺乏对非遗的礼敬之心，遗忘、抛弃与背离非遗的现象在当下社会屡见不鲜，人们早已见怪不怪。非遗保护是一项迫在眉睫的工作，需要大家共同努力。他强调，非遗的创新发展应以保护传承为前提。非遗既要保护也要创新，要在对非遗的学习中，借助形态学方法逐一甄别非遗的各项质素，分清必须坚守与可以发展的对象。就藏戏而言，其能够表现生活题材，因此可以脱离宗教环境。但藏戏若舍弃了与囊玛、堆谐所不同的唱法、发声方式，叠置的二度音，独特的造型与面具，可能就难以称其为藏戏了，因此这些艺术元素便要加以坚守。唯有如此，非遗保护与复兴中华优秀传统文化才能落在实处，得以实现。

王馗所长最后总结说，在中国传统戏曲概念中，藏戏实际是同梆子、高腔相类似的剧种群，包含14个剧种和地方流派，分布在西藏、青海、四川、甘肃等藏族地区。藏戏艺术扎根于乡土环境中，虽然具有宗教信仰性质的神圣性，但所展现的内容却是最贴近世俗人心的故事、人情与文化。藏戏剧团在西藏现有153个，除西藏藏剧团之外，其他都是如娘热民间艺术团一样的民间团体。藏戏艺术的传承离不开像娘热民间艺术团中格龙团长、洛桑戏师等一批人的坚守。他指出，非物质文化遗产概念的进入，不仅提供了保护戏曲的旗帜，实际上也给予了全民族重新面对、深入思考民族传统的机会。中国现有的348个剧种，可能包含了更多的具体形态。每个剧种都与其发展历史、地域文化，特别是传承群体关系密切，各具独立的文化品格。我们今天的保与守，决定着优秀传统文化将来的面目。《保护非物质文化遗产公约》指出了"非物质文化遗产"这一概念的三个要素：一是"世代相传"，这是人们倡导传承非遗的重要立场。二是"被不断地再创造"，这是诉诸发展理念而强调的原则。但在传承与发展之间，必须保证非遗的有效性与谱系的完整性。因此非遗的第三个要素便是，为"社区和群体提供认同感和持续感"，即要求非遗保护无论是保守还是激进，都需密切联系相关社区和群体对文化的认识、诉求与实践。藏戏保持传统、发展创新，或走入市场，在非遗的三个要素中并不冲突。但如何让非遗保护更有效、有序，与一个民族具体的文化实践相关。他表示，藏戏使人安静心灵，清净灵魂，对藏戏艺术的崇敬之心，可以让人们明白，祖先创造的传统始终流淌在我们的血液里，具有生生不绝的力量。感谢中国工艺美术馆·中国非物质文化遗产馆的工作者和参与研讨会的专家学者、现场观众，特别是藏戏艺术的传承者、保护者和研究者。藏戏今天保有的传统风貌，来自藏戏艺术的世代相传及团队、个人的坚守，更来自全体社会共同的呵护，特别是国家给予藏戏的几十年长期不断的保护和扶持。

（王金武　中国艺术研究院研究生院戏剧戏曲和曲艺学系硕士研究生）

《戏曲研究》稿约

　　《戏曲研究》杂志由中国艺术研究院戏曲研究所主办，创刊于1957年，1980年复刊，是当代戏剧史上创办最早的戏曲学领域学术杂志，为中文社会科学引文索引（CSSCI）收录集刊、AMI（集刊）核心集刊。本刊坚持继承与发扬中国艺术研究院理论联系实际的优良传统，坚持严谨朴实的学风，努力把刊物办成高水准、专业性强的学术刊物。

　　一、本刊所设的栏目广泛涉及戏曲研究的多元领域，刊登戏曲理论、戏曲批评、戏曲遗产研究、深度访谈、戏曲史研究、戏曲文化研究、地方戏研究、比较戏剧、表导演艺术、戏曲音乐、文献考证、少数民族戏剧及各类专题研究，尤为看重在材料、观点、视角、方法上有新发现、新拓展的来稿。

　　二、本刊2023年度计划编辑出版5辑，拟设专题：新时代戏曲研究的前沿话题研究，并延续2022年度约稿专题：戏曲文物与图像研究、当代戏曲新生态研究、民间戏曲研究。竭诚欢迎海内外专家、学者不吝赐稿。

　　三、来稿以万字左右为宜。特别优秀的稿件不受此限。

　　四、来稿请提供200字左右的中文摘要、3～5个中文关键词，同时提供与中文对应的英文题目、摘要和关键词。

　　五、凡引文，一律出注，并核对原文，确保引文与原文一致。注释采用页下注，务必详细注明文献出处，格式遵从本刊要求，做到规范、准确。示例如下：

　　专著：

　　周妙中《清代戏曲史》，中州古籍出版社1987年版，第339页。

论文集、丛书：

沈达人《张庚先生论戏曲形态》，载中国艺术研究院戏曲研究所编《戏曲学的新发展——张庚先生百年诞辰国际学术研讨会论集》，文化艺术出版社 2012 年版，第 8 页。

徐复祚《曲论》，载中国戏曲研究院编《中国古典戏曲论著集成》（四），中国戏剧出版社 1959 年版，第 237 页。

期刊集刊论文：

郭英德《传奇戏曲的兴起与文化权力的下移》，《中国社会科学》1997 年第 2 期，第 165 页。

安葵《在马克思主义指导下进行戏曲研究和创作——读〈郭汉城文集〉心得》，《戏曲研究》第 108 辑，文化艺术出版社 2019 年版，第 13 页。

学位论文：

梁燕《齐如山剧学初探》，博士学位论文，中国艺术研究院 1996 年，第 1 页。

报刊文章：

毛小雨《关于建立东方戏剧学体系的刍议》，《中国文化报》2013 年 7 月 16 日第 6 版。

古籍：

姚际恒《古今伪书考》卷三，光绪三年（1877）苏州文学山房活字本。

屈大均《广东新语》卷九，中华书局 1985 年版，第 215 页。

李开先《西野春游词序》，载《李中麓闲居集》，《四库全书存目丛书·集部》（第 92 册），齐鲁书社 1997 年版，第 597 页。

汤显祖撰，钱南扬校点《汤显祖戏曲集》，上海古籍出版社 1978 年版，第 216 页。

王骥德著，陈多、叶长海注释《曲律注释》，上海古籍出版社 2012 年版，第 126 页。

乔溁修，贺熙龄纂，游际盛增补《（道光）浮梁县志》卷二十一"艺文·诗录"，清道光十二年（1832）刻本，载《中国地方志集成·江西府志辑（7）》，江苏古籍出版社1996年版，第480页。

译著：

［德］莱辛著，张黎译《汉堡剧评》，上海译文出版社2002年版，第2页。

英文：

Hans J. Morgenthau，*Politics Among Nations*：*The Struggle for Power and Peace*，6th ed，New York：Alfred A. Knopf Inc.，1985，pp. 389-392.

六、来稿请注明作者姓名、工作单位、职称或职务、通信地址、邮政编码、联系电话、电子邮箱，基金项目请注明来源、名称、项目编号。

七、来稿作者文责自负，本刊对决定采用的稿件有删改权，不同意删改者，请在来稿中说明。本刊不收取版面费，对刊用稿件的作者皆赠送样书两册。

八、请勿一稿多投，半年内投稿数请勿超过1篇，投稿后3—6个月未收到本刊通知，作者可自行处理。来稿一律不退，也不奉告审稿意见，敬请海涵。

九、本刊来稿一经采用，如无特别声明，即视作者同意本刊在杂志、杂志随赠CD及本刊合作网络媒体、本刊合作手机媒体等电子出版物上，以数字化方式复制、汇编、发行、传播全文，同意由编辑部编辑出版文集或选集。本刊一次性支付的稿酬同时包括上述使用方式的稿费。

十、来稿请以附件形式发至编辑部工作邮箱 xiquyanjiu@ sina. com，并注明"投稿"，即日起不必再邮寄纸稿至编辑部。

《戏曲研究》编辑部

《戏曲研究》2023 年度约稿专题

一、新时代戏曲研究的前沿话题研究

随着时代发展，新材料发掘、整理的不断推进及常规材料的重新审视、深度解读越来越在戏曲研究领域引发巨大效应，新概念、新视野、新方法的使用，也在很大程度上改变着戏曲研究的整体面貌。"一时代之学术，必有其新材料与新问题"，新时代背景下，我们倡议学界对新的探索性、前沿性研究话题展开讨论，形成新学问、新潮流。

二、戏曲文物与图像研究

戏曲文物研究经过 20 世纪 30—40 年代的发轫、50—70 年代的发展、80 年代以来的繁荣，逐步建立了专门的研究机构和基本的研究队伍，产生出一批重要的研究成果，也形成了较为稳固的研究内容和方法。戏曲文物包括戏台、碑刻、雕塑、绘画、服饰道具等多样庞杂的具体研究对象和领域，如何以这些"物"及其背后的"人"为中心进行多视域和多角度的观照切入，关系着戏曲文物研究宽度和深度的掘进而非相反。近年来，图像研究越来越多地得到重视，戏曲文物中的壁画、年画、纸绢画、砖雕木雕、刻石、瓷器、面具、脸谱、戏衣等都有丰富的图像内容，在结合社会文化史进行戏曲文物图像解读，在戏曲文物图像的创制使用、载体环境，在戏曲文物图像间的因袭变革等方面，仍有许多值得深入探讨的空间。

三、当代戏曲新生态研究

戏曲生态理论是中国戏曲理论体系中不可或缺的一部分。戏曲的发展一方面取决于良好生态的营造，另一方面又需要适应新生态变化。当代戏曲的新生态既宏观涉及了社会、经济、政治、文化、科技等诸多方面，如后疫情时代的环境变化、戏曲政策的发布与落实、众多戏剧节平台的搭建与奖项的设立、多媒体短视频等多元途径的传播等，又具体落实为剧种、院团、剧人当下的生存状况。本专题期待通过对戏曲新生态的研究与探讨，促进对当下戏曲复杂现状的深入思考，推动当代戏曲研究的发展。

四、民间戏曲研究

从戏曲发展历史来看，民间戏曲是其不可忽视的组成部分，也越来越受到研究者的重视。不仅戏曲研究者，民俗学、社会学、文化人类学以及艺术学其他领域的研究者也以民间戏曲为考察对象，取得了不同于以往的研究成果。民间戏曲作为一个蕴含丰富的文化样本，涵盖复杂的社会文化生活，具有吸引多学科进行研究的广阔空间。但民间戏曲的概念内涵及其演进，尚未得到充分讨论，其他如民间戏曲的发展、传播、管理等议题也值得深入研究。设立本专题，希望超越民族和地域，以开阔的视野对民间戏曲进行宏观把握和阐释，抑或以独特的个案研究对民间戏曲进行微观透视和解析，体现民间戏曲研究独立的学术构架和学术脉络，对民间戏曲研究进行阶段性总结并提供新的启示。

图书在版编目（CIP）数据

戏曲研究. 第 127 辑 / 中国艺术研究院戏曲研究所
《戏曲研究》编辑部编. —北京：文化艺术出版社，
2023. 10
ISBN 978-7-5039-7508-0

Ⅰ. ①戏… Ⅱ. ①中… Ⅲ. ①中国戏剧—文集 Ⅳ.
①I207. 3－53

中国国家版本馆 CIP 数据核字（2023）第 206029 号

戏曲研究（127）

编　　者	中国艺术研究院戏曲研究所《戏曲研究》编辑部
责任编辑	蔡宛若　田守强
责任校对	董　斌
装帧设计	徐道会
出版发行	文化艺术出版社
地　　址	北京市东城区东四八条 52 号　100700
网　　址	www. caaph. com
电子邮件	s@ caaph. com
电　　话	（010）84057666（总编室）　84057667（办公室） 　　　　　84057696—84057699（发行部）
传　　真	（010）84057660（总编室）　84057670（办公室） 　　　　　84057690（发行部）
经　　销	新华书店
印　　刷	河北京平诚乾印刷有限公司
版　　次	2023 年 10 月第 1 版
印　　次	2023 年 10 月第 1 次印刷
开　　本	880 毫米×1230 毫米　1/32
印　　张	12
字　　数	314 千字
书　　号	ISBN 978-7-5039-7508-0
定　　价	52. 00 元